Rabelais

Le Tiers Livre

*Publié
sur le texte définitif
établi et annoté
par Pierre Michel*

*Préface
de Lucien Febvre*

Gallimard

PRÉFACE

Rabelais, un auteur facile. Et sans mystères, du moins pour un lecteur instruit aux bonnes lettres, nourri de latin et plus encore de grec, féru de mythologie et d'histoires anciennes : bref, parfait humaniste à la façon dont on l'était en France, entre 1860 et 1880. Verve entraînante et intarissable ; langue dont la richesse n'a pas fini d'émerveiller nos philologues ; style d'un rythme, d'une ampleur, d'une harmonie surprenants pour le temps. Et quant au reste : goût français du bon vin pinaud qui se boit avec des châtaignes et des noix ; goût non moins français d'une gaudriole sans perversité, alternant avec la prud'homie sentencieuse d'une sagesse rustique, amour terrien de la paix, sens de l'ordre, respect d'un pouvoir fort, mais seulement s'il est juste (relisez les pages admirables du Tiers Livre sur la façon de gagner les peuples nouvellement conquis). Pour philosophie enfin, un platonisme largement étoffé couvrant de son manteau des états d'esprit assez simples, exempts de fanatisme et de partisanerie. Bref, exacte-

ment ce qu'il faut pour plaire aux humanistes dont
nous parlions à l'instant : gens de cabinet, mais intré-
pides navigateurs en pensée, sobres et continents en
fait, mais grands buveurs et paillards en paroles ; toujours prêts à soupçonner le pire pour qu'on ne les taxe
pas de naïveté ; se défendant enfin de mettre leur pensée
en forme, mais prolongeant volontiers celle des autres
au-delà de ses limites voulues : voilà Rabelais — et
vous voyez bien qu'il est facile et sans mystères...

A le prendre tout fait, peut-être. Mais pourquoi, mais
comment s'est-il fait ?

A un bout, l'œuvre. A l'autre bout, l'auteur : Rabelais, François, docteur en médecine de la Faculté de
Montpellier, né dans le Chinonais en 1483, à moins
que ce ne soit en 1490, ou en 1494. Fils d'un père
supposé. Les vieux disaient d'un aubergiste ; une telle
paternité leur semblait logique. Nous disons, aujour-
d'hui, d'un avocat. Va pour l'avocat. Ce sont là de nos
trouvailles, dont nous sommes tout fiers. Pendant plusieurs décades, nos érudits s'y sont mis. Mais finalement,
de toutes leurs conquêtes, se dégage-t-il un Rabelais sans
énigmes ? Point.

Chose gênante, nous ne connaissons même pas ses
traits. Un de ses camarades, un pauvre diable de poète
latinisant, Nicolas Bourbon, a eu cette chance imméri-
tée de voir un jour, en Angleterre, Hans Holbein lui-
même s'asseoir devant lui et « tirer son portrait », d'abord
au crayon, puis au pinceau. Deux chefs-d'œuvre, qui
nous livrent tout de cette face bouffie. Rabelais ? Personne
ne s'est trouvé, à notre connaissance, ni à Lyon, ni à

Rome, ni à Paris, personne qui, sans être Holbein,
sût révéler des êtres humains à eux-mêmes et aux autres
— personne qui nous ait légué un Rabelais pris sur
le vif. Ainsi tout est-il fantaisie pour nous dans un
domaine de stricte exactitude — et s'il nous plaît de
doter Me Alcofribas d'un nez semblable à une flûte
d'alambic, « tout diapré, pullulant, purpuré, à pom-
pettes, tout émaillé et boutonné » — sachons que ce sera
uniquement pour complaire à Abel Lefranc, qui tient
pour un Rabelais à nez cyranéen. Au fond, il n'en sait
guère plus que nous sur le chapitre de cet appendice.
Et c'est gênant. Parler d'un inconnu, gageure.

Mais, dans sa biographie, que de trous! Enfance,
jeunesse, entrée au couvent : rien, nous ne savons rien.
C'est brusquement en 1521 que nous saisissons sa piste.
Il est cordelier au couvent de Fontenay-le-Comte, en
Poitou. Il étudie le grec avec une ferveur sacrée — et il
adresse à Guillaume Budé, prince des hellénistes, une
lettre qui n'a vraiment rien à voir avec sa légende, 1521.
Or, né en 1483, Rabelais aurait alors trente-huit ans ;
né en 1490, trente et un — et né seulement en 1494,
vingt-sept. Ne rien savoir d'utile sur les vingt-sept,
sinon les trente-huit premières années de la vie d'un
écrivain — c'est peu! L'énigme en particulier reste
entière, de son entrée en religion. Vocation libre ou
contrainte d'ordre familial ? On l'avait, au baptême,
nommé François — et certes, tous les François ne deviennent pas franciscains, mais quelques-uns le sont,
que leur nom semble vouer par avance au Poverello.
Si peu que nous sachions de Luther, ce contemporain
de Rabelais, nous possédons sur son entrée et sa vie au

*couvent des données qui nous seraient bien utiles pour
comprendre l'esprit du créateur de* Pantagruel.

*Quelques lueurs cependant. Peu après 1521, frère
François quitte son ordre, mais non les ordres. On le
fait bénédictin au couvent de Maillezais, en Vendée —
et il entre dans la familiarité de l'évêque du lieu. On
croit tenir son Rabelais : jeune religieux d'esprit vif,
grand liseur de beaux textes antiques et voué à une
sorte de secrétariat qui le conduira, plus tard, à un
bénéfice ? Point. Ce Rabelais s'évanouit, et c'est seulement en 1530, à Montpellier, que nous le retrouvons,
inscrit cette fois à la Faculté de Médecine. Au printemps
de 1532, il est à Lyon ; il y publie chez Gryphe de
savants opuscules, se fait nommer au concours médecin
de l'Hôtel-Dieu, et un beau jour d'automne, chez Claude
Nourry dit le Prince, éditeur populaire d'almanachs
et de romans de chevalerie — il publie le* Pantagruel.

*Ainsi, voilà un homme qui, d'un coup, crée quelque
chose comme le roman d'observation. Un homme qui,
d'un seul coup également, crée la prose française moderne, et manie avec une surprenante maîtrise l'un des
plus admirables instruments d'expression dont ait
jamais disposé un écrivain français. D'où sort cela ?
Pas des cordeliers, bien sûr : dans leurs plates-bandes se
récoltaient peut-être des choux et de pauvres salades
à demi sauvages ; assurément on n'y cultivait ni la
prose française, ni l'art du conteur. Et je veux bien
qu'un cordelier, voué à fréquenter les simples et les
bonnes gens, ait pu se rendre attentif, tout grécisant et
latinisant qu'il fût, aux besoins de ceux qui « ne savaient
pas décliner* Rosa, la rose » : *cette remarque ne nous en*

dit pas long sur la genèse du génie rabelaisien. — Alors ?
Le don, j'entends bien ; le génie naturel ; l'opium qui
fait dormir... Mieux vaudrait encore, parlant de ce
siècle, évoquer l'aura, le souffle qu'un homme bien doué,
en ces années d'exaltation, devait sentir passer sans
cesse sur son visage...

    Ne continuons pas à dérouler le film plein de trous,
de fuites et de réapparitions que représente la vie mou-
vante de François Rabelais. Voyages à Rome et en
Italie dans les bagages d'un illustre prélat, Jean du
Bellay, cousin du poète Joachim. Séjours à Lyon, et
sans doute à Paris, dans de vivants milieux d'éditeurs
et d'humanistes. Retour à Montpellier où, en avril-mai
1537, il passe solennellement sa licence et son doctorat
en médecine : l'absence de ces grades ne l'avait point
empêché du reste d'exercer. Quelques épisodes : un stage
à Saint-Maur, capitale bénédictine ; un séjour en Pié-
mont, auprès du frère de Jean du Bellay, Guillaume,
un des grands serviteurs de la France du temps, une
mission à Metz, en 1546, où il fait œuvre d'agent secret,
tout en remplissant les fonctions de médecin municipal ;
un dernier voyage à Rome, enfin, en 1548. Il meurt à
Paris, entre la fin de 1553 et le 1ᵉʳ mai 1554. C'est tout.
Et c'est beaucoup, si l'on songe au néant du temps où
Michelet, par un prodige de divination, campait dans
sa Renaissance *un Rabelais étonnamment « juste »,*
tiré d'une poignée de faits rigoureusement « faux » ;
mais au prix de nos désirs, comme ce beaucoup est peu !

    Faisons l'inventaire. Du caractère de Rabelais, nous
ignorons tout. Que fut-il vraiment ? Un plaisantin, un
ivrogne, un goinfre, toujours bonnet de travers et four-

*chette au poing ? Après tout, on peut se manifester sous
ces traits et n'en avoir pas moins du génie : songeons
à Villon, ou au Verlaine de la rue Mouffetard. Ne fut-il
au contraire, ce Rabelais, qu'un docte médecin capable
de soutenir de hautes discussions avec les nobles esprits
de son temps ? Je veux bien que, des accidents biographiques dont le hasard nous a conservé la trace, nous
puissions tirer ce lot de leçons : que quiconque a beaucoup vu peut avoir beaucoup retenu ; qu'un bon médecin
est nécessairement un bon observateur ; que la fréquen-
tation des grands de ce monde ouvre l'esprit d'un homme
d'étude... Vérités à la Prudhomme ; que nous appren-
nent-elles sur le vrai problème : comment et pourquoi
ce moine, devenu humaniste et médecin, a-t-il composé
un beau jour le* Pantagruel *et le* Gargantua ? *Ajou-
tons : quels rapports la personnalité de l'auteur, si peu
que nous la connaissions, entretient-elle avec ces quatre
livres parus à intervalles assez singuliers : deux, coup
sur coup (1532 et 1534) ; puis plus rien ; pendant
douze ans, l'écrivain Rabelais s'évanouit ; et coup sur
coup, le voilà qui reparaît :* Tiers Livre *et* Quart Livre,
*1546-1548-1552... A quoi répondent intérieurement
ces pulsations, ces élans, ces abandons ? D'une façon
plus générale, à quel besoin précis de création littéraire
satisfont les quatre livres rabelaisiens ?*

*Eh quoi ! dira-t-on : Vous voulez traiter Rabelais en
écrivain d'aujourd'hui ? Étudier la création littéraire
chez quelqu'un qui ne se posa jamais ce problème ? Mais
quel mystère en tout ceci ?* Pantagruel *ne fut pas la
première œuvre de Rabelais à sortir des presses lyon-*

*naises. Avant de gémir sous le poids de ce gros livre,
elles tirèrent allégrement des almanachs pour le compte
du Docteur. Sans doute rapportaient-ils quelque pé-
cune ? Ne cherchons pas plus loin. De ces almanachs
bien accueillis, le médecin du grand hôpital de Lyon
est passé à* Pantagruel : *quoi de plus naturel ? Il
voyait, chez Nourry, s'envoler par piles ces adaptations
en prose de nos chansons de gestes qui délectaient maintenant bourgeois et manants. Il a composé, sur le mode
ironique, une* Geste des Géants. *Et, en laissant courir
sa plume, étonné sans doute de sa facilité — (Peste, où
mon esprit trouve-t-il tant de gentillesses ?) — il s'est
bien amusé. Que voulez-vous de plus ?*

*Improvisation, soit. Mais que veut dire ce mot ? Il
y a ceux qui, ayant jeté sur le papier un canevas maussade, le reprennent, le retouchent sans fin, le pétrissent
et le repétrissent à grand ahan. Et ceux qui, se libérant
joyeusement d'une insupportable tension, créent d'un
jet une œuvre à leur plaisir. Mais ce qu'ils donnent, ils
l'ont acquis, incorporé à leur nature par un long travail
d'assimilation. C'est parce qu'ils ont engrangé d'abord
de formidables réserves qu'ils peuvent se libérer, si
richement, dans un paroxysme. Les regrattiers peinent
après coup. C'est leur droit. Mais qui ne leur donne pas
celui de parler avec une moue des improvisateurs...*

*Et puis, des parodies, des parades foraines... Certes,
la part d'Ubu, si l'on veut, n'est point négligeable dans
l'œuvre rabelaisienne. Mais s'il n'y avait dans le* Pantagruel *que boniment à la Tabarin, on ne lirait pas
plus Rabelais aujourd'hui qu'on ne lit Tabarin, si
bien imprimé pourtant, sur de si bon papier. Tabarin,*

*ce pitre. Rabelais, ce moraliste. Puisque Rabelais de-
meure toujours vivant, le problème de la création se
pose, qu'on le veuille ou non, pour lui comme, toute
proportion gardée, pour Stendhal, et Balzac, et Flau-
bert. Cet homme si peu paysagiste. Cet homme pour qui
le paysage n'est qu'une intervention perpétuelle dans
l'action (voyez sa grande Tempête du Quart Livre :
si peu pittoresque et si dramatique : tempête de flots,
non, mais d'âmes et de caractères). Ce Rabelais a créé
des personnages devenus légendaires. Il se tient derrière
eux tout au long de ses livres, et il les tient. Il leur fait
voir le monde comme il le voit ; eux-mêmes, il ne cesse
de les voir, de les regarder vivre la vie dont il leur a fait
don. Et il nous les montre de façon telle que nous ne
pouvons plus les oublier : leurs gestes, leurs propos,
leurs grimaces entrent si fort en nous que toute figuration,
par un peintre ou un dessinateur, de ces êtres enrichis
de notre vérité nous choque, comme une erreur ou un
appauvrissement.*

*Incomplets, bien sûr, ces personnages rabelaisiens.
Même Panurge, le plus poussé, le plus constamment
présent. On sent très bien que Rabelais n'a pas encore
la conscience claire de ce que peut être, de ce qu'est
réellement la création d'un écrivain en prose. Disons,
l'art de détacher de lui-même pour les lancer dans le
monde des héros porteurs, chacun, d'une parcelle de sa
vitalité. Cet art, il ne le révèle que par intermittence,
d'autant qu'il s'est privé d'une grande facilité en ne
nouant dans son roman aucune intrigue. Il sommeille
parfois — et alors ses protagonistes (Pantagruel notamment) subissent le déterminisme de leur personnage —*

*encore que, par la grâce de leur créateur, ils aient été
conçus libres. Ces accès de somnolence sont d'ailleurs
rares. Songeons avec quel constant brio, quelle suite
d'à-propos dans les interventions, Panurge, candidat
au mariage, mène le jeu pendant tout* Le Tiers Livre.
Le jeu et le dialogue.

*Procédé, ce dialogue !... — Eh non ! besoin — et qui
traduit la présence perpétuelle tant de l'auteur lui-même
que de ses personnages, toujours prêts à foncer sur la
réalité pour s'en nourrir. C'est que, analyser, il faut
trop attendre ; le temps qu'on dissèque, la vie se refroidit.
Décrire, c'est faire attendre également et attendre soi-
même. Mais le dialogue, ce duel, cette appréhension
directe par un homme de sa propre psychologie au
contact de la psychologie des autres — cette saisie de
plusieurs états d'esprit simultanés, offerts ou déguisés
— voilà ce qu'il faut, d'instinct, à un Rabelais. Et ce
que sert d'ailleurs sa prodigieuse faculté de mémoire :
celle d'un siècle encore mal façonné héréditairement
à recourir aux livres — ces garde-manger de savoir.
Un outil qui nous manque de plus en plus, cette mémoire. A Rabelais, c'est elle, en partie, qui fournit
cette possibilité d'être toujours et aussitôt présent, en
disant partout* Je, *et comme elle surabonde en lui il en
fait largesse à ses héros, comme lui présents pendant des
chapitres, frère Jean servant la balle à Panurge qui la
lui renvoie inlassablement. Match de vedettes sans
défaillances.*

*Tout ceci, pour dire que la création littéraire n'est pas
le fruit d'un métier, d'une technique, ni même d'un art.*

*Elle est le fait d'un homme. Une des manifestations
naturelles et spontanées, une des traductions de cet
homme. Et voilà qui nous ramène à notre point de
départ.*

*La vie, l'œuvre ? Mais la vie, celle qui explique l'œuvre,
ce n'est pas cette poignée de faits biographiques correcte-
ment datés que nous sommes fiers de posséder enfin.
La vie, ce n'est pas le* curriculum vitæ : *les faits qu'en-
registre ce document administratif n'ont rien à dire que
des pauvretés. Multiplier leur nombre par cent ne nous
avancerait guère. La vie, c'est l'homme entier qui se
révèle en agissant. Expliquer l'œuvre d'Alcofribas
par les déplacements, les voyages, les « situations »
successives du docteur Rabelais : tentative vaine ; les
faits et gestes de l'un, les écrits de l'autre ont une seule
et même raison d'être : la vie profonde d'un être humain.
Cette vie profonde que, précisément, les documents nous
laissent ignorer.*

*Que voulait-il donc ce Rabelais, dans sa plénitude
d'homme ? L'argent ? C'est peu probable. La gloire ?
Ce n'est pas impossible : tout intellectuel conscient de
sa valeur a des revanches à prendre sur sa destinée.
L'amour ? Mais la femme n'existe pas dans l'œuvre
pantagruélique. La femelle tout au plus. Alors ?*

*Alors, jouir de ses dons et en faire usage pour recréer
un monde purgé des sots, des cafards, des meurtriers de
l'intelligence et du caractère : Sorbonagres à syllogismes,
Andouilles et Carême-Prenants, Matagotz de Genève,
rôtisseurs de place de Grève, Chats-Fourrés prévarica-
teurs et sadiques ? J'ai dit plus haut que nous ne voyions
pas Rabelais. Tout de même, son œuvre parle ! Son*

œuvre, l'œuvre d'un homme qui veut servir. Faire rire, sans doute, c'est le propre de l'homme. Mais Rabelais s'engage, on ne saurait s'y méprendre. Il s'engage pour servir un idéal — celui de la génération qu'il incarne, dans le pays qu'il aime : une sagesse selon son cœur, engendrant un bonheur selon ses goûts.

Lucien Febvre

INTRODUCTION

Rabelais, au temps du Tiers Livre
(1534-1546)

En 1532, Rabelais, médecin-chef de l'Hôtel-Dieu à Lyon, s'est diverti en publiant chez Claude Nourry son premier roman de géants, *Pantagruel*. Mis en goût par le succès de son ouvrage, et malgré la condamnation de la Sorbonne (1533), il récidive avec le *Gargantua*, publié chez François Juste. Dans l'intervalle, il a fait un voyage à Rome dans la suite de Jean du Bellay, évêque de Paris et diplomate près de la cour pontificale. Bénédictin en rupture de cloître, humaniste, médecin et écrivain, Rabelais déborde de vie et se dépense dans les activités les plus diverses, toujours mêlé aux problèmes et aux conflits de son temps. De 1535 à 1538, il réédite plusieurs fois ses romans, mais de 1538 à 1542, il reste silencieux, sinon oisif. En effet, en 1542, il donne l'édition définitive du *Gargantua* et du *Pantagruel*, atténuant, du moins en façade, les attaques contre les théologiens de la Sorbonne, mais fourbissant de nouvelles armes. Pour la première fois, *Gargantua* vient en tête, précédant

comme le veulent les liens de parenté, mais non les
dates de publication [1], son fils *Pantagruel*. Mais il
faut attendre jusqu'en 1546 pour savoir si Panurge sera
marié, *et cocu dès le premier mois de ses noces*, selon les
alléchantes promesses du dernier chapitre du *Pantagruel*. Encore *Le Tiers Livre* (chez Chrestien Wechel,
à Paris, 1546) nous laissera-t-il sur notre soif : Panurge
ne nous invitera pas à ses noces, mais, perplexe et
ratiocineur, se demandera s'il doit se marier ou
non.

Rabelais, lui, paraît avoir été beaucoup moins dubi-
tatif que son héros. Les douze années de silence littéraire qui séparent *Le Tiers Livre* du *Gargantua* sont
loin d'être vides. Plusieurs séjours prolongés en Italie
complètent les impressions du voyage de 1534, le
familiarisent avec la Cour romaine et la diplomatie
française. Le voyage de 1535-1536 lui a permis d'obtenir du pape Paul III un bref d'absolution pour son
« apostasie », c'est-à-dire l'abandon de la bure bénédictine pour la vie plus libre de prêtre séculier. La
protection de Jean du Bellay, promu cardinal, est
pour beaucoup dans cette réintégration dans l'Ordre,
et dans la nomination de Rabelais comme chanoine de
l'abbaye de Saint-Maur-des-Fossés. Mais la médecine
l'emporte sur le sacerdoce, les soins du corps sur ceux
de l'âme : en 1536, Étienne Dolet le cite parmi les
six meilleurs médecins de France ; en 1537, il participe
avec les plus célèbres humanistes et poètes de son
temps, Guillaume Budé, Salmon Macrin, Clément

---

1. Cf. notre introduction du *Gargantua* (p. 39).

Marot entre autres, au banquet offert à ce même
Étienne Dolet à Paris ; puis, revenu à la faculté de
médecine de Montpellier, il conquiert ses grades de
licencié et de docteur, et exerce de nouveau à Lyon,
avant de faire à Montpellier un cours sur les *Pronos-
tics* d'Hippocrate et de prouver son habileté de chirurgien par des dissections d'anatomie humaine, pratique
condamnée par l'Université de Paris. Étonnons-nous
donc si cette ardeur médicale se reflète dans *Le Tiers
Livre* par de multiples allusions aux polémiques entre
disciples de Galien et partisans d'Hippocrate, et si
parmi les « consultants » de Panurge figure en bonne
place le médecin *Rondibilis*, alias Rondelet, compagnon d'études de Rabelais, et gloire de Montpellier !

En 1538, sans doute en qualité de médecin du roi,
Rabelais assiste à l'entrevue de François Ier et de
Charles Quint à Aigues-Mortes lors d'une de ces trêves
éphémères où les adversaires éternels pèsent leurs
chances avant de reprendre le duel. Combien il serait
précieux de connaître les réflexions de l'humaniste
devant les deux souverains les plus puissants de
l'Europe ! Mesura-t-il, avant Pascal, la distance qui
sépare l'ordre de la chair de l'ordre de l'esprit, ou
fut-il ébloui par le faste des pouvoirs ? Reconnut-il
dans l'empereur et sa devise : *Plus outre !* l'insatiable
ambition de son Picrochole ? Aucune de ses impressions n'est venue jusqu'à nous. Nous savons seulement
qu'il fait partie de la suite de François Ier sur le chemin du retour, à Lyon. De là, il repart pour l'Italie
(1539-40-41) sans doute appelé par Guillaume du
Bellay, seigneur de Langey, dont il est à la fois le

médecin, le conseiller privé et l'historiographe. Le
seigneur de Langey avait reçu la mission de pacifier
et d'organiser le Piémont récemment conquis. Quel
magnifique spectacle que le vainqueur épargnant le
vaincu, et celui-ci se montrant fidèle à son ancien
ennemi! Pantagruel conquérant le pays de Dipsodie
ne pouvait pratiquer une politique plus efficace, *faisant Justice à Vertus succeder. Sa vertu est apparüe en
la victoire et conqueste, sa justice apparoistra en ce que
par la volunté et bonne affection du peuple donnera
loix, publiera edictz, establira religions, fera droit à un
chascun...* (chap. I). Guillaume du Bellay n'était pas,
lui non plus, un *Demovore*, mais un *ornateur des peuples*.
Volontiers itinérant, Rabelais quitte souvent Turin
pour Rome ou pour Lyon, soit en mission officielle,
soit pour ses propres affaires. C'est dans cette période
qu'il fait légitimer par le pape deux de ses enfants, et
que naît le petit Théodule, mort à deux ans, dont la
disparition sera célébrée en vers latins par Boyssonné.
Qui sait si cette paternité tragiquement déçue n'a pas
inspiré les lignes émues consacrées aux enfants par
Panurge, un instant sérieux, lorsqu'il souhaite avoir
fils et filles légitimes, avec lesquels il puisse s'ébaudir
(chap. IX), et qu'il s'attendrit à la pensée d'un futur
*beau petit enfantelet... Je l'ayme desja tout plein, et
ja en suys tout assoty. Ce sera mon petit bedault...* (chap.
XVIII). V.-L. Saulnier n'est pas éloigné de penser que
Rabelais a trouvé dans son amour paternel la célèbre
déclaration : *Je ne bastis que pierres vives, ce sont
hommes* (chap. VI). La métaphore aura son accomplissement quand Victor Hugo célébrera les poètes,

> *Construisant des autels poèmes*
> *Et prenant pour pierres les cœurs*
>   (*Les Mages*).

Les préoccupations littéraires reparaissent en 1542, si toutefois elles étaient passées au second plan les années précédentes. Estimé par le roi comme écrivain et comme médecin, Rabelais juge politique de corriger ses deux premiers romans. La hardiesse de la pensée s'accommode de quelque prudence verbale : il remplace les mots *théologiens*, *sorbonagres*, *sorbonicoles*, etc., trop manifestement outrageants, par le terme antique *sophiste*. Personne n'est dupe du stratagème : si les théologiens sont relativement ménagés, le culte et même le dogme sont toujours aussi maltraités. Et voilà que la même année, Étienne Dolet publie une édition non expurgée! On comprend que la Sorbonne, loin de revenir sur sa censure, la confirme en 1543. Mauvaise année décidément que 1543 : Rabelais perd deux de ses protecteurs les plus éminents, Geoffroy d'Estissac et Guillaume du Bellay [1]. Ce dernier, épuisé par sa charge de gouverneur du Piémont, rentre en

---

1. Rabelais figure parmi les bénéficiaires du testament de Guillaume du Bellay. Il rendra lui-même hommage à son protecteur dans le chapitre XXI lorsqu'il témoigne du don divinatoire des mourants : « ... *Seulement vous veulx ramentevoir le docte et preux chevallier Guillaume du Bellay, seigneur jadis de Langey... Les troys et quatre heures avant son decès il employa en parolles viguoureuses, en sens tranquil et serain, nous prædisant ce que depuys part avons veu, part attendons advenir...* » Il sera de nouveau question de Guillaume de Langey dans *Le Quart Livre*.

France et meurt près du mont Tarare (9 janvier
1543). A ses obsèques solennelles au Mans (5 mars
1543), Rabelais pourra croiser les futurs poètes de la
Pléiade, Joachim du Bellay et Pierre de Ronsard,
ainsi que leur précurseur et ami, Jacques Peletier.
Alors commence une zone obscure de deux ans pour la
biographie du romancier. Son ami, Clément Marot,
meurt à Turin en 1544. Lui-même a-t-il vécu à la cour
de France ou cherché une paisible retraite pour composer à loisir *Le Tiers Livre*, plus élaboré que les deux
premiers romans ? On ne le retrouve qu'avec la publication à Paris, chez Wechel, de ce nouvel ouvrage.
Fait remarquable : alors que jusque-là Rabelais s'abri-
tait sous le pseudonyme de *M. Alcofribas, abstracteur
de Quinte Essence, Le Tiers Livre* est signé *M. François Rabelais, Docteur en Medicine.* L'ouvrage est pré-
cédé par un privilège de François Ier (septembre 1545),
qui englobe aussi le *Pantagruel* et le *Gargantua*, qualifiés de livres *non moins utiles que délectables.* De plus,
un dizain plein de respect dédie le roman à Marguerite de Navarre, sœur du roi et poète mystique autant
que conteur réaliste. Maître François, malgré la protection de François et de Marguerite, est néanmoins
censuré à nouveau dès la publication du *Tiers Livre.*
Sans doute craint-il des sanctions plus graves, car il se
réfugie à Metz, terre d'Empire, où il exerce la médecine. Son ancien ami, Étienne Dolet, après avoir été
sauvé une première fois par la reine de Navarre est
brûlé à Paris, place Maubert (1546). François Ier meurt
en 1547. Rabelais semble découragé. Il appelle au
secours son fidèle protecteur le cardinal du Bellay :

Si vous n'avés de moi pitié, je ne sache que doibve faire.
Le public, d'abord dérouté par le ton littéraire du
Tiers Livre, le venge bientôt de l'hostilité des théolo-
giens : de 1546 à 1547, six éditions s'enlèvent. Le roi
Henri II renouvelle le privilège octroyé par François
Ier. Rabelais trouve dans Odet de Coligny, cardinal de
Châtillon, très influent sur le nouveau souverain, un
protecteur puissant : il lui dédiera *Le Quart Livre*
(1548).

ORIGINALITÉ DU TIERS LIVRE

Si Rabelais a rattaché *Le Tiers Livre* au *Pantagruel*
et au *Gargantua* par maints fils, tels l'appel aux *beuveurs tresillustres* du *Prologue*, les libres facéties sur la
braguette (chap. VIII), les attaques contre la cabale
monastique (chap. XV), les références au pays chinonais (cf. la sibylle de Panzoust, etc.), enfin le retour
des personnages principaux ou secondaires des romans
précédents, Pantagruel, Gargantua (épisodiquement
aux chap. XXXVI et XLVIII), Panurge et frère Jean,
qui se trouvent pour la première fois face à face,
Eudémon, Carpalim, etc., l'atmosphère générale du
roman, les questions évoquées, les personnages nouveaux sont tout différents. Rabelais écrit non plus
pour la foule des acheteurs d'almanachs ou des badauds
de foire, mais pour ceux qui savent goûter le bon vin
et le boire théologalement. Non que les fréquentes
allusions à la médecine, au droit, à la philosophie aient
exigé au XVIe siècle un public de spécialistes, mais

seuls pouvaient déchiffrer pleinement les énigmes du livre les humanistes au courant des controverses idéologiques et sensibles à la perfection littéraire.

Cette préoccupation artistique se manifeste dans l'organisation du roman. Rien de commun avec la verve débordante du *Pantagruel*, qui, dans sa spontanéité, réserve de l'imprévu à chaque chapitre, ni avec la parodie gigantale de l'épopée du *Gargantua* : tout se passe à l'échelle humaine et dans un cadre à la mesure de l'homme. Pantagruel ne domine nullement Panurge par la taille. Ainsi Rabelais s'est privé volontairement des effets faciles et éprouvés du gigantisme, évitant les disparités monstrueuses entre les héros et les comparses. Plus de navigations lointaines vers les pays exotiques ou imaginaires. Les consultations de Panurge ne l'éloignent guère du palais de Pantagruel, que celui-ci soit situé en Dipsodie, royaume conquis par Pantagruel, ou en Utopie, capitale de Gargantua, de toute façon en pays chinonais. La *case chaumine* de la sibylle de Panzoust (chap. XVII), près Le Croulay, n'est qu'à trois journées du château royal ; le *vieil poëte Raminagrobis* réside près de Villaumere, l'occultiste Her Trippa, près l'île Bouchard (chap. XXI, XXVII...), Bridoye a exercé sa charge de juge à Fonsbeton, en Poitou (chap. XXXVI). Lorsque Panurge revient déconfit de l'entrevue avec Raminagrobis, Pantagruel lui propose de réunir au château de Thélème, au cours d'un dîner *un théologien, un médecin et un jurisconsulte*. Pendant que Pantagruel et Panurge assistent au jugement de Bridoye, en *Myrelingues* (chap. XXXVIII), ville de Parlement au nom symbolique,

Carpalim est dépêché à Blois pour en ramener le
fou Triboullet. Il y a donc une certaine unité de lieu,
non entre les parois d'une antichambre de tragédie
classique, mais dans les limites extensibles de la province natale, cette unité étant moins recherchée,
semble-t-il, par souci de réalisme ou de ferveur régio-
naliste, que par volonté esthétique de concentration.

L'unité de temps concourt également à cet effet de
vraisemblance. Si les péripéties du *Pantagruel* et du
Gargantua ont besoin de mois, et même d'années,
pour se dérouler depuis la naissance des géants jusqu'à
leur maturité, *Le Tiers Livre* se borne à quelques
semaines, comme l'a ingénieusement montré V.-L.
Saulnier, ce qui n'exclut pas toute inadvertance entre
le temps employé aux consultations et la date présumée
du départ de la flotte, en quête de la Dive Bouteille.
En revanche, l'effet de la durée, temps individualisé,
qui transforme les êtres au cours de la vie, est beaucoup plus visible que dans les deux premiers livres.
Pantagruel et Panurge ne sont plus les deux compagnons insouciants, qui ont lié amitié sur le pavé de
Paris. Cette amitié date de *longs temps*, remarque
Pantagruel (chap. xvi, début), et elle est devenue
confiance et sollicitude. Panurge ne passe plus ses
journées à jouer des tours aux pages, aux archers ou
aux dames de Paris ; châtelain de *Salmiguondin*, il
mène joyeuse vie et *mangeant son bled en herbe*
(chap. ii). Devenu plus savant, sinon plus sage, il
nourrit son éloquence intarissable avec les arguments
tirés d'un pédantisme encyclopédique : *Par la dive Oye
guenet !* s'exclame Pantagruel, *depuys les dernieres pluyes*

tu es devenu grand lifrelofre, voyre diz je philosophe
(chap. VIII). Ne pouvant rivaliser sur le plan médical
avec Rondibilis, il invoque sa qualité de juriste :
Nous aultres legistes..., lui rétorque-t-il avec aplomb
(chap. XXXIV). Peu importe le vrai ou le faux ; ce qui
compte, c'est d'avoir le dernier mot. Comme Pathelin
et tous les mauvais avocats, messagers du *caliumna-
teur infernal*, il se plaît à *tourner le noir en blanc* (chap.
XLIV), et à contredire tous les *consultants*, y compris
Pantagruel. Sa devise est : *Au rebours !*

Ce sophiste sans conscience, si vaniteux et égoïste
que M. A. Screech le considère comme une incarnation
de la *philautie* (ou amour de soi, cf. *op. cit.*), est aussi
un barbon qui a attendu d'avoir les cheveux gris pour
songer au mariage. La belle médaille de cocu que cet
Arnolphe anticipé, que l'Agnès la plus ingénue berne-
rait malgré toutes ses précautions et ses enquêtes !
D'autant plus comique que l'âge a rendu vraisemblable la métamorphose du galant.

Par contre, Pantagruel est plein de raison et de
gravité, sans doute pour produire un effet de contraste, comme le Philosophe s'oppose au Bohème
dans *Le Neveu de Rameau*, mais aussi par suite de
l'évolution naturelle de son caractère. Il demeure l'*Idée
et exemplaire de toute joyeuse perfection*, mais cette
joie, tempérée par la sagesse, s'achemine vers la
sérénité. Ce n'est plus maintenant qu'il départagerait
les seigneurs de Baisecul et de Humevesne par une
sentence encore plus farfelue que les plaidoyers de
ceux-ci ! (*Pantagruel*, chap. XIII.) Mais de sa jeunesse
facétieuse, il a conservé une grande compréhension

pour autrui, prenant toute chose en bonne part, ne
se scandalisant de rien, ne voyant pas l'hérésie partout, admettant la diversité humaine : *Chascun
abonde en son sens* (chap. VII), telle est sa maxime. Au
dernier chapitre du roman, célébrant la plante mira-
culeuse qui porte son nom, après avoir énuméré toutes
ses propriétés merveilleuses, il conclut son éloge par
un mot qui résume son caractère et sa mission : *Me
suffist vous avoir dict vérité. Vérité vous diray*.

C'est donc centré sur ce couple antithétique, et
dans un espace relativement réduit que s'organise le
plan d'ensemble, remarquablement simple dans ses
lignes générales. Après deux chapitres de transition
avec le *Pantagruel*, qui présentent Panurge dans son
nouveau rôle, succède un éloge paradoxal des dettes,
auquel fera pendant à la fin du roman l'éloge non
moins paradoxal du *pantagruelion*. Entre ces deux
morceaux de bravoure se développe le thème principal annoncé par Panurge : *J'ay... la pusse en l'aureille
Je me veulx marier* (chap. VII). Ce projet engendre
une suite de consultations doubles sur le mariage et le
cocuage (chap. IX à XXXVIII, XLV et XLVI). Le procès
de Bridoye et la mise en cause du formalisme juridique
(chap. XXXIX à XLIII) se greffent sur le sujet précédent. Le schéma du *Tiers Livre* pourrait donc se
résumer, en apparence, en deux satires de mœurs
encadrées par deux morceaux de bravoure.

La réalité est beaucoup plus complexe. La composition rigoureuse et l'exposition sobre et abstraite ne
sont pas encore dans les habitudes du temps, et moins
encore selon le génie de Rabelais : il en est du *Tiers*

Livre comme des châteaux de la Loire : le plan d'ensemble est aussi fonctionnel que dans les bâtisses
modernes, mais il n'exclut pas la profusion des ornements, ni les saillies imprévues de la vie. Certes,
Rabelais suit le fil de son discours, et avant Montaigne,
il pourrait avertir le public que seul l' « indiligent lecteur » le perd. Mais ce fil d'Ariane qui guide dans les
labyrinthes tortueux, s'arrête parfois court, laissant
en suspens la curiosité, ou bien conduit dans une
impasse où éclate le rire énorme du conteur. Rien de
moins géométrique que cet art exubérant et volubile.
L'imagination du romancier surclasse toujours celle
du lecteur. Les éternelles questions de Panurge :
« Dois-je me marier ? Serai-je cocu ? », au lieu de verser
dans la monotonie vont de surprise en surprise, à la
fois par la diversité des *consultants* et l'interprétation
contradictoire de Panurge et de Pantagruel.

Les consultations se divisent en deux groupes principaux, coupées de digressions, de calembredaines et
de jeux verbaux. Le premier groupe est comique dans
l'ensemble par son caractère parodique, le second est
plus souvent sérieux.

Interrogé en premier, comme il se doit, Pantagruel
se contente d'approuver les arguments contradictoires
de Panurge : *Mariez-vous doncq, de par Dieu ! Poinct
doncques ne vous mariez...* (chap. IX), véritable chanson
à *La Ricochet*, ainsi que commente Panurge (chap. X).
Puis il propose de s'en rapporter aux procédés de divination des Anciens, en particulier les sorts homériques
et virgiliens (chap. X et XI), en condamnant comme
abusif, illicite et grandement scandaleux le recours aux

dés. En revanche, l'examen des songes, approuvé par les philosophes (Platon, Plotin, Plutarque, etc.) et les médecins (Hippocrate, Galien...), est *antique et authentique* (chap. XIII). Il suffira à Panurge de souper de quelques fruits pour favoriser les songes divinatoires, belle occasion pour se rattraper ensuite en appliquant le proverbe claustral : *de missa ad mensam* (de la messe à la table), et de dauber une fois de plus sur la gourmandise proverbiale des moines et l'appétit dévorant de Panurge (chap. XV). L'échec de l'examen psychanalytique des songes fait rebondir l'enquête, en la dirigeant sur les oracles vivants, la sibylle de Panzoust (chap. XVI), puis le muet Nazdecabre (Nez de chèvre). Dans les deux cas, Rabelais s'amuse aux dépens de la crédulité populaire. Parodiant Virgile, il dépeint une vieille plus repoussante que la sibylle de Cumes, *mal vestue, mal nourrie, edentée, chassieuse, courbassée, roupieuse, languoureuse...*, occupée à faire mijoter un potage de *choux verds avecques une couane de lard jausne* (chap. XVII). Il faudrait être bien naïf pour prendre au sérieux ses simagrées et vers prophétiques écrits à la pointe du fuseau sur les feuilles de sycomore. A l'égard de tels oracles, Rabelais n'est pas plus respectueux que ne le sera Fontenelle. Autre forme de comique, cette fois tout en gestes : la consultation par signes de Nazdecabre. La dispute rappelle aux lecteurs du Pantagruel l'exploit de Panurge faisant quinaud l'Anglais Thaumaste (chap. XVIII, XIX). Mais, à côté des faux prophètes intronisés par l'ignorance, n'existe-t-il pas des privilégiés, auxquels Dieu entrouvre les portes de l'avenir au moment de la mort ? La visite

au vieux poète Raminagrobis (chap. xxi) est pleine
de respect ; une stricte unité de ton la voudrait non
à la suite des pitreries de Nazdecabre, mais en introduction à la consultation du père Hippothadée. Pantagruel et Panurge trouvent le bon vieillard *en agonie,
avecques maintien joyeulx, face ouverte, et reguard lumineux.* Moins significatif est l'ultime poème qu'il leur
dédie, que l'exemple d'une mort paisible et sans céré-
monie qu'il leur propose : *J'ay, ce jourd'huy... hors ma
maison, à grande fatigue et difficulté, chassé un tas de
villaines, immondes et pestilentes bestes, noires, guarres,
fauves, blanches, cendrées, grivolées, les quelles laisser
ne me vouloient à mon aise mourir.* Comme si le lecteur
pouvait se tromper sur la nature de ces bêtes mal-
faisantes, Panurge dans le chapitre suivant se charge
de préciser que ce sont les « pauvres diables de Capussins et Minimes ». Dans les chapitres xxi, xxii et
xxiii, l'enquête sur le mariage passe au second plan,
la critique des moines et des sacrements au premier.
Mais comme le rire est le propre de l'homme, l'anecdote
de *Jean Dodin*, jeté dans la rivière par un cordelier
trop formaliste, se charge d'égayer l'âpre satire. L'attaque contre les pseudo-devins reprend et culmine avec
la consultation d'Her Trippa (chap. xxv). Ce pédant
personnage est réputé prédire l'avenir *par art de
astrologie, géomantie, chiromantie... et aultres de pareille
farine.* Exaspéré par la vaine érudition et l'assurance
doctorale de Trippa, Panurge, bien inspiré en l'occur-
rence, lui répond par la parabole de la paille et de la
poutre et par le précepte socratique : *Il ne sçait le premier trait de philosophie, qui est : congnois to...* Ainsi, à

l'exception de Raminagrobis, cette liste de *consultants* est composée d'imposteurs, de grotesques et de faux savants.

Trois chapitres de haute fantaisie servent de transition entre les charlatans et les représentants qualifiés du savoir : une lampée de gaieté grasse et verbeuse, comme on l'aimait à l'époque. Panurge *matagrabolisé* (nous dirions *matraqué*) par les boniments de Trippa se réconforte avec frère Jean, opposant au *blason* de *couillon mignon* (chap. xxvi) le *contre-blason* de *couillon flétri* (chap. xxvii). Mais trêve de fariboles ! Panurge trouvera-t-il remède à sa perplexité près des autorités dont le savoir est voué à la conservation des hommes ? Le premier à répondre, le père Hippothadée, évangéliste libéral, conseille le mariage comme un moindre mal : *trop meilleur est soy marier que ardre on feu de concupiscence* (chap. xxx). La seconde réponse est décevante : *Seray je poinct coqu ?* demande Panurge, *Nenny dea... si Dieu plaist.* Ici encore mariage et cocuage sont d'importance secondaire, servant surtout à introduire une profession de foi évangélique : *N'est ce honorer le Seigneur, créateur, protecteur, servateur ? N'est ce le recongnoistre unicque dateur de tout bien ? N'est ce nous declairer tout despendre de sa benignité, rien sans lui n'estre, rien ne valoir, rien ne povoir, si sa saincte grace n'est sus nous infuse ?* Le chapitre se termine par l'évocation du ménage chrétien, uni par une tendresse réciproque.

Le médecin succède au religieux, les remèdes physiques aux conseils moraux. Les *aiguillons de concupiscence ?* c'est affaire de traitement (chap. xxxi). Le

cocuage, c'est un apanage naturel du mariage (chap.
XXXII), Hippocrate lui-même devait surveiller sa
femme : *Non que je me défie de sa vertus et pudicité...
mais elle est femme. Voy là tout*. Aux considérations
physiologiques s'ajoutent les anecdotes proverbiales
sur la jalousie, l'esprit de contradiction et de curiosité
des femmes. Rabelais prend plaisir à rappeler les
souvenirs de Montpellier, les *farces* jouées avec Rondibilis, si bien que Panurge doit le ramener au sujet :
Retournons à nos moutons. Le ton change à nouveau ; à
l'égard de Rondibilis, Rabelais se montrait confra-
ternel et souriant. Trouillogan, philosophe sceptique,
qui ne décide de rien et dont les devises sont : *Tous les
deux ; ni l'un ni l'autre*, est un fantoche. A travers lui,
c'est la résurgence du pyrrhonisme qui est visée. Gargantua, que l'on croyait au pays des fées (*Pantagruel*,
chap. XXIII), mais qui rend visite aux dîneurs, comme
s'il venait d'une pièce voisine, s'exclame : *En sommes
nous là ? Doncques sont huy les plus doctes et prudens
philosophes entrés on phrontistere et escholle des pyrrhoniens... Loué soit le bon Dieu! Vrayement, on pourra
dorenavant prendre les lions par les jubes* (crinières)...
(chap. XXXVI). Nouvelles pirouettes : si les sages n'y
peuvent rien, prenons conseil de quelque fol (chap.
XXXVII), et voilà Triboullet blasonné (chap. XXXVIII)
à qui mieux mieux par Panurge et Pantagruel...
mais il faudra attendre le chap. XLV pour assister à
l'entretien de Panurge et du fol, scène analogue par la
construction et les effets comiques à celle de Nazdecabre (chap. XX). Dans l'intervalle se déroule le procès
de Bridoye (chap. XXXIX-XLIII), qui inspire à Épisté-

mon cette conclusion d'une prudence désabusée, et que ne désavouerait pas Montaigne : dans les cas perplexes, il est préférable de se recommander *humblement à Dieu le juste juge*, au lieu de *tourner le noir en blanc*. Les paroles de Triboullet suscitant des interprétations contradictoires (chap. XLVI), il reste comme ultime secours l'Oracle de la Dive Bouteille. Les préparatifs de voyage et l'éloge lyrique du *pantagruelion* sont toutefois retardés par une nouvelle intervention de Gargantua s'indignant contre les mariages *illicites*, c'est-à-dire dépourvus du consentement des parents, attitude qui semblerait en opposition avec la liberté des Thélémites, s'il ne s'agissait surtout de condamner la complicité des prêtres, qui favorisent ces unions, et empiètent sur l'autorité paternelle.

Ainsi de multiples rameaux naissent du tronc et des branches principales, mais ce feuillage touffu n'ombrage finalement qu'une même vérité : la révolte d'un homme contre les diverses formes du formalisme antinaturel. Encore faut-il la reconnaître sous les allégories, les masques et les grimaces.

LES DESSEINS DU TIERS LIVRE

La richesse du *Tiers Livre* autorise la diversité des interprétations, les plus pertinentes, dans l'état actuel des recherches, étant celles d'A. Lefranc, de M. A. Screech et de V.-L. Saulnier.

Abel Lefranc est surtout sensible au patriotisme du *Prologue*, à la participation de Rabelais à la Querelle des

Femmes, aux sources de réalité et à l'influence du *Songe de Pantagruel*, livret de François Habert. Dans son *Prologue*, Rabelais se compare à Diogène, roulant son tonneau pour faire semblant de participer à la défense de Corinthe : *Je pareillement, quoy que soys hors d'effroy, ne suis toutesfoys hors d'esmoy, de moy voyant n'estre faict aulcun pris digne d'œuvre, en consyderant par tout ce tresnoble royaulme de France, deçà, dela les mons, un chascun aujourd'huy soy instantement exercer et travailler, part à la fortification de sa patrie, et la defendre, part au repoulsement des ennemis...* Les lecteurs du *Tiers Livre*, eux aussi, étaient à peine tirés d'effroi par la paix de Crépy (1544), qui avait arrêté l'invasion de Charles Quint en Champagne. Mais ce n'était qu'une pause que François Ier utilisait pour fortifier la frontière de l'Est. L'allusion aux événements politiques est probable, le patriotisme de Rabelais incontestable, sans exclure une hypothèse annexe : la fonction du philosophe, Diogène ou Rabelais, n'est pas de prendre les armes ou de remparer la muraille mais de combattre les préjugés et la sottise, éternels ennemis de l'homme.

La plus grande partie du *Tiers Livre* touche à la Querelle des Femmes, qui durait depuis le Moyen Age, opposant apologistes et détracteurs. La première partie du *Roman de la Rose*, composée par Guillaume de Lorris, idéalise la Femme et lui voue un culte ; la seconde, de Jean de Meung, est une satire systématique et réaliste. A côté du *Champion des Dames* (1440-1442) de Martin le Franc, *Le Petit Jehan de Saintré* d'Antoine de la Sale, et *Les Quinze Joies de*

Mariage soulignent les défauts particuliers aux femmes, curiosité, lascivité, esprit de contradiction, etc. Le débat prend toutes les formes, farces, contes, poèmes, traités philosophiques ou juridiques. Peu de temps avant *Le Tiers Livre*, les *Controverses du sexe masculin et féminin* (1534) de Gratien Dupont, et surtout *La Parfaicte Amye* (1542) d'Héroët, à laquelle riposte *L'Amye de Court* de la Borderie font rebondir la polémique. Dans l'entourage même de Rabelais, Tiraqueau avait étudié du point de vue juridique la question du mariage (*De legibus connubialibus*, 1513), prenant position contre les femmes, et Bouchard, autre ami de Rabelais, l'avait réfuté. Érasme, qui inspire si souvent la pensée du romancier, avait plaidé pour les femmes dans l'*Institution du mariage chrétien* (1526), et contre elles dans le célèbre *Éloge de la Folie* (1509). Les références du *Tiers Livre* à ces ouvrages faisaient partie des lieux communs, et ne dénotent pas une misogynie systématique. Il était normal que Rabelais dise son mot dans une controverse, où sa verve de conteur pouvait se donner libre cours, amuser ses lecteurs et glisser des attaques contre ses adversaires véritables, les théologiens et les moines. L'histoire de Sœur Fessue (chap. xix) figure déjà chez Érasme, d'anciens conteurs comme Georges d'Esclavonie (*Le Château de Virginité*) et dans le répertoire des farces (cf. V.-L. Saulnier, *Bibliothèque d'H. et R.*, tome xxiv, 1962) ; celle du pape Jean xxii mystifiant les nonnes de Coingnaufond (chap. xxxiv) est aussi traditionnelle. De ces anecdotes satiriques, doit-on conclure avec Billon que Rabelais est le « *guidon* » des antiféministes ?

Autant pourrait-on en dire de Marguerite de Navarre
pour son *Heptaméron*, et par la suite, de La Fontaine
pour ses *Contes* et ses *Fables*.

A y regarder de plus près, l'attitude de Rabelais à
l'égard des femmes paraît plus nuancée, allant de la
gauloiserie jusqu'au respect. Le père Hippothadée
(chap. xxx) expose à Panurge les conditions pour que la
femme reste fidèle : *Là vous trouverez que jamais ne
serez coqu, c'est à dire que jamais vostre femme ne sera
ribaulde, si la prenez issue de gens de bien, instruicte en
vertus et honesteté, non ayant hanté ne frequenté compaignie que de bonnes mœurs, aymant et craignant Dieu...*
Telles étaient déjà l'origine et la formation des jeunes
Thélémites (*G.*, chap. LIV et LVII). La femme forte de
la Bible n'a pas disparu, comme le prétend Panurge.

Le médecin Rondibilis, qui semble bien être l'interprète de Rabelais sur ce point, se montre à la fois prudent et indulgent en considération de la nature particulière de la femme ; compréhension, affection sans
illusion, plaisir des sens, tels seront encore les conseils
de Montaigne (*Sur des vers de Virgile*, III, v ; cf. *Bulle-
tin des Amis de Montaigne*, nº 7, 1966). Ainsi s'explique
la véhémente protestation de Gargantua contre les
mariages non préparés ni autorisés par les parents.
Les jeunes filles sont exposées aux entreprises des
ruffians et aux caprices de leur sexe : *Et voyent les
dolens peres et meres hors leurs maisons enlever et tirer
par un incongneu, estrangier, barbare, mastin tout pourry, chancreux, cadavereux, paouvre, malheureux leurs
tant belles, delicates, riches et saines filles, les quelles
tant cherement avoient nourries en tout exercice ver-*

tueux... (chap. xlviii). On croit entendre par avance Diderot, libre de mœurs, lui aussi, mais bon père, s'indigner contre le neveu de Rameau jouant la scène du suborneur d'ingénues.

Le rire de Rabelais est souvent à double détente. L'épisode des mariages « illicites » comme l'histoire de sœur Fessue vise autant l'Église que la Femme, peut-être même davantage. Dans le premier cas, c'est un abus de pouvoir antisocial ; dans le second, un exemple de tartuferie, qui soulève la question des règles monastiques et de la confession. Si vraiment Rabelais avait été un antiféministe convaincu, aurait-il dédié *Le Tiers Livre* à Marguerite de Navarre, la femme la plus éminente de son temps ?

Les éléments de réalité sont généralement sans mystère lorsqu'il s'agit de La Devinière, maison natale de Rabelais ou des villages et lieux-dits environnant Chinon. Tout en glorifiant le terroir, ils composent un décor concret, déjà familier aux lecteurs du *Pantagruel* et du *Gargantua* en donnant un air de vraisemblance aux déplacements et enquêtes de Panurge. Les *consultants*, eux, ne cessent de piquer la curiosité des érudits. Certes, il n'a pas été difficile de reconnaître Rondelet en Rondibilis, puisque Rabelais rappelle lui-même l'amitié qui les unissait à la Faculté de Montpellier, et la joie qu'ils avaient eu à représenter la farce de la femme « mute », se moquant à la fois du mari, de la femme et des médecins. L'ingéniosité des chercheurs s'est exercée à identifier les autres personnages, sans apporter de preuves décisives. Raminagrobis était-il Guillaume Crétin, ou bien comme le pense Abel Lefranc, Jean Lemaire de Belges? Hippothadée représente-t-il Lefèvre d'Étaples ou tout autre docteur évangélique? Bridoye et Trouillogan ont-ils existé, ou sont-ils des symboles grotesques de la justice et de la philosophie? Autant rechercher le modèle ou plutôt les modèles, d'Alceste ou de Tartuffe! Si les contemporains de Rabelais se délectaient à percer le secret des clés, le lecteur d'aujourd'hui s'intéresse davantage à la signification des allégories et à la vérité intemporelle des portraits. L'important, c'est que chaque personnage incarne une catégorie du savoir humain, qui se montre incapable de résoudre les doutes de Panurge. Tels apparaissaient déjà les « savants » questionnés vainement par Socrate, contraints d'avouer finalement qu'ils en savaient moins que celui-ci, qui ne savait rien. Est-ce de saint Paul, de Platon ou de l'expérience de la vie que Rabelais a tiré cette leçon d'humilité et d'ironie? En tout cas, une des leçons les plus directes du *Tiers Livre* trouvera son expression définitive dans les *Essais* : « Toutes nos vacations sont farcesques. » Le scepticisme de Montaigne à l'égard des institutions et de la science humaine prolonge la pieuse réserve d'Hippothadée : *S'il plaist à Dieu !*

Le rapprochement entre le *Songe de Pantagruel* et *Le Tiers Livre*, fort intéressant en lui-même, est d'une importance secondaire pour éclairer les intentions générales de ce dernier. Le succès des deux premiers romans, d'ailleurs préparé par la tradition populaire, a été si vif que de nombreuses imitations en sont nées. Que Rabelais ait repris son bien, à sa façon, rien de

plus légitime, mais il va beaucoup plus loin que François Habert et dans des directions différentes.

L'unité fondamentale du *Tiers Livre*, selon M. A.
Screech, résiderait dans la condamnation du péché de
philautie, qui affecte le principal personnage du roman,
Panurge. Cette hypothèse se fonde notamment sur les
reproches de Pantagruel à Panurge (chap. xxix)
concernant la légitimité même de son enquête. Le *dicté*
de Raminagrobis, dit Pantagruel signifie *sommairement
qu'en l'entreprinse de mariage chascun doibt estre arbitre de ses propres pensées, et de soy mesmes conseil prendre. Telle a tousjours esté mon opinion, et aultant vous
en diz la premiere fois que m'en parlastez ; mais vous en
mocquiez tacitement, il m'en soubvient, et congnois que
philautie et amour de soy vous deçoit...* Cette explication
comporte au moins une obscurité et une contradiction :
ce n'est pas par amour-propre que Panurge s'en va
consulter les autorités, mais parce qu'il se sent incapable de prendre une décision lui-même. Son péché est
de croire que l'homme, par son savoir, peut prévoir
l'avenir ; son erreur de s'obstiner dans sa recherche,
et, par une vanité têtue, de rejeter ensuite tous les
avis. Sa présomption est surtout verbale, comme celle
des sophistes antiques se vantant de faire le plus fort
de l'argument le plus faible. Ni lui ni les consultants
n'ont compris qu'il existe des mystères insondables
pour l'intelligence humaine, et qu'il vaut mieux s'en
remettre aux révélations des « *sacrés Bibles* », sinon aux
dés, comme Bridoye. Mais cette hypothèse, acceptable
peut-être pour le personnage de Panurge, laisse dans
l'ombre d'autres aspects importants du roman.

V.-L. Saulnier, lui aussi, fonde son interprétation
sur la cohésion du *Tiers Livre*, mais s'oriente diffé-
remment. Son hypothèse éclaire non seulement les
épisodes centraux, mais les éloges paradoxaux des
dettes et du pantagruelion. La notion de dette « n'est
autre ici que celle d'échange, de bon vouloir réciproque, d'assistance mutuelle, d'accueil souriant... Le
monde avec dettes, c'est un monde de charité... » (*Le
Dessein de Rabelais*, p. 53). Cette signification symbolique explique le lyrisme extatique auquel s'élève
Panurge pour célébrer l'âge d'or, où chacun prête et
emprunte conformément à la loi universelle de la
Nature. De là aussi son horreur pour un monde sans
dettes, d'où « seront bannies *Foy, Espérance, Charité* ».
Il est remarquable que la réfutation de Pantagruel
(chap. v) est brève et vague, et qu'elle consiste surtout
à restreindre au domaine spirituel l'usage des dettes :
« *Rien (dict le sainct Envoyé) à personne ne doibvez,
fors amours et dilection mutuelle.* » L'enquête de Panurge
déborde le problème particulier du mariage et concerne
l'attitude de l'homme incapable de voir clair dans le
chaos des doctrines et cherchant la vérité. Il ne cherche
pas à renverser les institutions et déteste la *nouvelleté*
aussi vivement que le fera Montaigne, mais il souhaite
trouver des guides chez les gens d'entendement et de
savoir. Devant la carence de toutes les autorités,
il s'en remet à la grâce divine et prend l'initiative de
nouvelles pérégrinations vers l'oracle de la Dive Bouteille. Jusqu'ici, tout s'enchaîne admirablement, mais
comment intégrer le pantagruelion dans le système
général ? Sans nier le caractère paradoxal du passage,

qui se donne comme une amplification de l'éloge du
chanvre-lin par Pline. V.-L. Saulnier lui attribue un
sens plus personnel : l'herbe magique serait le talisman
assurant une navigation heureuse à ces nouveaux
pèlerins. D'autres critiques accordent au pantagruelion une portée plus universelle : ce serait le symbole
de l'industrie humaine, une invention aussi merveilleuse que le feu de Prométhée.

L'ART DANS LE TIERS LIVRE

Si le fécond génie de Rabelais offre matière à des
interprétations divergentes, son art n'est mis en cause
par personne. Moins spontané que dans le *Pantagruel*,
ne cédant pas aux facilités du gigantisme comme dans
le *Gargantua*, très attaché aux formules littéraires
de son temps, il dépasse cependant celles-ci, et atteint
souvent la perfection du conte.

Tout d'abord, *Le Tiers Livre* satisfait au goût de
l'époque pour les *énigmes* et les *blasons*, énumérations
de qualités ou de défauts concernant une babiole, un
animal familier, une plante, etc. Il comporte en
effet trois blasons de facture variée : au chap. XXVI,
Panurge montre son invention verbale en déclamant à
frère Jean le *blason de couillon mignon, moignon, de
renom*, etc. ; au chap. XXVIII, frère Jean lui donne la
réplique par le *blason* satirique de *couillon flatry,
moisy, rouy*, etc. A ces deux *blasons* antithétiques et à
une seule voix s'ajoute le blason double (chap. XXXVIII)
de Panurge et de Pantagruel célébrant simultanément

le fol Triboullet. Ces litanies de mots enfilés plus par ressemblance de son que de sens paraissent fastidieuses aux lecteurs d'aujourd'hui, bien qu'elles aient été rajeunies par quelques jeux radiophoniques. Au XVIᵉ siècle, c'était un régal pour des lecteurs oisifs et facilement subjugués par le verbalisme.

On serait tenté d'en dire autant des discussions médicales pour ou contre les théories d'Hippocrate ou de Galien, des diatribes contre Tribonien et Justinien, qui, pour nous, exhalent un relent de pédantisme comme les citations antiques des *Essais*. Au temps de Rabelais, c'était affirmer son autorité et cligner de l'œil du côté des Humanistes. Avouons que le sel de la plupart de ces références et allusions a perdu son piquant.

Il n'en est pas de même pour l'éloquence paradoxale de Panurge dans l'éloge des dettes, ou dans le panégyrique du pantagruelion, herbe magique, qui résiste au feu plus efficacement que la salamandre, permet aux peuples de l'Arctique de joindre ceux de l'Antarctique, plus précieuse que la myrrhe, l'encens et l'ébène, etc. Aujourd'hui encore le torrent de mots nous emporte irrésistiblement. Une griserie analogue, cette fois sur le mode comique, émane du discours de Her Trippa vantant sa science divinatrice avec le même entrain que le bonimenteur des rues.

Mais l'art du *Tiers Livre* dépasse souvent le comique spontané des farces et des contes populaires. La diversité des épisodes et des personnages se reflète dans le ton et la nature du vocabulaire. Le langage est adapté à l'état, à l'âge et à la psychologie de chacun. Her

Trippa accumule toutes les variétés de *manties*, Hippothadée questionne Panurge en confesseur expérimenté. La cupidité de Rondibilis, défaut général de la profession médicale, est dénoncée par un bref échange de propos avec Panurge : « *Rien jamais des gens de bien je ne refuse*, déclare le médecin. *Je suys tousjours à vostre commendement.* — *En payant, dist Panurge.* — *Cela s'entend, respondit Rondibilis.* » Molière ne devait pas inventer de dialogue plus caractéristique. La naïveté malicieuse du bonhomme Bridoye, sa vieillesse et sa simplesse se traduisent tout ensemble par l'anecdote de Perrin Dandin, *homme honorable, bon laboureur, bien chantant au letrain* (lutrin), dont le bon sens réglait à l'amiable plus de différends que la Cour de Poitiers, et par le refrain ironique, *comme vous aultres, messieurs*, qui ponctue sa harangue. Le chapitre XLII, *Comment naissent les procès, et comment ils viennent à perfection*, est un chef-d'œuvre de parodie satirique. L'effet comique des contes de sœur Fessue, du receveur Dodin et de Seigny Joan, *fol insigne de Paris*, n'est pas moins réussi, le premier dans le genre paillard, le second pour la satire des moines, le troisième dans la mise en scène d'une anecdote. Alors que le récit de Tiraqueau, d'où est tirée cette histoire, est sec et sans relief, le conte de Rabelais comporte un décor précis (la rôtisserie du Petit Châtelet), la figuration du badaud peuple de Paris, trois acteurs personnalisés, le rôtisseur cupide et vaniteux, le faquin affamé, humble, mais convaincu de son bon droit, Seigny Joan, aussi solennel qu'un président de Cour, et juste comme Salomon, une action avec des péri-

péties, des coups de théâtre, un intérêt soutenu jusqu'au
dénouement du débat. Il faudrait bien peu de chose
pour transformer le conte en farce, le lecteur en spectateur. Mérite plus rare encore, et qui montre que l'art
pouvait maîtriser la verve naturelle, lorsque Rabelais le jugeait utile, le *Jugement du Fol* est d'une densité et d'une simplicité exceptionnelles.

Ainsi à la variété kaléidoscopique du *Tiers Livre*
(cette définition si juste de M. A. Screech), correspond un art élaboré, où la forme épouse si justement
le fond, qu'elle en est inséparable. Il est permis de
décerner à Rabelais l'éloge que Paul Valéry accordait
à Bossuet écrivain : « Cette pleine et singulière possession qui s'étend de la familiarité à la suprême magnificence... implique une conscience ou une présence
extraordinaire de l'esprit en regard de tous les moyens
et de toutes les fonctions. Bossuet dit ce qu'il veut. »
(*Variété* II). Cette maîtrise du style sauve de l'oubli et
de l'incompréhension des pensées devenues parfois
inconcevables par les changements immenses survenus
en quatre siècles. Même quand le dessein de Rabelais
s'estompe dans la nuit des temps, la splendeur de la
forme étincelle : « l'arche demeure. »

Pierre Michel

NOTRE TEXTE

Trois éditions de 1546 sont connues. Selon l'usage des éditions critiques, nous avons adopté l'édition de 1552, considérée comme définitive, puisqu'elle est la dernière corrigée par l'auteur. Entre le texte de 1546 et celui de 1552, il n'y a que des variantes insignifiantes. Nous avons relevé celles qui présentaient un intérêt pour le sens, la plupart du temps des additions.

Nous avons suivi la grande édition critique d'Abel Lefranc, sauf pour les blasons, où nous avons préféré l'édition Jourda. L'édition M. A. Screech nous a été d'un grand secours pour l'établissement du texte et son commentaire.

LE TIERS LIVRE

DES FAICTS ET DICTS HEROIQUES
DU BON PANTAGRUEL

Composé par M. Fran. Rabelais, Docteur
en Medicine.

Reveu, et corrigé par l'Autheur,
sus la censure antique.

*L'autheur susdict supplie les lecteurs benevoles, soy
reserver à rire au soixante et dixhuytiesme Livre.*

1. Pour la première fois, Rabelais signe de son nom un de ses romans, sans doute encouragé par le succès de ses œuvres antérieures, et par les privilèges accordés successivement par François Ier (19 septembre 1545) et par Henri II (6 août 1550).

2. Rabelais passe sa licence et son doctorat en 1537, à la faculté de Montpellier.

3. Parodie d'une formule souvent employée par les auteurs pour faire patienter le lecteur.

4. La première édition avait été imprimée par Christian Wechel, à Paris.

* Variante de la première édition (1546) : « *Medicine et Calloïer des Isles Hieres.* » On appelait *Calloieres* les moines en Orient. Pourquoi des *îles d'Hyères* (sur la côte de Provence) ? Allusion à un séjour de Rabelais, ou simple facétie.

Le
tiers livre
des faicts et dicts
Heroïques du bon Pantagruel :
Composé par M. Fran.
Rabelais [1] docteur [2] en Medicine *.
Reveu, & corrigé par l'Autheur, sus
la censure antique.
L'Autheur susdict
supplie les lecteurs benevoles, soy
reserver à rire au soixante et dixhuytiesme
Livre [3].
A Paris, de l'imprimerie de Michel Fezandat [4], au mont
S. Hilaire, à l'hostel d'Albret
1552.
Avec privilege du Roy.

1. Marguerite d'Angoulême, reine de Navarre, sœur de François Ier (1492-1549), auteur de l'*Heptaméron*, protectrice des Évangélistes, avait composé des poèmes religieux (*Le Miroir de l'âme pécheresse*, 1531 ; *Les Marguerites de la Marguerite des Princesses*, 1547).

2. Les trois épithètes, *abstrait, ravi, extatique*, expriment le mysticisme de Marguerite, qui associait l'idéalisme platonicien au spiritualisme chrétien.

3. *Harmonieux.*

4. *Se morigine* : qui règle ses mœurs (latin : *mores*).

5. *Étrangère.* Le séjour sur terre était considéré par les Platoniciens comme un exil, le corps comme une prison.

6. *Sentiment.*

7. Néologisme : personnification d'*apathie* (de même *Utopie*, le pays de nulle part).

8. Rabelais invite Marguerite à quitter un instant ses méditations mystiques pour une lecture plus terrestre, le *Pantagruel*.

9. Dans son poème, *Epître... au roi de Navarre malade*, Marguerite fait allusion au *Pantagruel*. — Ce dizain se distingue par sa gravité, autant que par le rang de la destinataire, du *Dizain de Maistre Hugues Salel* (*Pantagruel*), et de celui adressé aux lecteurs (*Gargantua*).

FRANÇOIS RABELAIS
à l'esprit de la royne de Navarre [1].

Esprit abstraict, ravy, et ecstatic [2],
Qui frequentant les cieulx, ton origine,
As delaissé ton hoste et domestic,
Ton corps concords [3], qui tant se morigine [4]
A tes edictz, en vie peregrine [5],
Sans sentement [6], et comme en Apathie [7] :
Vouldrois tu poinct faire quelque sortie
De ton manoir divin [8], perpetuel ?
Et ça bas veoir une tierce partie
Des faictz joyeux du bon Pantagruel [9] ?

1. Le privilège d'Henri II (1550), pour l'édition de 1552, reprend les termes élogieux employés par François Ier pour les romans de Rabelais, dans le privilège de 1545 (cf. *infra*), en omettant toutefois la considération générale « desirans les bonnes letres estre promeues par nostre Royaulme. »

2. L'accusation peut s'appliquer à l'édition d'Étienne Dolet (1542), celui-ci ayant reproduit les versions primitives sans tenir compte des corrections de Rabelais. De toute façon, c'est une justification pour un privilège authentifiant le texte et empêchant les contrefaçons.

* Privilège de François Ier (19 septembre 1545), destiné à l'édition de 1546.

« *Francoys, par la grace de Dieu Roy de France, au Praevost de Paris, Bailly de Rouen, Seneschaulx de Lyon, Tholouze, Bordeaux, Daulphiné, Poictou, et à tous nos autres justiciers et officiers, ou à leurs lieutenants, et à chascun d'eulx sicomme à luy appartiendra, salut. De la part de nostre aimé et feal maistre Francoys Rabelais, docteur en medicine de nostre Université de Montpellier, nous a esté exposé que icelluy suppliant, ayant par cy devant baillé à imprimer plusieurs livres, mesmement deux volumes des faicts et dictz heroicques de Pantagruel, non moins utiles que delectables, les imprimeurs auroient iceulx livres corrumpu et perverty en plusieurs endroictz, au grand deplaisir et detriment du dict suppliant, et praejudice des lecteurs, dont se seroit abstenu de mectre en public le reste et sequence des dictz faicts et dictz heroicques ; estant toutesfoys importuné journellement par les gens sçavans et studieux de nostre Royaulme et recquis de mectre en l'utilité comme en impression la dicte sequence. Nous auroit supplié de luy octroyer privilege à ce que personne n'eust à les imprimer ou mectre en vente fors ceulx qu'il feroit imprimer par libraires, exprès, et auxquelz il bailleroit ses propres et vrayes copies, et ce pour l'espace de dix ans consecutifz, commançans au jour et dacte de l'impression de ses dictz livres. Pour quoy nous, ces choses considerées, desirans les bonnes letres estre promeues par nostre*

Henry par la grace de Dieu Roy de France, au Prevost de Paris, Bailly de Rouen, Seneschaulx de Lyon,
Tholouze, Bordeaux, Daulphiné, Poictou, et à tous nos
autres justiciers et officiers, ou à leurs lieutenants, et à
chascun d'eulx sicomme à luy appartiendra, salut et
dilection. De la partie de nostre cher et bien aymé
M. François Rabelais docteur en medicine, nous a esté
exposé que icelluy suppliant ayant par cy devant baillé
à imprimer plusieurs livres : en Grec, Latin, François et
Thuscan, mesmement certains volumes des faicts et
dicts Heroïques de Pantagruel, non moins utiles que
delectables [1] : les Imprimeurs auroient iceulx livres cor-
rompuz, depravez, et pervertiz en plusieurs endroictz [2].
Auroient d'avantaige imprimez plusieurs autres livres
scandaleux, ou nom dudict suppliant, à son grand
desplaisir, prejudice, et ignominie par luy totalement
desadvouez comme faulx et supposez : lesquelz il desi-
reroit soubs nostre bon plaisir et volonté supprimer.
Ensemble les autres siens advouez, mais depravez et

Royaulme à l'utilité et erudition de noz subjectz, avons au dict suppliant donné privilege, congé, licence et permission de faire imprimer et mectre en vente, par telz libraires experimentez qu'il advisera, ses dictz livres et œuvres consequens des faictz heroicques de Pantagruel, commençans au troisième volume, avec povoir et puissance de corriger et revoir les deux premiers par cy davant par luy composez, et les mectre ou faire mectre en nouvelle impression et vente, faisans inhibitions et deffences de par nous sur certaines et grands peines, confiscation des livres ainsi par eulx imprimez et d'amende arbitraire à tous imprimeurs et aultres qu'il appartiendra, de non imprimer et mectre en vente les livres cy dessus mentionnez sans le vouloir et consentement du dict suppliant, dedans le terme de six ans consecutifz, commençans au jour et dacte de l'impression de ses dictz livres, sur poine de confiscation des dictz livres imprimez et d'amende arbitraire. De ce faire vous avons chascun de vous si comme à luy apartiendra donné et donnons plein povoir, commission et auctorité, mandons et commandons à tous noz justiciers, officiers et subjectz, que de nos praesens congé, privilege et commission, ilz facent, seuffrent, et laissent jouyr et user le dict suppliant paisiblement, et à vous en ce faisant estre obey, car ainsi nous plaist il estre faict. Donné à Paris, le dixneufieme jour de septembre, l'an de grace, Mil cinq cens quarante cinq, et de nostre regne le XXXI. Ainsi signé : par le conseil, Delaunay. Et scellé sur simple queue de cire jaulne.

desguisez, comme dict est, reveoir et corriger et de
nouveau reimprimer. Pareillement mettre en lumiere
et vente la suitte des faicts et dicts Heroïques de Pantagruel. Nous humblement requerant sur ce, lui
octroyer nos letres à ce necessaires et convenables.
Pour ce est il que nous enclinans liberalement à la
supplication et requeste dudict M. François Rabelais
exposant, et desirans le bien et favorablement traicter
en cest endroit. A icelluy pour ces causes et autres
bonnes considerations à ce nous mouvans, avons permis
accordé et octroyé. Et de nostre certaine science pleine
puissance et auctorité Royal, permettons accordons et
octroyons par ces presentes, qu'il puisse et luy soit
loisible par telz imprimeurs qu'il advisera faire imprimer, et de nouveau mettre et exposer en vente tous
et chascuns lesdicts livres et suitte de Pantagruel par
luy composez et entreprins, tant ceulx qui ont ja esté
imprimez, qui seront pour cest effect par luy reveuz
et corrigez. Que aussi ceulx qu'il delibere de nouvel
mettre en lumière. Pareillement supprimer ceulx qui
faulcement luy sont attribuez. Et affin qu'il ayt moyen
de supporter les fraiz necessaires à l'ouverture de
ladicte impression : avons par ces presentes tresexpres-
sement inhibé et deffendu, inhibons et deffendons à
tous autres libraires et imprimeurs de cestuy nostre
Royaulme, et autres nos terres et seigneuries, qu'ilz
n'ayent à imprimer ne faire imprimer mettre et exposer en vente aucuns des dessusdicts livres, tant vieux
que nouveaux durant le temps et terme de dix ans
ensuivans et consecutifz, commençans au jour et dacte
de l'impression desdicts livres sans le vouloir et consen-

1. Odet de Coligny, cardinal de Châtillon (1517-1571), frère aîné de l'amiral, prélat protecteur des Humanistes et des poètes de la Pléiade. Rabelais lui dédiera *Le Quart Livre*, et Ronsard plusieurs poèmes importants, en particulier les *Hymnes* de 1555. Passé à la Réforme en 1560, exilé en Angleterre, il y meurt empoisonné.

tement dudict exposant, et ce sur peine de confiscation des livres qui se trouverront avoir esté imprimez
au préjudice de ceste nostre presente permission et
d'amende arbitraire.

Si voulons et vous mandons et à chascun de vous
endroict soy et sicomme à luy appartiendra, que nos
presens congé licence et permission, inhibitions et deffenses, vous entretenez gardez et observez. Et si
aucuns estoient trouvez y avoir contrevenu, procedez
et faictes proceder à l'encontre d'eulx, par les peines
susdictes et autrement. Et du contenu cy dessus faictes,
ledict suppliant jouyr et user plainement et paisiblement durant ledict temps à commencer et tout
ainsi que dessus est dict. Cessans et faisans cesser tous
troubles et empeschemens au contraire : car tel est
nostre plaisir. Nonobstant quelzconques ordonnances,
restrinctions, mandemens, ou deffenses à ce contraires.
Et pource que de ces presentes l'on pourra avoir à
faire en plusieurs et divers lieux, Nous voulons que
au vidimus d'icelles, faict soubs seel Royal, foy soit
adjoustée comme à ce present original. Donné à sainct
Germain en laye le sixiesme jour d'Aoust. L'an de
grace mil cinq cens cinquante, Et de nostre regne le
quatreiesme.

Par le Roy, le cardinal de Chastillon [1] praesent,
Signé Du Thier.

1. Le *prologue de Pantagruel* (*Folio* n° 387, p. 37) évoquait déjà les « *pauvres verolez et goutteux* » parmi les bénéficiaires du rire rabelaisien ; cf. aussi celui du *Gargantua* (*Folio* n° 246, p. 55) : « *Beuveurs tres illustres, et vous, Verolez tres precieux...* »

2. *Banni*, d'où : *privé de.*

3. Lapsus volontaire : le lecteur attend le mot *Soleil*, mais Rabelais donne la priorité au vin et aux écus, chers à ses personnages.

4. *Appelle.*

5. *Les Évangiles.* La guérison de l'aveugle-né par Jésus est rapportée par Luc (XVIII, 35), Matthieu (XX, 30), Marc (X, 51).

6. Paraphrase de l'Evangile. A la question de Jésus : « Que veux-tu que je fasse pour toi ? », l'aveugle répond : « Que je voie! »

7. *Mais au contraire* (après une prop. négative : *n'estez jeunes*).

8. *Métaphysiquement.*

9. *Mangeant un morceau* (cf. lopin).

10. *Vin* (cf. *Gargantua*, chap. XXVII, p. 239). Tout cet exorde, mêlant les références aux Ecritures et les calembours, est de la même verve burlesque que les prologues des deux premiers romans : cf. le jeu de mots de frère Jean : *service divin; service du vin* (*G.*, XXVII).

M. François Rabelais,
pour le tiers livre des faicts et dicts Heroïques
du bon Pantagruel.

Bonnes gens, Beuveurs tresillustres, et vous Goutteux tresprecieux [1], veistez vous oncques Diogenes, le philosophe cynic? Si l'avez veu, vous n'aviez perdu la veue, ou je suis vrayement forissu [2] d'intelligence et de sens logical. C'est belle chose veoir la clairté du (vin et escuz [3]) Soleil. J'en demande [4] à l'aveugle né, tant renommé par les tressacrés bibles [5], lequel ayant option de requerir tout ce qu'il vouldroit, par le commandement de celluy qui est tout puissant et le dire duquel est en un moment par effect representé, rien plus ne demanda que veoir [6].

Vous item n'estez jeunes, qui est qualité competente pour en vin, non en vain, ains [7] plus que physicalement philosopher [8] et désormais estre du conseil Bacchicque, pour en lopinant [9] opiner des substances, couleur, odeur, excellence, eminence, propriété, faculté, vertus, effect et dignité du benoist et desiré piot [10].

Si veu ne l'avez (comme facilement je suis induict à croire), pour le moins avez vous ouy de luy parler.

11. La *Phrygie* ou Troade. Jean Lemaire de Belges (*Illustrations de Gaule et singularités de Troie*) avait popularisé la légende selon laquelle les Français descendaient de Francus, fils d'Hector, héros troyen. Ronsard chantera cette origine troyenne dans son épopée inachevée, *La Franciade*.

12. Le roi de Phrygie, Midas, était légendaire pour ses richesses et son pouvoir de changer en or ce qu'il touchait. Il fut affligé d'oreilles d'âne par Apollon.

13. *Espions* (du grec ὠτακουστής, *écouteur*). Érasme (*Adages*, I, III, 67) après Plutarque a rapporté la légende des oreilles de Midas répétant les moindres propos au roi : c'étaient les microphones des espions antiques. Rabelais déteste les hypocrites et les mouchards.

14. *Antonin Caracalla*, empereur romain qui avait organisé une police secrète.

15. Allusion obscure à une origine fabuleuse des Rohan, soit à une ancienne pièce d'artillerie (cf. *G.*, chap. XXVI, p. 233) : « *doubles canons, baselicz, serpentines, couleuvrines...* ».

16. *Trompés*.

17. Le philosophe *Aristote*.

18. De *Sinope*, ville natale de Diogène, sur la Mer Noire. Le mot d'Alexandre est rapporté par Érasme (*Apophtegmes*, III, 26).

19. Anecdote reproduite par Lucien (*Sur la manière d'écrire l'histoire*). Est-ce une allusion à un fait historique précis, comme la mise en défense de Paris, menacé par Charles Quint (1536) ou les fortifications organisées par Martin du Bellay sur la frontière de l'Est (1545), comme le pensait A. Lefranc (*Introduction*, p. 21), ou bien s'agit-il du combat contre la routine ecclésiastique, mené par les Evangélistes et Rabelais (cf. V.-L. Saulnier, *Le Dessein de R.*, p. 90) ? La double interprétation est possible, l'auteur laissant le choix au lecteur.

20. *En grand appareil et armée nombreuse*

Car par l'aër et tout ce ciel est son bruyt et nom
jusques à present resté memorable et célèbre assez, et
puys vous estes tous du sang de Phrygie extraictz [11]
(ou je me abuse) et, si n'avez tant d'escuz comme
avoit Midas [12], si avez vous de luy je ne sçay quoy,
que plus jadis louoient les Perses en tous leurs Ota-
custes [13] et que plus soubhaytoit l'empereur Antonin [14],
dont depuys feut la serpentine de Rohan surnommée
Belles aureilles [15].

Si n'en avez ouy parler, de luy vous veulx presentement une histoire narrer, pour entrer en vin (beuvez
doncques) et propous (escoutez doncques), vous adver-
tissant (affin que ne soiez en simplesse pippez comme
gens mescreans [16]) qu'en son temps il feut philosophe
rare et joyeux entre mille. S'il avoit quelques imperfections, aussi avez vous, aussi avons nous. Rien n'est,
sinon Dieu, perfaict. Si est-ce que Alexandre le grand,
quoy qu'il eust Aristoteles [17] pour præcepteur et domestic, l'avoit en telle estimation, qu'il soubhaytoit, en
cas que Alexandre ne feust, estre Diogenes Sinopien [18].

Quand Philippe, roy de Macedonie, entreprint
assieger et ruiner Corinthe [19], les Corinthiens, par
leurs espions advertiz que contre eulx il venoit en grand
arroy et exercite numereux [20], tous feurent non à tort
espoventez, et ne feurent negligens soy soigneusement
mettre chascun en office et debvoir pour à son hostile
venue resister et leur ville defendre. Les uns des
champs es forteresses retiroient meubles, bestail,
grains, vins, fruictz, victuailles et munitions necessaires.

Les autres remparoient murailles, dressoient bas-

21. *Taillaient des demi-lunes.*

22. *Creusaient.*

23. *Garnissaient de gabions* (paniers remplis de terre, protégeant les défenseurs).

24. *Mettaient en ordre.*

25. *Fossés.*

26. *Garnissaient de barres les chemins de ronde.*

27. *Dressaient des plates-formes.*

28. *Crépissaient les courtines* (murailles crénelées).

29. *Guérites en avant des courtines.*

30. *Dressaient le talus des parapets.*

31. *Encastraient les meurtrières.*

32. *Renforçaient.*

33. *Herses* ou grilles fermant les portes de ville.

34. *Faisaient sortir.*

35. A l'énumération des travaux de fortification (qui peuvent s'appliquer aussi bien à une ville du XVIᵉ siècle qu'à une cité antique) succède l'armement individuel, celui-ci nettement moderne. *Alecretz :* cuirasse légère ; *bardes :* armure du cheval ; *chanfrains :* pièce protégeant la tête du cheval ; *aubergeons :* petits haubers (cuirasse) ; *briguandines :* casaques armées de plaques de fer sous l'étoffe ; *bavières :* mentonnières de métal ; *cappelines :* casques de fantassin ; *guisarmes :* piques à crochet ; *armetz :* casque rond enveloppant toute la tête et comprenant une visière mobile ; *mourions* (morions) : casques des arquebusiers ; *mailles, jazerans :* protections faites en mailles, cottes de mailles ; *brassalz* (brassards) : pièce d'armure protégeant le bras ; *tassettes :* pièce raccordant le corps de l'armure au cuissard ; *goussetz :* pièce protégeant l'aisselle ; *guorgeriz :* gorgerin, pour couvrir la gorge ; *hoguines :* harnais de bras ou de jambe ; *lamines :* plastron léger ; *aubers* (*haubers*) *:* cottes de mailles courtes ; *pavoys :* grands boucliers des arbalétriers ; *caliges :* chaussures des soldats romains ; *greves :* armures des jambes ; *soleretz :* armures des pieds.

* La première édition donne *vitoletz*. M. A. Screech se demande s'il ne s'agit pas d'un diminutif de *vit*.

tions, esquarroient ravelins [21], cavoient [22] fossez, escu-
roient contremines, gabionnoient [23] defenses, ordon-
noient [24] plates formes, vuidoient chasmates [25], rembar-
roient faulses brayes [26], erigeoient cavalliers [27], ressa-
poient contrescarpes, enduisoient courtines [28], produi-
soient moyneaux [29], taluoient parapetes [30], enclavoient
barbacanes [36], asseroient [32] machicoulis, renouoient
herses Sarrazinesques et Cataractes [33], assoyoient sen-
tinelles, forissoient [34] patrouilles.

Chascun estoit au guet, chascun portoit la hotte.

Les uns polissoient corseletz, vernissoient alecretz [35],
nettoioient bardes, chanfrains, aubergeons, briguandines, salades, bavières, cappelines, guisarmes, armetz, mourions, mailles, jazerans, brassalz, tassettes,
goussetz, guorgeriz, hoguines, plastrons, lamines, aubers, pavoys, boucliers, caliges, greves, soleretz,
esprons.

Les autres apprestoient arcs, fondes [36], arbalestes,
glands, catapultes, phalarices, micraines, potz, cercles
et lances à feu, balistes, scorpions et autres machines
bellicques repugnatoires et destructives des Helepo-
lides [37].

Esguisoient [38] vouges, picques, rancons, halebardes,
hanicroches, volains, lances, azes guayes, fourches
fieres, parthisanes, massues, hasches, dards, dardelles,
javelines, javelotz, espieux.

Affiloient cimeterres [39], brands d'assier, badelaires,
paffuz, espées, verduns, estocz, pistoletz, viroletz *,
dagues, mandousianes, poignars, cousteaulx, allumelles, raillons.

Chascun exerceoit son penard [40], chascun desrouil-

36. Les armes de jet sont antiques, frondes (*fondes*), balles de plomb (*glands*) lancées par la fronde, flèches incendiaires (*phalarices*) — ou modernes, grenades (*micraines*), pots à feu, cercles munis de grenades, fusées (*lances à feu*) — ou de nouveau antiques, comme les *balistes* et *scorpions* qui lançaient d'énormes pierres.

37. Du grec ἑλέπολις, tour mobile employée pour les sièges.

38. Nouvelle énumération d'armes blanches ou de jet. *Vouges* : longues lances ; *rancons* : guisarmes avec crochets *hanicroches* : lances à fer recourbé ; *volains* : serpes à long manche ; *azes guayes* : sagaies ; *fourches fières* : fourches de guerre ; *parthisanes* : pertuisanes ; *dards* (darde) : arme de jet à courte hampe ; *dardelles* : courtes lances.

39. Après les diverses variétés de lances, les sabres, épées et dagues : *brands d'assier* : épée de chevalier, courte et large ; *badelaires* : sorte de cimeterre ; *paffuz* : lance ; *verduns* : courte épée du fantassin ; *estocz* : épée ; *pistoletz* : dague fabriquée à Pistoie (Italie) ; *viroletz* : petite dague (?) ; *mandousianes* : épée large et courte ; *allumelles* : toutes lamelles ; *raillons* (archaïsme) : *traits* d'arbalète.

40. *Poignard.*

41. *Épée courte pour frapper de taille.*

42. Au sens libre : les Corinthiennes étaient célèbres comme courtisanes.

43. *Pallium* : manteau.

44. *Cueilleur de pommes* : loqueteux (cf. P., chap. IX, p. 143 : *Pantagruel... resembloit un cueilleur de pommes du païs du Perche*).

45. *Tablettes.*

46. *D'argile.* Ce « tonneau » était donc une grosse amphore de terre cuite.

47. *Étrillait.*

48. *Flattait.*

49. *Agitait comme une baratte.*

50. *Secouait bruyamment.*

51. *Trépignait.*

52. *Faisait sonner* (cf. chap. XXXVII : « *puys le timpoit sus la paulme de sa main·guausche...* » p. 449).

loit son bracquemard [41]. Femme n'estoit, tant preude
ou vieille feust, qui ne feist fourbir son harnoys :
comme vous sçavez que les antiques Corinthiennes
estoient au combat couraigeuses [42].

Diogenes, les voyant en telle ferveur mesnaige
remuer et n'estant par les magistratz employé à chose
aulcune faire, contempla par quelques jours leur contenence sans mot dire. Puys, comme excité d'esprit
Martial, ceignit son palle [43] en escharpe, recoursa ses
manches jusques es coubtes, se troussa en cuilleur de
pommes [44], bailla à un sien compaignon vieulx sa
bezasse, ses livres et opistographes [45], feit hors la ville
tirant vers le Cranie (qui est une colline et promon-
toire lez Corinthe) une belle esplanade, y roulla le
tonneau fictil [46] qui pour maison luy estoit contre les
injures du ciel, et en grande vehemence d'esprit
desployant ses bras le tournoit, viroit, brouilloit, bar-
bouilloit, hersoit [47], versoit, renversoit, nattoit [48],
grattoit, flattoit, barattoit [49], bastoit, boutoit, butoit,
tabustoit [50], cellebutoit, trepoit [51], trempoit, tapoit,
timpoit [52], estouppoit, destouppoit, detraquoit [53], tri-
quotoit [54], tripotoit [55], clapotoit [56], croulloit, elançoit,
chamailloit, bransloit, esbranloit, levoit, lavoit, cla-
voit [57], entravoit, bracquoit, bricquoit, blocquoit, tra-
cassoit, ramassoit, clabossoit [58], afestoit [59], affustoit [60],
baffouoit [61], enclouoit, amadouoit, goildronnoit [62],
mittonnoit, tastonnoit, bimbelotoit [63], clabossoit, ter-
rassoit, bistorioit [64], vreloppoit [65], chaluppoit [66], charmoit, armoit, gizarmoit [67], enharnachoit, empenna-
choit, caparassonnoit, le devalloit de mont à val, et
præcipitoit par le Cranie, puys de val en mont le

53. Terme d'équitation : *détournait de son allure normale*.

54. *Remuait les pattes sans avancer.*

55. *Tapait du pied.*

56. *Cognait.*

57. *Clouait.*

58. *Salissait.*

59. *Mettait un canon sur l'affût* (cf. *affustoit*).

60. *Mettait un canon sur l'affût.*

61. *Attachait.*

62. *Goudronnait.*

63. *Remuait.*

64. *Incisait*, comme avec un bistouri.

65. *Varlopait.*

66. *Remuait* (comme des noix qu'on fait sécher).

67. Verbe formé sur *guisarme*, sorte de lance avec pointe et lame tranchante. Les trois verbes *charmoit, armoit, gizarmoit* sont rapprochés non pour le sens, mais pour le son. Rabelais use souvent de l'assonance.

68. *Sisyphe*, fils d'Éole et roi de Corinthe (le rappel de la légende est opportun puisque l'anecdote se passe à Corinthe) à cause de ses crimes fut condamné à rouler un rocher au sommet d'une montagne, d'où il retombait sans cesse. De nos jours, Camus a choisi cette légende (*Le Mythe de Sisyphe*) comme symbole de la condition humaine.

69. *En repos et oisif.*

70. *Me voyant considéré comme inutile.*

71. *Les attaquer.* Allusion possible aux fortifications entreprises après la paix de Crépy.

72. Le sentiment patriotique est fréquent chez les Humanistes (cf. Guillaume Budé, Henri Estienne).

73. La maxime, attribuée à Héraclite, est rapportée par Plutarque (*Isis et Osiris*, ch. XLVIII) et par Érasme (*Adages*, III, 5, 36).

74. Rabelais développe avec complaisance l'étymologie fantaisiste de *guerre* (*bellum* en latin), devenue usuelle chez les grammairiens et rappelée par Érasme (*Adages*, IV, 1, 1).

75. Notez l'effet produit par l'assonance *guerre/guères*. Cet éloge de la guerre contraste avec le pacifisme du *Gargantua*.

rapportoit, comme Sisyphus [88] faict sa pierre : tant que
peu s'en faillit, qu'il ne le defonçast.

Ce voyant quelqu'un de ses amis, luy demanda
quelle cause le mouvoit à son corps, son esprit, son
tonneau ainsi tormenter. Auquel respondit le philosophe qu'à aultre office n'estant pour la republicque
employé, il en ceste façon son tonneau tempestoit
pour, entre ce peuple tant fervent et occupé, n'estre
veu seul cessateur et ocieux [69].

Je pareillement, quoy que soys hors d'effroy, ne
suis toutesfoys hors d'esmoy, de moy voyant n'estre
faict aulcun pris digne d'œuvre [70], en consyderant par
tout ce tresnoble royaulme de France, deça, dela les
mons, un chascun aujourd'huy soy instantement
exercer et travailler, part à la fortification de sa patrie,
et la defendre, part au repoulsement des ennemis, et
les offendre [71] : le tout en police tant belle, en ordonnance si mirificque et à profit tant evident pour l'advenir (car desormais sera France superbement bour-
née, seront François en repous asceurez [72]), que peu
de chose me retient que je n'entre en l'opinion du bon
Heraclitus, affermant guerre estre de tous biens pere [73] :
et croye que guerre soit en Latin dicte belle non par
antiphrase [74], ainsi comme ont cuydé certains repetas-
seurs de vieilles ferrailles latines parce qu'en guerre
gueres [75] de beauté ne voyoient, mais absolument et
simplement, par raison qu'en guerre apparoisse toute
espèce de bien et beau, soit decelée toute espèce de
mal et laidure. Qu'ainsi soit, le Roy saige et pa-
cific Salomon n'a sceu mieulx nous repræsenter la
perfection indicible de la sapience divine que la

Il s'apparente vraisemblablement aux éloges paradoxaux (cf. Érasme, *Éloge de la Folie* ; du Bellay, *Hymne de la surdité*) très répandus pendant la Renaissance. A l'adage *Bellum omnium pater* (Guerre est père de toutes choses) il pouvait opposer le vers bien connu de Virgile, *Bella matribus detestata* (la guerre, objet d'exécration pour les mères).

76. Souvenir du *Cantique des cantiques*, VI, 10.

77. *Faible* (physiquement). Allusion possible à une maladie de Rabelais, mais en tout état de cause (cf. note 19, p. 62) le rôle de celui-ci n'était pas de combattre l'ennemi par l'épée, mais par la plume.

78. *Rotte :* branche flexible servant à lier les fagots. Rabelais multiplie à plaisir les assonances.

79. *Tragi-comédie.*

80. Rabelais prétend employer le peu de force (ou d'influence ?) qu'il a pour le bon combat. Le rapprochement *rien* et *tout* est-il signé d'humilité ou d'ironie ? La suite raille ceux qui se contentent d'être spectateurs (*y emploictent leurs œilz*).

81. *Paresseux ; se grattent la tête...*, locution traduite du latin (Érasme, *Adages*, I, VIII).

82. *Bâillent ; veaulx de disme :* lourdauds (cf. *Pantagruel*, chap. X, p. 161. Pantagruel traite de *gros veaulx de disme* les juristes Accurse, Balde, etc.).

83. *Dressent les oreilles.* La comparaison avec les ânes vient des *Adages* (I, 1) d'Érasme.

84. L'*Arcadie*, au centre du Péloponèse, était chez les Anciens le pays idéal de la vie rustique.

85. Aujourd'hui, le mot désigne une figure de rhétorique consistant à faire parler des morts, des allégories, des animaux, des choses (cf. *L'âne ligueur* dans la *Satyre Ménippée*) ; Rabelais l'emploie dans le sens de *déguisement* au chap. VII.

86. Tour latin (abl. absolu) : *ayant pris ce choix et élection.*

87. *Au phare de malheur :* allusion restée sans explication.

88. *Qui relève ses jupes.*

89. *Chevaline.* Chez les Anciens, l'*Hélicon* est la montagne consacrée aux Muses. Le cheval Pégase en fit jaillir la source Hippocrène d'un coup de son sabot.

comparant à l'ordonnance d'une armée en camp [76].

Par doncques n'estre adscript et en ranc mis des nostres en partie offensive, qui me ont estimé trop imbecille [77] et impotent, de l'autre, qui est defensive, n'estre employé aulcunement, feust-ce portant hotte, cachant crotte, ployant rotte [78], ou cassant motte, tout m'estoit indifferent, ay imputé à honte plus que mediocre estre veu spectateur ocieux de tant vaillans, disers et chevalereux personnaiges, qui en veue et spectacle de toute Europe jouent ceste insigne fable et tragicque comedie [79], ne me esvertuer de moy mesmes et non y consommer ce rien [80], mon tout, qui me restoit. Car peu de gloire me semble accroistre à ceulx qui seulement y emploictent leurs œilz, au demeurant y espargnent leurs forces, celent leurs escuz, cachent leur argent, se grattent la teste avecques un doigt, comme landorez [81] desgoutez, baislent [82] aux mousches comme veaulx de disme, chauvent des aureilles [83] comme asnes de Arcadie [84] au chant des musiciens, et par mines en silence signifient qu'ils consentent à la prosopopée [35].

Prins ce choys et election [86], ay pensé ne faire exercice inutile et importun, si je remuois mon tonneau Diogenic qui seul m'est resté du naufrage faict par le passé on far [87] de Mal'encontre. A ce triballement de tonneau, que feray-je en vostre advis? Par la vierge qui se rebrasse [88], je ne sçay encores. Attendez un peu que je hume quelque traict de ceste bouteille : c'est mon vray et seul Helicon, c'est ma fontaine caballine [89], c'est mon unicque enthusiasme [90]. Icy beuvant je delibere, je discours, je resoulz et concluds. Après

90. L'*enthousiasme* au sens étymologique est l'inspiration divine. Selon Pindare et Platon (dialogue *Ion*), les Muses inspiraient directement les poètes. Cette conception de la poésie sera reprise par la Pléiade.

91. Rappel du prologue de *Gargantua* (p. 59-61) : « ... *à la composition de ce livre seigneurial, je ne perdiz ne emploiay oncques plus, ny aultre temps que celluy qui estoit estably à prendre ma refection corporelle, sçavoir est beuvant et mangeant. Aussi est ce la juste heure d'escrire ces haultes matieres... comme bien faire sçavoit Homere... et Ennie, pere des poetes latins...* »

92. Plutarque (*Symposiaca*, VII), repris par Érasme (*Adages*).

93. Souvenir d'Horace (*Odes*, III, 22, 11) : « On raconte aussi que la valeur du vieux Caton se réchauffa souvent dans le vin. »

94. Dans la philosophie médiévale, les qualités élémentaires du corps comportaient huit paliers ou *degrés* d'intensité.

95. *A la dérobée.*

96. *Octroyé.*

97. Horace (*Épîtres*, I, 17, 36).

98. *Pionniers* (en provençal).

99. Selon la légende (Homère, *Iliade*, XXI ; Ovide, *Métamorphoses*, XI), Jupiter contraignit Neptune et Apollon à construire les remparts de Troie.

100. Renaud (*Les quatre fils Aymon*) aida à construire la cathédrale de Cologne.

101. *Je ferais bouillir la nourriture* (le *past*).

102. Rabelais se compare à Amphion, dont les chants accompagnés sur la lyre faisaient mouvoir les pierres destinées à la construction de Thèbes (souvenir d'Horace, *Odes*, III, XI). Paul Valéry a développé le mythe antique dans son drame, *Amphion.*

103. *Pantagruel* et *Gargantua*. Rabelais souligne que ses trois romans sont du même tonneau.

104. Il s'est déjà plaint des imprimeurs dans la demande de privilège.

105. *D'après souper.*

l'epilogue je riz, j'escripz, je compose, je boy [91].
Ennius beuvant escrivoit, escrivant beuvoit [92]. Æschylus (si à Plutarche foy avez *in Symposiacis*) beuvoit
composant, beuvant composoit. Homere jamais n'escrivit à jeun. Caton jamais n'escrivit que après
boyre [93]. Affin que ne me dictez ainsi vivre sans
exemple des biens louez et mieulx prisez. Il est bon
et frays assez, comme vous diriez sus le commencement
du second degré [94]. Dieu, le bon Dieu Sabaoth (c'est
à dire des armées) en soit eternellement loué. Si de
mesmes vous autres beuvez un grand ou deux petitz
coups en robbe [95], je n'y trouve inconvenient aulcun,
pourveu que du tout louez Dieu un tantinet.

Puys doncques que telle est ou ma sort ou ma destinée (car à chascun n'est oultroyé [96] entrer et habiter
Corinthe [97]) ma deliberation est servir et es uns et es
autres : tant s'en fault que je reste cessateur et inutile. Envers les vastadours [98], pionniers et rempareurs,
je feray ce que feirent Neptune et Appolo [99] en Troie
soubs Laomedon, ce que feit Renaud de Montaulb-
ban [100] sus ses derniers jours : je serviray les massons, je
mettray bouillir pour les massons [101], et, le past terminé, au son de ma musette mesureray la musarderie
des musars. Ainsi fonda, bastit et edifia Amphion [102],
sonnant de sa lyre, la grande et celebre cité de Thebes.
Envers les guerroyans je voys de nouveau percer mon
tonneau. Et de la traicte, (laquelle par deux præcedens
volumes [103] (si par l'imposture des imprimeurs n'eussent esté pervertiz et brouillez [104]) vous feust assez
congneue) leur tirer du creu de nos passetemps epi-
cenaires [105] un guallant tiercin et consecutivement

106. Allusion au *Quart* (livre) *des sentences* de Pierre Lombard, ouvrage de théologie en renom au XVIe siècle et annonce de son propre *Quart livre*.

107. *Il vous sera permis de les appeler Diogéniques.* Dans le *Prologue* de *Gargantua*, Rabelais se plaçait sous le signe de Socrate. Diogène, le plus célèbre des Cyniques était connu pour sa franchise mordante et son mépris des convenances. Rabelais dans son *Pantagruel* (chap. XXX, p. 395) le montre aux enfers « *qui se prélassoit en magnificence... et faisoit enrager Alexandre le Grand...* »

108. Nom de l'ordonnateur du festin dans l'épisode des Noces de Cana (*Évangile selon saint Jean*, II, 9).

109. Accumulation de jeux de mots : le *lapathium acutum* est une plante citée par Pline l'Ancien, mais c'est aussi la *poignante Passion* du Christ, si l'on prononce *lapation*. M. A. Screech mentionne le nom de *patience*, donné par R. Estienne à la plante, dont le nom savant était *lapathium ;* d'où un autre calembour possible : la *patience divine*. La *patience* est voisine de l'oseille et faisait partie des plantes médicinales.

110. Mars ne manque jamais de tomber en Carême. Rabelais aime citer ce dicton, (cf. *Pantagruel*, chap. I, p. 43).

111. Ptolémée Ier, roi d'Égypte ; anecdote tirée de Lucien, (*In Promethea dicentem*, IV) ou d'un compilateur.

112. *Chameau de la Bactriane* (à deux bosses).

113. Le philosophe Apollonius de Tyane (d'après Philostrate, *Vie d'Apollonius*, III, 3) aurait rencontré une femme blanche de tête et de buste, mais noire sur le reste du corps.

114. Le problème des *monstres* a fort préoccupé les penseurs et médecins du XVIe siècle (cf. Ambroise Paré et Montaigne, *Essais*, II, XXX, *D'un enfant monstrueux :* « Nous appelons contre nature ce qui advient contre la coutume. »).

un joyeulx quart de sentences [106] Pantagruelicques ; par moy licite vous sera les appeler Diogenicques [107]. Et me auront, puys que compaignon ne peuz estre, pour Architriclin [108] loyal, refraischissant à mon petit povoir leur retour des alarmes, et laudateur, je diz infatiguable, de leurs prouesses et glorieulx faicts d'armes. Je n'y fauldray par Lapathium [109] acutum de Dieu, si Mars ne failloit à Quaresme [110] ; mais il s'en donnera bien guarde, le paillard.

Me souvient toutesfoys avoir leu que Ptolemé, filz de Lagus [111], quelque jour, entre autres despouilles et butins de ses conquestes præsentant aux Ægyptiens en plain théâtre un chameau Batrian [112] tout noir et un esclave biguarré, tellement que de son corps l'une part estoit noire, l'autre blanche, non en compartiment de latitude par le diaphragme, comme feut celle femme sacrée à Venus Indicque laquelle feut recongnue du philosophe Tyanien [113] entre le fleuve Hydaspes et le mont Caucase, mais en dimension perpendiculaire, choses non encores veues en Ægypte, esperoit par offre de ces nouveaultez l'amour du peuple envers soy augmenter. Qu'en advient-il ? A la production du chameau tous feurent effroyez et indignez ; à la veue de l'homme biguarré aulcuns se mocquerent, autres le abhominerent comme monstre infame, créé par erreur de nature [114]. Somme, l'esperance qu'il avoit de complaire à ses Ægyptiens, et par ce moyen extendre l'affection qu'ilz luy pourtoient naturellement, luy decoulla des mains. Et entendit plus à plaisir et delices leur estre choses belles, eleguantes et perfaictes, que ridicules et monstrueuses. Depuys eut tant l'esclave

115. *Trésor.* La comparaison est déjà chez Érasme (*Adages,* I, 9).

116. Dans le jeu des osselets, le meilleur coup était celui de *Vénus,* le plus mauvais s'appelait *damnosi canes,* chiens maudits ; comparaison tirée de Properce (*Élégies,* IV).

117. Dans l'*Aululaire* (la *Marmite*) de Plaute (III, IV), l'avare Euclion coupe le cou du coq qui a gratté la terre près de son trésor.

118. Le *Gryphon* (*Gryphus*) est un poème qu'Ausone, poète bordelais du IVe siècle ap. J.-C., prétendait avoir découvert dans une biliothèque : découverte aussi fallacieuse que celle du trésor par le coq d'Euclion.

119. *Gorge coupée :* c'est une contrepèterie (cf. *Pantagruel,* chap. XXX, p. 383 : « *Comment Epistemon, qui avoit la couppe testée...* »).

120. *Se dépiter.*

121. Dans la scolastique de Duns Scot, la *forme spécifique* désigne l'espèce d'un être, et la *propriété individuelle* distingue cet être des autres de la même espèce.

122. *Ancêtres* (latin : *majores*).

123. Cette définition du *pantagruelisme* est à rapprocher de celles données à la fin du *Pantagruel* (chap. XXXIV, p. 433) : « *si désirez estre bons Pantagruélistes* (*c'est-à-dire vivre en paix joye, santé, faisans tousjours grande chère*)... », et au chap. I, p. 67 du *Gargantua* : « *en Pantagruelisant, c'est-à-dire beuvans à gré...* » Il s'agit ici d'une conception morale (la sincérité) qui sera complétée dans le *prologue* du *Quart Livre.*

124. *Compagnons.*

125. *Buveurs, goinfres.*

126. *Compagnons* (dialecte germanique) ; cf. *Gargantua,* chap. V, p. 95) : « *Lans, tringue !* »

127. *Vider son verre à fond* (langage des lansquenets).

que le chameau en mespris : si que bien toust après,
par negligence et faulte de commun traictement, feirent
de Vie à Mort eschange.

Cestuy exemple me faict entre espoir et craincte
varier, doubtant que pour contentement propensé je
rencontre ce que je abhorre, mon thesaur [115] soit
charbons, pour Venus adviegne Barbet le chien [116],
en lieu de les servir je les fasche, en lieu de les esbaudir,
je les offense, en lieu de leurs complaire, je desplaise
et soit mon adventure telle que du coq de Euclion
tant celebré par Plaute en sa *Marmite* [117], et par
Ausone en son *Gryphon* [118] et ailleurs : lequel, pour en
grattant avoir descouvert le thesaur, eut la couppe
guorgée [119]. Advenent le cas, ne seroit-ce pour che-
vreter [120]? Autresfoys est il advenu : advenir encores
pourroit. Non fera, Hercules! Je recongnois en eulx
tous une forme specificque et propriété individuale [121],
laquelle nos majeurs [122] nommoient Pantagruelisme,
moienant laquelle jamais en maulvaise partie ne
prendront choses quelconques ilz congnoistront sourdre de bon, franc et loyal couraige [123]. Je les ay ordinairement veuz bon vouloir en payement prendre et en
icelluy acquiescer, quand debilité de puissance y a
esté associée.

De ce poinct expedié, à mon tonneau je retourne.
Sus à ce vin, compaings [124]! Enfans, beuvez à pleins
guodetz. Si bon ne vous semble, laissez-le. Je ne suys
de ces importuns lifrelofres [125], qui par force, par oul-
traige et violence, contraignent les lans [126] et compaignons trinquer, voire caros et alluz [127], qui pis est. Tout
Beuveur de bien, tout Goutteux de bien, alterez, ve-

128. *Peur.*

129. De nouveau, allusion aux *noces de Cana* (cf. note 108). M. A. Screech en propose une intéressante explication : « *les évangéliques voyaient dans ce premier miracle du Christ un exemple très important, appuyant l'honneur du mariage* » (cf. Érasme, *Paraphrase*).

130. *Fausset.*

131. *Bonde.*

132. Légende rapportée par Philostrate (*Vie d'Apollonius*, III, 25).

133. Souvenir d'Aulu-Gelle, (*Nuits attiques*, II, CCXXII).

134. Cf. Virgile, *Énéide*, VI, 143.

135. *Corne d'abondance.*

136. *L'amphore de Pandore* (ou la *boîte*) contenait ensemble les maux et les biens ; les maux sortirent de la boîte, mais l'espérance resta au fond.

137. *Le tonneau des Danaïdes* était percé ; il apportait donc le désespoir aux filles de Danaos, condamnées à le remplir ; le *bussart* avait une contenance d'environ 268 litres.

138. Comme au Jugement Dernier, Rabelais sépare les bons des méchants. Dans l'*Inscription mise sur la grande porte de Theleme* (*Gargantua*, chap. LIV, p. 405) on trouvait la même distinction : les *cafards* n'ont pas plus droit au tonneau pantagruélique qu'à l'abbaye de frère Jean.

139. Cicéron (*De Finibus*, I, 7) rapporte que le poète satirique Lucilius affectait d'écrire seulement pour les gens de Tarente et de Cosenza, provinciaux au goût moins difficile que les Romains.

140. *De franc alleu :* exempts de toute redevance.

141. *Mangeur de cadeaux* (les « épices » des juges)

142. *Avaleurs de brouillards.*

143. Calembour courant au XVIᵉ siècle.

144. Les sacs où l'on mettait les pièces des procès (cf. *Pantagruel*, chap. X, p. 159 et *Le Tiers Livre*, chap. XXXIX, XL, XLII).

145. Le *bourrelet* des bonnets des docteurs en Sorbonne.

146. *Éplucheurs.*

nens à ce mien tonneau, s'ilz ne voulent, ne beuvent ;
s'ilz voulent et le vin plaist au guoust de la seigneurie
de leurs seigneuries, beuvent franchement, librement,
hardiment sans rien payer, et ne l'espargnent. Tel est
mon decret. Et paour [128] ne ayez que le vin faille,
comme feist es nopces de Cana en Galilée [129]. Autant
que vous en tireray par la dille [130], autant en entonne-
ray par le bondon [131]. Ainsi demeurera le tonneau
inexpuisible. Il a source vive et vene perpetuelle. Tel
estoit le brevaige contenu dedans la couppe de Tan-
talus representé par figure entre les saiges Brach-
manes [132] ; telle estoit en Iberie la montaigne de sel
tant celebrée par Caton [133] ; tel estoit le rameau d'or
sacré à la deesse soubsterraine, tant celebré par Virgile [134]. C'est un vray Cornucopie [135] de joyeuseté et
raillerie. Si quelque foys vous semble estre expuysé
jusques à la lie, non pourtant sera il à sec. Bon espoir y
gist au fond, comme en la bouteille de Pandora [136] :
non desespoir, comme on bussart des Danaïdes [137].

Notez bien ce que j'ay dict, et quelle maniere de
gens je invite [138]. Car (affin que personne n'y soit
trompé) à l'exemple de Lucillius, lequel protestoit n'escrire que à ses Tarentins et Consentinois [139], je ne l'ay
persé que pour vous, Gens de bien, Beuveurs de la
prime cuvée, et Goutteux de franc alleu [140]. Les
geants doriphages [141] avalleurs de frimars [142] ont au
cul passions assez [143], et assez sacs au croc [144] pour
venaison : y vacquent s'ilz voulent, ce n'est icy leur
gibier.

Des cerveaux à bourlet [145], grabeleurs [146] de corrections, ne me parlez, je vous supplie on nom et reve-

147. *Hypocrites* (cf. *Pantagruel*, chap. XXXIV, p. 431 : *hypocrites, caffars, frappars*, etc., et *Gargantua*, chap. LIV, p. 405 : « *Haires, cagotz, caffars empantouflez...* »).

148. Épithète habituelle des véroles : *garnis de croûtes*.

149. Rappel du *Pater* : « Libera nos a Malo ».

150. Attaque contre les ordres mendiants.

151. *Moinaille* (de *cahuet*, capuchon).

152. *Frotter du cul; articuler* : accuser article par article (cf. Pantagruel, chap. XXXIV).

153. *Casser les reins; larves bustuaires* : larves funéraires.

154. *Mâtins semblables à Cerbère*, le chien gardant les enfers.

155. *Aux moutons!*

156. Parodie de la locution : ma part de Paradis. La *Papimanie* est le royaume du pape et des dévots fanatiques (cf. *Le Quart Livre*, chap. XLVII-LIV).

157. *Cinglés à coups d'étrivières.*

158. Supplice consistant à attacher à une potence par les bras ou le milieu du corps et à laisser retomber.

159. *Exciter*. Les invectives de la fin du *Pantagruel* sont reprises et amplifiées.

rence des quatre fesses qui vous engendrerent, et de la
vivificque cheville qui pour lors les coupploit. Des
caphars [147] encores moins, quoy que tous soient beuveurs oultrez tous verollez croustelevez [148], guarniz de
alteration inextinguible et manducation insatiable.
Pourquoy ? Pource qu'ilz ne sont de bien, ains de mal,
et de ce mal duquel journellement à Dieu requerons
estre delivrez [149], quoy qu'ilz contrefacent quelques
foys des gueux [150]. Oncques vieil cinge ne feit belle
moue. Arriere, mastins ! Hors de la quariere, hors de
mon soleil, cahuaille [151] au Diable ! Venez vous icy
culletans articuler [152] mon vin et compisser mon tonneau ? Voyez cy le baston que Diogenes par testament
ordonna estre près luy posé après sa mort pour chasser
et esrener [153] ces larves bustuaires et mastins cerberic-
ques [154]. Pourtant arrière, cagotz ! Aux ouailles [155],
mastins ! Hors d'icy, caphars, de par le Diable hay !
Estez vous encores là ? Je renonce ma part de Papimanie [156], si je vous happe... Gzz. gzzz. gzzzz. Davant
davant ! Iront ilz ? Jamais ne puissiez vous fianter que
à sanglades d'estrivieres [157], jamais pisser que à l'estra-
pade [158], jamais eschauffer [159] que à coups de baston !

1. *Après avoir.*

2. Dans l'édition de 1542, le *Gargantua* devient le premier tome, et *Pantagruel*, le second. *Le Tiers Livre* prend donc la suite du *Pantagruel*, chap. XXXI, *Comment Pantagruel entra en la ville des Amaurotes*, etc., p. 401. Les Dipsodes avaient envahi une partie d'Utopie, le royaume de Gargantua (cf. *P.*, chap. XXIII, p. 311).

3. Le chiffre est énorme pour l'époque : au chap. XXXI (*P.*, p. 403), il n'était que 1 856 011, « *sans les femmes et petitz enfans* », selon la formule biblique que Rabelais emploie dans toutes ses énumérations fantaisistes.

4. La mention des « *professeurs de toutes sciences libérales* » est caractéristique des préoccupations humanistes de Rabelais. Un royaume moderne doit être non seulement *peuplé* d'artisans, mais *orné* de gens de savoir.

5. *Criquets.* Il s'agit encore d'une comparaison biblique.

6. *Gloutonnes.*

7. Nicolas de Lyra, franciscain du XIVe siècle, commentateur de la Bible, était plus modéré : « plusieurs enfants, parfois jusqu'à quatre, parfois jusqu'à six. » De nos jours, la fréquence des triplés et quintuplés rend cette fécondité moins extraordinaire.

8. Lyra, (cité dans *P.*, chap. IV, p. 77) était fort attaqué par Érasme. Son nom avait donné lieu à un jeu de mots répandu chez les clercs : « si Lyra non lyrasset, Lutherus non delirasset. » (Si Lyra n'avait pas « lyré », Luther n'aurait pas « déliré. »).

CHAPITRE I

Comment Pantagruel transporta une colonie de Utopiens en Dipsodie

Pantagruel avoir [1] entierement conquesté le pays de Dipsodie [2], en icelluy transporta une colonie de Utopiens en nombre de 9876543210 hommes, sans les femmes et petitz enfans [3], artizans de tous mestiers, et professeurs de toutes sciences liberales [4], pour ledict pays refraichir, peupler et orner, mal autrement habité et desert en grande partie. Et les transporta non tant pour l'excessive multitude d'hommes et femmes qui estoient en Utopie multipliez comme locustes [5] (vous entendez assez, ja besoing n'est d'adventaige vous l'exposer, que les Utopiens avoient les genitoires tant feconds et les Utopienes portoient matrices tant amples, gloutes [6], tenaces, et cellulées par bonne architecture, que, au bout de chascun neufvieme moys, sept enfans pour le moins [7], que masles que femelles, naissoient par chascun mariage, à l'imitation du peuple Judaïc en Ægypte, si de Lyra ne delyre [8]) non tant aussi pour la fertilité du sol, salubrité du ciel et commodité du pays de Dipsodie, que pour icelluy

9. *Toujours.*

10. *Après avoir.*

11. *Été en société.*

12. Dans *G.*, (chap. L, p. 385), Rabelais insiste sur la nécessité pour les vainqueurs de se montrer généreux à l'égard des vaincus, qui, de leur côté, se montrent reconnaissants : « *Un bon tour liberalement faict à l'homme de raison croist continuellement par noble pensée et remembrance.* »

13. Dans la philosophie scolastique, les *intelligences motrices* sont les moteurs qui mettaient en mouvement les sphères célestes : ces doctrines figurent aussi chez les néo-platoniciens (cf. chap. III).

14. *Connaissance.*

15. Critique du *Prince* (1532) de Machiavel.

contenir en office et obéissance par nouveau transport de ses antiques et feaulx subjects, lesquelz de
toute memoire autre seigneur n'avoient congneu,
recongneu, advoué ne servy, que luy, et les quelz
dès lors que nasquirent et entrerent on monde, avec
le laict de leurs meres nourrices avoient pareillement
sugcé la doulceur et debonnaireté de son regne, et en
icelle estoient tousdis [9] confictz, et nourriz : qui estoit
espoir certain que plus tost defauldroient de vie corporelle que de ceste premiere et unicque subjection
naturellement deue à leur prince, quelque lieu que feussent espars et transportez, et non seulement telz
seroient eulz et les enfans successivement naissans
de leur sang, mais aussi en ceste feaulté et obeissance
entretiendroient les nations de nouveau adjoinctes à
son empire.

Ce que veritablement advint, et ne feut aulcunement frustré en sa deliberation. Car si les Utopiens,
avant cestuy transport, avoient esté feaulx et bien
recongnoissans, les Dipsodes, avoir [10] peu de jours
avecques eulx conversé [11], l'estoient encores d'adventaige, par ne sçay quelle ferveur naturelle en tous
humains au commencement de toutes œuvres qui
leur viennent à gré [12]. Seulement se plaignoient, obtes-
tans tous les cieulx et intelligences motrices [13], de ce
que plus toust n'estoit à leur notice [14] venue la renom-
mée du bon Pantagruel.

Noterez doncques icy, Beuveurs, que la maniere
d'entretenir et retenir pays nouvellement conquestez
n'est (comme a esté l'opinion erronée de certains espritz
tyrannicques à leur dam et deshonneur [15]) les peuples

16. *Écrasant.*

17. *Maltraitant :* gouverner *avecques verges de fer* est une locution biblique.

18. Souvenir de l'*Iliade* (I, 231). Le texte de 1546 donnait le mot grec.

19. Ces conseils sont aussi à rapprocher de la *contion* de Gargantua (chap. L).

20. *Orages.*

21. Souvenir de Plutarque (*De Iside et Osiride*, XII).

22. *Corvées.*

23. Pamyle, femme thébaine, reçut l'ordre de Jupiter de proclamer qu' « un grand roi, le bienfaisant Osiris était né » (Plutarque, *ibid.*).

24. Dans les *Travaux et les jours* (122) et non dans la *Théogonie.*

pillant, forçant, angariant, ruinant [16], mal vexant [17] et
regissant avecques verges de fer ; brief, les peuples
mangeant et devorant, en la façon que Homere appelle
le roy inique Demovore [18], c'est à dire mangeur de
peuple. Je ne vous allegueray à ce propous les histoires
antiques, seulement vous revocqueray en recordation
de ce qu'en ont veu vos peres, et vous-mesmes, si
trop jeunes n'estez [19]. Comme enfant nouvellement
né les fault alaicter, berser, esjouir. Comme arbre
nouvellement planté les fault appuyer, asceurer,
defendre de toutes vimeres [20], injures et calamitez.
Comme personne saulvé de longue et forte maladie et
venent à convalescence les fault choyer, espargner,
restaurer. De sorte qu'ilz conçoipvent en soy ceste
opinion, n'estre on monde roy ne prince que moins
voulsissent ennemy, plus optassent amy. Ainsi Osiris [21],
le grand roy des Ægyptiens toute la terre con-
questa, non tant à force d'armes que par soulai-
gement des angaries [22], enseignemens de bien et
salubrement vivre, loix commodes, gratieuseté et
biensfaicts. Pourtant du monde feut il surnommé
le grand roy Evergetes (c'est à dire bien faicteur)
par le commendement de Juppiter faict à une
Pamyle [23].

Defaict Hesiode en sa *Hierarchie* [24], colloque les
bons dæmons (appelez les, si voulez, anges ou genies)
comme moyens et mediateurs des dieux et hommes,
superieurs des hommes, inferieurs des dieux. Et pource
que par leurs mains nous adviennent les richesses et
biens du Ciel et sont continuellement envers nous
bienfaisans, tousjours du mal nous præservent, les

25. Maxime d'Hésiode, que Rabelais a trouvée chez Plutarque.

26. Le rapprochement entre Hercule et Alexandre le Grand figure déjà dans Plutarque. Les Humanistes célèbrent souvent les travaux d'Hercule, considérant celui-ci comme une préfiguration du Christ (cf. Ronsard, *Hymnes, Hercule chrestien*).

27. *Suppléant à ce qui manquait.*

28. *Mettant en valeur* (selon M. A. Screech). Le sens d'*évaluant* généralement admis n'est guère satisfaisant.

29. *Amnistié.*

30. Général athénien qui chassa les trente Tyrans (404 av. J.-C.) et rétablit la démocratie.

31. Cet exemple est cité par Cicéron dans sa première *Philippique*. Rabelais l'avait tiré, comme les précédents, des *Adages* d'Érasme.

32. Voir Vopiscus, *Vie d'Aurélien*, 39.

33. *Sortilèges.*

34. Pour ces conseils sur l'art de régner, Rabelais a pu s'inspirer de l'*Epistre au roi Louis XII sur les devoirs des Rois*, de son ami le rhétoriqueur Jean Bouchet et de l'*Institutio principis christiani* d'Érasme. Guillaume Budé développera les mêmes thèmes dans l'*Institution du Prince* (1547) et Ronsard dans son *Institution pour l'adolescence du Roy très chrétien, Charles neuvième de ce nom* (1562).

35. Souvenir de Virgile (*Géorgiques*, IV, 559 *sqq*).

36. Souvenir du chant I, 375 et chant III, 236.

dict estre en office de roys : comme bien tousjours
faire, jamais mal, estant acte unicquement royal [25].
Ainsi feut empereur de l'univers Alexandre Macedon.
Ainsi feut par Hercules [26] tout le continent possédé,
les humains soullageant des monstres, oppressions,
exactions et tyrannies, en bon traictement les gouver-
nant, en æquité et justice les maintenant, en benigne
police et loix convenentes à l'assiete des contrées les
instituent, suppliant à ce que deffailloit [27], ce que
abondoit avalluant [28] et pardonnant tout le passé,
avecques oubliance sempiternelle de toutes offenses
præcedentes, comme estoit la Amnestie [29] des Athe-
niens, lors que feurent par la prouesse et industrie de
Thrasybulus [30] les tyrans exterminez, depuys en
Rome exposée par Ciceron [31] et renouvellée soubs l'empereur Aurelian [32].

Ce sont les philtres, iynges [33], et attraictz d'amour,
moienans lesquelz pacifiquement on retient ce que
peniblement on avoit conquesté. Et plus en heur ne
peut le conquerant regner, soit roy, soit prince ou
philosophe, que faisant Justice à Vertus succeder.
Sa vertu est apparüe en la victoire et conqueste,
sa justice apparoistra en ce que par la volunté et
bonne affection du peuple donnera loix, publiera [34]
edictz, establira religions, fera droict à un chascun ;
comme de Octavian Auguste dict le noble poëte
Maro [35] :

Il, qui estoit victeur, par le vouloir
Des gens vaincuz faisoit ses loix valoir.

C'est pourquoy Homere, en son *Iliade* [36], les bons
princes et grands roys appelle Κοσμήτορας λαῶν, c'est

37. Ronsard après avoir fait dê la valeur militaire la première qualité d'un roi, ajoute :

« Mais les princes chrétiens n'estiment leur vertu
Procéder ni de sang ni de glaive pointu :
Ains par les beaux métiers qui des Muses procèdent... »

(Institution,... v.24-26)

38. Souvenir de Plutarque, *Questions romaines*.

39. Le proverbe « bien mal acquis ne profite jamais » était déjà en usage chez les Romains : cf. Naevius, cité par Cicéron et par Érasme (*Adages*, I, 7).

40. *Héritiers*.

41. Proverbe latin en usage au Moyen Age

42. Dans le *prologue, Goutteux de franc alleu* (cf. note 140).

43. Ce transfert de populations est rapporté par l'historien Sigebert.

44. *Habitants du Hainaut.*

à dire ornateurs des peuples [37]. Telle estoit la consideration de Numa Pompilius [38], roy second des Romains, juste, politic et philosophe, quand il ordonna au dieu Terme le jour de sa feste, qu'on nommoit Terminales, rien n'estre sacrifié qui eust prins mort, nous enseignant que les termes, frontieres et annexes des royaulmes convient en paix, amitié, debonnaireté guarder et regir, sans ses mains souiller de sang et pillerie. Qui aultrement faict, non seulement perdera l'acquis, mais aussi patira ce scandale et opprobre qu'on le estimera mal et à tort avoir acquis, par ceste consequence que l'acquest luy est entre mains expiré. Car les choses mal acquises mal deperissent [39], et ores qu'il en eust toute sa vie pacificque jouissance, si toutesfoys l'acquest deperit en ses hoirs [40], pareil sera le scandale sus le defunct, et sa mémoire en malediction, comme de conquerent inique. Car vous dictez en proverbe commun : « Des choses mal acquises le tiers hoir ne jouira [41]. »

Notez aussi, Goutteux fieffez [42], en cestuy article, comment par ce moyen Pantagruel feit d'un ange deux, qui est accident opposite au conseil de Charles Maigne, lequel feist d'un diable deux quand il transporta les Saxons en Flandre et les Flamens en Saxe [43]. Car non povant en subjection contenir les Saxons par luy adjoincts à l'empire, que à tous momens n'entrassent en rebellion, si par cas estoit distraict en Hespaigne, ou autres terres lointaines, les transporta en pays sien et obeissant naturellement, sçavoir est Flandres ; et les Hannuiers [44] et Flamens, ses naturelz subjectz, transporta en Saxe, non doubtant de leur feaulté,

45. *Étrangères.*

46. Ces lieux communs sur le souverain idéal et les moyens de s'attirer la sympathie des peuples conquis avaient déjà été indiqués dans *G.*, chap. XXXII, XLVI, L. Peut-être est-ce aussi une allusion à l'habile politique de Guillaume du Bellay.

encores qu'ilz transmigrassent en regions estranges [45].
Mais advint que les Saxons continuerent en leur
rebellion et obstination premiere, et les Flamens
habitans en Saxe embeurent les meurs et contradictions des Saxons [46].

1. *Salmigondis :* ragoût. Dans *P.,* chap. XXXII, la *chastellenie de Salmiguondin* a été donnée à Alcofrybas (cf. p. 419).

2. Monnaie d'or en usage de Charles V à Charles VII. Comme au chapitre précédent, Rabelais produit un effet comique par l'énormité et la précision du nombre. L'emploi des chiffres arabes, encore peu employés, contribue au burlesque.

3. *Escargots.*

4. Monnaie d'or représentant un *agnus dei*

5. Monnaie d'Égypte.

6. *Hanetons recherchés.*

7. Ces fondations faisaient partie des générosités des rois et des princes.

8. *Galantes.*

CHAPITRE II

*Comment Panurge feut faict chastellain de Salmiguondin
en Dipsodie et mangeoit son bled en herbe.*

Donnant Pantagruel ordre au gouvernement de toute
Dipsodie, assigna la chastellenie de Salmiguondin [1] à
Panurge, valent par chascun an 6789106789 royaulx [2]
en deniers certains, non comprins l'incertain revenu
des hanetons et cacquerolles [3], montant bon an mal an
de 2435768 à 2435769 moutons à la grande laine [4].
Quelques foys revenoit à 1234554321 seraphz [5], quand
estoit bonne année de cacquerolles et hanetons de
requeste [6]. Mais ce n'estoit tous les ans. Et se gouverna
si bien et prudentement Monsieur le nouveau chastellain qu'en moins de quatorze jours il dilapida le
revenu certain et incertain de sa chastellenie pour
troys ans. Non proprement dilapida, comme vous
pourriez dire en fondations de monasteres, erections
de temples, bastimens de collieges et hospitaulx [7], ou
jectant son lard aux chiens, mais despendit en mille
petitz bancquetz et festins joyeulx ouvers à tous
venens, mesmement tous bons compaignons, jeunes
fillettes et mignonnes gualoises [8], abastant boys, brus-

9. Proverbe bien connu, signifiant *dépenser prématurément ses biens*. Voltaire le reprendra à l'article *Blé* : « *On dit proverbialement* : " *Manger son blé en herbe ; être pris comme dans un blé... etc.* " ». Dans le *Pantagruel* (chap. XVII), Panurge est beaucoup plus enclin à remplir sa bourse qu'à la vider.

10. Dans le *prologue*, Rabelais a déjà indiqué cette définition du *Pantagruelisme* : « *Jamais en maulvaise partie ne prendront choses quelconques.* » Cette paix de l'âme, qui chez les Anciens était le but cherché à la fois par les Stoïciens et les Épicuriens, résulte de l'esprit de tolérance et de curiosité intellectuelle. Les théologiens fidèles à la scolastique s'offensaient, eux, à la moindre critique de la tradition ; *se scandaliser* conserve une partie de son sens théologique : s'indigner à la vue du péché, ou bien être cause de péché.

11. *Exclu.*

12. Dans *Le Tiers Livre*, Pantagruel représente l'homme raisonnable, équilibré et tranquille, alors que Panurge est toujours agité, passant de la jactance paradoxale à l'inquiétude

13. *Économe.*

14. *Arrêté.*

15. *Archaïsme.*

16. Dans le *Pantagruel*, Panurge a déjà donné des exemples de sa faconde (cf. chap. IX, *Comment Pantagruel trouva Panurge...*). Mais ici il devient sentencieux et pédant, prenant le contre-pied de la sagesse courante, comme dans les éloges paradoxaux (cf. Érasme, *Éloge de la Folie*). Le début de ce premier point s'accorde d'abord avec la morale chrétienne et le pantagruelisme, puis le discours tourne à la raillerie.

17. *La sérénité... ne soit troublée par des nuées de pensées passementées de chagrin et d'ennui.*

18. *Vous vivant joyeux, gaillard, allègre.*

19. *Économie !*

20. Panurge se donne en exemple, ce qui est d'autant plus comique qu'il va consulter toutes les autorités sur le problème du mariage, sans pouvoir se décider.

lant les grosses souches pour la vente des cendres,
prenent argent d'avance, achaptant cher, vendent à
bon marché, et mangeant son bled en herbe [9].

Pantagruel, adverty de l'affaire, n'en feut en soy
aulcunement indigné, fasché ne marry. Je vous ay
ja dict et encores rediz que c'estoit le meilleur petit et
grand bon hommet que oncques ceigneït espée. Toutes
choses prenoit en bonne partie, tout acte interpretoit
à bien. Jamais ne se tourmentoit, jamais ne se scan-
dalizoit [10]. Aussi eust il esté bien forissu [11] du deificque
manoir de raison, si aultrement se feust contristé ou
altéré. Car tous les biens que le ciel couvre et que la
terre contient en toutes ses dimensions : haulteur, pro-
fondité, longitude, et latitude, ne sont dignes d'esmouvoir nos affections et troubler nos sens et espritz [12].

Seulement tira Panurge à part, et doulcettement luy
remonstra que si ainsi vouloit vivre et n'estre aultrement mesnagier [13], impossible seroit, ou pour le moins
bien difficile, le faire jamais riche.

« Riche ? respondit Panurge. Aviez-vous là fermé [14]
vostre pensée ? Aviez-vous en soing pris me faire riche
en ce monde ? Pensez vivre joyeulx, de par li bon Dieu
et li bons homs [15] ! Autre soing, autre soucy, ne soit
receup on sacrosainct domicile de vostre celeste cerveau [16]. La serenité d'icelluy jamais ne soit troublée
par nues quelconques de pensement passementé de
meshaing et fascherie [17]. Vous vivent [18] joyeulx, guaillard, dehayt, je ne seray riche que trop. Tout le monde
crie : mesnaige, mesnaige [19] ! Mais tel parle de mesnaige,
qui ne sçayt mie que c'est. C'est de moy que fault conseil
prendre [20]. Et de moy pour ceste heure prendrez

7

21. *Théologie universelle*. Bien entendu, l'éloge est ironique ; Rabelais n'est nullement réconcilié avec les docteurs de Sorbonne, qui condamnent ses romans et surtout se croient détenteurs exclusifs de la Vérité.

22. Allusion aux banquets coûteux donnés à l'occasion de l'intronisation d'un nouvel évêque.

23. *Les quatre vertus cardinales*. La parodie facétieuse s'accentue, tout en suivant le plan de l'argumentation scolastique.

24. Jeu de mots : *mord* (au lieu de *meurt*) appelle *rue* (au lieu de *vit*). Cotgrave cite un autre calembour de même nature : *Homme mort ne mord pas*.

25. Sénèque le Tragique (*Thyeste*, v. 619-620). Les citations et références aux œuvres antiques ou aux Écritures, généralement détournées de leur vrai sens, font partie de la parodie de l'éloquence. Au Moyen Age, les *Sermons joyeux* (*Panégyrique de saint Hareng, de saint Jambon*, etc.) usaient déjà de ce procédé comique. Le *sermon* de Panurge associe les facéties populaires et les plaisanteries érudites des Humanistes. — La Fontaine reprendra le thème de l'incertitude de la destinée dans *Le Charlatan* (VI, 19) :

« Soyons bien buvants, bien mangeants :
Nous devons à la mort de trois l'un en dix ans. »

26. La *justice commutative* est celle du juste prix, dans le commerce.

27. Le *De re rustica*, traité d'agriculture de Caton le Censeur, dont Érasme fait mention dans ses *Apophtegmes* (V, 54).

28. La maxime de Caton recommandait au père de famille d'être « *vendeur, et non acheteur* »... Ce qui ne signifie pas dilapider, mais conserver un bénéfice entre l'achat et la vente.

29. *Provision*.

30. La *justice distributive* donne à chacun selon ses mérites (cf. Aristote, *Éthique à Nicomaque*, v).

31. Allusion à l'*Odyssée* (v) : Ulysse, naufragé, aborde à l'île des Phéaciens (Corfou) ; c'est le début de l'épisode de Nausicaa.

32. Dans les *Aphorismes* (I, 13), Rabelais a publié en 1532 ces textes d'Hippocrate ; il donne ici un sens libre aux maximes du médecin grec en les appliquant aux filles de joie.

advertissement, que ce qu'on me impute à vice a esté
imitation des Université et Parlement de Paris : lieux
es quelz consiste la vraye source et vive Idée de Pan-
théologie [21], de toute justice aussi. Hæreticque qui
en doubte, et fermement ne le croyt. Ilz toutesfoys
en un jour mangent leur evesque, ou le revenu de
l'evesché (c'est tout un) pour une année entiere, voyre
pour deux aulcunes foys [22] : c'est au jour qu'il y faict
son entrée. Et n'y a lieu d'excuse, s'il ne vouloit estre
lapidé sus l'instant.

« A esté aussi acte des quatre vertus principales [23] :
de Prudence, en prenent argent d'avance, car on ne
sçayt qui mord ne qui rue [24]. Qui sçayt si le monde
durera encores troys ans ? Et ores qu'il durast d'adventaige, est il home tant fol qui se ausast promettre vivre
troys ans ?

Oncq' homme n'eut les Dieux tant bien à main.
Qu'asceuré feust de vivre au lendemain [25].

« De Justice : commutative [26], en achaptant cher
(je diz à credit), vendant à bon marché (je diz argent
comptant). Que dict Caton en sa mesnagerie [27] sus
ce propos ? Il fault (dict il) que le perefamiles soit
vendeur perpetuel [28]. Par ce moyen est impossible
qu'en fin riche ne devieigne, si tousjours dure l'apo-
thecque [29]. Distributive [30] : donnant à repaistre aux
bons (notez bons) et gentilz compaignons, lesquelz
Fortune avoit jecté comme Ulyxes [31], sus le roc de
bon appetit, sans provision de mangeaille, et aux
bonnes (notez bonnes) et jeunes gualoises (notez
jeunes : car scelon la sentence de Hippocrates [32], jeunesse est impatiente de faim, mesmement si elle est

33. Platon, cité par Cicéron et commenté par Érasme (*Adages*, IV, 6, 81), recommande l'altruisme (*Nemo sibi nascitur* : On ne naît pas uniquement pour soi-même), mais nullement de la façon dont le pratiquent les filles.

34. Troisième vertu cardinale : la force (morale).

35. *Milon de Crotone*, qui mourut en essayant de fendre d'un coup de poing un tronc d'arbre. Le bras resta pris dans la fente et Milon fut dévoré par un lion.

36. *Tanières*.

37. Couper ses bois était la dernière ressource des nobles endettés. Calembour usuel : *jouer des hautbois*, c'est abattre les hauts bois. Les souches serviront de siège pour le Jugement.

38. *Sarcleurs*.

39. *Moissonneurs*.

40. *Les glaneurs, auxquels il faut de la fouace*. On se souvient que la guerre picrocholine commença (*G.*, chap. XXV) par une altercation entre les *fouaciers de Lerné* (marchands de galettes) et les bergers de Grandgousier.

41. Virgile (*Bucoliques*, II, 10-11) montre la paysanne Thestilis préparant le repas des moissonneurs.

42. Variété de charançon.

43. Dans le *Pantagruel* (chap. XXXI, p. 405), Pantagruel fait du roi Anarche un *crieur de saulce vert*, sauce composée de verjus, de gingembre et de persil, mais non de blé en herbe.

44. *Réjouit*.

vivace, alaigre, brusque, movente, voltigeante). Lesquelles gualoises voluntiers et de bon hayt font plaisir
à gens de bien et sont platonicques et ciceronianes ³³ jusques là qu'elles se reputent estre on monde nées non
pour soy seulement, ains de leurs propres personnes
font part à leur patrie, part à leurs amis.

« De Force ³⁴ : en abastant les gros arbres, comme un
second Milo ³⁵, ruinant les obscures forestz, tesnieres ³⁶
de loups, de sangliers, de renards, receptacles de briguans et meurtriers, taulpinieres de assassinateurs,
officines de faulx monnoieurs, retraictes d'hæreticques,
et les complanissant en claires guarigues et belles
bruieres, jouant des haulx boys ³⁷ et præparant les
sieges pour la nuict du jugement.

« De Temperance : mangeant mon bled en herbe,
comme un hermite, vivent de sallades et racines, me
emancipant des appetiz sensuelz, et ainsi espargnant
pour les estropiatz et souffreteux. Car ce faisant,
j'espargne les sercleurs ³⁸ qui guaignent argent, les mes-
tiviers ³⁹, qui beuvent voluntiers, et sans eau, les gle-
neurs, es quelz fault de la fouace ⁴⁰, les basteurs, qui ne
laissent ail, oignon ne eschalote es jardins par l'auctorité de Thestilis Virgiliane ⁴¹, les meusniers, qui sont
ordinairement larrons, et les boulangiers, qui ne valent
gueres mieulx. Est ce petite espargne ? Oultre la
calamité des mulotz, le deschet des greniers et la mangeaille des charrantons et mourrins ⁴² ? De bled en
herbe vous faictez belle saulse verde ⁴³, de legiere
concoction, de facile digestion, laquelle vous esba-
noist ⁴⁴ le cerveau, esbaudist les espritz animaulx,
resjouist la veue, ouvre l'appetit, delecte le goust,

45. *Affermit*.

46. *Rate*.

47. *Vertèbres* : cf. *G.*, chap. XXVII, p. 241. Frère Jean *deslochoyt* (déboîtait) les *spondyles* des ennemis.

48. *Gland*.

49. *Vrille* (pris dans un sens libre).

50. D'après Suétone (*Vie de Néron*, XXX).

51. Tibère passe pour avoir été un empereur fort économe.

52. Lois contre les dépenses de table (*cena :* le repas) et contre le luxe (*sumptus*). L'énumération de ces lois n'est nullement fantaisiste ; elle se trouve dans Macrobe (*Saturnales*, III, 17).

53. Souvenir d'Érasme (*Adages*, I, 9) ; *protervie* (*propter viam*), au sens étymologique, est un repas pour la route.

54. Exemple également tiré d'Érasme (*ibid.*).

assere [45] le cœur, chatouille la langue, faict le tainct
clair, fortifie les muscles, tempere le sang, alliege
le diaphragme, refraischist le foye, desoppile la ratelle [46], soulaige les roignons, assoupist les reins, des-
gourdist les spondyles [47], vuide les ureteres, dilate les
vases spermaticques, abbrevie les cremasteres, ex-
purge la vessie, enfle les genitoires, corrige le prepuce,
incruste le balane [48], rectifie le membre ; vous faict
bon ventre, bien rotter, vessir, peter, fianter, uriner,
esternuer, sangloutir, toussir, cracher, vomiter, bais-
ler, mouscher, haleiner, inspirer, respirer, ronfler,
suer, dresser le virolet [49], et mille autres rares adven-
taiges.

— J'entends bien (dist Pantagruel), vous inferez
que gens de peu d'esprit ne sçauroient beaucoup en
brief temps despendre. Vous n'estez le premier qui ayt
conceu ceste hæresie. Neron le maintenoit [50], et sus
tous humains admiroit C. Caligula son oncle, lequel
en peu de jours avoit par invention mirificque despendu
tout l'avoir et patrimoine que Tiberius [51] luy avoit
laissé. Mais en lieu de guarder et observer les loix
cœnaires et sumptuaires [52] des Romains, la Orchie,
la Fannie, la Didie, la Licinie, la Cornelie, la Lepi-
diane, la Antie, et des Corinthiens par les quelles estoit
rigoreusement à un chascun defendu plus par an despendre que portoit son annuel revenu, vous avez faict
Protervie [53], qui estoit entre les Romains sacrifice tel
que de l'aigneau Paschal entre les Juifz. Il y convenoit
tout mangeable manger, le reste jecter on feu ; rien
ne reserver au lendemain. Je le peuz de vous justement
dire, comme le dist Caton de Albidius [54], lequel avoir

55. Calembour répandu chez les clercs. D'après la *Mensa philosophica* de Michel Scot, saint Thomas d'Aquin, invité par le roi saint Louis, et l'esprit occupé par la composition d'un hymne sur le Saint-Sacrement, mangea la lamproie destinée au roi. Heureux d'avoir terminé l'hymne, il s'écria : « *Consummatum est !* » (C'est fini !), que les convives interprétèrent comme une application des dernières paroles du Christ à l'absorption de la lamproie. On trouve une adaptation bouffonne de l'Évangile, aussi choquante pour notre époque, dans *G.*, chap. v, *Propos des bien yvres*, p. 93 : « *J'ai la parolle de Dieu en bouche : Sitio* » (j'ai soif).

56. *Il n'importe.*

en excessive despense mangé tout ce qu'il possedoit, restant seulement une maison, y mist le feu dedans, pour dire *consummatum est,* ainsi que depuys dist sainct Thomas Dacquin, quand il eut la Lamproye toute mangée [55]. Cela non force [56]. »

1. Plaisanterie fréquente : *jamais ;* cf. *G.,* chap. xx, p. 185 : « *l'arrest sera donné es prochaines calendes grecques, c'est à dire jamais.* » En effet, les *calendes* désignent le premier jour du mois chez les Romains, mais ne figurent pas dans le calendrier grec.

2. Locution proverbiale, déjà employée par Marot, (*Épître au Roi*).

3. *Empruntiez pour payer la dette ancienne.*

4. D'après César (*De Bello Gallico,* vi, 18-19).

5. *Obsèques.*

CHAPITRE III

Comment Panurge loue les debteurs et emprunteurs.

— Mais (demanda Pantagruel), quand serez vous
hors de debtes ?

— Es calendes grecques [1], respondit Panurge, lors
que tout le monde sera content [2], et que serez heritier
de vous mesmes. Dieu me guarde d'en estre hors.
Plus lors ne trouverois qui un denier me prestast.
Qui au soir ne laisse levain, ja ne fera au matin lever
paste. Doibvez tousjours à quelqu'un. Par icelluy sera
continuellement Dieu prié vous donner bonne longue
et heureuse vie ; craignant sa debte perdre, tousjours
bien de vous dira en toutes compaignies, tousjours
nouveaulx crediteurs vous acquestera, affin que par
eulx vous faciez versure [3], et de terre d'aultruy rem-
plissez son fossé. Quand jadis en Gaulle [4], par l'institution des druydes, les serfz, varletz, et appariteurs
estoient tous vifs bruslez aux funerailles et exeques [5]
de leurs maistres et seigneurs, n'avoient ilz belle paour
que leurs maistres et seigneurs mourussent ? Car ensemble force leurs estoit mourir. Ne prioient ilz conti-

6. Les Romains assimilaient les dieux des Gaulois (*Teutatès, Dis*) à Mercure et Pluton ; ce dernier régnait sur les richesses souterraines.

7. Plaisanterie usuelle.

8. *Pourboire* (en italien) ; jeu de mots sur *manche* (de vêtement) et *bras*.

9. *Denier* (en italien), d'où : argent.

10. Vraisemblablement, nom de fantaisie.

11. *Baisser de prix*.

12. *Revenir*. Le beau temps ruine les spéculateurs qui avaient accaparé le blé pour le temps de famine.

13. Juron populaire : *Vrai Dieu!*

14. *Vous me forcez à abattre mon jeu* (locution proverbiale tirée de la *ronfle*, variété de jeu de cartes).

15. Parodie des arguments scolastiques sur la différence entre les créatures et le Créateur. Panurge se compare plaisamment à Dieu le Père, puisque *ne tenant rien* et n'ayant pas de *matière première*, il crée (de l'argent). C'est peut-être aussi un souvenir de Plutarque (*De l'usure*) : l'usure naît *ex nihilo*.

16. Réserve prudente et comique à la fois ; cf. *P.*, *Prologue*, p. 39 : « *Je le maintiens jusques au feu exclusive.* » Montaigne l'emploiera à son tour.

17. Euphémisme pour *diable*.

18. *Digne de l'Antiquité*.

19. *De toutes les consonnes avec les voyelles*.

20. Xénocrate, chef de l'école académique, avait calculé que le nombre des combinaisons possibles des lettres de l'alphabet atteignait 100 200 000 syllabes (Plutarque, *Propos de table*, VIII).

21. *Si vous estimez la perfection des débiteurs à la quantité des prêteurs...*

nuellement leur grand Dieu Mercure [6], avecques Dis
le pere aux escuz, longuement en santé les conserver ? N'estoient ilz soingneux de bien les traicter et
servir ? Car ensemble povoient ilz vivre au moins
jusques à la mort [7]. Croyez qu'en plus fervente devotion vos crediteurs priront Dieu que vivez, craindront
que mourez, d'autant que plus ayment la manche [8]
que le braz et la denare [9] que la vie. Tesmoings les
usuriers de Landerousse [10], qui n'a gueres se pendi-
rent, voyans les bleds et vins ravaller en pris [11] et
bon temps retourner [12]. »

Pantagruel rien ne respondent, continua Panurge :
« Vray bot [13], quand bien je y pense, vous me remettez à poinct en ronfle veue [14], me reprochant mes
debtes et crediteurs. Dea en ceste seule qualité je me
reputois auguste, reverend, et redoubtable, que sus
l'opinion de tous philosophes (qui disent rien de rien
n'estre faict) rien ne tenent, ne matiere premiere, estoys facteur et createur [15].

« Avois créé quoy ? Tant de beaulx et bons crediteurs. Crediteurs sont (je le maintiens jusques au
feu exclusivement [16]) creatures belles et bonnes. Qui
rien ne preste, est creature laide et mauvaise : creature du grand villain diantre [17] d'enfer. Et faict quoy ?
Debtes. O chose rare et antiquaire [18] ! Debtes, diz je,
excedentes le nombre des syllabes resultantes au cou-
plement de toutes les consonantes avecques les vo-
cales [19], jadis projecté et compté par le noble Xeno-
crates [20]. A la numerosité [21] des crediteurs si vous
estimez la perfection des debteurs, vous ne errerez
en Arithmetique praticque.

22. *Avoir son affaire réglée* : recevoir le règlement de sa créance.

23. Encore une fois Panurge se compare avec Dieu le Père. Allusion à la représentation d'un mystère à Saumur (1534), dont le poète Jean Bouchet, ami de Rabelais, a fait mention (*Annales, Épîtres familières*).

24. Dans *Les Travaux et les Jours*, v. 289. Rabelais évoquera encore cette allégorie dans *Le Quart Livre* (chap. LVIII).

25. *Aussi douce que la fourrure de zibeline.*

26. Premier abbé de *Saint-Maur-des-Fossés*, abbaye bénédictine sécularisée au XVIe siècle, dont Rabelais fut chanoine.

27. *Lien.*

28. *Peut-être.*

29. La tirade de Panurge se termine par le rappel de la grandiose hypothèse de Platon (*Timée*, 34 B-37 C), citée par saint Augustin (*Cité de Dieu*) et développée par l'humaniste Marsile Ficin au XVe siècle. Rabelais ne tourne pas Platon en dérision, mais l'usage que Panurge fait de sa doctrine. Si par *dette*, il faut entendre, comme le croit V.-L. Saulnier (*op. cit.*, p. 53), « *échange, de bon vouloir réciproque* », il n'y a pas nécessairement d'intention comique, sauf en ce qui concerne le personnage de Panurge.

« Guidez-vous que je suis aise, quand tous les matins autour de moy je voy ces crediteurs tant humbles, serviables et copieux en reverences ? Et quand je note que moy faisant à l'un visaige plus ouvert, et chere meilleure que es autres, le paillard pense avoir sa depesche [22] le premier, pense estre le premier en date et de mon ris cuyde que soit argent content. Il m'est advis, que je joue encores le Dieu de la passion de Saulmur [23] accompaigné de ses Anges et Cherubins. Ce sont mes candidatz, mes parasites, mes salüeurs, mes diseurs de bons jours, mes orateurs perpetuelz.

« Et pensois veritablement en debtes consister la montaigne de Vertus heroicque descripte par Hesiode [24], en laquelle je tenois degré premier de ma licence, à laquelle tous humains semblent tirer et aspirer, mais peu y montent pour la difficulté du chemin, voyant au jourd'huy tout le monde en désir fervent, et strident appetit de faire debtes et crediteurs nouveaulx.

« Toutesfoys il n'est debteur qui veult ; il ne faict crediteurs qui veult. Et vous me voulez debouter de ceste félicité soubeline [25] ? vous me demandez quand seray hors de debtes ?

« Bien pis y a, je me donne à sainct Babolin le bon sainct [26], en cas que toute ma vie je n'aye estimé debtes estre comme une connexion et colligence [27] des cieulx et terre, un entretenement unicque de l'humain lignaige ; je dis sans lequel bien tost tous humains periroient : estre par adventure [28] celle grande ame de l'univers, laquelle scelon les Academicques, toutes choses vivifie [29].

30. Métrodore, disciple d'Épicure, soutenait non seulement la pluralité des mondes, mais leur infinité.

31. Le pythagoricien *Pétron* concevait l'univers comme un triangle équilatéral sur les côtés duquel étaient 186 mondes, trois autres mondes constituant les sommets. Cette théorie a été rapportée par Plutarque.

32. Allusion à l'*Iliade* (VIII, 19).

33. Souvenir de Plutarque (*Vie de Numa*, chap. VII).

34. Jeu de mots : *Vénus vénérée* (étymologie fantaisiste).

35. L'opinion d'Héraclite est rapportée par Plutarque (*De placitis philosophorum*). Celle de Cicéron est exposée dans le *De natura deorum*, III, 14.

36. E. Gilson (*Notes médiévales du Tiers Livre*, 78-79) explique ces termes tirés de la scolastique : la *symbolisation* est la communication d'un corps avec un autre par l'intermédiaire d'une ou plusieurs qualités communes ; si les éléments abandonnent *alternativement* leurs qualités qui ne s'accordent pas, il se produit une *transmutation*. Un arrêt de ces échanges normaux produit des monstres.

37. L'eau est transmuée en air, parce que l'air et l'eau ont en commun (*symbolisent*) l'humidité.

38. *Les fils d'Alocus.*

« Qu'ainsi soit, repræsentez vous en esprit serain
l'idee et forme de quelque monde : prenez, si bon vous
semble, le trentiesme de ceulx que imaginoit le philosophe Metrodorus [30], ou le soixante et dixhuyctieme
de Petron [31], on quel ne soit debteur ne crediteur
aulcun. Un monde sans debtes ! Là entre les astres ne
sera cours regulier quiconque. Tous seront en desarroy.
Juppiter ne s'estimant debteur à Saturne, le deposse-
dera de sa sphære, et avecques sa chaine homericque [32]
suspendera toutes les intelligences, dieux, cieulx,
dæmons, genies, heroes, diables, terre, mer, tous elemens. Saturne se r'aliera avecques Mars, et mettront
tout ce monde en perturbation. Mercure ne vouldra
soy asservir es aultres, plus ne sera leur Camille [33],
comme en langue hetrusque estoit nommé. Car il ne
leurs est en rien debteur. Venus ne sera venerée [34],
car elle n'aura rien presté. La lune restera sanglante
et tenebreuse. A quel propous luy departiroit le soleil
sa lumiere ? Il n'y estoit en rien tenu. Le soleil ne
luyra sus leur terre. Les astres ne y feront influence
bonne. Car la terre desistoit leurs prester nourrissement par vapeurs et exhalations, des quelles, disoit
Heraclitus [35], prouvoient les stoiciens, Ciceron maintenoit estre les estoilles alimentées. Entre les elemens
ne sera symbolisation, alternation, ne transmutation [36]
aulcune. Car l'un ne se reputera obligé à l'autre, il ne
luy avoit rien presté. De terre ne sera faicte eau ;
l'eau en aër ne sera transmuée [37] ; de l'aër ne sera
faict feu ; le feu n'eschauffera la terre. La terre rien
ne produira que monstres, Titanes, Aloïdes [38], Geans ;
il n'y pluyra pluye, n'y luyra lumiere, n'y ventera

39. *Les Peines* (personnifiées). Chez les Anciens, *Poine* (ποίνη) est une des Furies.

40. Les Mystères associent les allégories païennes et chrétiennes. Lucifer y est escorté par des Furies et par des diablotins.

41. *Dénicher.*

42. Contraire à la loi.

43. L'élection du Recteur par les étudiants donnait lieu à des brigues devenues proverbiales.

44. *Doué-la-Fontaine*, entre Chinon et Saumur. Les *diableries* des Mystères groupaient quantité de personnages se livrant à toutes sortes d'excentricités.

45. Après avoir exploité dans une amplification burlesque les vertus cardinales, Panurge aborde les trois vertus théologales.

46. Reprise de la maxime de Platon, appliquée plus haut aux filles galantes (cf. chap. II, note 33).

47. Personnifications usuelles au Moyen Age.

48. Rabelais a déjà évoqué le mythe de Pandore dans son *Prologue*.

49. Maxime citée par Érasme (*Adages*, I, 1, 70).

50. Croyance populaire attestée par Ronsard (*Réponse...*) :
« Si tu veux confesser que Loup-garou tu sois
Hôte mélancoliq' des tombeaux et des croix... »
(v. 128-129).

51. Le rapprochement de ces personnages mythologiques ou bibliques avec les *loups-garous* et les *lutins* est comique ; il s'explique par une série de métamorphoses : *Lycaon*, roi d'Arcadie, fut changé en loup pour avoir violé les lois de l'hospitalité ; *Nabuchodonosor*, le cruel roi de Babylone, métamorphosé en bœuf ; *Bellerophon* roi de Corinthe, qui avait voulu escalader l'Olympe, fut condamné à errer solitaire.

52. *Ismaël*, fils d'Abraham et d'Agar, réputé pour sa sauvagerie (*Genèse*, XVI, 12).

53. Personnage de l'*Énéide* (XI, 539), condamné à ne jamais goûter l'hospitalité.

54. *Timon d'Athènes*, présenté par Lucien, Plutarque et Cicéron comme le type même du misanthrope. Shakespeare lui consacrera un drame.

vent, n'y sera esté ne automne. Lucifer se desliera, et
sortant du profond d'enfer avecques les Furies, les
Poines [39], et Diables cornuz [40], vouldra deniger [41] des
cieulx tous les dieux tant des majeurs comme des
mineurs peuples.

« De cestuy monde rien ne prestant ne sera qu'une
chienerie, que une brigue plus anomale [42] que celle du
Recteur de Paris [43], qu'une diablerie plus confuse que
celle des jeuz de Doué [44]. Entre les humains l'un ne
saulvera l'autre ; il aura beau crier à l'aide, au feu, à
l'eau, au meurtre, personne ne ira à secours. Pourquoy ? Il n'avoit rien presté, on ne luy debvoit rien.
Personne n'a interest en sa conflagration, en son
naufrage, en sa ruine, en sa mort. Aussi bien ne
prestoit il rien. Aussi bien n'eust il par après rien
presté.

« Brief de cestuy monde seront bannies Foy, Esperance, Charité [45]. Car, les homes sont nez pour l'ayde
et secours des homes [46]. En lieu d'elles succederont Defiance, Mespris, Rancune [47], avecques la cohorte de
tous maulx, toutes maledictions et toutes miseres.
Vous penserez proprement que là eust Pandora versé
sa bouteille [48]. Les hommes seront loups es hommes [49].
Loups guaroux [50] et lutins comme feurent Lychaon, Bellerophon, Nabugotdonosor [51], briguans, assassineurs,
empoisonneurs, malfaisans, malpensans, malveillans,
haine portans un chascun contre tous, comme Ismael [52],
comme Metabus [53], comme Timon Athenien [54], qui
pour ceste cause feut surnommé μισάνθρωπος. Si que
chose plus facile en nature seroit nourrir en l'aër les
poissons, paistre les cerfz on fond de l'Ocean, que

55. V.-L. Saulnier (*op. cit.*, p. 52) commente ainsi cette déclaration : « *Ce mot-là n'est pas sans sonorité ni résonance : car la haine franche et résolue est très rare, chez Rabelais, et toujours significative.* » Panurge est ici l'interprète de Rabelais.

56. L'opposition entre le *macrocosme* (l'Univers) et le *microcosme* (l'homme) est usuelle au Moyen Age et pendant la Renaissance.

57. D'après Galien, le foie était générateur du sang.

58. *Dérangé.*

59. L'apologue des *membres et de l'estomac* (Esope, 197) fut employé par Menenius Agrippa pour réconcilier la plèbe et les patriciens.

60. *Esculape* lui-même (bien que dieu de la médecine) périrait...

61. Après l'éloge, souvent sérieux, des dettes (pris au sens large de solidarité humaine), le discours de Panurge se termine par une notation comique digne d'un valet (*après mon argent*), comparable à l'exclamation de Sganarelle : « Mes gages, mes gages ! » au dénouement de *Dom Juan.*

supporter ceste truandaille de monde, qui rien ne preste. Par ma foy je les hays bien [55].

« Et si au patron de ce fascheux et chagrin monde rien ne prestant, vous figurez l'autre petit monde, qui est l'home [56], vous y trouverez un terrible tintammarre. La teste ne vouldra prester la veue de ses œilz, pour guider les piedz et les mains. Les piedz ne la daigneront porter. Les mains cesseront travailler pour elle. Le cœur se faschera de tant se mouvoir pour les pouls des membres, et ne leurs prestera plus. Le poulmon ne luy fera prest de ses souffletz. Le foye ne luy envoyra sang [57] pour son entretien. La vessie ne vouldra être debitrice aux roignons : l'urine sera supprimée. Le cerveau considerant ce train desnaturé, se mettra en resverie, et ne baillera sentement es nerfz, ne mouvement es muscles. Somme, en ce monde desrayé [58], rien ne debvant, rien ne prestant, rien ne empruntant, vous voirez une conspiration plus pernicieuse, que n'a figuré Æsope en son Apologue [59]. Et perira sans doubte ; non perira seulement, mais bien tost perira, feust ce Æsculapius mesmes [60]. Et ira soubdain le corps en putrefaction ; l'ame toute indignée prendra course à tous les Diables, après mon argent [61]. »

1. Après le désordre du monde sans dette, le tableau paradisiaque de la nature et de la société, à condition que « *tous soient debteurs, tous soient presteurs* ». Le sens de *dette* est manifestement élargi : Panurge devient le porte-parole (momentané) de Rabelais, et n'exalte nullement la « *philautie* », l'amour de soi, mais la charité.

2. Platon fait allusion à l'*harmonie* des sphères célestes, qui est à la fois accord musical et « *réguliers mouvements* » (*République*, x, 617). Il ne s'agit pas d'*entendre* au sens propre.

3. *Sympathie* : rapprocher de *symbolisation* au chapitre III, note 36.

4. La partie supérieure de l'atmosphère.

5. *Repos*.

6. *Glouton*.

7. *Chiche* : cf. *G.*, chap. LIV, p. 407 : « *Cy n'entrez pas' vous, usuriers chichars.* »

8. *Le modèle*.

CHAPITRE IV

*Continuation du discours de Panurge, à la louange
des presteurs et debteurs.*

« Au contraire representez vous un monde autre, on
quel un chascun preste, un chascun doibve, tous soient
debteurs, tous soient presteurs [1].

« O quelle harmonie sera parmy les réguliers mouvemens des cieulz! Il m'est advis que je l'entends
aussi bien que feist oncques Platon [2]. Quelle sympathie [3] entre les elemens! O comment Nature se y delec-
tera en ses œuvres et productions. Ceres chargée de
bleds ; Bacchus, de vins ; Flora, de fleurs ; Pomona, de
fruictz ; Juno en son aër serain [4], seraine, salubre,
plaisante !

« Je me pers en ceste contemplation. Entre les humains, paix, amour, dilection, fidelité, repous [5], ban-
quetz, festins, joye, liesse, or, argent, menue monnoie,
chaisnes, bagues, marchandises troteront de main en
main. Nul procès, nulle guerre, nul debat ; nul n'y sera
usurier, nul leschart [6], nul chichart [7], nul refusant.
Vray Dieu, ne sera ce l'aage d'or, le regne de Saturne ?
l'idée [8] des regions Olympicques, es quelles toutes

9. L'âge d'or païen se confond avec le paradis chrétien, où *Charité seule règne* : c'est le vœu des Évangélistes humanistes.

10. Expression virgilienne : « *O terque quaterque beati !* » (*Énéide*, I, 94).

11. Euphémisme pour *Vrai Dieu !*

12. La vie du saint du jour est récitée aux matines : c'est la *leçon*.

13. *Vœux.*

14. *Bâtons de procession.* Tous ces vœux de Panurge sont une critique de la réalité : dans l'Église où la charité ne règne pas, il n'y a que superstition, culte de faux saints, « *institutions humaines* », qui sont l'objet de railleries dans le *Pantagruel* et le *Gargantua* (chap. VI, XVII, XXVII, XLIII, XLV). Au contraire, le culte des saints serait justifié dans la véritable Église de Dieu.

15. Encore aujourd'hui la Bretagne compte de nombreux saints locaux. Les neuf évêchés étaient au XVIe siècle ceux de Dol, Nantes, Quimper, Rennes, Saint-Brieuc, Saint-Malo, Saint-Pol-de-Léon, Tréguier, Vannes.

16. Les références à *La Farce de maître Pathelin* sont fréquentes chez Rabelais : cf. *P.*, chap. XXX, p. 395 : « *Je veiz Pathelin, thésaurier de Rhadamanthe* [aux Enfers], *qui marchandoit des petitz pastez...* ». Pathelin et Panurge, fripons à la langue bien pendue, sont faits pour s'entendre.

17. Le drapier dupé par Pathelin.

18. *La Farce de maître Pathelin* (v. 172-173).

19. *Sur ce modèle.*

20. *C'est-à-dire.*

21. C'était l'opinion des médecins et des philosophes de l'Antiquité, qui s'était maintenue jusqu'au XVIe siècle. Molière s'est moqué de cet enchaînement de phrases fondé sur des associations de mots : « La fantaisie est une faculté de l'âme ; l'âme est ce qui nous donne la vie ; la vie finit par la mort, etc... » (*Dom Juan*, V, 2). Aux contemporains de Rabelais l'ex-

---

* *beat monde... rien ne refusant* manque dans la première édition.

autres vertus cessent. Charité [9] seule regne, regente, domine, triumphe? Tous seront bons, tous seront beaulx, tous seront justes. O monde heureux! O gens de cestuy monde heureux! O beatz troys et quatre foys [10]! Il m'est advis que je y suis. Je vous jure le bon Vraybis [11], que si cestuy monde *, beat monde, ainsi à un chascun prestant, rien ne refusant, eust Pape foizonnant en Cardinaulx et associés de son Sacré Colliege, en peu d'années vous y voiriez les sainctz plus druz, plus miraclificques, à plus de leçons [12], plus de veuz [13], plus de bastons [14] et plus de chandelles que ne sont tous ceulx des neufz eveschez de Bretaigne. Exceptez seulement sainct Ives [15].

« Je vous prie, considerez comment le noble Patelin [16] voulant deifier et par divines louenges mettre jusques au tiers ciel le pere de Guillaume Jousseaulme [17], rien plus ne dist sinon :

> Et si prestoit
> Ses denrées à qui en vouloit [18].

« O le beau mot!

« A ce patron [19] figurez nostre microcosme, *id est* [20] petit monde, c'est l'homme, en tous ses membres, prestans, empruntans, doibvans, c'est à dire en son naturel. Car nature n'a créé l'home que pour prester et emprunter. Plus grande n'est l'harmonie des cieux, que sera de sa police. L'intention du fondateur de ce microcosme est y entretenir l'ame, laquelle il y a mise comme hoste, et la vie. La vie consiste en sang [21]. Sang est le siege de l'ame. Pourtant [22] un seul labeur

posé de Panurge ne paraissait ridicule que par l'emploi intéressé qu'il en faisait. — M. A. Screech rapproche le discours de Panurge du traité d'Abano, *Conciliator*, *Differentia*, xxx.

22. *C'est pourquoi.*

23. *Companage en langue d'oc.* Le *companage* est l'ensemble des aliments en dehors du pain et du vin.

24. La *bile noire*, qui selon Galien se déversait dans la rate (*ratelle*).

25. Le *chyle* désigne aujourd'hui le produit de la digestion intestinale et non celui de la digestion gastrique (*chyme*).

26. *Du mésentère.*

27. Explication conforme aux connaissances médicales du temps. On sait quelle difficulté, un siècle plus tard, la découverte de la circulation du sang par Harvey rencontra, même chez de grands esprits comme Descartes.

28. Comme l'or qu'on épure pour en augmenter le titre.

29. *Veines rénales.*

    Sécrétion aqueuse.

poine ce monde, c'est forger sang continuellement. En
ceste forge sont tous membres en office propre ; et
est leur hierarchie telle que sans cesse l'un de l'autre
emprunte, l'un à l'autre preste, l'un à l'autre est debteur. La matiere et metal convenable pour estre en
sang transmué, est baillée par nature : pain et vin.
En ces deux sont comprinses toutes especes des ali-
mens. Et de ce est dict le companage [23] en langue
Goth. Pour icelles trouver, præparer et cuire, travaillent les mains, cheminent les piedz, et portent toute
ceste machine ; les œilz tout conduisent ; l'appetit en
l'orifice de l'estomach moyenant un peu de melancholie [24] aigrette, que luy est transmis de la ratelle,
admonneste de enfourner viande ; la langue en faict
l'essay ; les dens la maschent ; l'estomach la reçoit,
digere et chylifie [25] ; les venes mesaraïcques [26] en
sugcent ce qu'est bon et idoine ; delaissent les excre-
mens, les quelz par vertus expulsive sont vuidez hors
par exprès conduictz, puys la portent au foye ; il la
transmue derechef, et en faict sang [27].

« Lors quelle joye pensez vous estre entre ces officiers, quand ils ont veu ce ruisseau d'or, qui est leur
seul restaurant ? Plus grande n'est la joye des Alchy-
mistes, quand après longs travaulx, grand soing et
despense, ilz voyent les metaulx transmuez dedans
leurs fourneaulx.

« Adoncques chascun membre se præpare et s'esver-
tue de nouveau à purifier et affiner [28] cestuy thesaur.
Les roignons par les venes emulgentes [29] en tirent l'ai-
guosité, que vous nommez urine, et par les ureteres la
découllent en bas. Au bas trouve receptacle propre,

30. *La vésicule biliaire.*

31. *Bile jaune,* l'une des quatre humeurs du système de Galien. *La mélancholie* (cf. supra) est la *bile noire.*

32. *Rend subtil.*

33. Rabelais prend plaisir à prêter son savoir médical à Panurge et à en éblouir les lecteurs ; le commentaire : « *et lors sont faictz debteurs, qui paravant estoient presteurs* » rappelle le thème initial.

34. *Artère pulmonaire.*

35. Le *retz merveilleux* est l'*admirabilis plexus retiformis* de Galien, aujourd'hui l'*hexagone de Willis.* La morphologie de ces organes était fort incertaine au XVIe siècle.

36. *Vertu Dieu!*

37. Rabelais a déjà exprimé cette idée dans le début de la lettre de Gargantua à Pantagruel (*P.,* chap. VIII, p. 125) : « *Entre les dons, grâces et prérogatives... celle me semble singulière et excellente par laquelle elle peut, en estat mortel, acquérir espèce de immortalité... perpétuer... sa semence.* »

c'est la vessie, laquelle en temps oportun la vuide hors.
La ratelle en tire le terrestre et la lie, que vous nommez melancholie. La bouteille du fiel [30] en soubstraict
la cholere [31] superflue. Puys est transporté en une autre
officine pour mieulx estre affiné, c'est le cœur. Lequel
par ses mouvemens diastolicques et systolicques le
subtilie [32] et enflambe, tellement que par le ventricule
dextre le mect à perfection, et par les venes l'envoye
à tous les membres. Chascun membre l'attire à soy, et
s'en alimente à sa guise : pieds, mains, œilz, tous [33] ;
et lors sont faictz debteurs, qui paravant estoient
presteurs. Par le ventricule gausche il le faict tant
subtil, qu'on le dict spirituel, et l'envoye à tous les
membres par ses arteres, pour l'autre sang des venes
eschauffer et esventer. Le poulmon ne cesse avecques
ses lobes et souffletz le refraischir. En recongnoissance
de ce bien le cœur luy en depart le meilleur par la vene
arteriale [34]. En fin tant est affiné dedans le retz merveilleux [35], que par après en sont faictz les espritz animaulx, moyennans les quelz elle imagine, discourt,
juge, resoust, delibere, ratiocine et rememore.

« Vertus guoy [36], je me naye, je me pers, je m'esguare, quand je entre on profond abisme de ce monde
ainsi prestant, ainsi doibvant ! Croyez que chose divine
est prester, debvoir est vertus heroïcque.

« Encores n'est ce tout. Ce monde prestant, doibvant,
empruntant, est si bon, que ceste alimentation parachevée, il pense desja prester à ceulx qui ne sont encores nez, et par prest se perpetuer s'il peult, et multiplier en images à soy semblables [37], ce sont enfans.
A ceste fin chascun membre du plus precieux de son

38. *Retranche.*

39. Les éléments de la génération étaient un sujet de controverse chez les partisans de Galien et leurs adversaires. Les lecteurs au courant de ces disputes médicales devaient apprécier la compétence inattendue de Panurge.

40. Jeu de mots (*dettes, debvoir*), qui réintroduit le comique. Au chap. XXXI, le médecin Rondibilis reprendra une partie de ces théories médicales.

41. *Peine est infligée par Nature à celui qui refuse.* Encore un exemple, parmi tant d'autres, du naturisme de Rabelais.

nourrissement decide [38] et roigne une portion, et la renvoye en bas : nature y a præparé vases et receptacles opportuns, par les quelz descendent es genitoires en longs ambages et flexuositez, reçoit forme competente et trouve lieux idoines tant en l'homme comme en la femme [39], pour conserver et perpetuer le genre humain. Se faict le tout par prestz et debtes de l'un à l'autre : dont est dict le debvoir [40] de mariage.

« Poine par nature est au refusant interminée [41], acre vexation parmy les membres, et furie parmy les sens ; au prestant loyer consigné, plaisir, alaigresse et volupté. »

1. *Argumentateur et passionné...* Panurge, comme les sophistes antiques, est capable de faire du mauvais argument le meilleur, habileté reprochée par Aristophane (*Les Nuées*) à Socrate lui-même.

2. *Plaidez...* Molière s'est souvenu de cette locution dans *L'École des femmes* (I, 1).

3. Saint Paul (*Épître aux Romains*, XIII, 8).

4. C'est le conseil même donné par saint Paul. Il n'est pas différent du *Charité seule règne...* (chap. IV) de Panurge, mais le cynisme de celui-ci pouvait faire douter du sérieux de son propos. Rapprochez de la devise de Gargantua (chap. VIII, p. 113).

5. *Dessins et figures.*

6. Apollonius de Tyanes (Philostrate, *Vie d'Apollonius*, IV) fut appelé par les Éphésiens pour les protéger contre une épidémie de peste. Le fléau aurait été personnifié par un vieillard en haillons.

7. D'après Plutarque, (*De vitanda usura*, v), cité par Érasme (*Adages*, II, VII, XCVIII).

CHAPITRE V

Comment Pantagruel deteste les debteurs et emprunteurs.

« J'entends (respondit Pantagruel) et me semblez bon topicqueur [1] et affecté [2] à vostre cause. Mais preschez et patrocinez d'icy à la Pentecoste, en fin vous serez esbahy comment rien ne me aurez persuadé, et par vostre beau parler, ja ne me ferez entrer en debtes. Rien (dict le sainct Envoyé [3]) à personne ne doibvez, fors amours et dilection mutuelle [4].

« Vous me usez icy de belles graphides et diatyposes [5], et me plaisent trèsbien : mais je vous diz que, si figurez un affronteur efronté et importun emprunteur entrant de nouveau en une ville ja advertie de ses meurs, vous trouverez que à son entrée plus seront les citoyens en effroy et trepidation, que si la Peste y entroit en habillement tel que la trouva le philosophe Tyanien dedans Ephese [6]. Et suys d'opinion que ne erroient les Perses, estimans le second vice estre mentir : le premier estre debvoir [7]. Car debtes et mensonges sont ordinairement ensemble ralliez.

« Je ne veulx pourtant inferer que jamais ne faille

9

8. La mise au point de Pantagruel est pleine de mesure ; le sage ne se laisse pas entraîner dans une réfutation systématique.

9. D'après Platon (*Lois*, VIII) cité par Plutarque (*De vitanda usura*).

10. *Pâtis :* pâturages.

11. *Écoulement.*

12. *Afflux.*

13. *Honte.*

14. Pantagruel limite l'usage des emprunts, alors que Panurge entend bien vivre à crédit, sans travailler et sans rembourser ses dettes.

15. *Le moins que je puisse faire.*

16. Expression latine (*extra aleam... positus*) : *hors le dé*, c.à.d. *hors du risque.*

debvoir, jamais ne faille prester. Il n'est si riche qui
quelques foys ne doibve. Il n'est si paouvre, de qui
quelques foys on ne puisse emprunter [8].

L'ocasion sera telle que la dict Platon en ses Loix [9],
quand il ordonne qu'on ne laisse chés soy les voysins
puiser eau, si premierement ilz n'avoient en leurs
propres pastifz [10] foussoié et beché jusques à trouver
celle espece de terre qu'on nomme ceramite (c'est
terre à potier) et là n'eussent rencontré source ou
degout [11] d'eaux. Car icelle terre par sa substance,
qui est grasse, forte, lize, et dense, retient l'humidité,
et n'en est facilement faict escours [12] ne exhalation.

« Ainsi est ce grande vergouigne [13], tousjours, en
tous lieux, d'un chascun emprunter, plus toust que
travailler et guaingner. Lors seulement debvroit on
(scelon mon jugement) prester, quand la personne
travaillant n'a peu par son labeur faire guain, ou
quand elle est soubdainement tombée en perte ino-
pinée de ses biens [14].

« Pourtant laissons ce propos, et dorenavant ne
vous atachez à crediteurs : du passé je vous delivre.

— Le moins de mon plus [15] (dist Panurge) en cestuy
article sera vous remercier ; et, si les remerciemens
doibvent estre mesurez par l'affection des biensfaic-
teurs, ce sera infiniment, sempiternellement : car
l'amour que de vostre grace me portez est hors le
dez [16] d'estimation, il transcende tout poix, tout
nombre, toute mesure, il est infiny, sempiternel. Mais
le mesurant au qualibre des biensfaictz et contentement des recepvans, ce sera assez laschement. Vous
me faictez des biens beaucoup, et trop plus que ne

17. Panurge ne veut pas rester sur une défaite oratoire, quoique perdant, (par la générosité de Pantagruel) il aura le dernier mot.

18. *Peine.*

19. *Voilà pour ceux qui sont quittes de leurs dettes.*

20. Jeu de mots : *en pets* (au lieu de *en paix*).

21. L'huile de momie servait de remède au XVIᵉ siècle

22. *Efficace.*

23. *Centaine.*

24. La demande de Miles d'Illiers, évêque de Chartres au XIVᵉ siècle était passée en proverbe.

25. Mots forgés sur *cacquerolle* (escargot) et *hanneton* ; cf. début du chap. II : « *l'incertain revenu des hanetons et cacquerolles...* »

m'appartient, plus que n'ay envers vous deservy,
plus que ne requeroient mes merites, force est que le
confesse ; mais non mie tant que pensez en cestuy
article [17].

« Ce n'est là que me deult [18], ce n'est là que me cuist
et demange. Car dorenavant estant quitte, quelle
contenence auray je ? Croiez que je auray maulvaise
grace pour les premiers moys, veu que je n'y suis ne
nourry ne accoustumé. J'en ay grand paour.

« D'adventaige desormais, ne naistra ped en tout
Salmiguondinoys, qui ne ayt son renvoy vers mon nez.
Tous les peteurs du monde petans disent : « Voy là
pour les quittes [19]. » Ma vie finira bien toust, je le
prævoy. Je vous recommande mon epitaphe. Et mour-
ray tout confict en pedz [20]. Si quelque jour pour restaurant à faire peter les bonnes femmes en extreme
passion de colicque venteuse, les medicamens ordinaires ne satisfont aux medicins, la momie [21] de mon
paillard et empeté corps leurs sera remede præsent [22].
En prenent tant peu que direz, elles peteront plus
qu'ilz n'entendent.

« C'est pourquoy je vous prirois voluntiers que de
debtes me laissez quelque centurie [23], comme le roy
Loys unzieme, jectant hors de procès Milles d'Illiers
evesque de Chartres, feut importuné luy en laisser
quelque un pour se exercer [24]. J'ayme mieulx leurs
donner toute ma cacqueroliere [25], ensemble ma hanne-
tonniere : rien pourtant ne deduisant du sort principal.

— Laissons (dist Pantagruel) ce propos, je vous l'ay
ja dict une foys. »

1. Rabelais rapproche trois versets du *Deutéronome* (xx, 5, 6, 7) et les adapte à son récit. La question s'éloigne du problème des dettes, mais elle se rattache au *prologue* (préparatifs de guerre) et introduit l'enquête sur le mariage.

2. *Moïse.*

3. Quelles sont ces *pierres mortes ?* Sans doute, les superstitions, les gloses, la scolastique qui empêchent la vie de s'épanouir.

4. Est-ce un témoignage d'amour paternel ? Rabelais eut trois enfants, dont l'un s'appelait Théodule. Ou bien faut-il donner à cette belle maxime un sens symbolique, caractérisant toute l'œuvre militante de Rabelais ? Les expressions *livre de vie et pierres vives* sont tirées de l'Évangile ; elles prennent un sens humaniste avec Rabelais (cf. V.-L. Saulnier, *Bibliothèque d'Humanisme et Renaissance*, 1960, p. 393).

5. C'est ce que dit la loi de Moïse. Rabelais insiste, lui, sur la nécessité d'assurer une descendance aux jeunes mariés, préoccupation déjà exprimée à la fin du chap. IV (cf. note 37).

CHAPITRE VI

Pourquoy les nouveaulx mariez estoient exemptz
d'aller en guerre.

« Mais (demanda Panurge) en quelle loy estoit ce
constitué et estably, que ceulx qui vigne nouvelle
planteroient, ceulx qui logis neuf bastiroient, et les
nouveaulx mariez seroient exemptz d'aller en guerre
pour la première année [1] ?

— En la loy (respondit Pantagruel) de Moses [2].

— Pour quoy (demanda Panurge) les nouveaulx
mariez ? Des planteurs de vigne, je suis trop vieulx
pour me soucier : je acquiesce on soucy des vendan-
geurs, et les beaulx bastisseurs nouveaulx de pierres
mortes ne sont escriptz en mon livre de vie [3]. Je ne
bastis que pierres vives, ce sont hommes [4].

— Scelon mon jugement (respondit Pantagruel)
c'estoit affin que pour la première année, ilz jouissent
de leurs amours à plaisir [5], vacassent à production de
lignage et feissent provision de heritiers ; ainsi pour
le moins, si l'année seconde estoient en guerre occis,
leur nom et armes restast en leurs enfans ; aussi que
leurs femmes on congneust certainement estre ou

5. *Stériles.*

7. *Souhaiteraient.*

8. *Varennes-sur-Loire*, près de Saumur. Le père de Rabelais y avait des propriétés. On ignore quels sont ces *prêcheurs*. Les remariages étaient suspects aux théologiens, mais les Évangélistes se montraient plus libéraux, se fondant sur l'autorité de saint Paul. Aujourd'hui encore, dans les campagnes, les secondes noces donnent souvent lieu à un charivari.

9. *Fièvre quarte* (revenant tous les quatre jours), particulièrement tenace.

10. Nom de fantaisie, à sens obscène.

11. *Parilly*, hameau dépendant de Chinon, et qui avait un prieuré au XVIe siècle. On ignore le motif de ces allusions à des localités du Chinonais. S'agit-il de ridiculiser une attitude doctrinale comme étant celle de prêtres de campagne rétrogrades ou est-ce allusion à une anecdote réelle bien connue dans la région ? Les consultations de Panurge vont évoquer la topographie locale, mais d'une façon plus libre que dans la guerre picrocholine.

12. La plaisanterie se trouve déjà dans Pogge (*Facéties*, XXIV).

13. *Étirés comme un fil.*

14. *Sans virilité.*

15. Divinité grecque présidant aux combats.

16. *Combat.*

17. *distribués.*

brehaignes [6] ou fécondes, (car l'essay d'un an leur
sembloit suffisant, attendu la maturité de l'aage en
laquelle ilz faisoient nopces), pour mieulx après le
decés des mariz premiers les colloquer en secondes
nopces : les fecondes, à ceulx qui vouldroient multiplier en enfans ; les brehaignes, à ceulx qui n'en
appeteroient [7] et les prendroient pour leurs vertus,
sçavoir, bonnes graces, seulement en consolation
domesticque et entretenement de mesnaige.

— Les prescheurs de Varenes [8] (dist Panurge)
detestent les secondes nopces, comme folles et des-
honnestes.

— Elles sont (respondit Pantagruel) leurs fortes
fiebvres quartaines [9].

— Voire (dist Panurge) et à frere Enguainnant [10]
aussi, qui en plain sermon preschant à Parillé [11], et
detestant les nopces secondes, juroit, et se donnoit au
plus viste diable d'enfer, en cas que mieulx n'aymast
depuceller cent filles que biscoter une vefve [12].

« Je trouve vostre raison bonne et bien fondée. Mais
que diriez vous, si ceste exemption leurs estoit oul-
troyée, pour raison que, tout le decours d'icelle prime
année, ilz auroient tant taloché leurs amours de nouveau possedez (comme c'est l'æquité et debvoir),
et tant esgoutté leurs vases spermaticques, qu'ilz en
restoient tous effilez [13], tous evirez [14], tous enervez et
flatriz, si que, advenent le jour de bataille, plus tost se
mettroient au plongeon comme canes, avecques le
baguaige, que avecques les combattans et vaillans
champions on lieu on quel par Enyo [15] est meu le
hourd [16], et sont les coups departiz [17], et soubs l'estan-

18. Rideaux de lit.

19. *Combien de...*

20. Vraisemblablement nom imaginaire d'un roi ridicule, peut-être le roi des gueux ; cf. Molière (*Le Tartuffe*, I, 1, 11-12) :

> « On n'y respecte rien, chacun y parle haut,
> Et c'est tout justement la cour du roi Pétaut. »

Les noms de *Cornabons* et de *Courcaillet*, aux sonorités cocasses désignent peut-être des francs-archers peu belliqueux.

21. *Licencia*.

22. Contraste avec les chapitres précédents Panurge, ne cite plus Platon ou l'Écriture, mais des contes de bonne femme.

23. Équivoque libre : le *fifre* est l'instrument de musique ou le membre viril.

24. Galien (*De usu partium*, VII, 8). Confusion ou ironie de Rabelais ? Galien en effet rejette cette opinion.

dart de Mars ne frapperoient coup qui vaille. Car les
grands coups auroient ruez sous les courtines [18] de
Venus s'amie.

« Qu'ainsi soit, nous voyons encores maintenant
entre autres reliques et monumens d'antiquité, qu'en
toutes bonnes maisons, après ne sçay quantz [19] jours,
l'on envoye ces nouveaux mariez veoir leur oncle,
pour les absenter de leurs femmes, et ce pendent soy
reposer, et de rechief se avitailler pour mieux au
retour combattre, quoy que souvent ilz n'ayent ne
oncle ne tante, en pareille forme que le roy Petault [20]
après la journée des Cornabons, ne nous cassa [21] proprement parlant, je diz moy et Courcaillet, mais nous
envoya refraischir en nos maisons. Il est encores
cherchant la sienne. La marraine de mon grand pere [22]
me disoit, quand j'estois petit, que

> Patenostres et oraisons
> Sont pour ceulx la qui les retiennent.
> Un fiffre allans en fenaisons
> Est plus fort que deux qui en viennent [23].

« Ce que me induict en ceste opinion est que les
planteurs de vigne à poine mangeoient raisins, ou
beuvoient vin de leur labeur durant la premiei année ;
et les bastisseurs, pour l'an premier, ne habitoient en
leurs logis de nouveau faictz, sur poine de y mourir
suffocquez par deffault de expiration, coi ime docte-
ment a noté Galen, lib. 2, *de la difficulté de respirer* [24].

« Je ne l'ay demandé sans cause bien causée, ne
sans raison bien resonnante. Ne vous desplaise. »

1. *Avoir la puce à l'oreille* : aujourd'hui, *être tracassé*, mais l'expression « *à la judaïque* », rappelant l'usage, après l'exode, de libérer l'esclave après sept ans, ou bien de lui percer l'oreille, peut suggérer un sens différent du proverbe : « *brûler de concupiscence.* » (*Revue des Études rabelaisiennes*, v, 98, citée par M. A. Screech.) Panurge resterait donc l'esclave de ses désirs. A moins que ce signe de servitude volontaire ne désigne l'esclavage du mariage ?

2. Les hommes avaient pris l'habitude de porter, comme les femmes, une seule boucle d'oreille, à l'époque de Rabelais.

3. Incrustation d'argent ou d'or dans l'orfèvrerie orientale.

4. *Au chaton duquel...*

5. *Exactement calculée.* C'est toujours le comique de la fausse précision dans les énumérations. Aujourd'hui, Rabelais se moquerait des statisticiens.

6. *Par trimestre* (*Il y a quatre échéances par an*).

7. Les tigres d'Hircanie (contrée d'Asie Mineure, près de la mer Caspienne) étaient réputés dans l'Antiquité pour leur férocité (cf. Virgile, *Énéide*, IV, 367). Comparaison cocasse entre la puce et la tigresse.

8. *Maravédis*, monnaie espagnole, valant à peu près un denier.

9. Drap de laine grossier (cf. bure).

10. *Avec une seule couture*, donc fermée.

11. *Cessa de porter sa culotte.*

12. Comme faisaient les gens graves.

13. Panurge était fier de sa « *longue braguette* », ornée d'un « *beau floc de soye, rouge, blanche, verte et bleue* », et qui contenait une *orange* (*P.*, chap. XVIII, p. 267).

CHAPITRE VII

Comment Panurge avoit la pusse en l'aureille [1], *et desista porter sa magnificque braguette.*

Au lendemain Panurge se feit perser l'aureille dextre à la judaïque [2], et y atacha un petit anneau d'or à ouvraige de tauchie [3], on caston [4] duquel estoit une pusse enchassée. Et estoit la pusse noire, affin que de rien ne doubtez (c'est belle chose, estre en tous cas bien informé), la despence de laquelle, rapportée à son bureau [5], ne montoit par quartier [6], gueres plus que le mariage d'une tigresse hircanicque [7], comme vous pourriez dire 600000 malvedis [8]. De tant excessive despence se fascha lors qu'il feut quitte, et depuis la nourrit en la façon des tyrans et advocatz, de la sueur et du sang de ses subjectz.

Print quatre aulnes de bureau [9] : s'en acoustra comme d'une robbe longue à simple cousture [10], desista porter le hault de ses chausses [11], et attacha des lunettes à son bonnet [12].

En tel estat se præsenta davant Pantagruel, lequel trouva le desguisement estrange, mesmement ne voyant plus sa belle et magnifique braguette [13], en

14. *Avait coutume.*

15. *Déguisement.*

16. Pantagruel est en droit de s'étonner, après les tours joués par Panurge aux dames (cf. *P.*, chap. XVI, XXII). Il ne voudrait pas en mettre sa main au feu. L'épreuve du fer chaud consistait à tenir un fer brûlant comme témoignage de sincérité.

17. *Braie pendante.*

18. *Descendant jusqu'aux talons.* Panurge est presque vêtu comme un moine, alors qu'un amoureux devrait faire des frais d'élégance (cf. l'habillement des Thélémites, *G.*, chap. LVI).

19. *Ignorant.*

20. *Défavorable.*

21. *Étrangères.* Ce passage est riche de sens variés; il peut s'agir de la relativité des usages, idée que Montaigne développera dans les *Essais*, mais aussi du libre arbitre chrétien, souvent revendiqué par les Évangélistes.

22. *Pur*, par opposition à l'*esprit maling* ou esprit du mal.

23. Cette profession de foi conservatrice (qui ne signifie nullement le refus du progrès) sera reprise par Montaigne, désabusé par les guerres civiles et religieuses : « *Je suis dégoûté de la nouvelleté, quelque visage qu'elle porte* » (*Essais*, I, XXIII).

laquelle il souloit [14] comme en l'ancre sacré constituer son dernier refuge contre tous naufraiges d'adversité.

N'entendent le bon Pantagruel ce mystere, le interrogea, demandant que prætendoit ceste nouvelle prosopopée [15].

« J'ay (respondit Panurge) la pusse en l'aureille. Je me veulx marier.

— En bonne heure soit, dist Pantagruel, vous m'en avez bien resjouy. Vrayement je n'en vouldrois pas tenir un fer chauld [16]. Mais ce n'est la guise des amoureux, ainsi avoir bragues avalades [17], et laisser pendre sa chemise sur les genoilx sans hault de chausses, avecques robbe longue de bureau, qui est couleur inusitée en robbes talares [18] entre gens de bien et de vertus.

« Si quelques personaiges de hæresies et sectes particuliaires s'en sont autres fois acoustrez, quoy que plusieurs l'ayent imputé à piperie, imposture et affectation de tyrannie sus le rude [19] populaire, je ne veulx pourtant les blasmer et en cela faire d'eulx jugement sinistre [20].

« Chascun abonde en son sens, mesmement en choses foraines [21], externes et indifferentes, lesquelles de soy ne sont bonnes ne maulvaises, pource qu'elles ne sortent de nos cœurs et pensées, qui est l'officine de tout bien et tout mal : bien, si bonne est, et par le esprit munde [22] reiglée l'affection ; mal, si hors æquité par l'esprit maling est l'affection depravée.

« Seulement me desplaist la nouveaulté et mespris du commun usaige [23].

24. *Aspre aux pots* (de vin) *à propos* : jeu de mots fréquent au XVIe siècle.

25. Autre jeu de mots : étoffe de bure, ou table de banquier.

26. *Débarrassé de ses dettes* (cf. fin du chap. V).

27. Prédicateur franciscain surnommé le « Cordelier aux lunettes ». Rabelais le mentionne dans *Le Quart Livre* (chap. VIII).

28. *Testicules.*

29. *J'enrage.*

30. *Grille.*

31. *Couleur de bure.* Ce *diable bur* est peut-être un jeu de mots sur les cordeliers habillés de bure, mais que la satire populaire dépeint comme paillards en diable (cf. *G.*, chap. XLV, p. 355).

32. *Économe.*

33. *Bûcher.*

34. *Que mon argentier ne se joue à allonger les s* (sols) *en j* (francs).

35. Emphase comique de Panurge qui se compare aux anciens Romains. Pendant son séjour à Rome, Rabelais s'était intéressé aux ruines et avait conçu un plan de restauration de la Rome antique. Au XVIe siècle, l'arc de Septime-Sévère n'émergeait que de peu des décombres : « *Il est aisé à juger*, remarque Montaigne cinquante ans plus tard, *par l'arc de Sévère, que nous sommes à plus de deux piques au-dessus de l'ancien plan.* » Il est possible que Rabelais raille les érudits qui se réfèrent aux monuments romains pour les moindres choses.

36. *Tuniques de guerre* (en latin, *sagum*).

37. *Casaque* (des fantassins du Moyen Age).

38. Rappel de l'adage antique *Cedant arma togae* (Cicéron, *De Officiis*, I, 22), qu'Érasme avait mentionné dans les *Adages*.

39. Cf. début chap. VI.

— La couleur, respondit Panurge, est aspre aux potz, à propos [24], c'est mon bureau [25], je le veulx dorenavant tenir et de près reguarder à mes affaires. Puys qu'une foys je suis quitte [26], vous ne veistes oncques homme plus mal plaisant que je seray, si Dieu ne me ayde.

« Voiez cy mes bezicles. A me veoir de loing vous diriez proprement que c'est frere Jan Bourgeoys [27]. Je croy bien que l'année qui vient je prescheray encores une foys la croisade. Dieu guard de mal les pelotons [28]!

« Voiez vous ce bureau? Croiez qu'en luy consiste quelque occulte propriété à peu de gens congneue. Je ne l'ay prins qu'à ce matin, mais desja j'endesve [29], je deguene, je grezille [30] d'estre marié et labourer en diable bur [31] dessus ma femme, sans craincte des coups de baston. O le grand mesnaiger [32] que je seray! Après ma mort on me fera brusler en bust [33] honorificque, pour en avoir les cendres en memoire et exemplaire du mesnaiger perfaict. Corbieu sus cestuy mien bureau ne se joue mon argentier d'allonger les ss [34]! Car coups de poing troteroient en face.

« Voyez moy davant et darriere : c'est la forme d'une toge, antique habillement des Romains on temps de paix. J'en ay prins la forme en la columne de Trajan à Rome, en l'arc triumphal aussi de Septimius Severus [35]. Je suis las de guerre, las de sages [36] et hocquetons [37]. J'ay les espaules toutes usées à force de porter harnois. Cessent les armes, regnent les toges [38]! Au moins pour toute ceste subsequente année, si je suis marié, comme vous me allegastez hier par la loy Mosaïque [39].

40. Souvenir de *Maître Pathelin*. La *grande tante Laurence* est une autorité comparable à *la marraine de mon grand-père* (fin du chap. VI), et souligne le comique de la référence à Galien.

41. *Drôle.*

42. Référence exacte : Galien, *De usu partium* (VIII).

43. Cf. chap. III, note 16 : *Crediteurs sont (je le maintiens jusques au feu exclusivement) creatures belles et bonnes.*

« Au reguard du hault de chausses, ma grande tante Laurence [40] jadis me disoit qu'il estoit faict pour la braguette.

Je le croy, en pareille induction, que le gentil falot [41] Galen, lib. 9, *de l'usage de nos membres* [42], dict la teste estre faicte pour les œilz. Car nature eust peu mettre nos testes aux genoulx et aux coubtes ; mais ordonnant les œilz pour descouvrir au loing, les fixa en la teste comme en un baston au plus hault du corps : comme nous voyons les phares et haultes tours sus les havres de mer estre erigées, pour de loing estre veue la lanterne.

« Et pource que je vouldrois quelque espace de temps, un an pour le moins, respirer de l'art militaire, c'est à dire me marier, je ne porte plus braguette, ne par consequent hault de chausses. Car la braguette est premiere piece de harnoys pour armer l'homme de guerre! Et maintiens jusques au feu (exclusivement entendez) [43], que les Turcs ne sont aptement armez, veu que braguettes porter est chose en leurs loix defendue.

1. Maxime rapportée par Fauchet, *Traité de la malice*, 1.

2. *Animaux-plantes.*

3. *Gaines.*

4. *Coques.*

5. *Calices.*

6. *Duvet.*

7. *Épines piquantes.*

8. Ce développement sur la protection des semences végétales est inspiré de Pline (*Histoire naturelle*, VII).

9. *Fèveroles.*

10. Variété de pêches récemment importée du Languedoc dans la campagne parisienne.

CHAPITRE VIII

*Comment la braguette est premiere piece de harnois
entre gens de guerre.*

— Voulez-vous, dist Pantagruel, maintenir que la braguette est piece premiere de harnois militaire ? C'est doctrine moult paradoxe et nouvelle. Car nous disons que par esprons on commence soy armer [1].

— Je le maintiens, respondit Panurge : et non à tord je le maintiens.

« Voyez comment nature voulent les plantes, arbres, arbrisseaulx, herbes, et zoophytes [2], une fois par elle créez, perpetuer et durer en toute succession de temps, sans jamais deperir les especes, encores que les individuz perissent, curieusement arma leurs germes et semences, es quelles consiste icelle perpetuité, et les a muniz et couvers par admirable industrie de gousses, vagines [3], testz [4], noyaulx, calicules [5], coques, espiz, pappes [6], escorces, echines poignans [7], qui leurs sont comme belles et fortes braguettes naturelles [8]. L'exemple y est manifeste en poix, febves, faseolz [9], noix, alberges [10], cotton, colocynthes, bleds, pavot,

11. *Ouvertement.*

12. L'opposition entre l'homme né sans protection et les autres créatures armées pour la reproduction et la lutte pour la vie est un thème fréquent chez les Philosophes et médecins de l'Antiquité (cf. *Mythe de Prométhée et d'Épiméthée*, chez Platon). Le médecin lyonnais, Symphorien Champiere (*Medicina platonica*, 1516) estime que cette faiblesse physique et cette absence de protection est compensée par l'intelligence et la raison. Tout ce passage est un souvenir d'Érasme (*Adages*, III).

13. *Être animé :* animal.

14. Souvenir de la *Genèse* (III, 8).

15. On ignore ce que signifie ce serment par la *dive oye guenet*.

16. *Buveur* (cf. *Prologue*, et *P.*, chap. II). Pantagruel souligne lui-même la transformation de Panurge, mauvais drôle devenu sophiste, utilisant l'érudition pour soutenir des paradoxes.

citrons, chastaignes, toutes plantes generalement
es quelles voyons apertement [11] le germe et la semence
plus estre couverte, munie et armée qu'autre partie
d'icelles. Ainsi ne pourveut nature à la perpetuité de
l'humain genre. Ains crea l'homme nud, tendre,
fragile, sans armes ne offensives, ne defensives [12], en
estat d'innocence et premier aage d'or, comme animant [13], non plante; comme animant (diz-je) né à
paix, non à guerre, animant né à jouissance mirificque de tous fruictz et plantes vegetables, animant
né à domination pacificque sus toutes bestes.

« Advenent la multiplication de malice entre les
humains en succession de l'aage de fer, et regne de
Juppiter, la terre commença à produire orties, chardons,
espines [14], et telle autre maniere de rebellion contre
l'homme entre les vegetables ; d'autre part, presque
tous animaulx par fatale disposition se emanciperent
de luy, et ensemble tacitement conspirerent plus
ne le servir, plus ne luy obeir, en tant que resister
pourroient, mais luy nuire scelon leur faculté et
puissance.

« L'homme adoncques, voulent sa premiere jouissance maintenir et sa premiere domination continuer
non aussi povant soy commodement passer du service
de plusieurs animaulx, eut necessité soy armer de
nouveau.

— Par la dive Oye guenet [15]! (s'escria Pantagruel)
depuys les dernieres pluyes tu es devenu grand lifrelofre [16], voyre diz je philosophe.

— Considerez (dist Panurge) comment nature l'ins-
pira soy armer, et quelle partie de son corps, il com-

17. On ne trouve rien de tel, bien entendu, ni chez les Philosophes, ni dans les textes sacrés.

18. Dieu des jardins et de la génération.

19. *Moïse*.

20. Adaptation libre de la *Genèse* (III, 7).

21. *Naturelles*.

22. Cf. *P.* (chap. I, note 24, p. 48) : « ... *les couilles de Lorraine, lesquelles jamays ne habitent en braguette : elles tombent au fond des chausses.* »

23. *A bride abattue.*

24. Personnage inconnu.

25. A Nancy, on élisait par jeu des *Valentins*, princes d'une société joyeuse. Aujourd'hui, on fête encore avec animation la *Saint-Valentin* (en février), patron des garçons.

26. *Élégant* : cf. *P.* (chap. XXXII, p. 416, note 24) : « ... *j'en ay composé un grand livre intitulé l'Histoire des Gorgias...* »

27. Longue cape.

28. Les *Francs-taupins*, miliciens créés par Charles VII, étaient, comme les *francs-archers*, plaisantés pour leur poltronnerie (cf. *P.*, chap. VII, note 55, p. 114, et *G.*, chap. XXXV, note I, p. 288 : « *Bon Joan, capitaine des Franc Topins...* »).

29. *Tevot* est le type du poltron comparable au *Franc-archer de Bagnolet*, dont le monologue est resté célèbre.

30. *Tête* (au sens propre : *la cruche*).

31. Jeu de mots libre : le *pot au lait*, ce sont les testicules, producteurs de la semence blanche.

32. Les Anciens étaient en désaccord sur l'origine du sperme, Galien pensant que les testicules en étaient les organes générateurs, Aristote estimant qu'ils ne jouent pas le rôle principal. Cette discussion était encore classique au XVIe siècle.

33. *C'est ce qui incite...*

mença premier armer. Ce feut (par la vertu Dieu), la couille [17],

> Et le bon messer Priapus [18],
> Quand eut faict, ne la pria plus.

« Ainsi nous le tesmoigne le capitaine et philosophe hebrieu Moses [19], affermant qu'il se arma d'une brave et gualante braguette, faicte par moult belle invention de feuilles de figuier [20], les quelles sont naïfves [21], et du tout commodes en dureté, incisure, frizure, polissure, grandeur, couleur, odeur, vertus et faculté pour couvrir et armer couilles.

« Exceptez moy les horrificques couilles de Lorraine [22], les quelles à bride avalée [23], descendent au fond des chausses, abhorrent le mannoir des braguettes haultaines, et sont hors toute methode : tesmoing Viardiere [24] le noble Valentin [25], lequel un premier jour de may, pour plus guorgias [26] estre, je trouvay à Nancy, descrotant ses couilles extendues sus une table, comme une cappe à l'hespaignole [27].

« Doncques ne fouldra dorenavant dire, qui ne vouldra improprement parler, quand on envoyra le franc taulpin [28] en guerre.

« Saulve, Tevot [29], le pot au vin », « c'est le cruon [30]. Il faut dire,

« Saulve, Tevot, le pot au laict [31] », « ce sont les couilles : de par tous les diables d'enfer. La teste perdue, ne perist que la persone ; les couilles perdues, periroit toute humaine nature [32].

« C'est ce que meut [33] le gualant Cl. Galen, lib. I *de*

34. Galien (*De Spermate*, I, 15).

35. Ce *déluge poétique* a été raconté notamment par Ovide (*Métamorphoses*, I, v. 348, seq.). Deucalion et Pyrrha, épargnés pour leur justice, repeuplèrent la terre en jetant des cailloux derrière l'épaule ; de ces cailloux naissaient des hommes et des femmes.

36. Après le titre exact de l'ouvrage de Galien, le titre de fantaisie : *De la suppression des cagots, à mettre le souverain bien dans les porteurs de braies et braguettes*. Cet ouvrage imaginaire figure dans la liste facétieuse du catalogue de la librairie Saint-Victor (*P.*, chap. VII, p. 121). Le *galant Galien* et le *vaillant Justinien* sont tournés en dérision.

37. *Les testicules* (cf. *P.*, chap. VII, p. 111, et la note 35). De même *Le Chiabrena des pucelles* (au fig. *Les simagrées des pucelles*), *ibid.*, p. 115, ouvrages de fantaisie!

38. Le bas-ventre était protégé par une jupe de mailles (*braconnière*).

39. Comparaison avec un rempart garni de *gabions*.

40. *Casque pour les tournois*

spermate [34], à bravement conclure que mieulx (c'est à dire moindre mal) seroit poinct de cœur n'avoir que poinct n'avoir de genitoires. Car là consiste, comme en un sacré repositoire le germe conservatif de l'humain lignage. Et croieroys pour moins de cent francs, que ce sont les propres pierres moyennans les quelles Deucalion et Pyrrha restituerent le genre humain aboly par le deluge poëtique [35].

« C'est ce qui meut le vaillant Justinian, *lib.* 4. *de cagotis tollendis* [36], à mettre *summum bonum in braguibus et braguetis.*

« Pour ceste et aultres causes le seigneur de Merville, essayant quelque jour un harnoys neuf pour suyvre son roy en guerre (car du sien antique et à demy rouillé plus bien servir ne se povoit, à cause que depuys certaines années la peau de son ventre s'était beaucoup esloingnée des roignons), sa femme consydera en esprit contemplatif, que peu de soing avoit du pacquet et baston commun de leur mariage [37], veu qu'il ne l'armoit que de mailles [38], et feut d'advis qu'il le munist trèsbien et gabionnast [39] d'un gros armet de joustes [40], lequel estoit en son cabinet inutile.

« D'icelle sont escriptz ces vers on tiers livre du *Chiabrena des pucelles.*

« Celle qui veid son mary tout armé,
Fors la braguette, aller à l'escarmouche,
Luy dist : « Amy, de paour qu'on ne vous touche.
Armez cela, qui est le plus aymé. »
Quoy ? tel conseil doibt-il estre blasmé ?
Je diz que non ; car sa paour la plus grande

41. Ces vers figurent dans les *Fleurs de la poésie françoyse* (1534).

42. La « *prosopopée* » du chap. VII (note 15).

De perdre estoit, le voyant animé,
Le bon morceau dont elle estoit friande [41].

« Desistez doncques vous esbahir de ce nouveau
mien acoustrement [42]. »

1. La satire des femmes et du mariage fait partie de la tradition gauloise (cf. *Les Quinze joies de Mariage*). Elle s'oppose à l'exaltation de la *dame* dans la littérature courtoise. Le débat pour et contre reprend au XVIe siècle, Érasme plaisante les femmes dans l'*Éloge de la Folie*, mais les défend dans l'*Institution du mariage chrétien* (1526) ; de même Vivès (*Institution de la femme chrétienne*), Corneille Agrippa (*De praecellentia foeminei sexus*, 1529), Héroët, *La parfaite Amye*. Par contre, sont défavorables aux femmes le juriste Tiraqueau, ami de Rabelais, Gratien Dupont (*Controverses du sexe masculin et féminin*, 1534), Papillon (*Victoire et triomphe d'Argent contre Cupido*, 1537), Bertrand de la Borderie (*L'Amie de Cour*, 1542), etc. L'enquête de Panurge trouve donc un public préparé à ce genre de controverse. Montaigne (*Essais* III, v) posera, lui aussi, la question du mariage en invoquant l'autorité de Socrate (Diogène Laërce, *Vie de Socrate*) : « *Socrate, enquis qui était plus commode prendre ou ne prendre point de femme : « Lequel des deux on fasse, dit-il, on s'en repentira.* » Même scepticisme chez La Fontaine :

> « *J'ai vu beaucoup d'hymens : aucuns d'eux ne me tentent :*
> *Cependant des humains presque les quatre parts*
> *S'exposent hardiment au plus grand des hasards ;*
> *Les quatre parts aussi des humains se repentent...* »

> (*Le Mal marié*, VII, 2)

Mais à l'occasion de la querelle des Femmes, Rabelais évoque bien d'autres problèmes.

2. *Clos.*

3. *Pris la décision.* La locution, tirée du jeu de dés, a été rendue mémorable par l'emploi qu'en fit César en franchissant le Rubicon. Elle s'emploie pour une décision prise dans une circonstance ambiguë, comme c'est le cas du mariage. Rabelais développe ici un passage d'Érasme (*Adages*, IV, XXXII).

4. Cette succession cocasse de réponses contradictoires est peut-être inspirée des *Colloques* d'Érasme (*Colloque « Écho »*) ou des *Facéties* du Pogge.

CHAPITRE IX

*Comment Panurge se conseille à Pantagruel,
pour sçavoir s'il se doibt marier* [1].

Pantagruel rien ne replicquant, continua Panurge,
et dist avecques un profond soupir :

« Seigneur vous avez ma deliberation entendue, qui
est me marier, si de malencontre n'estoient tous les
trous fermez, clous [2] et bouclez ; je vous supply, par
l'amour que si long temps m'avez porté, dictez m'en
vostre advis.

— Puis (respondit Pantagruel) qu'une foys en avez
jecté le dez [3], et ainsi l'avez decreté et prins en ferme
deliberation, plus parler n'en fault, reste seulement la
mettre à execution.

— Voyre mais (dist Panurge) je ne la vouldrois
executer sans vostre conseil et bon advis.

— J'en suis (respondit Pantagruel) d'advis, et vous
le conseille [4].

— Mais (dist Panurge) si vous congnoissiez, que
mon meilleur feust tel que je suys demeurer, sans
entreprendre cas de nouvelleté [5], j'aymerois mieulx ne
me marier poinct.

5. S'agit-il seulement de la situation nouvelle créée par le mariage ? On peut en douter en se reportant au chap. VII (note 23), où Panurge développe la maxime de saint Paul, « *Chascun abonde en son sens* », souvent reprise par les Évangélistes.

6. *Malheur à l'homme seul !*, maxime de l'*Ecclésiaste*, IV, 10.

7. *Joie.*

8. *Sortir.*

9. *Pique.* La même inquiétude « piquera » Arnolphe, sur le point d'épouser Agnès (Molière, *L'École des femmes*).

10. Dicton de Publius Syrus, cité par Sénèque (*Lettres à Lucilius*, 94).

11. *Vrille, foret* (au sens libre), cf. chap. II.

— Poinct doncques ne vous mariez, respondit Pantagruel.

— Voire mais (dist Panurge) vouldriez vous qu'ainsi seulet je demeurasse toute ma vie sans compaignie conjugale? Vous sçavez qu'il est escript : *veh soli* [6]. L'homme seul n'a jamais tel soulas [7] qu'on veoyd entre gens mariez.

— Mariez-vous doncq, de par Dieu, respondit Pantagruel.

— Mais si (dist Panurge) ma femme me faisoit coqu, comme vous sçavez qu'il en est grande année, ce seroit assez pour me faire trespasser [8] hors les gonds, de patience. J'ayme bien les coquz, et me semblent gens de bien, et les hante voluntiers, mais pour mourir je ne le vouldroys estre. C'est un poinct qui trop me poingt [9].

— Poinct doncques ne vous mariez (respondit Pantagruel), car la sentence de Senecque est veritable hors toute exception : ce qu'à aultruy tu auras faict, soys certain qu'aultruy te fera [10].

— Dictez vous (demanda Panurge) cela sans exception?

— Sans exception il le dict, respondit Pantagruel.

— Ho ho (dist Panurge) de par le petit diable! Il entend en ce monde, ou en l'autre.

« Voyre mais puis que de femme ne me peuz passer en plus qu'un aveugle de baston (car il fault que le virolet [11] trote aultrement vivre ne sçauroys), n'est ce le mieulx que je me associe quelque honneste et preude femme, qu'ainsi changer de jour en jour avecques

12. Le *tiercelet*, mâle de l'autour, oiseau de volerie, est d'un tiers plus petit que sa femelle. Mal marié, Panurge deviendrait un nouveau Job, à peine réduit.

13. Dicton populaire.

14. *Les abattis d'une oie.*

15. *A coups redoublés.* Les coups de bâton entre époux figurent dans les farces comme un sûr moyen de comique.

16. *Diable.*

17. *Troubles.*

18. Reprise, sous une autre forme, de l'éloge des dettes (cf. fin du chap. v).

19. Dans l'*Ecclésiaste*, XXXVI, 25.

20. *Embarras.*

continuel dangier de quelque coup de baston, ou de la
verolle pour le pire ? Car femme de bien oncques ne me
feut rien. Et n'en desplaise à leurs mariz.

— Mariez vous doncq, de par Dieu, respondit Pantagruel.

— Mais si (dist Panurge) Dieu le vouloit, et advint
que j'esposasse quelque femme de bien, et elle me
batist, je seroys plus que tiercelet [12] de Job, si je n'en-
rageois tout vif. Car l'on m'a dict, que ces tant femmes
de bien ont communement maulvaise teste, aussi ont
elles bon vinaigre en leur mesnaige [13].

« Je l'auroys encores pire, et luy batteroys tant et
trestant sa petite oye [14], ce sont braz, jambes, teste,
poulmon, foye et ratelle, tant luy deschicqueterois ses
habillemens à bastons rompuz [15], que le grand Diole [16],
en attendroit l'ame damnée à la porte. De ce tabus [17]
je me passerois bien pour ceste année, et content
serois n'y entrer poinct.

— Poinct doncques ne vous mariez, respondit Pantagruel.

— Voire mais (dist Panurge) estant en estat tel que
je suis, quitte et non marié (notez que je diz quitte en
la male heure [18], car, estant bien fort endebté, mes
crediteurs ne seroient que trop soingneux de ma paternité), mais, quitte et non marié, je n'ay personne qui
tant de moy se souciast, et amour tel me portast,
qu'on dit estre amour conjugal. Et si par cas tombois
en maladie, traicté ne serois qu'au rebours. Le saige [19]
dict : là où n'est femme, j'entends merefamiles, et
en mariage legitime, le malade est en grand estrif [20].
J'en ay veu claire experience en papes, legatz, cardi-

21. Expression populaire, à rapprocher de La Fontaine (*La Mort et le Bûcheron* : « *Lui font d'un malheureux la peinture achevée.* »).

22. Comme « battre la campagne » : faire le fou.

23. Cette préoccupation d'assurer un lignage est mentionnée au début du chap. VI : Panurge veut faire « *provision d'héritiers* », comme tout le monde.

24. *En outre.*

25. Le *retireur de rentes* est celui qui rembourse le capital d'une rente dont un bien est grevé (comme une hypothèque sur un terrain, une maison).

26. *Chagriné.*

27. Inadvertance : Dans *Pantagruel* (chap. XXIII, début), Rabelais écrit : « *Pantagruel ouyt nouvelles que son père avoit esté translaté au pays des Phées par Morgue...* »

28. *Appartement.*

naulx, evesques, abbez, prieurs, presbtres et moines.
Or là jamais ne m'auriez.

— Mariez vous doncq de par Dieu, respondit Pantagruel.

— Mais si (dist Panurge) estant malade et impotent
au debvoir de mariage, ma femme impatiente de ma
langueur, à aultruy se abandonnoit, et non seulement
ne me secourust au besoing, mais aussi se mocquast
de ma calamité et (que pis est) me desrobast, comme
j'ay veu souvent advenir, ce seroit pour m'achever de
paindre [21] et courir les champs en pourpoinct [22].

— Point doncques ne vous mariez, respondit Pantagruel.

— Voire mais (dist Panurge) je n'aurois jamais aultrement filz ne filles legitimes, es quelz j'eusse espoir
mon nom et armes perpetuer [23], es quelz je puisse
laisser mes heritaiges et acquestz, (j'en feray de beaulx
un de ces matins, n'en doubtez, et d'abondant [24]
seray grand retireur de rantes [25]), avecques les quelz
je me puisse esbaudir, quand d'ailleurs serois meshaigné [26], comme je voys journellement vostre tant
bening et debonnaire pere [27] faire avecques vous, et
font tous gens de bien en leur serrail [28] et privé. Car
quitte estant, marié non estant, estant par accident
fasché, en lieu de me consoler, advis m'est que de
mon mal riez.

— Mariez vous doncq de par Dieu », respondit
Pantagruel.

1. L'usage de ces *sorts* dura de l'Antiquité jusqu'à la fin du xvie siècle. M. A. Screech rapproche ce chapitre du *De Sapientia* de Cardan (cf. B. H. R., xxv, 1963) et du traité de Tiraqueau, *De Nobilitate* (1549), qui donne les mêmes exemples.

2. *Sauf erreur.*

3. Chanson inconnue, mais dont le titre est significatif.

4. Platon et les Stoïciens distinguaient ce qui dépendait de notre volonté de ce qui nous était extérieur et venait de la Fortune.

5. Vocabulaire platonicien. *Le Tiers Livre* est rempli de raisonnements et de termes philosophiques mêlés aux plaisanteries habituelles.

6. Les premiers ermites (saint Macaire, saint Antoine) se retirèrent dans les déserts de la Thébaïde (Égypte).

7. *Notre-Dame-du-Montserrat*, en Catalogne. A proximité du sanctuaire, pèlerinage très réputé au xvie siècle, se trouvaient des grottes qui avaient été habitées par des ermites.

CHAPITRE X

*Comment Pantagruel remonstre à Panurge difficile
chose estre le conseil de mariage, et des sors
Homeriques et Virgilianes* [1].

— « Vostre conseil (dist Panurge) soubs correction [2],
semble à la chanson de Ricochet [3]. Ce ne sont que sar-
casmes, mocqueries, et redictes contradictoires. Les
unes destruisent les aultres. Je ne sçay es quelles me
tenir.

— Aussi (respondit Pantagruel) en vos propositions
tant y a de si et de mais, que je n'y sçaurois rien
fonder ne rien resouldre. N'estez vous asceuré de
vostre vouloir [4] ? Le poinct principal y gist : tout le
reste est fortuit, et dependent des fatales dispositions
du ciel.

« Nous voyons bon nombre de gens tant heureux à
ceste rencontre, qu'en leur mariage, semble reluire
quelque idée et repræsentation [5] des joyes de paradis.
Aultres y sont tant malheureux, que les diables qui
tentent les hermites par les desers de Thebaide [6] et
Monsserrat [7], ne le sont d'adventaige. Il se y convient
mettre à l'adventure, les œilz bandez, baissant la teste,
baisant la terre et se recommandant à Dieu au demou-

8. Comparaison entre le marié qui doit s'abandonner à la Providence et le moine qui a prononcé ses vœux : tous deux doivent être humblement soumis (*baissant la tête, baisant la terre*) à leur sort. D'autres interprètent ce passage comme une comparaison entre le marié et un soldat marchant au combat.

9. Vers de l'*Iliade* (IX, 363) que Rabelais traduit lui-même. Érasme (*Apophtegmes*, III) a relaté cette anecdote ; *Phthie* est la patrie d'Achille (en Thessalie).

10. C'est vraisemblablement Diogène Laërce (*Vies des philosophes*, II, 7) qui a fourni ces références.

11. L'exemple d'Opilius Macrinus (absent de la première édition) a pu être tiré de Dion Cassius, ou plus vraisemblablement de Tiraqueau (*De Nobilitate*), comme le suppose Ch. Perrat (B. H. R., XVI, 1954).

12. Dans l'*Iliade*, VIII, 102.

13. *Importune.*

* *Comme escrivent... dépossédé et occis* manque dans la première édition.

rant [8], puys qu'une foys l'on se y veult mettre. Aultre asceurance ne vous en sçauroys je donner.

« Or, voyez cy que vous ferez, si bon vous semble. Apportez moy les œuvres de Virgile, et par troys foys avecques l'ongle les ouvrans, explorerons, par les vers du nombre entre nous convenu, le sort futur de vostre mariage.

« Car, comme par sors Homericques souvent on a rencontré sa destinée :

« tesmoing Socrates, lequel, oyant en prison reciter ce metre de Homere dict de Achilles, 9. *Iliad.* :

'Ηματί κεν τριτάτῳ Φθίην ἐρίβωλον ἱκοίμην[9].
  Je parviendray sans faire long sejour,
  En Phthie belle et fertile, au tiers jour,

præveid qu'il mourroit le tiers subsequent jour, et le asceura à Æschines *, comme escrivent Plato, *in Critone* Ciceron, primo *De divinatione*, et Diogenes Laertius [10].

« Tesmoing Opilius Macrinus [11] auquel, couvoitant sçavoir s'il seroit Empereur de Rome, advint en sort ceste sentence, 8. *Iliad.* :

῏Ω γέρον, ἦ μάλα δή σε νέοι τείρουσι μαχηταί.
Σὴ δὲ βίη λέλυται, χαλεπὸν δέ σε γῆρας ὀπάζει...[12]
  O homme vieulx, les soubdars desormais
  Jeunes et forts te lassent certes, mais
  Ta vigueur est resolue, et vieillesse
  Dure et moleste [13] accourt et trop te presse.

14. César écrasa Pompée à Pharsale (48 av. J.-C.). Rabelais confond avec la bataille de Philippes (42 av. J.-C.) où Antoine et Octave vainquirent Brutus et Cassius. Brutus se suicida après sa défaite.

15. Dans l'*Iliade* (XVI, 849).

16. *Par mauvaise humeur de la Parque félonne.*

17. Le fils de Latone : Apollon, le dieu-archer.

18. Anecdote rapportée par Plutarque (*Vie de Brutus*, XXIV).

19. L'exemple se trouve aussi chez Tiraqueau (*op. cit.*).

20. Ce vers fameux (*Énéide*, VI, 851) résume la mission du Romain, par opposition à celle du Grec, adonné aux beaux-arts : « Quant à toi, Romain, souviens-toi de gouverner les peuples par ton commandement. »

« De faict il estoit jà vieulx, et, ayant obtenu l'Empire seulement un an et deux mois, feut par Heliogabalus jeune et puissant depossedé et occis.

« Tesmoing Brutus, lequel voulant explorer le sort de la bataille Pharsalicque [14], en laquelle il feut occis, rencontra ce vers dict [15] de Patroclus, *Iliad*. 16. :

'Αλλά με μοῖρ' ὀλοὴ καὶ Λητοῦς ἔκτανεν υἱός.
 Par mal engroin de la Parce felonne [16]
 Je feuz occis et du filz de Latonne [17].

« C'est Apollo, qui feut pour mot du guet le jour d'icelle bataille [18].

« Aussi par sors Virgilianes ont esté congneues anciennement et preveues choses insignes, et cas de grande importance, voire jusques à obtenir l'empire Romain [19], comme advint à Alexandre Severe qui rencontra en ceste maniere de sort ce vers escript, *Æneid*. 6. :

Tu regere imperio populos, Romane, memento [20].
 Romain enfant, quand viendras à l'Empire,
 Regiz le monde en sorte qu'il n'empire.

« Puys feut après certaines années realement et de faict créé Empereur de Rome.

« En Adrian empereur romain, lequel estant en doubte et poine de sçavoir quelle opinion de luy avoit Trajan, et quelle affection il luy portoit, print advis par sors Virgilianes, et rencontra ces vers, *Æneid*. 6. :

21. *Énéide*, (VI, 808-810).

22. Autres exemples communs avec Tiraqueau, la source commune étant sans doute un compilateur.

23. *Énéide* (I, 265).

24. *Énéide* (VI, 869).

* Dans la première édition, les exemples de *Claude*, de *Quintel*, de *Gordian* et de *Clode Albin* manquent (de *En Claude second* à *se montrent rebelles*).

Quis procul ille autem ramis insignis olivae
Sacra ferens ? Nosco crines, incanaque menta
Regis Romani [21].

Qui est cestuy qui, là loing, en sa main,
Porte rameaulx d'olive, illustrement ?
A son gris poil et sacre acoustrement,
Je recongnois l'antique Roy Romain.

« Puys feut adopté de Trajan, et luy succeda à l'Empire ;

* « En Claude second [22] empereur de Rome bien loué, au quel advint par sort ce vers escript 6. *Æneid.* :

Tertia dum Latio regnantem viderit aestas [23].
    Lors que t'aura regnant manifesté
    En rome et veu tel le troiziesme æsté.
« De faict il ne regna que deux ans.

« A icelluy mesmes s'enquerant de son frere Quintel, lequel il vouloit prendre au gouvernement de l'Empire, advint ce vers, 6. *Æneid :*

Ostendent terris hunc tantum fata [24].
Les Destins seulement le montreront es terres.

« Laquelle chose advint. Car il feut occis dix et sept jours après qu'il eut le maniment de l'Empire.

« Ce mesmes sort escheut à l'empereur Gordian le jeune.

« A Clode Albin, soucieux d'entendre sa bonne adventure, advint ce qu'est escript, *Æneid* 6 ;

25. *Énéide* (VI, 857-858). Les emprunts au chant VI se justi-
fient par le caractère prophétique de ce chant : Énée descendu
aux Enfers, vit se dérouler la suite de l'histoire romaine jusqu'à
l'époque de Virgile. Il suffisait de prolonger ensuite l'antici-
pation.

26. *D* n'est pas un prénom, mais l'abréviation de *divus*
(divin) épithète consacrée aux empereurs divinisés. Il s'agit
du même personnage que *Claude second.*

27. *S'informant.*

28. *Énéide* (I, 278).

29. Le frère Pierre Amy, compagnon de Rabelais au couvent de Fontenay-le-Comte était un humaniste en relations
avec Guillaume Budé. Inquiété pour sa connaissance du grec,
il s'échappe du couvent (1523) et Budé le félicite (1524) d'avoir
été persécuté pour l'amour du grec. Faut-il croire à la réalité
de cette consultation virgilienne, ou bien Rabelais se divertit-il
à rapprocher son ami, humble moine, des empereurs romains,
montrant ainsi l'égalité des hommes devant la pronostication ?

30. Les franciscains de Fontenay.

31. *Énéide* (III, 44).

32. La croyance dans les sorts homériques et virgiliens est
attestée par de nombreux écrivains de l'époque (Cardan,
Ronsard, Nicolas Rapin, etc.), mais la réserve finale de Rabelais indique une part de jeu dans cette accumulation d'exemples. Montaigne (*Essais*, I, XI, *Des pronostications*) constate
ce penchant des hommes à « *préoccuper les choses futures* »,
et il le juge puéril et dangereux : « *J'aimerais bien mieux régler
mes affaires par le sort des dés que par ces songes.* » En tout cas,
réelle ou fictive, la prophétie virgilienne est un prétexte pour
rappeler le souvenir d'un ami et attaquer l'ignorance des
moines, ces « *farfadets* » barbares (au sens que les Grecs don-
naient à ce mot).

Hic rem Romanam magno turbante tumultu
Sistet eques, etc [25].
    Ce chevallier grand tumulte advenent,
    L'estat Romain sera entretenent.
    Des Cartagiens victoires aura belles :
    Et des Gaullois, s'ilz se montrent rebelles.

« En D. Claude [26] empereur predecesseur de Aurelian, auquel, se guementant [27] de sa postérité, advint ce vers en sort, *Æneid* I :

His ego nec metas rerum, nec tempora pono [28].
    Longue durée à ceulx cy je præentds,
    Et à leurs biens ne metz borne ne temps.

« Aussi eut il successeur en longues genealogies.
« En M. Pierre Amy [29], quand il explora pour sçavoir s'il eschapperoit de l'embusche des farfadetz [30] et rencontra ce vers, *Æneid* 3 :

Heu fuge crudeles terras, fuge littus avarum [31]
    Laisse soubdain ces nations barbares,
    Laisse soubdain ces rivages avares.
« Puys eschappa de leurs mains sain et saulve.
« Mille autres, des quelz trop prolix seroit narrer les adventures advenues scelon la sentence du vers par tel sort rencontré.
« Je ne veulx toutesfoys inferer que ce sort universellement soit infaillible, affin que ne y soyez abusé [32].

1. La question des dés reviendra avec le juge Bridoye, aux chap. XXXIX, XL, XLI, XLII, XLIII. Le titre de ce dernier chapitre s'oppose à celui du chap. XI : « *Comment Pantagruel excuse Bridoye sus les jugemens faictz au sort des déz.* » Mais il ne s'agit plus de pronostication.

2. Ouvrage de Lorenzo Spirito (1476), traduit en français en 1528 avec le titre suivant : « *Livre du passe-temps de la fortune des déz...* »

3. *Le diable.*

4. *Bura*, en Achaïe ; près de cette ville se trouvait une grotte avec une statue d'Hercule, devant laquelle on interrogeait l'avenir au moyen des dés. Pausanias (VII, 25) rapporte cette tradition.

5. *Bois gravés.*
Dans le chapitre XLV du *Gargantua*, Grandgousier semonce les pèlerins superstitieux, leur rappelant que les *faulx prophetes* sont plus dangereux que la peste, car « *telz imposteurs empoisonnent les ames* » (p. 353). Le rôle du roi est d'expulser les imposteurs de toute sorte.

6. *Osselets.* Rabelais y fait allusion dans *G.*, chap. XXIV, p. 218, note 5. Alors qu'ici il considère comme diabolique l'interprétation divinatoire du jeu des osselets, il loue le jeu par lui-même dans *Gargantua :* le géant et son précepteur « *revocquoient en usage l'anticque jeu des tables* (ou *tales*) *ainsi qu'en a escript Leonicus et comme y nostre bon ami Lascaris* ».

7. Anecdote figurant dans Suétone (*Vie de Tibère*, 14) et citée par des compilateurs.

CHAPITRE XI

Comment Pantagruel remonstre le sort des dez estre illicite [1].

« — Ce seroit (dist Panurge) plus toust faict et expedié à troys beaulx dez.

— Non, respondit Pantagruel. Ce sort est abusif, illicite, et grandement scandaleux. Jamais ne vous y fiez. Le mauldict livre du *Passe temps des dez* [2] feut, long temps a, inventé par le calumniateur ennemy [3] en Achaïe près Boure [4], et davant la statue de Hercules Bouraïque y faisoit jadis, de præsent en plusieurs lieux faict maintes simples ames errer et en ses lacz tomber. Vous sçavez comment Gargantua mon pere par tous ses royaulmes l'a defendu, bruslé avecques les moules [5] et protraictz, et du tout exterminé, supprimé et aboly, comme peste tres dangereuse.

« Ce que des dez je vous ay dict je diz semblablement des tales [6]. C'est sort de pareil abus. Et ne m'alleguez au contraire le fortuné ject des tales que feit Tibere dedans la fontaine de Apone à l'oracle de Gerion [7]. Ce sont hamessons par les quelz le calumniateur tire les simples ames à perdition eternelle.

8. Allusion à un jeu du mois de mai : les joueurs devaient toujours porter une feuille verte, sous peine d'amende.

9. *Merlin Coccaie* (alias Folengo), auteur des *Macaronées*, épopée burlesque que Rabelais utilise notamment dans l'épisode des *moutons de Panurge* (*Le Quart Livre*). Dans le *Pantagruel*, Merlinus Coccaius termine le catalogue de la librairie Saint-Victor avec son *De Patria diabolorum*. Selon lui, l'enchanteur Merlin avait composé trois livres sur les diables (?).

10. Sur ce chiffre, se reporter à D. Ross (B. H. R., xxv, 1963).

11. *Passer au crible* (ici au sens libre, comme *labourer*).

12. Pantagruel prend au sens propre le juron de Panurge : « *Je me donne à tous les diables!* »

13. Allusion au jeu de paume : la balle manquée coûte quinze points. Pantagruel met en doute des prouesses viriles de Panurge.

14. *Au lever.*

15. *Faute de syntaxe* (ici au sens libre).

16. Appellation des moines Cordeliers.

17. *J'en appelle.*

« Pour toutesfoys vous satisfaire, bien suys d'advis que jectez troys dez sus ceste table. Au nombre des poinctz advenens nous prendrons les vers du feueillet que aurez ouvert. Avez-vous icy dez en bourse ?

— Pleine gibbessiere, respondit Panurge. C'est le verd du diable [8], comme expose Merl. Coccaius, *libro secundo de patria diabolorum* [9]. Le diable me prendroit sans verd, s'il me rencontroit sans dez. »

Les dez feurent tirez et jectez, et tomberent es poinctz de cinq, six, cinq.

« Ce sont, dist Panurge, seze. Prenons les vers seziemes du feuillet. Le nombre me plaist [10], et croy que nos rencontres seront heureuses.

« Je me donne à travers tous les diables, comme un coup de boulle à travers un jeu de quilles, ou comme un coup de canon à travers un bataillon de gens de pied, guare diables qui vouldra, en cas que autant de foys je ne belute [11] ma femme future la premiere nuyct de mes nopces.

— Je ne en fays doubte (respondit Pantagruel) ja besoing n'estoit en faire si horrificque devotion [12]. La premiere foys sera une faulte, et vauldra quinze [13], au desjucher [14] vous l'amenderez : par ce moyen seront seze.

— Et ainsi (dist Panurge) l'entendez ? Oncques ne feut faict solœcisme [15] par le vaillant champion qui pour moy faict sentinelle au bas ventre. Me avez vous trouvé en la confrairie des faultiers ? Jamais, jamais, au grand fin jamais. Je le fays en pere et en beat pere [16], sans faulte. J'en demande [17] aux joueurs. »

18. Comparaison encore inexpliquée.

19. *Bat.*

20. Comparaison avec une soutenance de thèse, qui donna lieu aux critiques du jury.

21. Après s'être voué à tous les diables, Panurge cherche protection près des divinités païennes des sorts.

* *Touchez... Sorbonne* manque dans la première édition.

Ces parolles achevées, feurent aportez les œuvres de Virgile.

Avant les ouvrir, Panurge dist à Pantagruel :

« Le cœur me bat dedans le corps comme une mitaine [18]. * Touchez un peu mon pouls en ceste artere du braz guausche. A sa frequence et elevation vous diriez qu'on me pelaude [19] en tentative de Sorbonne [20]. Seriez-vous poinct d'advi avant proceder oultre, que invocquions Hercules et les déesses Tenites [21], les quelles on dict præsider en la chambre des Sors ?

— Ne l'un (respondit Pantagruel), ne les aultres. Ouvrez seulement avec l'ongle. »

1. Virgile, (*Bucoliques*, IV, 63). Cette églogue évoque un enfant mystérieux, dont la naissance ramènera l'âge d'or. Virgile rappelle le conseil des nourrices antiques : « L'enfant qui ne rit pas à sa mère (ou à qui sa mère ne rit pas), un dieu ne le jugea pas digne de sa table, ni une déesse de son lit. »

2. L'assimilation Jupiter/Deus et Minerve/Dea est conforme à l'interprétation de Servius, commentateur romain de Virgile. Rabelais pouvait connaître le commentaire de Servius par l'édition Estienne (1532).

3. Les *galants*.

4. Souvenir soit de Sénèque (*Questions naturelles*, II, 41), soit de Servius (*Commentaire* sur *l'Énéide*, I, 43).

CHAPITRE XII

Comment Pantagruel explore par sors Virgilianes,
quel sera le mariage de Panurge.

Adoncques ouvrant Panurge le livre, rencontra on
ranc sezieme ce vers :

Nec Deus hunc mensa, Dea nec dignata cubili est [1].
　　Digne ne feut d'estre en table du dieu,
　　Et n'eut on lict de la déesse lieu.

« Cestuy (dist Pantagruel) n'est à vostre adventaige.
Il denote que vostre femme sera ribaulde, vous coqu
par consequent.

« La Déesse que ne aurez favorable est Minerve [2],
vierge très redoubtée, Déesse puissante, fouldroiante,
ennemie des coquz, des muguetz [3], des adulteres,
ennemie des femmes lubricques non tenentes la
foy promise à leurs mariz et à aultruy soy abandon-
nantes. Le Dieu est Juppiter tonnant, et fouldroyant
des cieulx.

« Et noterez par la doctrine des anciens Ethrusques,
que les manubies [4] (ainsi appelloient ilz les jectz des

5. Seule, parmi les dieux, Minerve en dehors de Jupiter pouvait lancer la foudre.

6. Souvenir de l'*Énéide* (I, 39-41).

7. Selon la légende, Minerve sortie tout armée de la tête (*caput*) de Jupiter.

8. *C'est pourquoi.*

9. *Ossa.*

10. Rabelais commente en style burlesque l'épopée des dieux et des géants.

11. Diminutif péjoratif de *vesse : ribaudaille.*

12. *Chauves-souris.*

13. Vulcain, dieu des Enfers, était boiteux. Servius lui applique la menace de la *Bucolique* IV : Junon ne lui ayant pas souri, Jupiter le précipita dans l'île de Lemnos. Cependant Vulcain épousa la plus belle des déesses, Vénus, mais celle-ci le trompa avec Mars.

* Variante de la première édition : « *Ventre sus ventre* ».

fouldres Vulcanicques) competent à elle seulement [5],
(exemple de ce feut donné en la conflagration des
navires de Ajax Oileus [6]), et à Juppiter son pere capital [7]. A aultres dieux olympicques n'est licite foul-
droier. Pourtant [8] ne sont ilz tant redoubtez des
humains.

« Plus vous diray, et le prendrez comme extraict de
haulte mythologie. Quand les geantz entreprindrent
guerre contre les dieux, les dieux au commencement
se mocquèrent de telz ennemis, et disoient qu'il n'y
en avoit pas pour leurs pages. Mais, quand ilz veirent
par le labeur des geantz le mons Pelion posé dessus
le mons Osse [9] et jà esbranlé le mons Olympe pour
estre mis au dessus des deux, feurent tous effrayez.
Adoncques tint Juppiter chapitre general.

« Là feut conclud de tous les Dieux, qu'ilz se mettroient vertueusement en defence. Et pource qu'ilz
avoient plusieurs foys veu les batailles perdues par
l'empeschement des femmes qui estoient parmy les
armées [10], feut decreté que pour l'heure on chasseroit
des cieulx en Ægypte et vers les confins du Nil toute
ceste vessaille [11] des déesses desguisées en beletes,
fouines, ratepenades [12], museraignes et aultres meta-
morphoses. Seule Minerve feut de retenue pour foul-
droier avecques Juppiter, comme déesse des lettres
et de guerre, de conseil et execution, déesse née armée,
déesse redoubtée on ciel, en l'air, en la mer et en
terre. »

— Ventre guoy * (dist Panurge) seroys je bien Vulcan [13], duquel parle le poëte ? Non. Je ne suys ne boiteux, ne faulx monnoieur, ne forgeron, comme il

14. *A la vue de.*

15. Épisode comique de l'*Odyssée* (VIII, 266-366). Vulcain surprit Mars et Vénus et appela tous les dieux comme témoins ; mais ceux-ci éclatèrent de rire devant la mésaventure de Vulcain. De là l'expression *rire homérique.*

16. Panurge est très doué pour la controverse. Il prend le contre-pied de l'interprétation de Pantagruel.

17. *Revêche :* jeu de mots sur *écervelée et extraite de cervelle* (cf. *son pere capital,* note 7).

18. *Jupiter ne sera pas mon rival. Jupin* est un vieux mot familier, encore employé par La Fontaine : « *Jupin en a bientôt la cervelle rompue* » (*Fables,* III, 4).

19. Jeu de mots : Rabelais commence à dire *Cor* [delier], et enchaîne par *bordelier,* mais tout le monde a compris.

20. Le *mont Dikté,* en Crète (cf. Athénée, IX, 375-376). Cette généalogie avait été reprise par Boccace. D'autres légendes font naître Jupiter sur le mont Ida, où il fut nourri par la chèvre Amalthée (cf. Apollodore, I, 1, 57).

21. Fleuve des Enfers.

22. *Couvrir* (en parlant du bélier).

23. *Portraiter.*

24. Jupiter Ammon était représenté avec des cornes de bélier (cf. Hérodote, II, 42, et Ovide, *Métamorphoses,* V, 17).

25. Pour se faire aimer d'Alcmène, Jupiter prit le visage d'Amphitryon, le mari de celle-ci (cf. Plaute, Molière... et Giraudoux : *Amphitryon* 38).

26. *Argus,* le chien aux cents yeux, gardait Io ; *avec ses cent besicles* (lunettes) : modernisation burlesque. L'usage des lunettes date du XIVe siècle.

27. *Acrisius,* roi d'Argos, prévenu par un oracle qu'un petit-fils le ferait périr, enferma sa fille Danaé dans une tour, mais Jupiter la rejoignit sous la forme d'une pluie d'or.

28. *Chimérique :* Lycus ayant outragé sa nièce Antiope, aimée par Jupiter, fut tué par Zethus et Amphion, fils d'Antiope et du dieu.

29. *Agénor,* père d'Europe.

30. Père d'Aegine, aimée par Jupiter.

estoit. Par adventure ma femme sera aussi belle et
advenente comme sa Venus ; mais non ribaulde comme
elle, ne moy coqu comme luy. Le villain jambe torte
se feist declairer coqu par arrest et en veute figure [14]
de tous les dieux [15]. Pour ce, entendez au rebours [16].

« Ce sort denote que ma femme sera preude, pudic-
que et loyalle, non mie armée, rebousse [17] ne ecer-
velée et extraicte de cervelle, comme Pallas, et ne
me sera corrival ce beau Juppin [18], et ja ne saulsera
son pain en ma souppe, quand ensemble serions à
table.

« Considerez ses gestes et beaulx faictz. Il a esté le
plus fort ruffien et plus infame cor [19], je diz bordelier,
qui oncques feut ; paillard tousjours comme un
verrat : aussi feut il nourry par une truie en Dicte de
Candie [20], si Agathocles Babylonien ne ment ; et plus
boucquin que n'est un boucq : aussi disent les autres,
qu'il feut alaicté d'une chevre Amalthée. Vertus de
Acheron [21]! il belina [22] pour un jour la tierce partie
du monde, bestes et gens, fleuves et montaignes : ce
feut Europe. Pour cestuy belinaige les Ammoniens le
faisoient protraire [23] en figure de belier belinant,
belier cornu [24].

« Mais je sçay comment guarder se fault de ce cor-
nart. Croyez qu'il n'aura trouvé un sot Amphitrion [25],
un niais Argus avecques ses cent bezicles [26], un couart
Acrisius [27], un lanternier [28] Lycus de Thebes, un resveur Agenor [29], un Asope [30] phlegmaticq, un Lychaon [31] patpelue, un modourre Corytus [32] de la
Toscane, un Atlas à la grande eschine ; il pourroit cent
et cent foys se transformer en cycne, en taureau, en

31. *Lychaon*, père de Callisto, fut changé en loup, d'où l'épithète *patpelue* (patte poilue).

32. Le *modourre* (lourdaud) *Corytus*, mari d'Electra, fille d'Atlas, fut trompé par Jupiter. Il fonda une ville en Toscane.

33. *Coucou* (légende contée par Pausanias, II, 17).

34. Nymphe d'Achaïe. Panurge énumère les diverses métamorphoses de Jupiter pour ses entreprises galantes.

35. Le comique burlesque s'accentue et aboutit à une allusion satirique aux docteurs de Sorbonne, *magistri nostri* (d'où l'adverbe cocasse *magistroñostralement*).

36. Seconde raillerie contre les théologiens et leurs subtilités : les *secondes intentions* dans le langage de la scolastique sont la pensée de la pensée d'un objet. Érasme (*Éloge de la Folie*) a représenté les théologiens « environnés d'un bataillon de définitions magistrales, de conclusions, de corollaires, de propositions implicites et explicites... une source intarissable de mots nouveaux et de termes étonnants les tirent toujours d'affaire. »

37. *Je le saisirai avec un crochet.*

38. Saturne castra Uranus (le *Ciel*).

39. Souvenir de Lactance (*Divina institutio*), poète chrétien (IVe siècle) qui attaque comme immorale la religion païenne, en prenant comme exemple les amours coupables de Jupiter. Lactance allègue un ouvrage de Sénèque, inconnu aujourd'hui : *Rhea castra Athys.*

40. *Un poil.*

41. Allusion à la légende de la papesse Jeanne. (cf. *Le Quart Livre*, chap. XLVIII) ; souvenir de Corneille Agrippa (*De incertitudine vanitate omnium scientiarum*).

42. Souvenir de l'*Énéide* (III, 30).

43. Cette légende du roi anthropophage est relatée par Athénée (X, 8) et par Elien (I, 27).

* *En pigeon... en Ægie*, manque dans la première édition.

satyre, en or, en coqu [33], comme feist quand il depu-
cella Juno sa sœur ; en aigle, en belier, en pigeon, *
comme feist estant amoureux de la pucelle Phthie [34],
laquelle demouroit en Ægie, en feu, en serpent,
voire certes en pusse [35], en atomes epicureicques, ou
magistronostralement en secondes intentions [36].

« Je le vous grupperay au cruc [37]. Et sçavez que luy
feray ? Cor bieu ! ce que feist Saturne au Ciel son
pere [38], Senecque l'a de moy predict, et Lactance [39]
confirmé, ce que Rhea feist à Athys : je vous luy coup-
peray les couillons tout rasibus du cul. Il ne s'en fauldra un pelet [40]. Par ceste raison ne sera il jamais Pape,
car *testiculos non habet* [41].

— Tout beau, fillol (dist Pantagruel), tout beau.
Ouvrez pour la seconde foys. »

Lors rencontra ce vers [42] :

Membra quatit, gelidusque coït formidine sanguis.
Les os luy rompt, et les membres luy casse :
Dont de la paour le sang on corps luy glasse.

« Il denote (dist Pantagruel) qu'elle vous battera
dos et ventre.

— Au rebours (respondit Panurge) c'est de moy
qu'il prognosticque, et dict que je la batteray en tigre
si elle me fasche. Martin baston en fera l'office. En
faulte de baston, le Diable me mange si je ne la man-
geroys toute vive, comme la sienne mangea Cambles
roy des Lydiens [43].

— Vous estez (dist Pantagruel) bien couraigeux.
Hercules ne vous combatteroit en ceste fureur, mais

44. Pantagruel se moque de Panurge en jouant sur les sens de *Jean*, niais, cocu, et coups dans le jeu de tric-trac valant deux points à l'époque de Rabelais.

45. Dicton cité par Érasme (*Adages*, II, XXIX).

46. Autre nom du tric-trac.

47. Souvenir de l'*Énéide* (XI, 782). Cette accusation contre la cupidité des femmes figure dans le traité de Tiraqueau, *Sur les lois du mariage*, qui cite le vers de Virgile.

48. *De faire du butin et dérober le bagage.*

49. C'est presque le titre de l'ouvrage célèbre d'Héroët, *La Parfaite Amie.*

50. Juvénal (*Satire* VI, 210).

51. Diminutif de *noise*, dispute.

52. *Querelles.*

53. *Queux :* pierre à aiguiser.

54. *Outils.*

55. Au sens juridique. Panurge aime la chicane!

c'est ce que l'on dict, que le Jan en vaulx deux [44],
et Hercules seul n'auza contre deux combattre [45].

— Je suys Jan? dist Panurge.

— Rien, rien, respondit Pantagruel. Je pensois au
jeu de l'ourche [46] et tricquetrac. »

Au tiers coup rencontra ce vers :

Fœmineo praedae et spoliorum ardebat amore [47].
Brusloit d'ardeur en feminin usaige
De butiner et robber [48] le baguaige.

« Il denote (dist Pantagruel) qu'elle vous desrobera.
Et je vous voy bien en poinct, selon ces troys sors.
Vous serez coqu, vous serez batu, vous serez des-
robbé.

— Au rebours (respondit Panurge) ce vers denote
qu'elle m'aymera d'amour perfaict [49]. Oncques n'en
mentit le Satyricque [50], quand il dict que femme bruslant d'amour supreme prent quelques foys plaisir à
desrobber son amy. Sçavez quoy? Un guand, une
aiguillette, pour la faire chercher. Peu de chose, rien
d'importance.

« Pareillement ces petites noisettes [51], ces riottes [52]
qui par certain temps sourdent entre les amans, sont
nouveaulx refraischissemens et aiguillons d'amour.
Comme nous voyons par exemple les coustelleurs
leurz coz [53] quelques foys marteler, pour mieulx aiguiser les ferremens [54].

« C'est pourquoi je prends ces troys sors à mon
grand adventaige. Aultrement j'en appelle [55].

— Appeller (dist Pantagruel) jamais on ne peult des

56. Rabelais a déjà raillé Balde, ainsi que d'autres juristes dans le *Pantagruel* (chap. x, p. 161 ; note 26, p. 160) : « *Vous l'avez obscurcie par sottes et desraisonnables raisons et ineptes opinions de Accurse, Balde, Bartole de Castro*, etc. » Les commentaires de Balde (1325-1400) étaient réédités au xvie siècle.

57. Référence au *Digeste* (IV, Tit. iv). Selon Ch. Perrat, (B. H. R., xvi, 1954) et M. A. Screech, la source de ces citations serait le *De Nobilitate*, de Tiraqueau ; cette attitude favorable des juristes à l'égard des jugements du sort doit être rapprochée du chap. xliii (épisode de Bridoye).

jugemens decidez par Sort et Fortune, comme attestent nos antiques Jurisconsultes, et le dict Balde [56], L. *ult.* C. *de leg.*

« La raison est pource que Fortune ne recongnoist poinct de superieur auquel d'elle et de ses sors on puisse appeller. Et ne peult en ce cas le mineur estre en son entier restitué, comme apertement il dict [57] in L. *Ait praetor.* § *ult.* ff. de *minor.* »

1. Ce chapitre est l'un des plus obscurs du *Tiers-Livre*. Quelle est l'opinion de Rabelais sur les songes ? Il a dénoncé la supercherie du jeu de dés comme moyen de *pronostication*, mais les songes ont pour eux l'autorité des Anciens, et physiologiquement ils se situent à la mystérieuse jointure de l'âme et du corps. Souvenirs humanistes, théories médicales, facéties sont étroitement liés. Un siècle plus tard, Descartes sera révélé à lui-même par trois songes (novembre 1619), dont le troisième offre la vision d'un livre de poèmes, où figure la question primordiale : « *Quod vitae sectabor iter ?* » (Quel chemin suivrai-je dans la vie ?) La psychanalyse fondée par Freud a mis en lumière le sens caché des songes, que peut-être Rabelais avait pressenti.

2. Cette *voie de divination* a pour elle la garantie des Anciens ; pour un humaniste, *antique et authentique* ne font qu'un.

3. Énumération d'écrivains célèbres et de compilateurs obscurs ; allusion au traité *Des songes*, περὶ ἐνυπνίων, d'Hippocrate publié à Lyon par Scaliger (1539), au commentaire de Marsile Ficin sur le *De Somniis* de Synèse de Cyrène (370-431), etc. L'autorité de *Platon* (IXe livre de la *République*), de *Jamblique*, philosophe platonicien de l'époque de Constantin (cf. *P.*, chap. XIV, note 25), de *Plotin* (204-270), philosophe néo-platonicien (cf. *P.*, chap. XVIII, note 28), d'*Artémidore* (IIe siècle ap. J.-C.), auteur d'un traité *Sur la signification des songes*, traduit en 1546 par Charles Fontaine (cf. *P.*, chap. XVIII, note 30), d'*Herophilus* (344 av. J.-C.), médecin grec, inventeur de la dissection humaine, de *Quintus Calaber*, poète grec du IVe siècle, d'*Athénée*, rhéteur grec du IIIe siècle (*Le Banquet des Sophistes*), était souvent alléguée dans les compilations, qui citaient aussi bien les écrivains que les médecins.

4. *Nettoyés.*

5. *Berceau.*

CHAPITRE XIII

*Comment Pantagruel conseille Panurge prevoir l'heur
ou malheur de son mariage par songes* [1].

« Or puys que ne convenons ensemble en l'exposition des sors Virgilianes, prenons autre voye de divination.

— Quelle? demanda Panurge.

— Bonne, (respondit Pantagruel), antique, et authenticque, c'est par songes [2]. Car en songeant avecques conditions les quelles descrivent Hippocrates, lib. περὶ ἐνυπνίων, Platon, Plotin, Jamblicque, Synesius, Aristoteles, Xenophon, Galen, Plutarque, Artemidorus Daldianus, Herophilus, Q. Calaber, Theocrite, Pline, Athenæus et aultres [3], l'ame souvent prevoit les choses futures.

« Ja n'est besoing plus au long vous le prouver. Vous l'entendez par exemple vulguaire, quand vous voyez, lors que les enfans bien nettiz [4], bien repeuz et alaictez dorment profondement, les nourrices s'en aller esbatre en liberté, comme pour icelle heure licenciées à faire ce que vouldront, car leur presence au tour du bers [5] sembleroit inutile. En ceste façon nostre

6. *Digestion*. Sur les rapports de la digestion et des songes, cf. Ch. Fontaine, *Épitomé... d'Artémidore*, cité par M. A. Screech (p. 99).

7. Cette évasion de l'âme pendant le sommeil est une doctrine platonicienne très répandue au XVIe siècle.

8. L'image de la sphère représentant l'Infini remonterait à Empédocle. Souvent employée au Moyen Age (*Roman de la Rose*), elle est adoptée par les néo-platoniciens de la Renaissance, elle trouve son expression définitive chez Pascal : « *C'est une sphère dont le centre est partout, la circonférence nulle part* » (*Pensées, Disproportion de l'homme*).

9. Auteur d'un dialogue platonicien, le *Pimander*, commenté au Moyen Age et au XVIe siècle. Le développement sur la sphère est-il propre à Rabelais ou inspiré par un commentateur, par exemple Symphorien Champier, le médecin lyonnais bien connu de Rabelais, ou bien Roselli ? C'était, en tout cas, un lieu commun chez les Humanistes.

10. *S'opposant*.

11. *Interprète des songes ; qui traite des songes*. Le point capital est en effet de trouver une interprétation *rationnelle* des songes.

12. Héraclite, cité par le compilateur Caelius Rhodiginus, *Lectiones Antiquae*, d'après Plutarque.

13. La gravité du ton indique la conviction de Rabelais et son attention pour ce problème.

* *Le centre... Trimegistus,* manque dans la première édition ; de même l'épithète *intellectuale.*

ame, lors que le corps dort et que la concoction [6]
est de tous endroictz parachevée, rien plus n'y estant
nécessaire jusques au reveil, s'esbat et reveoit sa
patrie, qui est le ciel [7].

« De là receoit participation insigne de sa prime et
divine origine, et en contemplation de ceste infinie et
intellectuale sphære *, le centre de laquelle est en
chascun lieu de l'univers, la circunference poinct [8]
(c'est Dieu scelon la doctrine de Hermes Trismegis-
tus [9]) à laquelle rien ne advient, rien ne passe, rien
ne dechet, tous temps sont præsens, note non seulement les choses passées en mouvemens inferieurs, mais
aussi les futures, et, les raportant à son corps et par
les sens et organes d'icelluy les exposant aux amis,
est dicte vaticinatrice et prophete.

« Vray est qu'elle ne les raporte en telle syncerité
comme les avoit veues, obstant [10] l'imperfection et
fragilité des sens corporelz : comme la Lune recevant
du Soleil sa lumiere, ne nous la communicque telle,
tant lucide, tant pure, tant vive et ardente comme
l'avoit receue.

« Pourtant reste à ces vaticinations somniales
interprete qui soit dextre, saige, industrieux, expert,
rational et absolu onirocrites et oniropole [11] : ainsi
sont appelez des Græcs.

C'est pourquoy Heraclitus [12] disoit rien par songe
ne nous estre exposé, rien aussi ne nous estre celé :
seulement nous estre donnée signification et indice des
choses advenir ou pour l'heur et malheur nostre, ou
pour l'heur et malheur d'aultruy. Les sacres lettres
le tesmoignent, les histoires prophanes l'asceurent [13],

14. Les *Atlantes* (d'après Pline, cité par Scaliger).

15. Selon Hérodote (IV, 184).

16. Selon Plutarque (*De Defectu oraculorum*, 50, cité par Scaliger).

17. Simon de Neufville, érudit mort à Padoue en 1530. Il était né en Hainaut, mais considéré comme Français.

18. *L'Aurore aux doigts de rose*, épithète homérique.

19. *Passion*.

20. *Protée* (devenu nom commun avec le sens de *multiforme*) apparaît dans l'*Odyssée* (IV) et surtout dans les *Géorgiques* (IV, 405-414) : le berger Aristée consulte le devin pour savoir la cause de la destruction de ses abeilles ; Protée se métamorphose en eau, en feu, etc., avant de reprendre la forme humaine et de vaticiner.

21. La forme humaine. Rabelais semble avoir utilisé le commentaire de Virgile par Servius.

22. *Calme*.

23. *Étrangères*.

24. Ce n'est pas un simple rappel de la goinfrerie des personnages de Rabelais, mais l'étude des conditions physiologiques favorables au songe prophétique (cf. supra, note 6).

nous exposant mille cas advenuz scelon les songes,
tant de la persone songeante que d'aultruy pareillement.

« Les Atlanticques [14] et ceulx qui habitent en l'isle
de Thasos, l'une des Cyclades, sont privez de ceste
commodité, on pays desquelz jamais persone ne
songea. Aussi feurent Cleon [15] de Daulie, Thrasy-
medes [16], et de nostre temps le docte Villanovanus
François [17], les quelz oncques ne songerent.

« Demain doncques, sus l'heure que la joyeuse
Aurore aux doigtz rosatz [18] dechassera les tenebres
nocturnes, adonnez vous à songer parfondement. Ce
pendent despouillez vous de toute affection [19] humaine : d'amour, de haine, d'espoir et de craincte.

« Car, comme jadis le grand vaticinateur Proteus [20],
estant desguisé et transformé en feu, en eau, en tigre,
en dracon et aultres masques estranges, ne prædisoit
les choses advenir, pour les prædire force estoit qu'il
feust restitué en sa propre et naïfve forme [21], aussi
ne peult l'homme recepvoir divinité et art de vaticiner, sinon lors que la partie qui en luy plus est
divine (c'est Νοῦς et Mens) soit coye [22], tranquille,
paisible, non occupée ne distraicte par passions et
affections foraines [23].

— Je le veulx, dist Panurge. Fauldra il peu ou
beaucoup soupper à ce soir ? Je ne le demande sans
cause [24]. Car si bien et largement je ne souppe, je ne
dors rien qui vaille, la nuict ne foys que ravasser,
et autant songe creux que pour lors estoit mon ventre.

— Poinct soupper (respondit Pantagruel) seroit
le meilleur, attendu vostre bon en poinct et habitude.

25. Les conseils d'Amphiaraus, devin d'Argos, fils d'Apollon, étaient rapportés par Corneille Agrippa (*De occulta philosophia*, III, 21) et Symphorien Champier (*Dyalogus in magicarum artium destructionum*).

26. *Excès de vin; replet :* rempli de (latinisme) ; *notice :* connaissance.

27. Opinion platonicienne : l'âme, d'origine divine, libérée de la contagion du corps par le songe, peut prévoir l'avenir. Mais l'expérience médicale de Rabelais lui fait repousser les jeûnes prolongés, comme étant contre-nature.

28. Rabelais reproche aux moines d'être « *separez de conversation politicque comme sont les retraictz* (latrines) *d'une maison* » (*G.*, XL, p. 321). A plus forte raison, les *ermites jeuneurs*, affaiblis dans leurs corps et coupés de la société humaine ne peuvent-ils raisonner juste — *Jejunes :* à jeun.

29. Les *esprits animaux* (esprits de l'âme) sont les esprits les plus fins de l'homme, selon la médecine du XVIᵉ siècle.

30. Le *retz admirable* (cf. chap. IV, note 35) était un sujet de contestation entre les médecins de la Renaissance, faute sans doute d'une localisation exacte : nié par Vésale, il est attesté par Ambroise Paré.

31. *Foule.*

32. Les foires de Fontenay-le-Comte et de Niort avaient alors une importance européenne.

33. *Aboie,* (souvenir d'Horace, cité dans les *Adages* d'Érasme).

Amphiaraus [25], vaticinateur antique, vouloit ceulx qui par songes recepvoient ses oracles, rien tout celluy jour ne manger et vin ne boyre troys jours davant. Nous ne userons de tant extreme et riguoreuse diæte.

« Bien croy je l'homme replet de viandes et cra-pule [26] difficilement concepvoir notice des choses spiri-tuelles ; ne suys toutesfois en l'opinion de ceulx qui après longs et obstinez jeusnes cuydent plus avant entrer en contemplation des choses celestes [27].

« Souvenir assez vous peut comment Gargantua mon pere (lequel par honneur je nomme) nous a souvent dict les escriptz de ces hermites jeusneurs autant estre fades, jejunes [28] et de maulvaise salive, comme estoient leurs corps lors qu'ilz composoient, et difficile chose estre bons et serains rester les espritz, estant le corps en inanition ; veu que les philosophes et medicins afferment les espritz animaulx [29] sourdre, naistre et practiquer par le sang arterial, purifié et affiné à perfection dedans le retz admirable [30] qui gist soubs les ventricules du cerveau ; nous baillans exemple d'un philosophe qui en solitude pensant estre, et hors la tourbe [31] pour mieulx commenter, discourir et composer ; ce pendent toutesfoys au tour de luy abayent les chiens, ullent les loups, rugient les lyons, hannissent les chevaulx, barrient les ele-phans, siflent les serpens, braislent les asnes, sonnent les cigalles, lamentent les tourterelles, c'est à dire plus estoit troublé que s'il feust à la foyre de Fontenay ou Niort [32], car la faim estoit on corps ; pour à laquelle remedier abaye [33] l'estomach, la veue esblouist, les venes sugcent de la propre substance des membres

34. Allusion à l'oiseau de volerie, tenu sur le poing par le chasseur.

35. Les lanières de cuir qui retenaient l'oiseau par les pattes.

36. Chez les Anciens, l'*Illiade* et l'*Odyssée* étaient considérées comme l'encyclopédie du savoir humain (cf. le dialogue *Ion*, de Platon).

37. Dans l'*Iliade* (XIII, 20).

38. *Vidés.*

39. *Le juste milieu.*

40. *Poulpes.* Ces interdictions viennent des Anciens et sont reproduites par les ouvrages médicaux de la Renaissance. Les féculents, le gibier peuvent rendre la digestion difficile et causer des cauchemars sans aucune signification divinatoire.

41. *Entre le corps et l'âme.* Les Épicuriens (cf. Lucrèce) insistaient sur cette liaison : « *Ils l'apercevaient* (l'âme) *capable de diverses passions et agitée de plusieurs mouvements pénibles,... capable d'altération et de changement,... sujette à ses maladies et offenses, comme l'estomac ou le pied...* » (Montaigne, *Essais*, II, XII). Ronsard montre l'influence du corps sur l'âme en des termes analogues :

> « Car d'autant plus que bien sain est le corps,
> L'âme se montre et reluit par dehors. »
> (*L'Excellence de l'esprit de l'homme*, 1560.)

42. Les *poires de Crustumeria* (en Sabine) étaient célèbres chez les Anciens.

43. *Poire de Bergame*, introduite en France au XVIe siècle et toujours estimée.

44. Pommes très parfumées et à queue courte.

45. Le *Tiers livre* se situe en Touraine.

carniformes, et retirent en bas cestuy esprit vagua-
bond, negligent du traictement de son nourrisson et
hoste naturel, qui est le corps : comme si l'oizeau sus
le poing estant [34], vouloit en l'aër son vol prendre,
et incontinent par les longes [35] seroit plus bas deprimé.

« Et à ce propous nous alleguant l'auctorité de
Homere, pere de toute Philosophie [36], qui dict [37] les
Gregeoys lors, non plus tost, avoir mis à leurs larmes
fin du dueil de Patroclus le grand amy de Achilles,
quand la faim se declaira et leurs ventres protesterent
plus de larmes ne les fournir. Car, en corps exinaniz [38]
par long jeusne, plus n'estoit dequoy pleurer et
larmoier.

« Mediocrité [39] est en tous cas louée, et icy la main-
tiendrez. Vous mangerez à soupper nos febves, non
lievres ne aultre chair, non poulpre [40] (qu'on nomme
Polype), non choulx ne aultres viandes qui peussent
vos espritz animaulx troubler et obfusquer. Car comme
le mirouoir ne peult repræsenter les simulachres des
choses objectées et à luy exposées, si sa polissure est
par halaines ou temps nubileux obfusquée, aussi
l'esprit ne receoit les formes de divination par songes,
si le corps est inquiété et troublé par les vapeurs et
fumées des viandes præcedentes, à cause de la sympathie laquelle est entre eulx [41] deux indissoluble.

« Vous mangerez bonne poyres crustumenies [42] et
berguamottes [43], une pomme de court pendu [44], quelques pruneaulx de Tours, quelques cerizes de mon
verger [45]. Et ne sera pourquoy doibvez craindre que
vos songes en proviennent doubteux, fallaces ou sus-
pectz, comme les ont declairez aulcuns Peripatetic-

46. *Fruits.*

47. Souvenir de Virgile (*Énéide*, VI, 282-284). Servius dans son *commentaire* déclare qu'en automne les songes sont vains.

48. Cette condition paraît la plus dure à Panurge.

49. *A n'importe quel prix.*

50. Homère (*Odyssée*, XIX, 562) et Virgile, (*Énéide*, VI, 894) disent que les songes ont deux portes.

51. Divinités des songes : *Morphée*, dieu du sommeil ; *Phantasus*, dieu des apparences ; *Icelos* et *Phobetor* sont deux noms de l'effroi divinisé. On les trouve dans les *Métamorphoses* d'Ovide (XI, 640) et chez Boccace (*De genealogia deorum*, I, XXXI).

52. *Duvet.*

53. Selon Pausanias (III, 26).

54. Remède préconisé par Galien pour dormir, et dont se moque Rabelais.

55. Quatre auteurs grecs et un latin, qui ont traité des songes.

ques on temps de automne ; lors sçavoir est que les
humains plus copieusement usent de fructaiges [46]
qu'en aultre saison : ce que les anciens prophetes et
poetes mysticquement nous enseignent, disans les
vains et fallacieux songes gesir et estre cachez soubs
les feuilles cheutes en terre, par ce qu'en Automne
les feuilles tombent des arbres [47]. Car ceste ferveur
naturelle laquelle abonde es fruictz nouveaulx et
laquelle par son ebullition facilement evapore es
parties animales (comme nous voyons faire le moust)
est, long temps a, expirée et resolue. Et boyrez belle
eau de ma fontaine [48].

— La condition (dist Panurge) m'est quelque peu
dure. Je y consens toutesfoys, couste et vaille [49],
protestant desjeuner demain à bonne heure, incontinent après mes songeailles. Au surplus je me recom-
mende aux deux portes de Homere [50], à Morpheus, à
Icelon, à Phantasus et Phobetor [51]. Si au besoing
ilz me secourent, je leur erigeray un aultel joyeulx
tout composé de fin dumet [52]. Si en Laconie j'estoie
dedans le temple de Ino entre Œtyle et Thalames [53],
par elle seroit ma perplexité resolüe en dormant à
beaulx et joyeulx songes. »

Puis demanda à Pantagruel : « Seroit ce poinct bien
faict si je mettoys dessoubs mon coissin quelques
branches de laurier [54]?

— Il n'est (respondit Pantagruel) ja besoing. C'est
chose superstitieuse ; et n'est que abus ce qu'en
escript Serapion Ascalonites, Antiphon, Philochorus
Artemon et Fulgentius Planciades [55]. Autant vous en
diroys je de l'espaule guausche du crocodile et du

56. Superstition attribuée à Démocrite par Pline l'Ancien.

57. *L'ammonite.* Tout le passage est tiré de Scaliger(*Hippocratis Liber de somniis*, 1539).

58. Cf. supra, note 50. Cette interprétation était courante au XVIe siècle ; elle figure dans Macrobe (*Songe de Scipion*).

59. *Images immatérielles des corps.*

Le rôle de frère Jean dans *Le Tiers Livre* est moindre que dans le *Gargantua*. Toutefois Panurge le consultera aux chap. XXVI, XXVII, XXVIII.

chameleon, sauf l'honneur du vieulx Democrite [56] ;
autant de la pierre des Bactrians nommée eumetrides ;
autant de la corne de Hammon [57] : ainsi nomment les
Æthiopiens une pierre precieuse à couleur d'or et
forme d'une corne de belier, comme est la corne de
Juppiter Hammonien ; affirmans autant estre vrays
et infallibles les songes de ceulx qui la portent, que
sont les oracles divins.

« Par adventure est ce que escrivent Homere et
Virgile des deux portes de songe, es quelles vous estes
recommendé.

« L'une est de ivoyre, par laquelle entrent les
songes confus, fallaces et incertains, comme à travers
l'ivoire, tant soit déliée que vouldrez, possible n'est
rien veoir : sa densité et opacité empesche la pene-
tration des espritz visifz et reception des especes
visibles [58].

« L'aultre est de corne, par laquelle entrent les
songes certains, vrays et infallibles, comme à travers
la corne par sa resplendeur et diaphanëité appa-
roissent toutes especes [59] certainement et distinctement.

— Vous voulez inferer (dist frere Jan) que les
songes des coquz cornuz, comme sera Panurge, Dieu
aydant et sa femme, sont tousjours vrays et infallibles. »

1. Rabelais rassemble les compagnons de Gargantua (*Ponocrates*, le gouverneur, *Eudémon*, le jeune page élevé par les Humanistes, *Épistémon*, le savant, *frère Jean*) et ceux de Pantagruel (*Panurge*, *Carpalim*, le rapide).

2. Souvenir de la *Genèse* (XXXVII, 19). Ce sont les mots des frères de Joseph sur le point de le tuer. Joseph échappa au complot et les fit emprisonner.

3. Personnage légendaire, peut-être issu d'un chevalier du roman l'*Amadis de Gaule*.

4. *Mignon.*

5. *Arrangeait les cheveux :* c'est un vieux mot conservé par La Fontaine (cf. I, 17). Notez l'effet comique produit par la succession de *tastonnoit, testonnoit.*

6. *Folâtrant.*

CHAPITRE XIV

Le songe de Panurge et interpretation d'icelluy.

Sur les sept heures du matin subsequent, Panurge se præsenta davant Pantagruel, estans en la chambre Epistemon, frere Jan des Entommeures, Ponocrates, Eudemon, Carpalim [1] et aultres, es quelz, à la venue de Panurge dist Pantagruel :

« Voyez cy nostre songeur.

— Ceste parolle, dist Epistemon, jadis cousta bon, et feut cherement vendue es enfans de Jacob [2]. »

Adoncques dist Panurge : « J'en suys bien ches Guillot le songeur [3]. J'ay songé tant et plus, mais je n'y entends note. Exceptez que par mes songeries j'avoys une femme jeune, gualante, belle en perfection, laquelle me traictoit et entretenoit mignonnement, comme un petit dorelot [4].

« Jamais homme ne feut plus aise, ne plus joyeulx. Elle me flattoit, me chatouilloit, me tastonnoit, me testonnoit [5], me baisoit, me accolloit, et par esbattement me faisoit deux belles petites cornes au dessus du front. Je luy remonstroys en folliant [6] qu'elle me

7. *Frapper*.

8. Souvenir d'Érasme (*Adages*, I, v, 74) qui rapporte cette anecdote ésopique déjà utilisée par Aristote et par Lucien : Momus critiqua la Nature d'avoir placé les cornes des bœufs sur la tête de ceux-ci, au lieu de les mettre sur les épaules pour qu'ils pussent frapper plus rudement.

9. Pantagruel s'en tient à son interprétation pessimiste (cf. chap. XII).

Artémidore, de Daldis a été cité au début du chap. XIII, et dans le *Pantagruel* (chap. XVIII, note 30). Il s'agit de son traité *Sur la signification des songes*.

10. Les Anciens croyaient que la chouette était voleuse comme la pie.

11. Ce sont les paroles même de Pantagruel au chap. XII.

les debvoit mettre au dessoubz des œilz, pour mieulx
veoir ce que j'en vouldrois ferir [7], affin que Momus ne
trouvast en elle chose aulcune imperfaicte et digne de
correction, comme il feist en la position des cornes
bovines [8]. La follastre non obstant ma remonstrance
me les fischoyt encore plus avant. Et en ce ne me
faisoit mal quiconques, qui est cas admirable.

« Peu après me sembla que je feuz ne sçay comment
transformé en tabourin, et elle en chouette.

« Là feut mon sommeil interrompu, et en sursault
me resveiglay, tout fasché, perplex et indigné.

« Voyez là une belle platelée de songes, faictez
grand chere là dessus. Et l'exposez comme l'entendez.
Allons desjeuner, Carpalim.

— J'entends (dist Pantagruel) si j'ay jugement
aulcun en l'art de divination par songes, que vostre
femme ne vous fera realement et en apparence exte-
rieure cornes on front, comme portent les Satyres,
mais elle ne vous tiendra foy ne loyaulté conjugalie,
ains à aultruy se abandonnera, et vous fera coqu [9].
Cestuy poinct est apertement exposé par Artemidorus,
comme le diz.

« Aussi ne sera de vous faicte metamorphose en
tabourin, mais d'elle vous serez battu comme tabour à
nopces ; ne d'elle en chouette [10], mais elle vous desrobbera, comme est le naturel de la chouette. Et voyez
vos songes conformes es sors Virgilianes : vous serez
coqu ; vous serez battu ; vous serez desrobbé [11]. »

Là s'escria frere Jan, et dist.

« Il dict par Dieu vray, tu sera coqu, homme de
bien, je t'en asceure : tu auras belles cornes. Hay, hay,

12. Allusion satirique à Pierre Cornu, docteur de la Sorbonne, déjà raillé dans le *Pantagruel* (cf. chap. xv, variante et note 17, p. 216).

13. *Abondance*. Panurge retourne tous les signes en sa faveur.

14. Barbarisme (*fiatur*, au lieu de *fiat*) volontaire, parodiant la formule habituelle de la chancellerie pontificale, d'où le commentaire : *à la différence du pape* (qui n'aurait pas commis une telle faute de grammaire).

15. Au sens libre : *membre viril* (cf. chap. ix).

16. *Chair*.

17. Pour *procureurs* (avec le jeu de mots sur *cul*).

18. Cette rubrique sur les *frigides et malformés* figure dans les *Décrétales*.

19. Diane, déesse de la chasteté, et aussi de la lune, portait sur le front un croissant symbolisant l'astre nocturne.

20. *Sur le modèle de ce qu'elle fit à Actéon*. D'après la légende (cf. Ovide, *Métamorphoses*, iii, 138 seq.) le chasseur Actéon ayant surpris Diane au bain fut changé en cerf.

21. *Juppiter Ammon* (cf. chap. xii, note 24).

hay, nostre maistre de Cornibus [12], Dieu te guard! faiz nous deux motz de prædication, et je feray la queste parmi la paroece.

— Au rebours, (dist Panurge), mon songe presagist qu'en mon mariage j'auray planté [13] de tous biens avecques la corne d'abondance.

« Vous dictez que seront cornes de Satyres. Amen, amen, fiat! fiatur! ad differentiam papæ [14]. Ainsi auroys je eternellement le virolet [15] en poinct et infatiguable, comme l'ont les Satyres. Chose que tous desirent, et peu de gens l'impetrent des cieulx. Par consequent coqu jamais, car faulte de ce est cause sans laquelle non, cause unicque, de faire les mariz coquz.

« Qui faict les coquins mandier? C'est qu'ilz n'ont en leurs maisons de quoy leur sac emplir. Qui faict le loup sortir du bois? Default de carnage [16]. Qui faict les femmes ribauldes? Vous m'entendez assez. J'en demande à messieurs les clercs, à messieurs les præsidens, conseilliers, advocatz, proculteurs [17], et aultres glossateurs de la venerable rubricque de *frigidis et maleficiatis* [18].

« Vous (pardonnez moy si je mesprens) me semblez evidentement errer interpretant cornes pour cocuage. Diane les porte en teste à forme de beau croissant [19]. Est-elle coqüe pourtant? Comment diable seroyt elle coqüe, qui ne feut oncques mariée? Parlez, de grace, correct, craignant qu'elle vous en face au patron que feist à Acteon [20].

« Le bon Bacchus porte cornes semblablement, Pan, Juppiter Ammonien [21], tant d'aultres. Sont ilz coquz?

22. *Figure dite « transposition »*. Hypothèse d'autant plus scandaleuse que Junon était la divinité protectrice du mariage!

23. *Enfant trouvé*. Cf. *François le Champi* (1847-1848), roman champêtre de George Sand.

24. *Bâtard*.

25. *Affirme*.

26. *Les tambours* et tambourins étaient utilisés dans les cortèges nuptiaux.

27. *Agréable*. La comparaison avec la chouette est ici favorable ; comparez avec l'expression moderne : « c'est chouette ».

28. Souvenir d'un *Noël* du XVe siècle.

29. *Mauvaise* (terme médical).

30. *Digestive*.

31. *Repos*.

32. *Premier nerf sensitif.*

Juno seroit elle putain ? Car il s'ensuivroyt par la
figure dicte metalepsis ²². Comme appelant un enfant,
en præsence de ses pere et mere, champis ²³ ou
avoistre ²⁴, c'est honnestement, tacitement dire le
pere coqu et sa femme ribaulde.

« Parlons mieulx. Les cornes que me faisoit ma
femme sont cornes d'abondance et planté de tous biens.
Je le vous affie ²⁵. Au demourant, je seray joyeulx
comme un tabour à nopces ²⁶, tousjours sonnant,
tousjours ronflant, tousjours bourdonnant et petant.
Croyez que c'est l'heur de mon bien. Ma femme sera
coincte ²⁷ et jolie, comme une belle petite chouette.
Qui ne le croid, d'enfer aille au gibbet. Noel nou-
velet ²⁸.

— Je note (dist Pantagruel) le poinct dernier que
avez dict, et le confere avecques le premier. Au commencement vous estiez tout confict en delices de
vostre songe. En fin vous eveiglastez en sursault
fasché, perplex et indigné. (Voire, dist Panurge, car
je n'avoys poinct dipné.) Tout ira en desolation, je
le prevoy. Sçaichez pour vray que tout sommeil
finissant en sursault, et laissant la persone faschée
et indignée, ou mal signifie, ou mal præsagist.

« Mal signifie, c'est à dire maladie cacoethe ²⁹, ma-
ligne, pestilente, oculte et latente dedans le centre du
corps, laquelle par sommeil, qui tousjours renforce
la vertu concoctrice ³⁰ (scelon les theoremes de medicine) commenceroit soy declairer et mouvoir vers la
superficie. Au quel triste mouvement seroyt le repous ³¹
dissolu, et le premier sensitif ³² admonnesté de y
compatir et pourveoir. Comme en proverbe l'on dict :

33. Proverbes familiers chez les Humanistes, dont les deux premiers figurent dans les *Adages* d'Érasme. *Camarine* était une ville de Sicile dont les habitants furent victimes d'une épidémie de peste pour avoir voulu assécher les marais voisins. L'oracle d'Apollon conseilla de ne pas remuer le marais.

34. Hécube, femme de Priam, roi de Troie. L'exemple est cité par Cicéron dans son *De Divinatione*.

35. *Ennius*, poète épique latin ; c'est dans ses *Annales* que Cicéron a pris l'exemple d'Eurydice.

36. Eurydice fut mortellement piquée par un serpent en fuyant le berger Aristé (cf. Virgile, *Géorgiques*, IV).

37. Souvenir de Virgile (*Énéide*, II, 270 seq.), Hector prévient Énée de la prise de Troie par les Grecs et lui conseille de fuir la ville en flammes.

38. Au chant III, les Pénates apparaissent en songe à Énée et lui conseillent de cingler vers l'Italie ; sa flotte est assaillie par la tempête.

39. Le songe de Turnus, roi des Rutules, est raconté par Virgile au chant VII (413 sqq.).

40. Allégation rapportée par Cicéron, (*De Divinatione*, I, 21).

* Le passage *En Turnus... icelluy Æneas* manque dans la première éditior

irriter les freslons, mouvoir la Camarine, esveigler le
chat qui dort [33].

« Mal præsagist, c'est à dire, quand, au faict de
l'ame en matiere de divination somnialle, nous donne
entendre que quelque malheur y est destiné et preparé,
lequel de brief sortira en son effet.

« Exemple on songe et resveil espovantable de
Hecuba [34] ; on songe de Eurydice femme de Orpheus,
lequel parfaict, les dict Ennius [35] s'estre esveiglées en
sursault et espovantées. Aussi après veid Hecuba son
mary Priam, ses enfans, sa patrie occis et destruictz ;
Eurydice bien tost après mourut miserablement [36].

« En Æneas songeant qu'il parloit à Hector defunct,
soubdain en sursault s'esveiglant : aussi feut celle
propre nuict Troye sacagée et bruslée [37]. Aultre foys
songeant qu'il veoyt ses dieux familiers et Penates, et
en espouvantement s'esveiglant, patit au subsequent
jour horrible tormente sus mer [38].

« * En Turnus, lequel estant incité par vision phantasticque de la Furie infernale à commencer guerre
contre Æneas, s'esveigla en sursault tout indigné ;
puis feut, après longues desolations, occis par icelluy
Æneas [39]. Mille aultres.

« Quand je vous compte de Æneas, notez que
Fabius Pictor dict rien par luy n'avoir été faict ne
entreprins, rien ne luy estre advenu, que preallable-
ment il n'eust congneu et præveu par divination som-
niale [40].

« Raison ne default es exemples. Car si le sommeil
et repous est don et benefice special des dieux, comme
maintiennent les philosophes et atteste le poete disant :

41. Traduction des vers de l'*Énéide* (II, 268-269). Rabelais a pris tous ces souvenirs de l'*Énéide* dans le *Commentaire* de Servius.

42. *Selon*. Le *mot vulgaire* est une citation de Sophocle (*Ajax*, 665), qu'Érasme a traduite en latin dans ses *Adages* : « les présents des ennemis ne sont pas des présents ».

43. *Rappelle*.

44. Gargantua recommande à Pantagruel (*P.*, chap. VIII, p. 135) de lire soigneusement les livres des médecins grecs, arabes et latins, « *sans contemner les Thalmudistes et Cabalistes* ». Il est question des *Massorètes*, docteurs hébreux commentateurs de la Bible, au chap. XVII du *Pantagruel* (p. 245) et au chap. I (p. 55) : « *l'autorité des Massoretz, bons couillaux et beaux cornemuseurs hébraïcques.* »

45. *Discernement*.

46. Citation de saint Paul (IIe *épître aux Corinthiens*, XI, 14).

Lors l'heure estoit, que sommeil, don des Cieulx,
Vient aux humains fatiguez, gracieux [41],

« tel don en fascherie et indignation ne peut estre
terminé sans grande infelicité prætendue. Aultrement
seroit repous non repous, don non don, non des dieux
amis provent, mais des diables ennemis, jouxte [42] le
mot vulgaire, ἐχθρῶν ἄδωρα δῶρα.

« Comme si le perefamiles estant à table opulente, en
bon appetit, au commencement de son repas, on voyoid
en sursault espouventé soy lever. Qui n'en sçauroyt la
cause s'en pourroit esbahir. Mais quoy? il avoit ouy
ses serviteurs crier au feu, ses servantes crier au larron,
ses enfans crier au meurtre. Là failloit, le repas laissé,
accourir pour y remedier, et donner ordre.

« Vrayement je me recorde [43] que les Caballistes et
Massorethz [44] interpretes des sacres lettres, exposans
en quoy l'on pourroit par discretion [45] congnoistre la
verité des apparitions angelicques (car souvent l'ange
de Sathan se transfigure en ange de lumiere [46]) disent
la difference de ces deux estre en ce que l'ange bening
et consolateur apparoissant à l'homme, l'espovante au
commencement, le console en la fin, le rend content
et satisfaict ; l'ange maling et seducteur au commencement resjouist l'homme, en fin le laisse perturbé,
fasché et perplex. »

1. Au chap. XIII Pantagruel lui a ordonné un régime propre à stimuler les songes : « *Vous mangerez bonne poyre... et boyrez belle eau de ma fontaine* », condition que Panurge estime « *quelque peu dure* ».

2. Escamoteur dont il a déjà été question dans *Pantagruel* (chap. XVI, p. 239).

3. *Me vienne le chancre si..*

4. *Repu de foin et de grain.*

5. *Enlever.*

* Dans la première édition le long passage *Quand j'ay bien... comme davant* manque.

CHAPITRE XV

Excuse de Panurge et exposition de Caballe
monasticque en matiere de beuf sallé.

« — Dieu (dist Panurge) guard de mal qui void
bien et n'oyt goutte! Je vous voy tresbien, mais je
ne vous oy poinct. Et ne sçay que dictez. Le ventre
affamé n'a poinct d'aureilles. Je brame, par Dieu, de
male rage de faim [1]! J'ay faict courvée trop extraordinaire. Il fera plus que maistre Mousche [2], qui de
estuy an me fera estre de songeailles.

« Ne souper poinct de par le Diable? Cancre [3]!
Allons, frere Jan, desjeuner. * Quand j'ay bien à
poinct desjeuné, et mon stomach est bien à poinct
affené et agrené [4], encores pour un besoing et en cas de
necessité me passeroys je de dipner. Mais ne soupper
point? Cancre! C'est erreur! C'est scandale en nature.

« Nature a faict le jour pour son soy exercer, pour
travailler, et vacquer chascun en sa neguociation ; et
pour ce plus aptement faire, elle nous fournist de
chandelle, c'est la claire et joyeuse lumiere du soleil.
Au soir elle commence nous la tollir [5] et nous dict
tacitement : « Enfans vous estez gens de bien. C'est

6. *Repu.*

7. Expression de fauconnerie : *ils ne les font voler immédiatement après leur repas.*

8. *Digérer sur le perchoir.*

9. Vers trois heures de l'après-midi.

10. Chez les Anciens. Dans le *Gargantua* (chap. XXIII, p. 215), Rabelais fait remarquer que le dîner (déjeuner) de son héros est « sobre et frugal », mais le souper « copieux et large ».

11. « De la messe à la table » ; le jeu de mots devait être en usage dans les couvents.

12. Locution proverbiale : Attendre quelqu'un comme les moines attendent l'abbé, c'est-à-dire en dînant.

13. Souvenir de Plutarque (*Propos de table*, VIII, 6, 5) : « d'où la cène est orthographiée comme coene ». Jeu de mots sur *cène* (repas, du latin *cena*) et *coene*, du grec κοινή (commune). Les plaisanteries sur la gourmandise des moines étaient traditionnelles.

14. Expression familière à Rabelais (cf. chap. XIII, note 33).

15. La *soupe* n'était pas un simple potage, mais des morceaux de pain trempés.

16. La sibylle jette à Cerbère, chien gardant les Enfers, une boulette soporifique enrobée de miel (*Énéide*, VI, 420).

17. *Soupe* mangée dans les couvents après les prières du matin (*primes*) ; cf. *Gargantua* (chap. XXI, p. 189) : « belles cabirotades et force soupes de prime. »

18. Vraisemblablement une pièce de gibier attrapée par le lévrier.

19. *Quelque pièce de bœuf salé...* On chantait à matines de trois à neuf *leçons* pour célébrer la fête d'un saint. Le morceau de bœuf doit être en proportion du nombre des *leçons* qui ont ouvert l'appétit, et il a eu le temps de cuire, comme l'explique frère Jan. Celui-ci est expert à déchiffrer les énigmes (cf. *Gargantua*, chap. LVIII, Énigme en prophétie, p. 433).

assez travaillé. La nuyct vient : il convient cesser du labeur et soy restaurer par bon pain, bon vin, bonnes viandes ; puys soy quelque peu esbaudir, coucher et reposer, pour au lendemain estre frays et alaigres au labeur comme davant. »

« Ainsi font les faulconniers. Quand ilz ont peu [6] leurs oiseaulx, ilz ne les font voler sus leurs guorges [7] : ilz les laissent enduire sus la perche [8]. Ce que tresbien entendit le bon Pape premier instituteur des jeusnes.

« Il ordonna qu'on jeusnast jusques à l'heure de nones [9] ; le reste du jour feut mis en liberté de repaistre. On temps jadis [10], peu de gens dipnoient, comme vous diriez les moines et chanoines : aussi bien n'ont ilz aultre occupation ; tous les jours leur sont festes, et observent diligemment un proverbe claustral, *de missa ad mensam* [11] ; et ne differeroient seulement attendans la venue de l'abbé pour soy enfourner à table : là, en baufrant, attendent les moines l'abbé [12], tant qu'il vouldra, non aultrement ne en aultre condition ; mais tout le monde souppoit, exceptez quelques resveurs songears, dont est dicte la cene comme cœne, c'est à dire à tous commune [13].

« Tu le sçaiz bien, frere Jan. Allons, mon amy, de par tous les diables, allons. Mon stomach abboye [14] de male faim, comme un chien. Jectons luy force souppes [15] en gueule pour l'appaiser, à l'exemple de la Sibylle envers Cerberus [16]. Tu aymes les souppés de prime [17] : plus me plaisent les souppes de levrier [18], associées de quelque piece de laboureur sallé à neuf leçons [19].

— Je te entends (respondit frere Jan). Ceste meta-

20. *Langage.*

21. Expression imagée — et satirique — signifiant *chanter à l'église.*

22. *Palais.*

23. Rabelais retourne la locution proverbiale : cf. Molière (*L'Avare*) où Harpagon fait le même lapsus.

phore est extraicte de la marmite claustrale. Le laboureur, c'est le beuf qui laboure ou a labouré ; à neuf leçons, c'est à dire cuyct à perfection.

« Car les bons peres de religion par certaine caballisticque institution des anciens non escripte, mais baillée de main en main, soy levans, de mon temps, pour matines, faisoient certains præambules notables avant entrer en l'eclise. Fiantoient aux fiantouoirs, pissoient aux pissouoirs, crachoient aux crachoirs, toussoient aux toussouoirs melodieusement, resvoient aux resvoirs, affin de rien immonde ne porter au service divin. Ces choses faictes, devotement se transportoient en la saincte chappelle (ainsi estoit en leurs rebus [20] nommée la cuisine claustrale) et devotement sollicitoient que dès lors feust au feu le beuf mis pour le desjeuner des religieux freres de Nostre Seigneur. Eulx mesmes souvent allumoient le feu soubs la marmite.

« Or est que, matines ayant neuf leçons, plus matin se levoient par raison, plus aussi multiplioient en appetit et alteration aux abboys du parchemin [21], que matines estantes ourlées d'une ou trois leçons seulement. Plus matin se levans, par la dicte caballe, plus tost estoit le beuf au feu ; plus y estant, plus cuict restoit ; plus cuict restant, plus tendre estoit, moins usoit les dens, plus delectoit le palat [22], moins grevoit le stomach, plus nourrissoit les bons religieux. Qui est la fin unicque et intention premiere des fondateurs : en contemplation de ce qu'ilz ne mangent mie pour vivre, ilz vivent pour manger [23] et ne ont que leur vie en ce monde. Allons, Panurge.

24. Jeu de mots sur *cabale*, commentaire ésotérique de
la Bible, et *cabal* (*capital* en gascon). L'idée est reprise dans
sort (capital).

25. *Je fais remise.*

26. *Mon ami* (aussi proche que mon baudrier).

27. Apologue de la *Besace*; cf. La Fontaine (*Fables*, I, 7) :
« *Nous nous pardonnons tout, et rien aux autres hommes.* »
Cet apologue figure dans les *Adages* d'Érasme sous la rubrique
Philautia (l'amour de soi) ainsi que le remarque M. A. Screech
(*op. cit.*). Rabelais condamne comme le fabuliste l'aveugle-
ment des hommes, enivrés de l'amour de soi et incapables de
se connaître.

— A ceste heure (dist Panurge) te ay je entendu
couillon velouté, couillon claustral et cabalicque. Il
me y va du propre cabal [24]. Le sort, l'usure et les inte-
restz je pardonne [25]. Je me contente des despens,
puys que tant disertement nous as faict repetition
sus le chapitre singulier de la caballe culinaire et
monasticque. Allons, Carpalim. Frere Jan, mon baudrier [26], allons. Bon jour, tous mes bons seigneurs.
J'avoys assez songé pour boyre. Allons! »

Panurge n'avoit ce mot achevé, quand Epistemon
à haulte voix s'escria, disant :

« Chose bien commune et vulguaire entre les humains est le malheur d'aultruy entendre, prævoir,
congnoistre et prædire. Mais ô que chose rare est son
malheur propre prædire, congnoistre, prævoir et entendre! Et que prudentement le figura Æsope en ses
Apologes [27], disant chascun homme en ce monde
naissant une bezace au coul porter, on sachet de laquelle davant pendent sont les faultes et malheurs
d'aultruy tousjours exposées à nostre veue et congnoissance, on sachet darriere pendent sont les faultes et
malheurs propres ; et jamais ne sont veues ne enten-
dues, fors de ceulx qui des cieulx ont le benevole
aspect. »

1. *Vieilli.*

2. *Croulay* est un hameau de la commune de *Panzoult*, canton de l'Ile-Bouchard, près de Chinon.

3. Souvenir de la 5ᵉ *Épode* d'Horace, où figurent ces deux sorcières.

4. Chez les Anciens, la Thessalie passait pour abonder en sorcières.

5. La *loi de Moïse* (*Deutéronome*, XVIII, 10) défend de consulter les devins.

6. *Le criblage et blutage.* Rabelais distingue les sorcières des prophétesses authentiques. De même Montaigne protestera contre les peines frappant des malheureux nullement diaboliques. Après avoir interrogé des prétendus sorciers, il conclura : « En fin et en conscience, je leur eusse plutôt ordonné de l'ellébore que de la ciguë. » (III, XI).

7. Varron distinguait dix sibylles, le christianisme pendant le Moyen Age n'en admettait qu'une, la Sibylle Érythrée.

CHAPITRE XVI

Comment Pantagruel conseille à Panurge de conferer
avecques une Sibylle de Panzoust.

[handwritten: vieille done qui a du contact avec l'autre monde]

Peu de temps après Pantagruel manda querir Panurge et luy dist : « L'amour que je vous porte inve-
teré [1] par succession de longs temps me sollicite de
penser à vostre bien et profict. Entendez ma conception : on m'a dict que à Panzoust prés le Croulay [2],
est une Sibylle tresinsigne, laquelle prædict toutes
choses futures : prenez Epistemon de compaignie, et
vous transportez devers elle et oyez ce que vous dira.

— C'est (dist Epistemon) par adventure une Cani-
die, une Sagane [3], une phitonisse et sorciere. Ce que me
le faict penser, est que celluy lieu est en ce nom diffamé,
qu'il abonde en sorcieres plus que ne feist oncques
Thessalie [4]. Je ne iray pas voluntiers. La chose est
illicite et defendue en la loy de Moses [5].

— Nous (dist Pantagruel) ne sommez mie Juifz, et
n'est chose confessée ne averée que elle soit sorciere.
Remettons à vostre retour le grabeau et belutement [6]
de ces matieres.

« Que sçavons nous si c'est une unzieme sibylle [7],

8. La célèbre prophétesse troyenne, qui connaissait l'avenir, mais était condamnée par les dieux à ne jamais être crue.

9. *Dommage.*

10. *Fiole.*

11. Anecdote rapportée par Lucien, *L'orateur ridicule.*

12. *Embarras.*

13. *Habile* (du latin *peritus*)

14. *Informé.*

15. *Absurde*

une seconde Cassandre [8] ? Et ores que sibylle ne
feust et de sibylle ne meritast le nom, quel interest [9]
encourrez vous, avecques elle conferent de vostre
perplexité ? Entendu mesmement qu'elle est en existi-
mation de plus sçavoir, plus entendre que ne porte
l'usance ne du pays, ne du sexe. Que nuist sçavoir
tousjours et tousjours apprendre, feust ce d'un sot,
d'un pot, d'une guedoufle [10], d'une moufle, d'une pan-
toufle ?

« Vous soubvieigne que Alexandre le grand [11],
ayant obtenu victoire du roy Darie en Arbelles, præsens ses satrapes, quelque foys refusa audience a un
compaignon, puys en vain mille et mille foys s'en
repentit. Il estoit en Perse victorieux, mais tant esloi-
gné de Macedonie, son royaume hæreditaire, que grandement se contristoit par non povoir moyen aulcun
inventer d'en sçavoir nouvelles, tant à cause de
l'enorme distance des lieux que de l'interposition de
grands fleuves, empeschement des deserts et objection
des montaignes. En cestuy estrif [12] et soigneux pensement, qui n'estoit petit (car on eust peu son pays et
royaulme occuper et là installer roy nouveau et nouvelle colonie long temps davant que il en eust advertissement pour y obvier), davant luy se præsenta un
homme de Sidoine, marchant perit [13], et de bon sens,
mais au reste assez pauvre et de peu d'apparence,
luy denonceant et affermant avoir chemin et moyen
inventé, par lequel son pays pourroit de ses victoires
Indianes, luy de l'estat de Macedonie et Ægypte estre
en moins de cinq jours asçavanté [14]. Il estima la promesse tant abhorrente [15] et impossible, qu'oncques

16. Dieu envoie un message à Tobie (*Histoire de Tobie*, III, 25).

17. *Méprisa*.

18. *Chiens d'arrêt*.

19. Les titres dans les manuscrits de droit étaient écrits en rouge, d'où leur nom (du latin *rubens*, rouge).

20. Jeu de mots tiré du *De Divinatione* (I, 30) de Cicéron.

l'aureille prester ne luy voulut, ne donner audience.

« Que luy eust cousté ouyr et entendre ce que l'homme avoit inventé ? Quelle nuisance, quel dommaige eust il encouru pour sçavoir quel estoit le moyen, quel estoit le chemin que l'homme luy vouloit demonstrer ?

« Nature me semble non sans cause nous avoir formé aureilles ouvertes, n'y appousant porte ne clousture aulcune, comme a faict es œilz, langue et aultres issues du corps. La cause je cuide estre, affin que tousjours, toutes nuyctz, continuellement puissions ouyr et par ouye perpetuellement aprendre : car c'est le sens sus tous aultres plus apte es disciplines. Et peut estre que celluy homme estoit ange, c'est à dire messagier de Dieu envoyé, comme feut Raphael à Thobie [16]. Trop soubdain le contemna [17], trop long temps après s'en repentit.

— Vous dictez bien, respondit Epistemon, mais ja ne me ferez entendre que chose beaucoup adventaigeuse soit prendre d'une femme, et d'une telle femme, en tel pays, conseil et advis.

— Je (dist Panurge) me trouve fort bien du conseil des femmes et mesmement des vieilles. A leur conseil je foys tousjours une selle ou deux extraordinaires. Mon amy, ce sont vrays chiens de monstre [18], vrays rubricques de droict [19]. Et bien proprement parlent ceulx qui les appellent sages femmes. Ma coustume et mon style est les nommer præsages femmes [20]. Sages sont elles, car dextrement elles congnoissent, mais je les nomme præsages, car divinement elles prævoyent et prædisent certainement toutes choses advenir. Aul-

21. Autre jeu de mots : *maunette* (mal nette, sale) est confondu avec *monette*, du latin *moneta*, surnom de Junon, protectrice des femmes en couches. Il y a donc un nouveau calembour sur le nom de *sage-femme*.

22. Ces exemples sont allégués par Cicéron et Diogène Laërce, sauf celui de *Nostre maistre Ortuinus*, alias Hardouin de Graës, théologien conservateur, adversaire d'Érasme, à qui Rabelais a attribué un ouvrage grotesque, *Ars honeste pettandi in societate* (cf. *Pantagruel*, chap. VII, p. III).

23. Expression biblique : le poids-étalon était conservé dans le sanctuaire.

24. Souvenir de Tacite (*Germanie*, 8). On sait quel parti Chateaubriand a tiré de l'évocation de Velléda dans *Les Martyrs*.

25. *En finesse.* Jeu de mots fondé sur la ressemblance phonique entre *sibylline*, prononcée alors *sebilline* et *soubeline* (zibeline).

cunes foys je les appelle non Maunettes, mais Mo-
nettes [21], comme la Juno des Romains. Car de elles
tous jours nous viennent admonitions salutaires et
profitables. Demandez en à Pythagoras, Socrates,
Empedocles et nostre maistre Ortuinus [22].

« Ensemble je loue jusques es haulx cieulx l'antique
institution des Germains, les quelz prisoient au poix
du sanctuaire [23] et cordialement reveroient le conseil
des vieilles : par leurs advis et responses tant heureu-
sement prosperoient, comme les avoient prudentement receues. Tesmoing la vieille Aurinie et la bonne
mere Vellede on temps de Vaspasian [24].

« Croyez que vieillesse feminine est tousjours foi-
sonnante en qualité soubeline [25] ; je vouloys dire
sibylline. Allons par l'ayde, allons par la vertus Dieu,
allons! Adieu, frere Jan ; je te recommande ma braguette.

— Bien (dist Epistemon) je vous suivray, protestant que si j'ay advertissement qu'elle use de sort ou
enchantement en ses responses, je vous laisseray à la
porte et plus de moy acompaigné ne serez. »

1. En réalité, il s'agit de simples coteaux.

2. On montre encore aujourd'hui la grotte de la Sibylle (cf. *R. E.R.*, VIII).

3. *Cabane couverte de chaume.*

4. Jeu de mots sur σκοτεινός, *l'obscur*, surnom donné au philosophe atomiste grec, et Scot, théologien du XIIIe siècle, que les humanistes considéraient comme un tenant de l'obscurantisme (cf. *Pantagruel*, chap. VII, p. 115 : *Barbouillamenta Scoti*).

5. Hécalé, pauvre vieille de l'Attique, donna l'hospitalité à Thésée, futur roi d'Athènes, qui l'honora après sa mort (Plutarque, *Vie de Thésée*, 14).

6. Les dieux créèrent Orion de leur urine, d'où le jeu de mots : l'*official* (sur lequel Rabelais a forgé l'adverbe *officialement*) est le vase de nuit (cf. *Gargantua*, chap. IX, p. 117) Ovide (*Fastes*, V, 495) a conté la naissance d'Orion, le légendaire chasseur transformé par Diane en constellation.

* Variante de la première édition : *six journées.* Bien entendu, il s'agit d'une distance imaginaire.

** *de la tant celebrée... aussi celle* manque dans la première édition.

CHAPITRE XVII

Comment Panurge parle à la Sibylle de Panzoust.

Leur chemin feut de troys journées *. La troizieme,
à la croppe de une montaigne [1], soubs un grand et
ample chastaignier, leurs feut monstrée la maison
de la vaticinatrice [2]. Sans difficulté ilz entrerent en
la case chaumine [3], mal bastie, mal meublée, toute
enfumée.

« Baste (dist Epistemon)! Heraclitus, grand sco-
tiste [4] et tenebreux philosophe, ne s'estonna entrant en
maison semblable, exposant à ses sectateurs et disciples
que là aussi bien residoient les dieux, comme en
palais pleins de delices. Et croy que telle estoit la
case ** de la tant celebrée Hecale, lors qu'elle y festoya
le jeune Theseus [5] ; telle aussi celle de Hireus ou
Œnopion, en laquelle Juppiter, Neptune et Mercure
ensemble ne prindrent à desdaing entrer, repaistre et
loger ; en laquelle officialement [6], pour l'escot, forge-
rent Orion. »

Au coing de la cheminée trouverent la vieille.

« Elle est (s'escria Epistemon) vraye Sibylle et

7. Dans l'*Odyssée* (XVIII) le mendiant Irus compare Ulysse à une vieille femme près de sa cheminée.

8. *Courbée.*

9. *La goutte au nez.*

10. Au sens médical : mal-portante.

11. Vieil os pour accommoder le potage.

12. Juron pour *Mère de Dieu.*

13. Allusion à l'*Énéide* (VI, 136 sqq.) : La sibylle de Cumes consultée par Énée recommande à celui-ci de se munir d'un *rameau d'or* avant de descendre aux Enfers.

14. Jeu de mots sur *verge* (rameau) et *verge* (bague) ; le *carolus* est une monnaie d'argent valant dix deniers

15. *Couscous.*

16. *Flacon.*

17. On s'en servait comme d'une bourse (cf. *Gargantua*, chap. VIII, p. 111).

18. *L'annulaire.*

19. *La crapaudine de Beusse* (commune près de Loudun), pétrification qui passait pour venir de la tête des crapauds. La *crapaudine* jouissait de pouvoirs médicaux, selon la croyance populaire.

20. *Grinçant.*

21. *Mortier à piler le millet.*

vray protraict naïfvement repræsenté par τῇ καμινοῖ de
Homere [7]. »

La vieille estoit mal en poinct, mal vestue, mal
nourrie, edentée, chassieuse, courbassée [8], roupieuse [9],
languoureuse [10], et faisoit un potaige de choux verds
avecques une couane de lard jausne et un vieil savo-
rados [11].

« Verd et bleu [12]! (dist Epistemon) nous avons failly!
Nous ne aurons d'elle responce aulcune, car nous
n'avons le rameau d'or [13].

— Je y ay (respondit Panurge) pourveu. Je l'ay
icy dedans ma gibbesierre en une verge [14] d'or acompaigné de beaulx et joyeulx carolus. »

Ces mots dictz, Panurge la salüa profondement,
luy præsenta six langues de beuf fumées, un grand
pot beurrier plein de coscotons [15], un bourrabaquin [16]
guarny de brevaige, une couille de belier [17] pleine de
carolus nouvellement forgez, en fin avecques profonde
reverence luy mist on doigt medical [18] une verge d'or
bien belle, en laquelle estoit une crapaudine de
Beusse [19] magnifiquement enchassée. Puys en briefves
parolles luy exposa le motif de sa venue, la priant
courtoisement luy dire son advis et bonne fortune de
son mariage entreprins.

La vieille resta quelque temps en silence, pensive et
richinante [20] des dens, puys s'assist sur le cul d'un
boisseau, print en ses mains troys vieulx fuseaulx, les
tourna et vira entre ses doigtz en diverses manieres ;
puys esprouva leurs poinctes, le plus poinctu retint
en main, les deux aultres jecta soubs une pille [21] à
mil.

22. *Fuseaux.*

23. *Tablier.*

24. *L'amict,* linge bénit, qu'aujourd'hui les prêtres portent sur les épaules pour officier.

25. *Bariolé.*

26. *Bigarré.*

27. On conservait la plume des volailles (poules, oies) dans des pots, pour en faire de la literie.

28. La bruyère et le laurier faisaient partie des ingrédients magiques chez les Anciens.

29. *Ensorcelé.*

30. Mesure de longueur d'environ un mètre

31. *Lèvres.*

32. *Agitation.*

33. Proserpine, déesse des Enfers et épouse de Pluton dans la mythologie devient l'épouse de Lucifer dans les *Mystères* du Moyen Age (cf. *R. E. R.,* ix).

34. *Serpent de Dieu!* (le Diable).

* Le passage *elle ne parle poinct... demembrant escrevisses* manque dans la première édition.

Après, print ses devidoueres [22], et par neuf foys les
tourna ; au neufvieme tour consydera sans plus toucher le mouvement des devidoueres et attendit leur
repous perfaict.

Depuys je veidz qu'elle deschaussa un de ses esclos,
(nous les nommons sabotz), mist son davantau [23] sus
sa teste, comme les presbtres mettent leur amict [24]
quand ils voulent messe chanter, puys avecques un
antique tissu riolé [25], piolé [26], le lia soubs la guorge.
Ainsi affeublée, tira un grand traict du bourrabaquin,
print de la couille beliniere trois carolus, les mist en
trois coques de noix, et les posa sus le cul d'un pot
à plume [27], feist trois tours de balay par la cheminée,
jecta on feu demy fagot de bruiere, et un rameau de
laurier sec [28]. Le consydera brusler en silence, et
veid que bruslant ne faisoit grislement ne bruyt
aucun.

Adoncques s'escria espovantablement, sonnant entre
les dens quelques mots barbares et d'estrange termi-
nation ; de mode que Panurge dist à Epistemon :
« Par la vertus Dieu, je tremble ; je croy que je
suys charmé [29] ; * elle ne parle poinct christian. Voyez
comment elle me semble de quatre empans [30] plus
grande que n'estoit lors qu'elle se capitonna de son
davantau. Que signifie ce remument de badiguoinces [31]?
Que pretend ceste jectigation [32] des espaulles ? A
quelle fin fredonne elle des babines comme un cinge
demembrant escrevisses ? Les aureilles me cornent,
il m'est advis que je oy Proserpine [33] bruyante : les
diables bien toust en place sortiront. O les laydes
bestes! Fuyons. Serpe Dieu [34], je meurs de paour. Je

35. *Décamper.*

36. *Jardin.* Tout ce passage est une transposition burlesque des scènes de magie décrites par Virgile dans l'*Énéide* (IV, 443 ; VI, 74).

37. *Secoua.*

38. *Se retroussa.*

39. *Par le sang Dieu !*

40. Rappel burlesque (et libre) de l'*Énéide* (VI, 10-11).

41. *Ferma avec une barre.*

42. *Mettant en ordre :* les oracles étaient toujours en vers (*mètres*).

43. *T'écossera.*

n'ayme poinct les diables. Ilz me faschent, et sont mal plaisans. Fuyons.

« Adieu, ma Dame, grand mercy de vos biens. Je ne me mariray poinct, non. Je y renonce dès à present comme allors. »

Ainsi commençoit escamper [35] de la chambre ; mais la vieille anticipa, tenente le fuseau en sa main, et sortit en un courtil [36] près sa maison. Là estoit un sycomore antique ; elle l'escrousla [37] par trois foys et sus huyct feueilles qui en tomberent, sommairement avecques le fuseau escrivit quelques briefz vers. Puys les jecta au vent, et leurs dist :

« Allez les chercher, si voulez ; trouvez les, si povez : le sort fatal de vostre mariage y est escript. »

Ces parolles dictes, se retira en sa tesniere, et sus le perron de la porte se recoursa [38], robbe, cotte et chemise jusques aux escelles, et leurs monstroit son cul.

Panurge l'aperceut, et dist à Epistemon : « Par le sambre guoy de bois [39] voylà le trou de la Sibylle [40]. »

Soubdain elle barra [41] sus soy la porte : depuis ne feut veue.

Ilz coururent après les feueilles, et les recuillerent, mais non sans grand labeur. Car le vent les avoit esquartées par les buissons de la vallée. Et, les ordonnans [42] l'une après l'aultre, trouverent ceste sentence en metres :

> T'esgoussera [43]
> De renom.
> Engroissera,

De toy non.
Te sugsera
Le bon bout.
T'escorchera,
Mais non tout.

1. *Le total.*
2. Pantagruel considère que la réponse de la sibylle confirme son pessimisme.

CHAPITRE XVIII

*Comment Pantagruel et Panurge diversement exposent
les vers de la Sibylle de Panzoust.*

Les feueilles recuillies, retournerent Epistemon et
Panurge en la Court de Pantagruel, part joyeulx, part
faschez. Joyeulx, pour le retour ; faschez pour le
travail du chemin, lequel trouverent raboteux, pier-
reux et mal ordonné.

De leur voyage feirent ample raport à Pantagruel
et de l'estat de la Sibylle. Enfin luy presenterent les
feueilles de Sycomore, et monstrerent l'escripture en
petitz vers.

Pantagruel, avoir leu le totaige [1], dist à Panurge en
souspirant :

« Vous estes bien en poinct. La prophetie de la
Sibylle apertement expose ce que ja nous estoit denoté,
tant par les sors virgilianes que par vos propres songes,
c'est que par vostre femme serez deshonoré ; que elle
vous fera coqu, se abandonnant à aultruy, et par
aultruy devenent grosse ; que elle vous desrobbera par
quelque bonne partie, et qu'elle vous battera, escor-
chant et meurtrissant quelque membre du corps [2].

3. *Confitures*. L'optimisme de Panurge n'est pas entamé ; il trouve matière à discussion et à réfutation, disputant pour le plaisir.

4. *La fonction de magistrat*. Érasme a développé ce proverbe dans ses *Adages* (I, 10, 76).

5. Euphémisme pour *Corps Dieu*.

6. *Mon petit veau*. Les sentiments paternels sont fréquemment exprimés par Rabelais, qui eut lui-même trois enfants (cf. *Pantagruel*, chap. III, p. 69).

7. *Bénite !*

8. *Vrai Dieu !*

9. *Viagère*.

10. Jeu de mots sur *bacheliers courants*, étudiants chargés d'un *cours ;* aujourd'hui des stagiaires. Par opposition au *Baccalaureus cursor*, le régent, titulaire de sa chaire, était « *assis* ».

— Vous entendez autant (respondit Panurge) en
exposition de ces recentes propheties comme faict
truye en espices[3]. Ne vous desplaise si je le diz ; car
je me sens un peu fasché. Le contraire est veritable.
Prenez bien mes motz.

« La vieille dict : ainsi comme la febve n'est veue se
elle ne est esgoussée, aussi ma vertus et ma perfection
jamais ne seroit mise en renom si marié je n'estoys.
Quantes foyz vous ay je ouy disant que le magistrat[4]
et l'office decœuvre l'homme, et mect en evidence ce
qu'il avoit dedans le jabot? C'est à dire que lors on
congnoist certainement quel est le personaige, et combien il vault, quand il est appellé au maniement des
affaires. Paravant, sçavoir est estant l'homme en
son privé, on ne sçait pour certain quel il est, non plus
que d'une febve en gousse. Voylà quant au premier
article. Aultrement vouldriez-vous maintenir que
l'honneur et bon renom d'un home de bien pendist
au cul d'une putain?

« Le second dict : Ma femme engroissera (entendez
icy la prime felicité de mariage), mais non de moy. Cor
Bieu[5], je le croy. Ce sera d'un beau petit enfantelet
qu'elle sera grosse. Je l'ayme desja tout plein, et ja
en suys tout assoty. Ce sera mon petit bedault[6].
Fascherie du monde tant grande et vehemente n'en-
trera desormais à mon esprit, que je ne passe, seulement
le voyant et le oyant jargonner en son jargon-
noys pueril. Et benoiste[7] soit la vieille! Je luy veulx,
vraybis[8], constituer en Salmigondinois quelque bonne
rente, non courante[9], comme bacheliers insensez,
mais assise[10], comme beaulx docteurs regens. Aultre-

11. Panurge, devenu pédant, se réfère aux légendes les plus étranges du paganisme. *Bacchus* né de Sémélé fut ensuite enfermé dans la cuisse de Jupiter ; *Hippolyte* fut ressuscité par Esculape ; *Protée* eut deux mères, la déesse Thétis et la mortelle qui fut aussi la mère d'Apollonius de Tyane. D'après Macrobe (*Saturnales*, v, 19), Jupiter cacha la nymphe Thalie dans le sein de la terre et la libéra au moment où elle accoucha des deux Palices.

12. Jeu de mots sur les dérivés du verbe grec τίκτω *engendrer*, qui sont les *enfants* et le *gain*. *Palintocie* signifie donc *seconde naissance* et *bénéfice* (cf. Plutarque, *Questions grecques*, XVIII). *Palingenesie* est aussi un terme d'origine grecque signifiant *renaissance*.

13. *Ravitaillé*.

14. *Vol*. Le mot latin *furtum* est souvent employé dans le sens d'amour secret ou illicite.

15. *A la dérobée*.

16. *Délié*.

ment vouldriez vous que ma femme dedans ses flans
me portast, me conceust, me enfantast? et qu'on dit :
Panurge est un second Bacchus [11]. Il est deux foys né.
Il est rené, comme feut Hippolytus, comme feut Proteus, une foys de Thetis et secondement de la mere du
philosophe Appollonius, comme feurent les deux
Palices, près le fleuve Symethos en Sicile. Sa femme
estoit grosse de luy. En luy est renouvellée l'antique
palintocie des Megariens [12], et la palingenesie de
Democritus? Erreur! Ne m'en parlez jamais.

« Le tiers dict : ma femme me sugsera le bon bout. Je
m'y dispose. Vous entendez assez que c'est le baston
à un bout qui me pend entre les jambes. Je vous jure
et promectz que tousjours le maintiendray succulent
et bien avitaillé [13]. Elle ne me le sugsera poinct en
vain. Eternellement y sera le petit picotin, ou mieulx.
Vous exposez allegoricquement ce lieu, et l'interpretez à larrecin et furt [14]. Je loue l'exposition, l'allegorie me plaist, mais non à vostre sens. Peut estre que
l'affection syncere que me portez vous tire en partie
adverse et refraictaire, comme disent les clercs chose
merveilleusement crainctive estre amour, et jamais le
bon amour ne estre sans craincte. Mais (scelon mon
jugement) en vous mesme vous entendez que furt, en
ce paissaige comme en tant d'aultres des scripteurs latins et antiques, signifie le doulx fruict de amou-
rettes ; lequel veult Venus estre secretement et furtivement cuilly. Pourquoy, par vostre foy? Pource que
la chosette, faicte à l'emblée [15], entre deux huys, à
travers les degrez, darriere la tapisserie, en tapinois,
sus un fagot desroté [16], plus plaist à la déesse de Cypre

17. *Rideaux de lit.*

18. *A l'aise;* cf. aujourd'hui : *à gogo,* à satiété.

19. *Chasse-mouches*

20. *Arraché.*

21. *Écaille.*

22. *Dioscoride,* médecin grec du 1er siècle, rapporte que les femmes de Cilicie cueillaient avec la bouche l'*alkermès,* galle du chêne vert utilisé pour teindre en écarlate.

23. *Agrippe.*

24. *Empoche.*

25. Locution proverbiale signifiant : *répondre à propos, du tac au tac.*

26. Emphase comique contrastant avec le proverbe familier.

27. *Le Diable.*

28. *La raison qui me pousse à croire que...*

(et en suys là, sans præjudice de meilleur advis), que
faicte en veue du soleil, à la cynique, ou entre les pre-
cieulx conopées [17], entre les courtines dorées, à longs
intervalles, à plein guogo [18], avec un esmouchail [19] de
soye cramoisine et un panache de plumes indicques
chassant les mouches d'autour, et la femelle s'escu-
rante les dens avecques un brin de paille, qu'elle ce
pendent auroit desraché [20] du fond de la paillasse.
Aultrement, vouldriez vous dire qu'elle me desrob-
bast en sugsant, comme on avalle les huytres en
escalle [21], et comme les femmes de Cilicie (tesmoing
Dioscorides) cuillent la graine de alkermes [22] ? Erreur.
Qui desrobbe, ne sugse, mais gruppe [23] ; ne avalle, mais
emballe [24], ravist, et joue de passe passe.

« Le quart dict : ma femme me l'escorchera, mais
non tout. O le beau mot! Vous l'interpretez à batterie
et meurtrissure. C'est bien à propous truelle, Dieu te
guard de mal, masson [25]! Je vous supply, levez un
peu vos espritz de terriene pensée en contemplation
haultaine des merveilles de Nature [26] ; et icy con-
demnez vous vous mesmes pour les erreurs qu'avez
commis, perversement exposant les dictz propheticques de la dive Sibylle.

« Posé, mais non admis ne concedé, le cas que ma
femme, par l'instigation de l'ennemy d'enfer [27], voulust et entreprint me faire un maulvais tour, me diffa-
mer, me faire coqu jusqu'au cul, me desrober et oul-
trager, encores ne viendra elle à fin de son vouloir et
entreprinse.

« La raison qui à ce me meut [28] est en ce poinct
dernier fondée et est extraicte du fond de pantheo-

29. *Théologie universelle.*

30. Vraisemblablement nom burlesque formé sur le verbe *culeter*, frotter du cul (cf. variante du chap. XXII, note 13, p. 306 du *Pantagruel*).

31. *Andouillettes.*

32. *Donne.*

33. *Par le sang Dieu.*

34. *Écorcer.*

35. Catulle, *Épigrammes*, LIX.

36. *Réjouit.*

37. *Circoncis et retaillés.* Les *marranes* étaient les Juifs d'Espagne et du Portugal convertis.

38. *Grésillement.* Épistémon rappelle les signes défavorables.

39. Ces références aux Anciens sont exactes : Properce (III, XX, 35) ; Tibulle (II, V. 81) ; Porphyre, néo-platonicien du IIIᵉ siècle (*De philosophia ex oraculis*, I, 82).

40. *Subtil.*

41. Eustathe, auteur d'un commentaire sur l'*Iliade.*

logie [29] monasticque. Frere Artus Culletant [30] me l'a
aultres foys dict, et feut par un Lundy matin, man-
geans ensemble un boisseau de guodiveaulx [31], et si
pleuvoit, il m'en souvient ; Dieu luy doint [32] le bon
jour !

« Les femmes, au commencement du monde, ou
peu après, ensemblement conspirerent escorcher les
hommes tous vifz, par ce que sus elles maistriser vouloient en tous lieux. Et feut cestuy decret promis,
confermé et juré entre elles par le sainct sang bre-
guoy [33]. Mais, ô vaines entreprinses des femmes ! ô
grande fragilité du sexe feminin ! Elles commencèrent
escorcher l'homme, ou gluber [34], comme le nomme
Catulle [35], par la partie qui plus leur hayte [36], c'est le
membre nerveulx, caverneulx ; plus de six mille ans a,
et toutefoys jusques à præsent n'en ont escorché que
la teste. Dont, par fin despit, les Juifz eulx mesmes en
circuncision se le couppent et retaillent, mieulx aymans
estre dictz recutitz et retaillatz [37] marranes, que escor-
chez par femmes, comme les aultres nations. Ma femme, non degenerante de ceste commune entreprinse me
l'escorchera, s'il ne l'est. Je y consens de franc vouloir
mais non tout. Je vous en asceure, mon bon Roy.

— Vous, dist Epistemon, ne respondez à ce que le
rameau de laurier, nous voyans, elle consyderant et
exclamante en voix furieuse et espovantable, brusloit
sans bruyt ne grislement [38] aulcun. Vous sçavez que
c'est triste augure et signe grandement redoubtable,
comme attestent Properce [39], Tibulle, Porphyre, philosophe argut [40], Eustathius [41] sus l'*Iliade* Homericque,
et aultres.

— Vrayement, respondit Panurge, vous me alleguez de gentilz veaulx. Ilz feurent folz comme poëtes,
et resveurs comme philosophes ; autant pleins de fine
follie, comme estoit leur philosophie. »

1. Dans *Le Tiers Livre*, Pantagruel se montre toujours réservé et grave. Il condamne les sophismes de Panurge et son obstination à nier l'évidence. Cette obstination lui semble diabolique (*l'esprit maling vous seduyt*) (cf. chap. VII et IX).

2. *L'oblique.*

3. D'après Plutarque (*De Garulitate*, XVII).

4. Trait rapporté par Lucien (*Sur la déesse syrienne*, XXXV-XXXVI).

5. *Muet.*

CHAPITRE XIX

Comment Pantagruel loue le conseil des muetz.

Pantagruel, ces motz achevez, se teut assez long
temps, et sembloit grandement pensif. Puys dist à
Panurge : « L'esprit maling vous seduyt [1] ; mais
escoutez. J'ai leu qu'on temps passé les plus veritables
et sœurs oracles n'estoient ceulx que par escript on
bailloit, ou par parolle on proferoit. Mainctes foys y
ont faict erreur ceulx voyre qui estoient estimez fins
et ingenieux, tant à cause des amphibologies, equi-
vocques et obscuritez des motz, que de la briefveté
des sentences ; pourtant, feut Apollo, dieu de vaticination, surnommé Λοξίας [2]. Ceulx que l'on exposoit
par gestes et par signes estoient les plus veritables et
certains estimez. Telle estoit l'opinion de Heraclitus [3].
Et ainsi vaticinoit Juppiter en Amon ; ainsi propheti-
soit Apollo entre les Assyriens [4]. Pour ceste raison,
le paingnoient ilz avecques longue barbe, et vestu
comme personage vieulx, et de sens rassis : non nud,
jeune, et sans barbe, comme faisoient les Grecz. Usons
de ceste maniere, et, par signes sans parler, conseil
prenez de quelque mut [5].

6. *Absurde.*

7. Dans son *Histoire*, II, 8.

8. La question était débattue depuis le Moyen Age (cf. Dante, *De vulgari eloquentia;* saint Thomas d'Aquin, *Somme,* I, 107).

9. *Mots.*

10. *Barthole,* célèbre jurisconsulte du xivᵉ siècle, souvent cité par Rabelais (cf. *Pantagruel,* chap. x, note 26, p. 160) : la référence concerne le *Digeste,* xlv, *De verborum obligationibus.*

11. *Gubbio,* localité d'Ombrie.

12. *Balèvres.*

13. Lucien (*Dialogue de la danse,* 60). Rabelais s'en est souvent inspiré.

— J'en suis d'advis (respondit Panurge).

— Mais (dist Pantagruel) il conviendroit que le mut feust sourd de sa naissance, et par consequent mut. Car il n'est mut plus naïf que celluy qui oncques ne ouyt.

— Comment (respondit Panurge) l'entendez? Si vray feust que l'homme ne parlast qui n'eust ouy parler, je vous menerois à logicalement inferer une proposition bien abhorrente [6] et paradoxe. Mais laissons là. Vous doncques ne croyez ce qu'escript Herodote [7] des deux enfans guardez dedans une case par le vouloir de Psammetic, roy des Ægyptiens, et nourriz en perpetuelle silence, les quelz après certain temps prononcerent ceste parole : *Becus*, laquelle, en langue Phrygienne, signifie pain?

— Rien moins, respondit Pantagruel. C'est abus, dire que ayons languaige naturel. Les languaiges sont par institutions arbitraires et convenences des peuples [8] ; les voix [9] (comme disent les dialecticiens), ne signifient naturellement, mais à plaisir. Je ne vous diz ce propous sans cause. Car Barthole [10], 1. *prima de verb. oblig.*, raconte que, de son temps, feut en Eugube [11] un nommé messer Nello de Gabrielis, lequel par accident estoit sourd devenu : ce non obstant entendoit tout homme italian parlant tant secretement que ce feust, seulement à la veue de ses gestes et mouvement des baulevres [12]. J'ay d'adventaige leu, en autheur docte et eleguant [13], que Tyridates, roy de Armenie, on temps de Neron, visita Rome, et feut receu en sollennité honorable et pompes magnificques, affin de l'entretenir en amitié sempiternelle du Senat

14. *Départ.*

15. *Comprenait.*

16. Le langage par signes préoccupait les contemporains de Rabelais (cf. *Pantagruel*, chap. XIX, note II, p. 272, *Comment Panurge feist quinaud l'Angloys, qui arguoit par signe*).

17. Le phallus dressé qu'on présentait aux fêtes de Bacchus en Grèce.

18. *Dépendant de tamisage* (au sens libre), ou plus vraisemblablement : *le mouvement du tamisage.*

19. *C'est pourquoi.*

20. L'anecdote est vraisemblablement tirée de Guévara, l'*Horloge des Princes*, traduite en français en 1540. La satire des femmes l'emporte sur le problème des muets.

et peuple romain ; et n'y eut chose memorable en la cité qui ne luy feust monstrée et exposée. A son departement [14], l'empereur luy feist dons grands et excessifz ; oultre, luy feist option de choisir ce que plus en Rome luy plairoit, avecques promesse jurée de non l'esconduire quoy qu'il demandast. Il demanda seulement un joueur de farces, lequel il avoit veu on theatre, et, ne entendent ce qu'il disoit, entendoit [15] ce qu'il exprimoit par signes et gesticulations ; alleguant que soubs sa domination estoient peuples de divers languaiges, pour es quelz respondre et parler luy convenoit user de plusieurs truchemens : il seul à tous suffiroit. Car, en matiere de signifier par gestes, estoit tant excellent qu'il sembloit parler des doigts. Pourtant, vous fault choisir un mut sourd de nature [16] affin que ses gestes et signes vous soient naïfvement propheticques, non faincts, fardez, ne affectez. Reste encores sçavoir si tel advis voulez ou d'home ou de femme prendre.

— Je (respondit Panurge) voluntiers d'une femme le prendroys, ne feust que je crains deux choses :

« l'une, que les femmes, quelques choses qu'elles voyent, elles se representent en leurs espritz, elles pensent, elles imaginent que soit l'entrée du sacre Ithyphalle [17]. Quelques gestes, signes et maintiens que l'on face en leur veue et presence, elles les interpretent et referent à l'acte mouvent de belutaige [18]. Pourtant [19] y serions nous abusez ; car la femme penseroit tous nos signes estre signes veneriens. Vous souviegne de ce que advint en Rome deux cens Ix ans après la fondation d'icelle [20]. Un jeune gentilhomme romain, ren-

21. Le *mons Cœlius*, aujourd'hui Saint-Jean de Latran.

22. On sait que les Italiens parlent volontiers avec leurs mains.

23. Ville du Var. Mais il s'agit d'une localisation fantaisiste.

24. Les sources de ce conte ont été minutieusement étudiées par V.-L. Saulnier dans *Humanisme et Renaissance*, tome XXIV, 1962. Sans rejeter les sources traditionnelles (l'*Ichthiophagia* d'Érasme, dans les *Colloques*), le savant critique rappelle que l'anecdote figurait aussi bien au répertoire de la farce et de l'épigramme que du conte. « L'anecdote appartenait vers 1540 au domaine public », mais Rabelais voulait lui donner une « conclusion sérieuse : procès contre le formalisme ».

25. Frère lai en subsistance chez les religieuses, à condition de quêter pour elles.

26. Le nom obscène rappelle le *sacre Ithyphalle* (note 17).

27. Érasme déclare avoir entendu ce conte dans le sermon d'un dominicain, ce qui n'a rien d'impossible, les sermons étant très libres de ton.

28. Par sottise ou par hypocrisie, sœur Fessue respecte la lettre de la règle et non son esprit.

* Variante de la première édition : « *quantes heures estoient à l'horloge de la rocquette Tarpeïe* ». Rabelais a remplacé cette facétie par une question vraisemblable.

** Variante de la première édition : *Brignoles*.

contrant on mons Cœlion [21] une dame latine nommée
Verone, mute et sourde de nature, luy demanda,
avecques gesticulations italiques [22], en ignorance
d'icelle surdité, * quelz senateurs elle avoit rencontré
par la montée. Elle, non entendent ce qu'il disoit,
imagina estre ce qu'elle pourpensoit et ce que un
jeune home naturellement demande d'une femme.
Adoncques par signes (qui en amour sont incompara-
blement plus attractifz, efficaces et valables que parolles) le tira à part en sa maison, signes luy feist
que le jeu luy plaisoyt. En fin, sans de bouche mot
dire, feirent beau bruit de culletis ;

« l'aultre, qu'elles ne feroient à nos signes responce
aucune : elles soudain tomberoient en arriere, comme
reallement consententes à nos tacites demandes. Ou,
si signes aulcuns nous faisoient responsifz à nos propositions, ilz seroient tant follastres et ridicules que
nous mesmes estimerions leurs pensemens estre vene-
reicques.

« Vous sçavez comment, à ** Croquignoles [23], quand
la nonnain sœur Fessue [24] feut par le jeune briffault [25]
dam Royddimet [26] engroissée, et la groisse congneue,
appellée par l'abbesse en chapitre, et arguée de inceste,
elle s'excusoit alleguante que ce n'avoit esté de son
consentement, ce avoit esté par violence, et par la
force du frère Royddimet [27]. L'abbesse replicante et
disante : " Meschante, c'estoit en dortouoir, pourquoy
ne crioys tu à la force ? Nous toutes eussions couru à
ton ayde ? ", respondit qu'elle ne ausoit crier on dortouoir pource qu'on dortouoir y a silence sempiternelle [28]. " Mais, dist l'abbesse, meschante que tu es,

29. Dam Royddimet se conduit comme un Tartuffe anticipé. Le conte est un prétexte pour attaquer les hypocrites et les rites qui facilitent de telles supercheries.

30. *Brûlé.*

31. Dathan et Abiron révoltés contre Moïse furent engloutis dans la terre (*Nombres*, XVI, 12).

32. *Jamais :* Quand il s'agit de la cagoterie, Rabelais ne rit plus, mais s'indigne (cf. *Pantagruel*, chap. XXXIV ; *Gargantua*, chap. XL, XLI, LIV).

33. *Nez-de-Chèvre* (en languedocien).

pourquoy ne faisois tu signes à tes voisines de chambre? — Je (respondit la Fessue) leurs faisois signes du cul tant que povois, mais personne ne me secourut. — Mais (demanda l'abbesse) meschante, pourquoy incontinent ne me le veins tu dire et l'accuser regu-liairement? Ainsi eussé je faict, si le cas me feust advenu, pour demonstrer mon innocence. — Pource (respondit la Fessue) que, craignante demourer en peché et estat de damnation, de paour que ne feusse de mort soubdaine prævenue, je me confessay [29] à luy avant qu'il departist de la chambre, et il me bailla en penitence de non le dire ne deceler à personne. Trop enorme eust esté le peché, reveler sa confession, et trop detestable davant Dieu et les anges. Par adventure eust ce esté cause que le feu du ciel eust ars [30] toute l'abbaye, et toutes feussions tombées en abisme avecques Dathan et Abiron [31]. ''

— Vous, dist Pantagruel, ja [32] ne m'en ferez rire. Je sçay assez que toute moinerie moins crainct les commandemens de Dieu transgresser que leurs statutz provinciaulx. Prenez doncques un home. Nazdeca-bre [33] me semble idoine. Il est mut et sourd de naissance. »

1. Tonneau d'environ 268 litres.

2. *Bâilla*.

3. La lettre grecque *Tau* avait une signification mystique pour les occultistes.

4. Dans *Pantagruel* (chap. XIX, p. 279) Rabelais avait employé une image analogue : « *Tournant les yeulx en la teste comme une chièvre qui meurt.* » Il imaginait Panurge très versé dans la controverse par signes, alors que Pantagruel n'avait pas osé affronter Thaumaste (cf. chap. XVIII, p. 261). Les épisodes de Thaumaste et de Nazdecabre méritent d'être rapprochés (cf. *B. H. R.*, tome XXII, 1960. « The Meaning of Thaumaste »).

5. *Poignard* (au sens libre ici).

6. *Attentivement*.

7. *Clos*.

CHAPITRE XX

Comment Nazdecabre par signes respond à Panurge.

Nazdecabre feut mandé, et au lendemain arriva.
Panurge à son arrivée luy donna un veau gras, un
demy pourceau, deux bussars [1] de vin, une charge de
bled et trente francs en menue monnoye ; puis le
mena davant Pantagruel et, en præsence des gentilz
homes de chambre, luy feist tel signe : il baisla [2] assez
longuement, et en baislant faisoit hors la bouche
avecques le poulce de la main dextre la figure de la
lettre grecque dicte *Tau* [3], par frequentes réiterations.
Puis leva les œilz au ciel, et les tournoyoit en la teste
comme une chevre qui avorte [4] ; toussoit, ce faisant, et
profondement souspiroit. Cela faict monstroit le
default de sa braguette, puys sous sa chemise, print
son pistolandier [5] à plein poing et le faisoit melodieusement clicquer entre ses cuisses ; se enclina flechissant
le genoil gausche, et resta tenent ses deux braz sus la
poictrine lassez l'un sus l'aultre.

Nazdecabre curieusement [6] le reguardoit, puis leva
la main guausche en l'aër et retint clous [7] en poing
tous les doigtz d'icelle, excepté le poulce et le doigt

8. *Accoupla*. Le doigt *indice* est notre *index*.

9. Pantagruel, dans ce chapitre, comprend le langage par signes.

10. Le *nombre trentenaire* se rapportait en effet au mariage dans la symbolique des nombres. Les exemples donnés par Rabelais sont tirés de Corneille Agrippa (*De Occulta philosophia*). Cette symbolique, issue de la philosophie de Pythagore, avait été répandue sous la Renaissance, notamment par Della Porta (*De furtivis litterarum notis*).

11. *Architriclin* : Ordonnateur du festin ; *Comite* : compagnon (et aussi chef de chiourme) ; *Algousan* : argousin ; *Sbire* : archer de police ; *Barizel* : Capitaine des sbires (peut-être aussi avec un jeu de mots sur barisel, petit tonneau ; cf. le fabliau du *Chevalier au barisel*).

12. Selon Corneille Agrippa (*op. cit.*), le *nombre quinaire* symbolise l'union des sexes, les nombres impairs désignant les hommes et les nombres pairs les femmes.

13. Selon M. A. Screech, le *nombre superflu* est « le nombre dont la somme des parties aliquotes excède le nombre lui-même ».

14. *Qui plus est.*

15. *Bienfaits* (latinisme).

* Dans la première édition *mon sbire, mon barizel* manque.

indice, des quels il acoubla [8] mollement les deux ongles ensemble.

« J'entends (dist Pantagruel) [9] ce qu'il prætend par cestuy signe. Il denote mariage, et d'abondant le nombre trentenaire, scelon la profession des Pythagoriens [10]. Vous serez marié.

— Grand mercy (dist Panurge se tournant vers Nazdecabre) mon petit architriclin [11], mon comite, mon algousan, * mon sbire, mon barizel. »

Puis leva en l'aër plus hault la dicte main guausche, extendent tous les cinq doigtz d'icelle, et les esloignant uns des aultres, tant que esloigner povoit.

« Icy (dist Pantagruel) plus amplement nous insinue, par signification du nombre quinaire [12], que serez marié. Et non seulement effiancé, espousé et marié, mais en oultre que habiterez et serez bien avant de feste. Car Pythagoras appelloit le nombre quinaire nombre nuptial, nopces et mariage consommé, pour ceste raison qu'il est composé de Trias, qui est nombre premier impar et superflu [13] et de Dyas, qui est nombre premier par ; comme de masle et de femelle coublez ensemblement. De faict, à Rome jadis au jour des nopces on allumoit cinq flambeaulx de cire ; et n'estoit licite d'en allumer plus, feust es nopces des plus riches ; ne moins, feust es nopces des plus indigens. D'adventaige [14] on temps passé les payens imploroient cinq dieux, ou un Dieu en cinq benefices [15], sus ceulx que l'on marioit : Juppiter nuptial, Juno præsidente de la feste, Venus la belle, Pytho deesse de persuasion et beau parler et Diane pour secours on travail d'enfantement.

16. *Cinais*, village près de Chinon, déjà cité dans le *Gargantua* (chap. IV, note 11, p. 82).

17. Région du Poitou, célèbre par ses moulins à vent (cf. *Pantagruel*, chap. XIII, note 16, p. 190 ; *Gargantua*, chap. XI, note 44, p. 132).

18. Chez les Anciens, la *gauche* est toujours de mauvais augure.

19. *Malheureux.*

20. D'après Plutarque (*Du génie de Socrate*, XX).

21. *Troublez.*

22. Nom d'esclave dans la comédie latine ; peut-être souvenir de l'*Andrienne*, de Térence, où Davus déclare : « Voici que j'ai tout bouleversé. »

23. *Gueux.*

24. Au chapitre XI.

25. Le *sacrum.*

— O (s'escria Panurge), le gentil Nazdecabre! Je luy veulx donner une metairie près Cinays [16], et un moulin à vent en Mirebalais [17]. »

Ce faict, le mut esternua en insigne vehemence et concussion de tout le corps, se destournant à guausche [18].

« Vertus beuf de boys (dist Pantagruel) qu'est ce là ? Ce n'est à vostre adventaige. Il denote que vostre mariage sera infauste [19] et malheureux. Cestuy esternuement (selon la doctrine de Terpsion [20]) est le dæmon socratique ; lequel, faict à dextre, signifie qu'en asceurance et hardiment on peut faire et aller ce et la part qu'on a deliberé, les entrée, progrès et succès seront bons et heureux ; faict à guausche, au contraire.

— Vous (dist Panurge) tousjours prenez les matieres au pis et tousjours obturbez [21], comme un aultre Davus [22]. Je n'en croy rien. Et ne congneuz oncques sinon en deception ce vieulx trepelu [23] Terpsion.

— Toutesfoys (dist Pantagruel) Ciceron en dit je ne sçay quoy on second livre de *Divination* [24]. »

Puis se tourne vers Nazdecabre, et luy faict tel signe : il renversa les paulpieres des œilz contre mont, tortoit les mandibules de dextre en senestre, tira la langue à demy hors la bouche. Ce faict, posa la main guausche ouverte, exceptez le maistre doigt, lequel retint perpendiculairement sus la paulme, et ainsi l'assist au lieu de sa braguette ; la dextre retint close en poing, exceptez le poulce, lequel droict il retourna arriere soubs l'escelle dextre, et l'assist au dessus des fesses, on lieu que les Arabes appellent *Al katim* [25].

26. *Louche.*

27. *Les singes de loisir.*

28. *Lapins.*

29. Cette mimique est celle du jeu d'enfant appelé *monte, monte l'eschelette* dans *Gargantua* (chap. XXII).

Soubdain après changea, et la main dextre tint en
forme de la senestre, et la posa sus le lieu de la braguette, la guausche tint en forme de la dextre, et la posa
sus l'*Al katim*. Cestuy changement de mains reïtera
par neuf foys. A la neufviesme, remit les paulpieres des
œilz en leur position naturelle ; aussi feist les mandibules et la langue ; puys jecta son reguard biscle [26] sus
Nazdecabre, branlant les baulevres, comme font les
cinges de sejour [27] et comme font les connins [28] man-
geans avoine en gerbe.

Adoncques Nazdecabre eleva en l'aer la main dextre
toute ouverte, puys mist le poulce d'icelle jusques à
la premiere articulation, entre la tierce joincture du
maistre doigt et du doigt medical, les resserant assez
fort autour du poulce : le reste des joinctures d'iceulx
retirant on poing, et droictz extendent les doigtz
indice et petit. La main ainsi composée posa sus le
nombril de Panurge, mouvant continuellement le
poulce susdict, et appuyant icelle main sus les doigtz
petit et indice, comme sus deux jambes [29]. Ainsi
montoit d'icelle main successivement à travers le
ventre, le stomach, la poictrine, et le coul de Panurge ;
puys au menton et dedans la bouche luy mist le susdict
poulce branslant ; puys luy en frota le nez, et montant
oultre aux œilz faignoit les luy vouloir crever avecques
le poulce. A tant Panurge se fascha, et taschoit se
defaire et retirer du mut. Mais Nazdecabre continuoit,
luy touchant avecques celuy poulce branslant maintenant les œilz, maintenant le front, et les limites de
son bonnet. En fin Panurge s'escria disant : « Par
Dieu, maistre fol, vous serez battu, si ne me laissez ;

30. *Museau.*

31. Formule abrégée de *Da veniam jurandi*, permets-moi de jurer. Panurge est moins brillant que devant Thaumaste.

32. *Marcher à reculons.*

33. *Fermant.*

34. *O combien.*

35. Locution proverbiale dans la dialectique ; Pantagruel insiste encore sur la concordance des présages, accord qui est une preuve de leur véracité, mais Panurge ne se tient pas pour battu.

si plus me faschez, vous aurez de ma main un masque
sus votre paillard visaige.

— Il est (dist lors frere Jan) sourd. Il n'entend ce
que tu luy diz, couillon. Faictz luy en signe une gresle
de coups de poing sus le mourre [30].

— Que Diable (dist Panurge) veult pretendre ce
maistre Alliboron ? Il m'a presque poché les œilz au
beurre noir. Par Dieu, *da jurandi* [31], je vous festoiray
d'un banquet de nazardes, entrelardé de doubles chin-
quenaudes. » Puys le laissa, luy faisant la petarrade.

Le mut, voyant Panurge demarcher [32], guaingna le
davant, l'arresta par force, et luy feist tel signe : il
baissa le braz dextre vers le genoil, tant que povoit
l'extendre, clouant [33] tous les doigtz en poing, et
passant le poulce entre les doigtz maistre et indice ;
puis avecques la main guausche frottoit le dessus du
coubte du susdict bras dextre, et peu à peu à ce frotte-
ment levoit en l'aër la main d'icelluy jusques au coubte
et au dessus, soubdain la rabaissoit comme davant ;
puys à intervalles la relevoit, la rabaissoit, et la
monstroit à Panurge.

Panurge, de ce fasché, leva le poing pour frapper le
mut ; mais il revera la presence de Pantagruel et se retint.

Alors dist Pantagruel : « Si les signes vous faschent,
ô quant [34] vous fascheront les choses signifiées ! Tout
vray à tout vray consone [35]. Le mut prætend et
denote que serez marié, coqu, battu et desrobbé.

— Le mariage (dist Panurge) je concede, je nie le
demourant. Et vous prie me faire ce bien de croyre
que jamais homme n'eut en femme et en chevaulx
heur tel que m'est predestiné. »

1. *Préventions, préjugés.*

2. Proverbe antique provenant d'un oracle d'Apollon à Delphes ; il correspond à peu près à notre dicton : « faire flèche de tout bois. »

3. Cette légende a été accréditée par la plupart des écrivains antiques, notamment par Platon dans le *Phédon*.

4. Élien (*Varia historia*, I, 14).

5. Le philosophe Alexandre de Myndos (IIIe siècle) cite son témoignage d'après le *Banquet des Sophistes* (IX, 49) d'Athénée.

6. Érasme (*Adages*, I, II, LV) commente l'expression : « chant du cygne » en l'appliquant aux mourants qui parlent avec éloquence. Cicéron (*De Divinatione*, I, 30) accorde à ceux-ci le don de prophétie.

CHAPITRE XXI

Comment Panurge prend conseil
d'ung vieil poëte françois nommé Raminagrobis

« Je ne pensoys (dist Pantagruel) jamais rencontrer
homme tant obstiné à ses apprehensions [1] comme je
vous voy. Pour toutesfoys vostre doubte esclarcir, suys
d'advis que mouvons toute pierre [2]. Entendez ma
conception. Les cycnes, qui sont oyseaulx sacrez à
Apollo, ne chantent jamais, si non quand ilz approchent
de leur mort [3], mesmement en Meander, fleuve de
Phrygie (je le diz pour ce que Ælianus [4] et Alexander
Myndius [5] escrivent en avoir ailleurs veu plusieurs
mourir, mais nul chanter en mourant) ; de mode que
chant de cycne est præsaige certain de sa mort prochaine, et ne meurt que præalablement n'ayt chanté.
Semblablement les poëtes qui sont en protection de
Apollo, approchans de leur mort [6], ordinairement
deviennent prophetes et chantent par Apolline inspiration vaticinans des choses futures.

« J'ay d'adventaige souvent ouy dire que tout
homme vieulx, decrepit et près de sa fin, facilement
divine des cas advenir. Et me souvient que Aristo-

7. « Le vieillard prophétise comme la sibylle » d'après l'interprétation de Pantagruel, mais le sens est tout différent dans la comédie d'Aristophane (*Les Cavaliers*, 61).

8. *Môle*.

9. D'après le *Phédon* (107 E).

10. *Très sûr*.

11. Rabelais associe les exemples bibliques et ceux de l'Antiquité païenne — *Jacob* mourant prédit l'avenir à ses enfants (*Genèse*, XLIX). La plupart des exemples antiques ont été rapportés par Cicéron dans son *De Divinatione*. La prédiction d'Orodes à Mézence est un souvenir de Virgile (*Énéide*, X, 739-741).

12. *Rappeler*.

13. Après les exemples traditionnels, Rabelais évoque ses propres souvenirs. Il avait assisté à la mort de Guillaume du Bellay, seigneur de Langey, gouverneur du Piémont, chez qui il avait vécu de 1540 à 1542 en Italie, en qualité de médecin. Guillaume du Bellay, malade, rentra en France en plein hiver et mourut à Saint-Symphorien-de-Lay, le 9 janvier 1543. Des obsèques solennelles lui furent faites au Mans, auxquelles prirent part Rabelais, Jacques Peletier du Mans, Joachim du Bellay, Pierre de Ronsard, ainsi que toute la noblesse de la province.

14. Saint-Symphorien est situé au pied de la montagne de Tarare qui domine les monts du Lyonnais.

15. *L'âge climatérique* ou critique, déterminé par les astres, auquel astrologues et médecins attachaient une grande importance.

16. Les précisions chronologiques données par Rabelais sont en désaccord avec celles des *Mémoires* de Martin du Bellay. Rabelais évoquera encore la mort de son protecteur et ami au *Quart Livre*. Dans le chap. XXVI, le « bon Macrobe » décrit à Pantagruel le destin des héros et les troubles qui accompagnent leur mort : « *Nous* (dist Epistemon), *en avons naguières veu l'expérience on décès du preux et docte chevalier*

---

* *De Polymnestor... et Hecuba* manque dans la première édition.

phanes, en quelque comedie, appelle les gens vieulx
Sibylles :

ὁ δὲ γέρων σιβυλλιᾷ [7].

Car, comme nous, estans sur le moule [8], et de loing
voyans les mariniers et voyagiers dedans leurs naufz
en haulte mer, seulement en silence les considerons,
et bien prions pour leur prospere abourdement ; mais
lorsqu'ilz approchent du havre, et par parolles et
par gestes les saluons et congratulons de ce que à port
de saulveté sont avecques nous arrivez ; aussi les
anges, les heroes, les bons dæmons (scelon la doctrine
des platonicques [9]) voyans les humains prochains de
mort, comme de port tresceur [10] et salutaire, port de
repous et de tranquilité, hors les troubles et sollici-
tudes terrienes, les saluent, les consolent, parlent
avecques eulx et ja commencent leurs communicquer
art de divination.

« Je ne vous allegueray exemples antiques de
Isaac, de Jacob, de Patroclus envers Hector, de
Hector envers Achilles, * de Polymnestor envers
Agamemnon et Hecuba, du Rhodien celebré par
Posidonius, de Calanus Indian envers Alexandre le
Grand, de Orodes envers Mezentius [11] et aultres :
seulement vous veulx ramentevoir [12] le docte et preux
chevallier Guillaume du Bellay, seigneur jadis de
Langey [13], lequel on mont de Tarare [14] mourut le
10 de janvier l'an de son aage le climatere [15] et de
nostre supputation l'an 1543, en compte romanicque [16].
Les troys et quatre heures avant son decès il employa

Guillaume du Bellay, lequel vivant, France estoit en telle félicité
que tout le monde avoit sus elle envie... Soubdain après son trépas,
elle a esté en mespris... » Dans le chap. XXVII, Pantagruel rappelle les signes qui marquèrent le départ de la « *tant illustre,*
généreuse et héroïque âme du docte et preux chevalier de Langey... »
Épistémon renchérit et nomme les familiers du seigneur de
Langey, parmi lesquels *Rabelays*, qui furent atterrés par ces
présages d'une mort prochaine.

17. *Absurdes.*

18. *La Ville-au-Maire*, hameau de l'Indre-et-Loire.

19. Qui est *Raminagrobis ?* D'après Étienne Pasquier (*Recherches de la France*, VII, XIII), sans aucun doute, c'est le
poète rhétoriqueur Guillaume Crétin, dont Rabelais cite un
rondeau. Selon Abel Lefranc, se fondant sur le rapprochement
de *Le Maire* et *La Ville-au-Maire*, il s'agirait de Jean Lemaire
de Belges, poète de Marguerite d'Autriche, puis de Louis XII,
volontiers anti-clérical, et que Rabelais a déjà évoqué (*Pantagruel*, chap. XXX, cf. p. 397 et note 89). « *Je vis maistre Jehan
le Maire, qui contrefaisoit le pape.* » Ces deux identifications ne
satisfont pas V.-L. Saulnier qui estime le personnage plus
typique que réel ; déjà avant Rabelais, *Raminagrobis* était
un nom de chat, que l'on croyait doué de pouvoir prophétique
(cf. Ronsard, *Le Chat*). La Fontaine donnera le nom de *Raminagrobis* au chat de sa fable (VII, 16), sans qu'on puisse affirmer
s'il l'a emprunté à Rabelais ou à une tradition antérieure.

20. Nouvelle énigme : la *grande guorre* (Truie) désigne
souvent la vérole, mais le sens ici n'est pas satisfaisant et
n'explique pas qu'elle ait enfanté « *la belle Bazoche* », à moins
de supposer que tous les juristes sont fils de vérole. V.-L.
Saulnier (*Le Dessein de Rabelais*, p. 194 sqq.) « hasarde »
l'hypothèse que *Grande guorre* pourrait être un jeu de mots
sur le nom du poète Gringore, qui était Mère sotte dans la
compagnie des Enfants sans souci. Sans doute les allusions à
la réalité étaient claires pour les contemporains de Rabelais ;
l'important, c'est qu'il ait donné une valeur éternelle à ses
portraits transfigurés.

21. Le foie était considéré chez les anciens comme le siège
de l'amour ; mais il s'agit plus vraisemblablement d'une plai-

en parolles viguoureuses, en sens tranquil et serain, nous præedisant ce que depuys part avons veu, part attendons advenir ; combien que pour lors nous semblassent ces propheties aulcunement abhorrentes [17] et estranges, par ne nous apparoistre cause ne signe aulcun præsent pronostic de ce qu'il predisoit.

« Nous avons icy, près la Villaumere [18], un homme et vieulx et poëte, c'est Raminagrobis [19], lequel en secondes nopces espousa la grande Guorre [20], dont nasquit la belle Bazoche. J'ay entendu qu'il est en l'article et dernier moment de son decès. Transportez vous vers luy, et oyez son chant. Pourra estre que de luy aurez ce que prætendez, et par luy Apollo vostre doubte dissouldra.

— Je le veulx (respondit Panurge). Allons y, Epistemon, de ce pas, de paour que mort ne le prævieigne. Veulx tu venir, frere Jan ?

— Je le veulx (respondit Jan) bien voluntiers, pour l'amour de toy, couillette. Car je t'aime du bon du foye [21]. »

Sus l'heure feut par eulx chemin prins, et, arrivans au logis poëticque, trouverent le bon vieillart en agonie, avecques maintien joyeulx, face ouverte, et reguard lumineux [22]. Panurge, le saluans, luy mist on doigt medical [23] de la main guausche, en pur don, un anneau d'or, en la palle [24] duquel estoit un sapphyr oriental beau et ample ; puys, à l'imitation de Socrates, luy offrit un beau coq blanc [25], lequel incontinent posé sus son lict, la teste elevée, en grande alaigresse secoua son pennaige, puys chanta en bien hault ton. Cela faict, Panurge requist courtoisement dire et

santerie de frère Jean, parodiant l'expression *du bon du cœur*.

22. Le « *bon vieillard* » est traité avec respect par Rabelais et ses personnages.

23. *Annulaire*.

24. *Chaton*.

25. Rappel des dernières paroles de Socrate : « Nous devons un coq à Esculape! », dans le *Phédon* (118 A).

26. *Conformément aux règles : parfaitement*.

27. Ce rondeau avait été adressé par Guillaume Crétin à Christofle de Refuge, maître d'hôtel du duc d'Alençon, premier mari de Marguerite de Navarre. Dans le *Gargantua* (chap. LVIII), Rabelais a utilisé déjà un poème à la mode, l'*énigme en prophétie* de Mellin de Saint-Gelais, en lui ajoutant une conclusion personnelle.

28. Jeu de mots sur *Mai* et *Moi*, conforme au goût poétique du temps.

29. Ce sont les moines de tous ordres.

30. *Bigarrées*.

31. *Grivelées*.

32. Piqûres.

33. *Accrochements de harpies*.

34. *De frelons :* les frelons ne produisent pas de miel, mais le dérobent aux abeilles.

exposer son jugement sus le doubte du mariage præ-
tendu.

Le bon vieillard commenda luy estre apporté ancre,
plume et papier. Le tout feut promptement livré.
Adoncques escrivit ce que s'ensuyt :

> Prenez la, ne la prenez pas.
> Si vous la prenez, c'est bien faict.
> Si ne la prenez pas en effect,
> Ce sera œuvré par compas [26].
> Gualoppez, mais allez le pas.
> Recullez, entrez y de faict.
>   Prenez la, ne.

> Jeusnez, prenez double repas.
> Defaictez ce qu'estoit refaict.
> Refaictez ce qu'estoit defaict.
> Soubhaytez luy vie et trespas.
>   Prenez la, ne [27].

Puis leurs bailla en main, et leurs dist : « Allez,
enfans, en la guarde du grand Dieu des cieulx, et plus
de cestuy affaire ne de aultre que soit ne me inquietez.
J'ay, ce jourd'huy, qui est le dernier et de May et de
moy [28], hors ma maison, à grande fatigue et difficulté,
chassé un tas de villaines, immondes et pestilentes
bestes [29], noires, guarres [30], fauves, blanches, cendrées,
grivolées [31] les quelles laisser ne me vouloient à mon
aise mourir ; et, par fraudulentes poinctures [32], gruppe-
mens [33] harpyiacques, importunitez freslonnicques [34],
toutes forgées en l'officine de ne sçay quelle insatia-

35. *M'écartaient.* Ce *doulx pensement* est l'espérance de l'immortalité pour le juste.

36. Expression tirée de l'*Apocalypse* (XVII, 14) souvent employée par les Évangéliques et les Protestants.

37. *Éloignez-vous de leur chemin.* Comme dans le chapitre XIX, après les plaisanteries habituelles, la conclusion est grave : c'est l'attaque contre le formalisme ecclésiastique et l'éloge de la foi dégagée des rites.

bilité, me evocquoient [35] du doulx pensement on quel
je acquiesçois, contemplant et voyant et ja touchant et
guoustant le bien et felicité que le bon Dieu a præparé
à ses fideles et esleuz [36] en l'aultre vie et estat de
immortalité. Declinez [37] de leur voye, ne soyez à elles
semblables ; plus ne me molestez, et me laissez en
silence, je vous supply. »

1. *Plaide pour.* Bien entendu, ce plaidoyer est ironique (cf. *Gargantua*, chap. xl et xlv).

2. L'accusation, à l'époque de Rabelais, pouvait mener au bûcher.

3. Ce sont les franciscains et les dominicains ; le principal couvent de ces derniers à Paris était situé rue Saint-Jacques, d'où le nom de *Jacobins*. Les moines mendiants sont la cible préférée de Rabelais et des autres conteurs du xvie siècle (p. ex. Marguerite de Navarre, *Heptaméron*).

4. Mot inventé par Rabelais, en partant de *gyrus*, cercle et *gnomon*, aiguille de cadran solaire : cette épithète de *circumbilivagination* (circonvolution — avec jeu de mots obscène sur *vagin* et *vaguer*) signifie tournant comme l'ombre sur le cadran solaire.

5. Autre néologisme signifiant *contrepoids venant du ciel.*

6. *L'abrutissement périphrastique.* Rabelais a forgé l'adjectif *antonomatic* sur la figure de rhétorique appelée *antonomasia.* Il emploie volontiers, pour railler les disputes théologiques, le verbe *matagraboliser,* qu'il a formé de μάταιος, vain et *graboliser,* d'où le sens : éplucher des choses vaines.

7. *Troublée* (avec jeu de mots sur *bure*, étoffe des robes monastiques).

8. *Autour d'un même centre.* Panurge parodie le langage pédant des théologiens.

9. *Chagrinés.*

10. *Tirés du pays des mangeurs de poissons.* Allusion au *Colloque* d'Érasme intitulé *Ichthyophagie.*

11. *Serpent.*

* *L'antonomatic matagrabolisme* manque dans la première édition.

CHAPITRE XXII

Comment Panurge patrocine [1] à l'ordre des fratres Mendians.

Issant de la chambre de Raminagrobis, Panurge comme tout effrayé dist : « Je croy, par la vertus Dieu, qu'il est hæreticque [2], ou je me donne au Diable. Il mesdict des bons peres mendians Cordeliers et Jacobins [3], qui sont les deux hemisphæres de la Christianté, et par la gyrognomonique [4] circumbilivagination des quelz, comme par deux filopendoles [5], coelivages, tout * l'antonomatic matagrabolisme [6] de l'Eclise romaine, soy sentente emburelucoquée [7] d'aulcun baragouinage d'erreur ou de hæresie, homocentricale-ment [8] se tremousse. Mais que tous les diables luy ont faict les paouvres diables de Capussins et Minimes ? Ne sont ilz assez meshaignez [9], les paouvres diables ? Ne sont ilz assez enfumez et perfumez de misere et calamité les paouvres haires, extraictz de Ichthyophagie [10] ? Est-il, frere Jan, par ta foy, en estat de salvation ? Il s'en va, par Dieu, damné comme une serpe [11] à trente mille hottées de diables. Mesdire de ces bons et vaillans pilliers d'eclise ? Appellez vous cela

12. La doctrine de la *fureur poétique* (ou enthousiasme) vient de Pindare et de Platon (*Phèdre, Ion*). Elle avait été popularisée en France au début du XVIᵉ siècle par le néo-platonicien Marsile Ficin. La Pléiade (en particulier, Ronsard) l'adopte, considérant le poète comme un possédé des Muses (cf. *Ode à Michel de l'Hôpital*). Pontus de Tyard (*Le Solitaire premier*, 1552) distingue quatre « ravissements » : le premier, est la fureur poétique ; le second, celui de Bacchus, qui permet de pénétrer les mystères sacrés ; le troisième, venu d'Apollon, donne la possibilité de prophétiser ; le quatrième, venu de Vénus, caractérise l'amour.

13. Il est piquant de voir frère Jean accabler ses confrères, mais comme le dit Gargantua (*G.*, chap. XL, p. 323), « *il n'est point bigot* ».

14. *Déraisonne.*

15. *Que jamais depuis nous n'enfournâmes.*

16. *Subtil ; Ergoté*, bien garni d'*ergo* (donc), mot souvent employé par les disputeurs. Le rapprochement *argut, ergoté* produit une cacophonie comique.

17. Maure ou juif converti (on disait aussi *marrane*).

18. Pour *Ventre Dieu.*

19. *Propositions disjonctives*, terme de la dialectique scolaire.

20. *Maître en patelinage.* Rabelais se réfère souvent à la *farce de Maître Pathelin*, restée fort populaire.

21. Invocation plaisante : au lieu de *Saint-Jacques de Compostelle*, pèlerinage universellement connu, Panurge s'adresse au patron du couvent de Bressuire (Deux-Sèvres), sanctuaire obscur.

22. *Race.*

23. Tirésias est le célèbre devin grec qui révéla son destin à Œdipe. Le passage est un souvenir d'Horace (*Satires*, II, 5, 59).

24. La question proposée était de savoir lequel de l'homme ou de la femme éprouvait le plus de plaisir en amour. Tirésias, qui avait été homme et femme, soutint, d'après sa propre expérience, que la volupté de la femme était neuf fois supérieure à celle de l'homme. Junon, irritée, lui creva les yeux (cf. Ovide, *Métamorphoses*, III).

fureur poëticque [12]? Je ne m'en peuz contenter : il
peche villainement, il blaspheme contre la religion.
J'en suys fort scandalisé. — Je (dist frere Jan) ne
m'en soucie d'un bouton. Ilz mesdisent de tout le
monde ; si tout le monde mesdit d'eulx, je n'y pretends
aulcun interest [13]. Voyons ce qu'il a escript. »

Panurge leut attentivement l'escripture du bon
vieillard, puys leur dist :

« Il resve [14], le pauvre beuveur. Je l'excuse toutesfoys. Je croy qu'il est près de sa fin. Allons faire son
epitaphe. Par la response qu'il nous donne, je suys
aussi saige que oncques puis ne fourneasmes nous [15].
Escoute ça, Epistemon, mon bedon. Ne l'estimez tu
pas bien resolu en ses responses ? Il est, par Dieu,
sophiste argut [16], ergoté et naïf. Je guaige qu'il est
Marrabais [17]. Ventre beuf [18], comment il se donne
guarde de mesprendre en ses parolles! Il ne respond
que par disjonctives [19]. Il ne peult ne dire vray, car à
la verité d'icelles suffist l'une partie estre vraye. O
quel Patelineux [20]! Sainct Iago de Bressuire [21], en
est il encores de l'eraige [22] ?

— Ainsi (respondit Epistemon) protestoit Tiresias,
le grand vaticinateur, au commencement de toutes ses
divinations, disant apertement à ceulx qui de luy prenoient advis : Ce que je diray adviendra ou ne adviendra
poinct [23]. Et est le style des prudens prognostiqueurs.

— Toutesfoys (dist Panurge) Juno luy creva les
deux œilz.

— Voyre (respondit Epistemon) par despit de ce
que il avoit mieulx sententié que elle sus le doubte
propousé par Juppiter [24].

25. Terme employé pour désigner les Cordeliers.

26. Les *Jacobins* sont des *Dominicains* (cf. note 3) ; les *Mineurs*, des *Franciscains ;* les *Minimes* ou « bons hommes » avaient été fondés par saint François de Paule, en Ombrie au XVe siècle.

27. *Assure.*

28. La plaisanterie sur *âme* et *âne* était en usage avant Rabelais (cf. les *Cent Nouvelles Nouvelles*), mais à une époque où les controverses théologiques sur l'immortalité de l'âme, sa localisation et même son existence étaient vives (cf. H. Busson, *Le Rationalisme dans la littérature française de la Renaissance*), elle pouvait choquer, et cela d'autant plus que Rabelais la répète. Mais à ses yeux, ce ne serait qu'une querelle de mots, sans valeur.

29. Il est vrai que Panurge dispute en sophiste, disant ici le contraire de sa pensée.

30. *Imaginaire.*

31. Nom collectif d'animalcules vivant notamment dans la farine. Montaigne, Gassendi et enfin Pascal (*Pensées : disproportion de l'homme*) se sont servis du ciron comme exemple de l'infiniment petit.

32. *Moustiques.*

33. *Pénibles.*

34. Vers parasites de l'intestin.

35. *Vers.*

36. *Mer Rouge.*

37. *Piqûre.*

38. *Dragonneaux grivelés*, variété de ver (« *filaire de Médine* »).

39. *De Médine.*

40. *Diffamation.*

41. *Incommodité.*

* Dans la première édition, on trouve *asne* et non *âme*. Rabelais dans son *Épître à Odet...* (*Le Quart Livre*) proteste contre « *la calomnie de certains canibales...* » qui l'ont accusé d'hérésie parce que ses imprimeurs ont mis un N pour un M.

— Mais (dist Panurge) quel diable possede ce maistre Raminagrobis qui ainsi sans propous, sans raison, sans occasion, mesdict des paouvres beatz [25] peres Jacobins, Mineurs, et Minimes [26] ? Je en suys grandement scandalisé, je vous affie [27] et ne me en peuz taire. Il a grefvement peché. Son ame * s'en va à trente mille panerées de diables [28].

— Je ne vous entends poinct (respondit Epistemon). Et me scandalisez vous mesmes grandement, interpretant perversement des *fratres* Mendians ce que le bon poëte disoit des bestes noires, fauves et aultres.

« Il ne l'entend (scelon mon jugement) en telle sophisticque [29] et phantasticque [30] allegorie. Il parle absolument et proprement des pusses, punaises, cirons [31], mousches, culices [32], et aultres telles bestes : les quelles sont unes noires, aultres fauves, aultres cendrées, aultres tannées et basanées ; toutes importunes, tyrannicques et molestes [33], non es malades seulement, mais aussi à gens sains et viguoureux. Par adventure a il des ascarides [34], lumbriques, et vermes [35] dedans le corps. Par adventure patist il (comme est en Ægypte et lieux confins de la mer Erithrée [36] chose vulgaire et usitée) es braz ou jambes quelque poincture [37] de draconneaulx [38] grivolez, que les Arabes appellent *meden* [39].

« Vous faictez mal, aultrement exposant ses parolles. Et faictez tord au bon poëte par detraction [40], et es dictz *Fratres* par imputation de tel meshain [41]. Il faut tousjours de son presme [42] interpreter toutes choses à bien.

— Aprenez moy (dist Panurge) à congnoistre

42. *Prochain.* Epistémon a raison de recommander l'indulgence pour le prochain, mais son explication des propos de Raminagrobis est manifestement fausse, et la comparaison des moines avec les cirons, les vers parasites, etc., ne fait que renforcer la satire. Rabelais se moque à la fois de ceux qui voient des hérésies partout et des dévots superstitieux.

43. Autrement dit : « à voir clair en plein midi ».

44. *Galeux.* A moins qu'il ne s'agisse d'un jeu de mots sur *clavele* (galeux) et *Clavel*, nom d'un protestant, habile horloger, dont l'œuvre fut brûlée comme venant d'un hérétique (d'ap. l'éd. A. Lefranc, p. 172).

45. Par ces plaisanteries scatologiques, Rabelais se moque de l'imagerie religieuse ; cf. Arnolphe menaçant Agnès :

> « Et vous irez un jour, vrai partage du diable
> Bouillir dans les enfers à toute éternité. »
>
> (*L'École des femmes*, III, 2.)

46. Dieu grec habitant dans le centre de la terre. Il figure déjà dans le *Mystère de la Passion* d'Arnould Gréban à côté de Lucifer.

* Variante de la première édition : *asne.*

mousches en laict [43]! Il est, par la vertus Dieu, hæreticque. Je dis hæreticque formé, hæreticque clavelé [44],
hæreticque bruslable comme une belle petite horologe.
Son ame * s'en va à trente mille charretées de diables.
Sçavez vous où? Cor Bieu, mon amy, droict dessoubs
la scelle persée de Proserpine, dedans le propre bassin
infernal on quel elle rend l'operation fecale de ses clys-
teres, au cousté guausche de la grande chaudiere [45],
à trois toises près les gryphes de Lucifer, tirant vers la
chambre noire de Demiourgon [46]. Ho, le villain! »

1. Tout le chapitre évoque les *diableries* des *Mystères*, les diables s'efforçant d'entraîner le pécheur et celui-ci les repoussant (*Houstez vous de là!*). Mais sous la forme comique se cache une satire très vive des dogmes catholiques de la pénitence et de la contrition. Panurge en est resté à la foi naïve du Moyen Age, obsédé par la peur du diable, tandis que Raminagrobis s'en remet paisiblement à la Grâce divine. On trouve toujours la même « coquille » dans la première édition, *asne* pour âme.

2. La contrition n'est pas admise par les Luthériens. De toute façon, Raminagrobis étant mourant, ce serait bien tard.

3. Ce formalisme qui assimile un acte religieux à un contrat de notaire ou à un contrat d'huissier paraît ridicule à Rabelais.

4. Anecdote célèbre au XVIe siècle : des Cordeliers d'Orléans firent croire que l'âme de Louise de Moreau, épouse du prévôt et enterrée dans leur église en 1534, faisait du scandale pendant les offices. Il s'agissait d'un novice caché dans les combles de l'église et imitant la voix de la défunte. Cette supercherie sacrilège, découverte, fut punie de prison perpétuelle ; les Protestants (entre autres Henri Estienne dans son *Apologie pour Hérodote*) ne manquèrent pas de répandre cette histoire dans leurs pamphlets. — Rabelais désigne souvent les Cordeliers par le surnom de *farfadets* (cf. fin du chap. X).

5. *Morceaux de pain.*

6. *Messes anniversaires.*

7. *Flacon.*

8. *De rang en rang.*

9. *Frelon* ou *hanneton* en patois poitevin. Rabelais l'applique aux moines, qu'il traite de parasites.

10. *Frère lai* (cf. chap. XIX, note 25, p. 264). La piété des Cordeliers est fort intéressée.

* Variante de la première édition : *asne.*

CHAPITRE XXIII

Comment Panurge faict discours pour retourner
à Raminagrobis.

« Retournons (dist Panurge continuant) l'admones-
ter de son salut [1]. Allons, on nom, allons, en la vertus de
Dieu. Ce sera œuvre charitable à nous faicte : au moins,
s'il perd le corps et la vie, qu'il ne damne son ame *.

« Nous le induirons à contrition [2] de son peché ;
à requerir pardon es dictz tant beatz peres, absens
comme præsens, (et en prendrons acte [3], affin qu'après
son trepas, ilz ne le declairent hæreticque et damné,
comme les farfadetz feirent de la prævoste d'Orléans [4])
et leurs satisfaire de l'oultrage, ordonnant par tous
les convens de ceste province aux bons peres religieux
force bribes [5], force messes, force obitz [6] et anniversaires. Et, que au jour de son trespas, sempiternellement, ilz ayent tous quintuple pitance, et que le
grand bourrabaquin [7], plein du meilleur, trote de
ranco [8] par leurs tables, tant des burgotz [9], layz et
briffaulx [10], que des prebstres et des clercs, tant des
novices que des profés. Ainsi pourra il de Dieu pardon
avoir.

11. Revirement comique de Panurge. La peur l'emporte sur la charité.

12. *Se chicanant.*

13. *De broche en bouche.*

14. Panurge chasse les diables en répétant cet ordre comme un exorcisme.

15. *Empoigneraient* (cf. chap. XII, note 37, p. 188).

16. *Peint en jaune safran :* on peignait en jaune les comptoirs des faillis.

17. *En action.*

18. *Au travail.*

19. *Et ils agiront sagement.*

20. Aujourd'hui « bouffe », en argot.

21. *Doublure.*

22. *Chancre '*

« Ho, ho, je me abuse et me esguare en mes discours.
Le Diable me emport si je y voys [11]! Vertus Dieu, la
chambre est desja pleine de diables. Je les oy desja
soy pelaudans [12], et entrebattans en diables, à qui
humera l'ame raminagrobidicque, et qui premier, de
broc en bouc [13], la portera à messer Lucifer. Houstez
vous de là [14]! Je ne y voys pas. Le Diable me emport
si je y voys. Qui sçait s'ilz useroient de *qui pro quo*, et
en lieu de Raminagrobis grupperoient [15] le paouvre
Panurge quitte? Ilz y ont maintes foys failly, estant
safrané [16] et endebté. Houstez vous de là! Je ne y voys
pas. Je meurs par Dieu de male raige de paour. Soy
trouver entre diables affamez, entre diables de fac-
tion [17], entre diables negotians [18]? Houstez vous de là!
Je guage que par mesmes doubte à son enterrement
n'assistera Jacobin, Cordelier, Carme, Capussin,
Théatin, ne Minime. Et eulx saiges [19]. Aussi bien ne
leurs a il rien ordonné par testament. Le Diable me
emport si je y voys! S'il est damné, à son dam! Pour
quoy mesdisoit il des bons peres de religion? Pour quoy
les avoit il chassé hors sa chambre, sus l'heure que il
avoit plus de besoing de leur ayde, de leurs devotes
prieres, de leurs sainctes admonitions? Pour quoy
par testament ne leurs ordonnoit il au moins quelques
bribes, quelque bouffaige [20], quelque carreleure [21]
de ventre, aux paouvres gens, qui n'ont que leur vie
en ce monde? Y aille qui vouldra aller. Le Diable me
emport si je y voys. Si je y allois, le Diable me empor-
teroit. Cancre [22]! Houstez vous de là!

« Frere Jan, veulx tu que presentement trente mille
charretées de diables t'emportent? Fays trois choses :

23. Jeu de mots : il s'agit de la croix figurant sur des pièces de monnaie. *Charme* a le sens fort d'*ensorcellement*.

24. Personnage non identifié. — Le château de Coudray se trouvait dans le village de Seuilly ; le chemin de Seuilly à Chinon passait par le gué de Vède, au lieu dit « le Moulin du pont ». Il en a été question dans *Gargantua*, chap. IV, p. 83 et XXXVI, p. 295, dans les péripéties de la guerre picrocholine.

25. Bien garni de membre viril.

26. Est-ce un personnage réel ou imaginaire, on ne sait. L'anecdote figurait déjà dans les *Epigrammata et Eidyllia* de Barthelemy (1532). Il y avait un couvent de Cordeliers à Mirebeau, près de Poitiers.

27. *A la chèvre morte.*

28. Saint Christophe porta l'Enfant Jésus pour traverser l'eau.

29. Énée ne porta pas *gaiement* (cf. *Énéide*, II, 720 sqq.) son père Anchise lors de l'incendie de Troie. Rabelais devance Scarron en ajoutant une note comique au récit épique :

> « Mon bon père à la chèvre morte
> Ne put sur mon dos s'ajuster... »
> (*Énéide travestie*, 32-33).

30. C'est effectivement une interdiction de la Règle de saint François.

31. Le frère menace Dodin d'une correction qui durera tout le psaume de la pénitence, du premier mot (*miserere*) au dernier (*vitulos*). Comme dans l'anecdote de sœur Fessue, c'est un exemple grotesque de l'observance à la lettre de la règle.

baille moy ta bourse. Car la croix [23] est contraire au
charme. Et te adviendroit ce que nagueres advint à
Jan Dodin [24], recepveur du Couldray au gué de Vede,
quand les gens d'armes rompirent les planches. Le pi-
nart [25], rencontrant sus la rive frere Adam Couscoil [26],
Cordelier observantin de Myrebeau, luy promist un
habit, en condition qu'il le passast oultre l'eau à la
cabre morte [27] sus ses espaules. Car c'estoit un puissant ribault. Le pacte feut accordé. Frere Couscoil se
trousse jusques aux couilles et charge à son dours,
comme un beau petit sainct Christophle [28] ledict suppliant Dodin. Ainsi le portoit guayement comme
Æneas [29] porta son pere Anchises hors la conflagration
de Troie, chantant un bel *Ave maris stella*. Quand ilz
furent au plus parfond du gué, au dessus de la roue du
moulin, il luy demanda s'il avoit poinct d'argent sus
luy. Dodin respondit qu'il en avoit pleine gibessiere,
et qu'il ne se desfiast de la promesse faicte d'un habit
neuf. " Comment (dist frere Couscoil) tu sçayz bien que
par chapitre exprès de nostre reigle il nous est riguou-
reusement defendu porter argent sus nous [30]. Malheureux es tu bien, certes, qui me as faict pecher en ce
poinct. Pour quoy ne laissas tu ta bourse au meusnier?
Sans faulte tu en seras præsentement puny. Et si
jamais je te peuz tenir en nostre chapitre à Myrebeau,
tu auras du *Miserere* jusques à *Vitulos* [31]. " Soubdain
se descharge, et vous jecte Dodin en pleine eau, la
teste au fond. A cestuy exemple, frere Jan mon amy
doulx, affin que les diables t'emportent mieulx à ton
aise, baille moi ta bourse, ne porte croix aulcune sus
toy. Le danger y est evident. Ayant argent, portant

32. D'après la légende, un aigle qui avait pris une tortue, la laissa tomber sur le crâne chauve du poète Eschyle et celui-ci périt assommé. (D'après Pline, *Histoire Naturelle*, x, 3.)

33. Icare voulut voler à l'aide d'ailes collées à ses épaules ; la chaleur du soleil détacha les ailes et Icare tomba dans la mer Égée.

34. Comme la mer fut nommée Icarienne après la chute de celui-ci, la mer sera appelée du nom de frère Jean des *Entommeures*.

35. *Quitte des dettes* (cf. chap. III et sqq.).

36. *Cajoler.*

37. *Ce qu'ils n'avaient l'habitude...*

38. *Affaiblie et mal en point.*

39. *Capuchon.*

40. *Matou.*

41. *Pinte et fagot* (pour boire au coin du feu).

42. *Épée.*

43. Jeu de mots traditionnel sur *maître ès arts* (*en l'art*) et *en lard*. Peut-être aussi allusion caustique à Duns Scot (cf. chap. XVII, note 4, p. 236), appelé *doctor subtilis*.

44. Au Moyen Age, on étudiait la magie à l'Université de Tolède.

45. Association facétieuse, au lieu de la locution habituelle *père en Dieu* désignant les docteurs en théologie.

46. Ce théologien avait composé un abrégé de 224 ouvrages de magie, qu'il dédia au roi de Castille (1256) ; il est cité par Corneille Agrippa (*De vanitate scientiarum*), Folengo et Amaury Bouchard.

47. Croyance courante, attestée par Corneille Agrippa (*De occulta philosophia*) et Cœlius Rhodiginus (*Antiquae lectiones*).

48. Mélange usuel de la mythologie et des croyances chrétiennes (cf. Ronsard, l'*Hercule chrétien*).

croix, ilz te jecteront sus quelques rochiers, comme
les aigles jectent les tortues pour les casser, tesmoing
la teste pelée du poete Æschylus [32] ; et tu te ferois mal,
mon amy (j'en seroys bien fort marry), ou te laisse-
ront tomber dedans quelque mer je ne sçay où, bien
loing, comme tomba Icarus [33]. Et sera par après
nommée la mer Entommericque [34].

« Secondement, sois quitte. Car les diables ayment
fort les quittes [35]. Je le sçay bien quant est de moy : les
paillars ne cessent me mugueter [36] et me faire la court,
ce que ne souloient [37] estant safrané et endebté. L'ame
d'un homme endebté est toute hectique et discrasiée [38].
Ce n'est viande à diables.

« Tiercement, avecques ton froc, et ton domino [39] de
grobis [40] retourne à Raminagrobis. En cas que trente
mille batelées de diables ne t'emportent ainsi qualifié,
je payeray pinthe et fagot [41]. Et si, pour ta sceureté, tu
veulx compaignie avoir, ne me cherchez pas, non. Je
t'en advise. Houstez vous de là! Je ne y voys pas. Le
Diable m'emport si je y voys!

— Je ne m'en souciroys (respondit frere Jan) pas
tant par adventure que l'on diroyt, ayant mon bragmard [42] on poing.

— Tu le prens bien (dist Panurge) et en parle
comme docteur subtil en lard [43]. On temps que j'estudiois à l'eschole de Tolete [44], le reverend pere en Diable [45] Picatris [46], recteur de la faculté diabolologicque,
nous disoit que naturellement les diables craignent
la splendeur des espées aussi bien que la lueur du
soleil [47]. De faict Hercules [48], descendent en enfer à
tous les diables, ne leur feist tant de paour ayant

49. La sibylle de Cumes conseille à Énée de tirer son épée (*Énéide*, VI, 260). Le vers de Virgile était cité comme exemple par Rhodiginus et Corneille Agrippa.

50. Trivulce, maréchal de France, mort en 1518 à Châtres (aujourd'hui Arpajon). Brantôme rapporte la même histoire.

51. Les exégètes hébraïcques dont il a déjà été question (*Gargantua*, chap. VIII, etc.).

52. *Flamme*.

53. *Heurt*.

54. *Choc des armures* (des soldats).

55. *Armures* (des chevaux).

56. *Choc des masses d'armes*.

57. *Escopettes*.

seulement sa peau de lion et sa massue, comme par
après feist Æneas estant couvert d'un harnoys res-
plandissant et guarny de son bragmard bien à poinct
fourby et desrouillé à l'ayde et conseil de la Sibylle
Cunnane [49]. C'estoit (peut estre) la cause pourquoy
le seigneur Jan Jacques Trivolse [50], mourant à Chartres, demanda son espée, et mourut l'espée nue on
poing, s'escrimant tout autour du lict comme vaillant
et chevaleureux, et par ceste escrime mettant en fuyte
tous les diables qui le guestoient au passaige de la
mort. Quand on demande aux massoretz et caballistes [51]
pourquoy les diables n'entrent jamais en paradis
terrestre, ilz ne donnent aultre raison, sinon que
à la porte est un cherubin tenent en main une espée
flambante. Car, parlant en vraye diabolologie de Tolete,
je confesse que les diables vrayement ne peuvent par
coups d'espée mourir ; mais je maintiens scelon la
dicte diabolologie, qu'ilz peuvent patir solution de
continuité, comme si tu couppois de travers avecques
ton bragmard une flambe [52] de feu ardent, ou une
grosse et obscure fumée. Et crient comme diables à
ce sentement de solution, laquelle leurs est doloreuse
en diable.

« Quand tu voyds le hourt [53] de deux armées, pense
tu, couillasse, que le bruyt si grand et horrible que l'on
y oyt proviene des voix humaines, du hurtis [54] des
harnois, du clicquetis des bardes [55], du chaplis des
masses [56], du froissis des picques, du bris des lances,
du cris des navrez, du son des tabours et trompettes,
du hannissement des chevaulx, du tonnoire des escou-
pettes [57] et canons ? Il en est veritablement quelque

58. *Hurlements, Ululements.*

59. C'était une opinion courante au XVIe siècle (cf. saint Augustin, *De divinatione daemonum*, VII).

60. Maître Sale (de *ord*, sal); cf. *Le Quart Livre*, chap. XL.

61. Dans l'*Iliade* (V, 859).

62. *Servir.*

63. *Serrure.*

64. *Saloir*

chose, force est que le confesse. Mais le grand effroy et
vacarme principal provient du deuil et ulement [58] des
diables qui, là guestans pelle melle les paouvres ames
des blessez, reçoivent coups d'espée à l'improviste, et
patissent solution en la continuité de leurs substances
aërées et invisibles [59], comme si, à quelques lacquais
croquant les lardons de la broche, maistre Hordoux [60]
donnoit un coup de baston sus les doigts. Puys crient
et ulent comme diables ; comme Mars, quand il feut
blessé par Diomedes davant Troie, Homere dict avoir
crié en plus hault ton et plus horrificque effroy que
ne feroient dix mille hommes ensemble [61]. Mais quoy ?
Nous parlons de harnoys fourbiz et d'espées resplen-
dentes : ainsi n'est il de ton bragmard. Car, par dis-
continuation de officier [62], et par faulte de operer, il est
par ma foy plus rouillé que la claveure [63] d'un vieil
charnier [64]. Pourtant faiz de deux choses l'une : ou le
desrouille bien à poinct et guaillard, ou, le maintenant
ainsi rouillé, guarde que ne retournes en la maison
de Raminagrobis. De ma part je n'y voys pas. Le
Diable m'emport si je y voys! »

1. *Remplie* (de moqueries).

2. Panurge (cf. chap. VII, n. 9, p. 140) s'est accoutré de
« *quatre aulnes de bureau* », dont il s'est fait une sorte de robe ;
il ne porte plus de haut-de-chausses et il a renoncé à sa « *belle
et magnificque braguette* ».

3. Pour guérir sa folie ; cf. La Fontaine, *Le Lièvre et la
Tortue* (VI, 10) :

> « Ma commère, il vous faut purger
> Avec quatre grains d'ellébore. »

Dans le *Gargantua* (chap. XXIII, p. 203), Maître Théodore,
pour « *remettre Gargantua en meilleure voie* », le purge « *cano-
nicquement avec elebore d'Anticyre* ».

4. Saint François de Paule (1416-1507), appelé *le jeune*,
par opposition à saint François d'Assise (1182-1226). Il vint
en France, appelé par le roi Louis XI, et après avoir fondé les
Minimes, mourut à Plessis-lès-Tours.

5. Nom donné aux Minimes, et employé ici au sens libre,
d'où les plaisanteries sur le succès que ceux-ci ont près des
femmes.

6. *Recherchent.*

CHAPITRE XXIV

Comment Panurge prend conseil de Epistemon.

Laissans la Villaumere et retournans vers Pantagruel, par le chemin Panurge s'adressa à Epistemon et
luy dist : « Compere, mon antique amy, vous voyez la
perplexité de mon esprit. Vous sçavez tant de bons
remedes! Me sçauriez vous secourir? »

Epistemon print le propous, et remonstroit à
Panurge comment la voix publicque estoit toute consommée [1] en mocqueries de son desguisement [2] ; et
luy conseilloit prendre quelque peu de ellebore [3], affin
de purger cestuy humeur en luy peccant, et reprendre
ses accoustrements ordinaires.

« Je suys (dist Panurge), Epistemon mon compere,
en phantasie de me marier. Mais je crains estre coqu
et infortuné en mon mariage. Pourtant ay je faict veu
à sainct François le Jeune [4], lequel est au Plessis lez
Tours reclamé de toutes femmes en grande devotion
(car il est premier fondateur des *bons homes* [5], lesquelz elles appetent [6] naturellement) porter lunettes au
bonnet, ne porter braguette en chausses, que sus ceste

7. *Chevelure.*

8. Anecdote rapportée par Hérodote (1, 82). Le rapprochement entre le vœu de Panurge et celui des Argiens produit un effet burlesque.

9. Selon Enguerrand de Monstrelet, chroniqueur ayant pris la suite de Froissart, Michel d'Oris avait fait vœu de ne porter qu'un morceau de jambière (tronçon de grève), jusqu'à ce qu'il ait pu affronter en combat singulier un chevalier anglais.

10. Chaperon comme en portaient les fous de Cour.

11. Lucien de Samosate (*Sur la manière d'écrire l'histoire*).

12. *Béni.*

13. Horace (*Art poétique*, 139). Locution proverbiale qui se trouve dans le traité de Lucien, comme le rapporte Érasme (*Adages*, I, IX, XIV). On la trouve sous forme de fable chez Phèdre (IV, 22) et La Fontaine (V, 10) :

« C'est promettre beaucoup ; mais qu'en sort-il souvent ?
Du vent. »

mienne perplexité d'esprit je n'aye eu resolution aperte.

— C'est (dist Epistemon) vrayement un beau et joyeulx veu. Je me esbahys de vous que ne retournez à vous mesmes et que ne revocquez vos sens de ce farouche esguarement en leur tranquillité naturelle. Vous entendent parler, me faictez souvenir du veu des Argives à la large perrucque [7], les quelz, ayans perdu la bataille contre les Lacedæmoniens en la controverse de Tyrée, feirent veu cheveux en teste ne porter jusques à ce qu'ilz eussent recouvert leur honneur et leur terre [8] ; du veu aussi du plaisant Hespaignol Michel Doris [9], qui porta le trançon de greve en sa jambe.

« Et ne sçay lequel des deux seroit plus digne et meritant porter chapperon verd et jausne à aureilles de lievre [10], ou icelluy glorieux champion, ou Enguerrant, qui en faict le tant long, curieux et fascheux compte, oubliant l'art et maniere d'escrire histoires baillée par le philosophe samosatoys [11]. Car, lisant icelluy long narré, l'on pense que doibve estre commencement et occasion de quelque forte guerre ou insigne mutation des royaulmes ; mais, en fin de compte, on se mocque, et du benoist [12] champion et de l'Angloys qui le deffia, et de Enguerrant leur tabellion, plus baveux qu'un pot à moustarde. La mocquerie est telle que de la montaigne d'Horace [13], laquelle crioyt et lamentoyt enormement, comme femme en travail d'enfant. A son cris et lamentation accourut tout le voisinaige, en expectation de veoir quelque admirable et monstrueux enfantement, mais enfin ne naquist d'elle qu'une petite souriz.

14. Vieux proverbe, sous une forme elliptique : *tel se moque, qui cloche* (boite) *lui-même* (cf. *Gargantua*, chap. xx, p. 183, Discours de Janotus).

15. Jupiter protecteur de l'amitié.

16. Hippocrate de Cos : *Lango* est le nom moderne de l'île de Cos.

17. Rabelais avait édité les *Aphorismes* d'Hippocrate. La maxime complète est : « La vie est brève, l'art long, l'occasion fugitive, l'expérience dangereuse, le *jugement difficile.* »

18. Ce *génie* (ou démon) platonique est une sorte d'ange gardien, dans la philosophie néo-platonicienne. Cette doctrine a été exposée par Jamblique (*Des Mystères*, ix, 3) et par Servius dans son *Commentaire sur Virgile*.

19. Pays fabuleux des romans bretons (cf. *Lancelot du Lac*) assimilé avec l'Angleterre du Sud-Est.

20. Cette énumération plus ou moins exacte d'oracles anciens se trouve dans le compilateur Alessandro Alessandri, (*Geniales dies*). Panurge se contentera au livre iii d'oracles moins éloignés.

— Non pourtant (dist Panurge) je m'en soubrys. Se mocque qui clocque [14]. Ainsi feray comme porte mon veu. Or, long temps a que avons ensemble, vous et moy, foy et amitié jurée par Juppiter Philios [15]. Dictes m'en vostre advis : me doibs je marier ou non ?

— Certes (respondit Epistemon) le cas est hazardeux : je me sens par trop insuffisant à la resolution, et, si jamais feut vray en l'art de medicine le dict du vieil Hippocrates de Lango [16] : *Jugement difficile* [17], il est en cestuy endroict verissime. J'ay bien en imagination quelques discours moienans les quelz nous aurions determination sus vostre perplexité ; mais ilz ne me satisfont poinct apertement.

« Aulcuns platonicques disent que qui peut veoir son *Genius* [18] peut entendre ses destinées. Je ne comprens pas bien leur discipline, et ne suys d'advis que y adhaerez ; il y a de l'abus beaucoup. J'en ay veu l'experience en un gentil homme studieux et curieux, on pays d'Estangourre [19]. C'est le poinct premier.

« Un aultre y a. Si encores regnoient les oracles de Juppiter en Amon, de Apollo en Lebadie, Delphes, Delos, Cyrrhe, Patare, Tegyres, Preneste, Lycie, Colophon, en la fontaine Castallie, près Antioche en Syrie, entre les Branchides, de Bacchus en Dodone, de Mercure en Phares, près Patras, de Apis en Ægypte, de Serapis en Canobe, de Faunus en Mœlanie et en Albunée près Tivoli, de Tyresias en Orchomene, de Mopsus en Cilicie, de Orpheus en Lesbos, de Trophonius en Leucadie [20], je seroys d'advis (par advanture non

21. *Le Christ.* Les théologiens du temps discutaient pour savoir s'il fallait dire *salvator* (sauveur) ou *servator* (servateur). Érasme préférait ce terme. La venue du Christ marque la fin des oracles païens.

22. *Disparaissent.*

23. Énumération des êtres imaginaires terrorisant les esprits crédules : *lamies :* vampires ; *lemures :* esprits du Mal ; *guaroux :* loups-garous (cf. chap. VIII) ; *tenebrions :* esprits des ténèbres.

24. *Même s'ils règnent encore...*

25. *Qui plus est, je me rappelle.*

26. *Reprocha.*

27. Anecdote tirée de Tacite (*Annales,* XII, 22).

28. Iles localisées par Plutarque (*De la face qui se voit dans la lune,* XXVI) à l'ouest de l'Angleterre.

29. *Saint-Malo.*

30. *Plutarque* (cf. supra).

31. Saint Paul l'anachorète fondateur de la vie monastique en Orient, mort dans le désert de la Thébaïde, vers 342 (cf. Jacques de Voragine, *La Légende dorée,* XV). Panurge mélange les légendes païennes et les récits chrétiens, assimilation qui insinue qu'ils sont aussi imaginaires les uns que les autres, d'où le refus d'Epistémon.

seroys) y aller et entendre quel seroit leur jugement sus vostre entreprise.

« Mais vous sçavez que tous sont devenuz plus mutz que poissons depuy la venue de celluy Roy servateur [21] on quel ont prins fin tous oracles et toutes propheties, comme, advenente la lumiere du clair soleil, disparent [22] tous lutins, lamies, lemures, guaroux, farfadetz et tenebrions [23]. Ores toutesfoys qu'encores feussent en regne [24], ne conseilleroys je facillement adjouster foy à leurs responses. Trop de gens y ont esté trompez. « D'adventaige, je me recorde [25] que Agripine mit sus [26] à Lollie la belle avoir interrogué l'oracle de Apollo Clarius pour entendre si mariée elle seroit avecques Claudius l'empereur ; pour ceste cause fut premierement banie et depuys à mort ignominieusement mise [27].

— Mais, dist Panurge, faisons mieulx. Les isles Ogygies [28] ne sont loing du port Sammalo [29] ; faisons y un voyage après qu'aurons parlé à nostre Roy. En l'une des quatre, laquelle plus a son aspect vers soleil couchant, on dict, je l'ay leu en bons et antiques autheurs [30], habiter plusieurs divinateurs, vaticinateurs et prophetes, y estre Saturne lié de belles chaînes d'or dedans une roche d'or, alimenté de ambrosie et nectar divin, les quelz journellement luy sont des cieulx transmis en abondance par ne sçay quelle espece d'oizeaulx (peut estre que sont les mesmes corbeaulx qui alimentoient es desers sainct Paul premier hermite [31]) et apertement prædire, à un chascun qui veult entendre, son sort, sa destinée et ce que luy doibt advenir. Car les Parces rien ne fillent, Juppiter

rien ne propense [32] et rien ne delibere que le bon pere [33] en dormant ne congnoisse. Ce nous seroit grande abbreviation de labeur si nous le oyons un peu sus ceste mienne perplexité.

— C'est (respondit Epistemon) abus trop evident, et fable trop fabuleuse. Je ne iray pas. »

1. Il a déjà été question d'Ile-Bouchard, bourg situé près de Chinon, mais on ne voit guère ici le rapport entre la Touraine et *Herr Trippa*, présenté, par son nom, comme un Allemand spécialiste des diverses formes de magie.

2. Depuis Le Duchat (édition de Rabelais de 1741) Herr Trippa a été identifié avec Corneille Agrippa, médecin de Cologne, contemporain de Rabelais, auteur d'un ouvrage sceptique, *De vanitate omnium scientiarum...*, et d'un traité rassemblant les différentes sortes de magie, *De occulta philosophia* ; Rabelais a souvent tiré des exemples de ces deux livres. Aux arguments traditionnels (nationalité allemande, utilisation des textes) Abel Lefranc ajoute le fait que Corneille Agrippa avait pris une part active à la Querelle des femmes, en prenant leur défense dans son *De nobilitate et praecellentia fœminei sexus* (1529). Cependant l'identification ne semble certaine ni à V.-L. Saulnier (*op. cit.* p. 188), ni à M. A. Screech (*op. cit.* p. 176). Ce dernier pense qu'une des sources de ce chapitre est le *De Sapientia* de Cardan, commencé en 1537 et publié en 1544. Des rapprochements ont déjà été établis avec les chap. x et xi (cf. M. A. Screech, *B.H.R.*, tome xxv, 1963). Parmi les recueils de magie de l'époque, l'*Epitome de speciebus Magiae ceremonialis* de Pictorius et le *Compendium amatoriae magiae* de Calcagnini donnent des exemples analogues à ceux de Rabelais. Celui-ci met en scène une matière familière à ses lecteurs.

3. La *Géomancie* prédit l'avenir d'après les figures dessinées par une poignée de poussière jetée sur une table. — *Chiromancie :* divination par l'examen des lignes de la main — *Métopomancie :* divination d'après la physionomie.

4. « *Chahutaient* ».

5. *Secouée comme une cloche.*

6. Anecdote déjà citée par Thomas Morus (*Épigrammes*) et Corneille Agrippa (*De vanitate...* chap. *De Astrologia*). C'est une variante de l'apologue ésopique, *l'Astrologue qui se laisse tomber dans un puits*

CHAPITRE XXV

Comment Panurge se conseille à Her Trippa.

« Voyez cy (dist Epistemon continuant) toutesfoys
que ferez, avant que retournons vers nostre Roy, si me
croyez. Icy, près l'isle Bouchart [1], demeure Her
Trippa [2]. Vous sçavez comment, par art de astrologie,
géomantie, chiromantie, metopomantie [3], et aultres de
pareille farine, il prædict toutes choses futures : con-
ferons de vostre affaire avecques luy.

— De cela (respondit Panurge) je ne sçay rien. Bien
sçay je que, luy un jour parlant au grand Roy des
choses celestes et transcendentes, les lacquais de court,
par les degrez, entre les huys, saboulaient [4] sa femme à
plaisir, laquelle estoit assez bellastre. Et il, voyant
toutes choses ætherées et terrestres sans bezicles, dis-
courant de tous cas passez et præsens, prædisant tout
l'advenir, seulement ne voioit sa femme brimballante [5],
et oncques n'en sceut les nouvelles [6]. Bien, allons vers
luy, puys qu'ainsi le voulez. On ne sçauroit trop
apprendre. »

Au lendemain arriverent au logis de Her Trippa.

7. Épée servant à frapper aussi bien d'estoc que de taille. On ne voit guère l'utilité de ces cadeaux pour le vieux savant !

8. Monnaie frappée à l'effigie de saint Michel. Jeu de mots analogue à celui des *croix* (chap. XXIII).

9. Cf. supra, note 3. Montaigne (*Essais*, III, XII) consacre un long passage à la *physionomie*, non du point de vue astrologique, mais comme signe du caractère ou de la chance : « *il y a des physionomies favorables...* »

10. *Scandalisé* (?) ou *bafoué de façon scandaleuse* ¡

11. Signe de la main, au-dessous de l'index.

12. *Style à écrire.*

13. *Accoupla.*

14. La disposition des astres à l'heure de sa naissance.

15. Combinaison de trois signes du Zodiaque ; l'*aspect* est la distance angulaire entre deux planètes.

16. *En outre.*

17. *Le Bélier, le Taureau.*

18. *Jupiter.*

19. *Vérolé.*

Panurge luy donna une robbe de peau de loup, une
grande espée bastarde [7] bien dorée à fourreau de
velours et cinquante beaulx angelotz [8] ; puis familiai-
rement avecques luy confera de son affaire.

De premiere venue Her Trippa, le reguardant en face,
dist : « Tu as la metoposcopie [9] et physionomie d'un
coqu, je dis coqu scandalé [10] et diffamé. » Puys consyderant la main dextre de Panurge en tous endroictz,
dist : « Ce faulx traict, que je voy icy, au dessus du
mont *Jovis* [11], oncques ne feut qu'en la main d'un
coqu. » Puys avecques un style [12], feist hastivement
certain nombre de poinctz divers, les accoubla [13] par
geomantie et dist : « Plus vraye n'est la verité qu'il
est certain que seras coqu, bien tost après que seras
marié. »

Cela faict, demanda à Panurge l'horoscope de sa
nativité. Panurge luy ayant baillé, il fabrica promptement sa maison du ciel [14] en toutes ses parties, et,
consyderant l'assiete et les aspectz en leurs tripli-
citez [15], jecta un grand souspir et dist :

« J'avois ja prædict apertement que tu serois
coqu ; à cela tu ne povoys faillir ; icy j'en ay d'abondant [16] asceurance nouvelle, et te afferme que tu seras
coqu. D'adventaige, seras de ta femme battu, et d'elle
seras desrobbé. Car je trouve la septiesme maison en
aspectz tous malings, et en batterie de tous signes
portans cornes, comme *Aries*, *Taurus* [17], Capricorne,
et aultres. En la quarte, je trouve decadence de
Jovis [18], ensemble aspect tetragone de Saturne, associé
de Mercure. Tu seras bien poyvré [19], home de bien.

— Je seray (respondit Panurge) tes fortes fiebvres

20. Imprécation courante (cf. *Gargantua*, chap. XXXIX, note 34).

21. Épigramme de Martial (VII, 10).

22. Locution tirée du jeu de cartes et signifiant *tenir une maison de débauche*.

23. Le mendiant qui se bat avec Ulysse (*Odyssée*, XVIII) déjà cité comme symbole de la pauvreté.

24. *Vantard*.

25. *Canaille de bélîtres*.

26. *Fou à lier*.

27. La célèbre inscription du temple d'Apollon à Delphes, dont Socrate a fait sa maxime favorite. Panurge exprime ici la pensée de Rabelais ; il retrouve son bon sens, et Trippa déraisonne.

28. La parabole de la paille et de la poutre, dans saint Matthieu (VII, 3-5).

29. *Un curieux importun* (Plutarque, *De la curiosité*, II, 516 A).

30. *Étrangères*.

31. *Lynx*.

32. *Faciles à ôter*.

33. L'anecdote figure dans Plutarque (*De la curiosité*).

quartaines [20], vieulx fol, sot, mal plaisant que tu es.
Quand tous coqus s'assembleront, tu porteras la ban-
niere. Mais dont me vient ce cyron icy entre ces deux
doigtz ? » Cela disoit tirant droit vers Her Trippa les
deux premiers doigtz ouvers en forme de deux cornes,
et fermant on poing tous les aultres. Puys dict à
Epistemon : « Voyez cy le vray Ollus de Martial [21],
lequel tout son estude adonnoit à observer et entendre
les maux et miseres d'aultruy. Ce pendent sa femme
tenoit le brelant [22]. Il, de son cousté, paouvre plus
que ne feut Irus [23], au demourant glorieux, oultre-
cuydé, intolerable, plus que dix sept diables, en un
mot πτωχαλαζών [24], comme bien proprement telle
peaultraille de belistrandriers [25] nommoient les anciens.

« Allons, laissons icy ce fol, enraigé, mat de ca-
thene [26], ravasser tout son saoul avecques ses diables
privez. Je croirois tantost que les diables voulussent
servir un tel marault. Il ne sçait le premier trait de
philosophie, qui est : *Congnois toy* [27] ; et, se glorifiant
veoir un festu en l'œil d'aultruy, ne void une grosse
souche laquelle luy poche les deux œilz [28]. C'est un tel
Polypragmon [29] que descript Plutarche. C'est une
aultre Lamie, laquelle, en maisons estranges [30], en
public, entre le commun peuple, voyant plus pene-
tramment qu'un oince [31], en sa maison propre estoit
plus aveugle qu'une taulpe ; ches soy rien ne voioyt,
car, retournant du dehors en son privé, oustoit de sa
teste ses œilz exemptiles [32], comme lunettes, et les
cachoit dedans un sabot attaché darriere la porte de
son logis [33]. »

34. Plutôt *bruyère* que *tamaris*.

35. Nicandre, médecin grec, auteur de poèmes didactiques sur les plantes médicinales (cf. *Gargantua*, chap. XXIII, p. 215).

36. *Divination par le feu.*

37. *Divination par l'observation du ciel et des vents.*

38. *Divination par l'observation de l'eau.*

39. *Divination par les miroirs.*

40. Ermolao Barbaro (1454-1493), humaniste vénitien, traducteur d'Aristote.

41. *Souviens-toi de retirer.*

42. *Divination par le miroir.*

43. Anecdote rapportée dans l'*Histoire d'Auguste*, d'Aelius Spartianus et citée par Corneille Agrippa.

44. *Faisant l'amour.*

45. Anecdote rapportée par Pausanias (VII, XXI).

46. *Divination par le tamis.*

47. *Tenailles.*

48. *Divination par la farine d'orge*: la référence à Théocrite (*Idylles*, II, 18) est citée par Caelius Calcagnimus. L'addition de 1552 lui est empruntée textuellement.

49. *Divination par les osselets.*

50. *Tableaux.*

51. *Divination par le fromage.*

52. Ce sont 17 913 vaches de Pautille et de *Brehemond* (près d'Azay-le-Rideau) qui allaitent Gargantua (*G.*, chap. VII, p. 103).

53. *Divination par tournoiement des cercles.*

* *A ces motz... divinatrice* manque dans la première édition.

** *Celebrée... Nuées* manque dans la première édition.

*** *Exprovée... Barbarus* manque dans la première édition. La première rédaction a été sensiblement renforcée d'exemples.

**** *Moyenant... advenir* manque dans la première édition.

***** *Jadis... Romains* manque dans la première édition.

****** *Par alphitomantie... mal proportionné* manque dans la première édition.

* A ces motz print Her Trippa un rameau de ta-
marix [34].

« Il prend bien (dist Epistemon). Nicander la nomme
divinatrice [35].

— Voulez vous (dist Her Trippa) en sçavoir plus
amplement la verité par pyromantie [36], par aëro-
mantie [37], ** celebrée par Aristophanes en ses *Nuées*,
par hydromantie [38], par lecanomantie [39], tant jadis
celebrée entre les Assyriens, et *** exprovée par Her-
molaus Barbarus [40]? Dedans un bassin plein d'eaue
je te monstreray ta femme future, brimballant avecques deux rustres.

— Quand (dist Panurge) tu mettras ton nez en mon
cul, soys recors [41] de deschausser tes lunettes.

— Par catoptromantie [42] (dist Her Trippa continuant), **** moyenant laquelle Didius Julianus [43],
empereur de Rome, prævoyoit tout ce que luy doibvoit
advenir? Il ne te fauldra poinct de lunettes. Tu la
voyras en un mirouoir brisgoutant [44] aussi apertement
que si je te la monstrois en la fontaine du temple de
Minerve près Patras [45]. Par coscinomantie [46] *****
jadis tant religieusement observée entre les cerimonies
des Romains? Ayons un crible et des forcettes [47], tu
voyras diables. ****** Par alphitomantie [48], désignée
par Théocrite en sa *Pharmaceutrie*, et par aleuromantie,
meslant du froment avecques de la farine? Par astraga-
lomantie [49]? J'ay céans les projectz [50] tous pretz. Par
tyromantie [51]? J'ay un fromaige de Brehemont [52] à
propous. Par gyromantie [53]? Je te feray icy tournoyer
force cercles, les quelz tous tomberont à gausche [54],
je t'en asceure. Par sternomantie [55]? Par ma foy, tu

54. Le côté gauche est le côté néfaste.

55. *Divination par l'examen de la poitrine* (*pictz* : poitrine).

56. *Divination par la fumée de l'encens.*

57. *Divination par l'examen de la voix d'un ventriloque* (*engastrimythe*). Caelius Rhodiginus rapporte l'histoire de Jacoba (Livre IV).

58. *Divination à partir d'une tête d'âne.*

59. *Divination par la cire.*

60. *Tambourineurs* (au sens libre).

61. *Divination par l'observation de la fumée.*

62. *Sésame.*

63. *Divination par la hache* (il y en avait plusieurs sortes !).

64. *Jais.*

65. *Divination par la cendre jetée en l'air.*

66. *Divination par l'examen des feuilles.*

67. La *saulge* est une des plantes utilisées dans les cérémonies magiques.

68. *Divination par les feuilles de figuier.*

69. *Divination par les poissons.*

70. Selon Corneille Agrippa, *De occulta philosophia* (I, 57).

71. *Divination par les porcs.* Divination imaginaire ou déformation (volontaire ou non) de *chiromantia,* divination par les lignes de la main.

72. *Consultation des sorts homériques ou virgiliens* (cf. chap. XII).

73. *Divination par l'examen des entrailles humaines.*

74. *Par l'examen des vers de la sibylle* (cf. chap. XVIII).

75. *Divination d'après le nom.*

* *De laquelle... charbons ardens* est une addition de 1552, tirée de Calcagnini.

** Addition de 1552 : *et d'une pierre... Penelope.*

*** Addition de 1552 : *tant jadis... Polydamas.*

**** Addition de 1552 : *Par cleromantie... Epiphanie.*

as le pictz assez mal proportionné. Par libanomantie [56] ?
Il ne fault qu'un peu d'encens. Par gastromantie [57],
de laquelle en Ferrare longuement usa la dame Jacoba
Rhodogine, Eugastrimythe ? Par cephaleonomantie [58] :
* de laquelle user souloient les Alemans, routissans
la teste d'un asne sus des charbons ardens ? Par
ceromantie [59] ? Là, par la cire fondue en eaue, tu
voiras la figure de ta femme et de ses taboureurs [60].
Par capnomantie [61] ? Sus des charbons ardens nous
mettrons de la semence de pavot et de sisame [62] :
O chose gualante ! Par axinomantie [63] ? fais icy provision seulement d'une coingnée ** et d'une pierre
gagate [64], laquelle nous mettrons sus la braze. O
comment Homere en use bravement envers les amoureux de Penelope ! Par onymantie ? ayons de l'huylle et
de la cire. Par tephramantie [65] ? tu voiras la cendre en
l'aër figurante ta femme en bel estat. Par botano-
mantie [66] ? j'ay icy des feuilles de saulge [67] à propos.
Par sycomantie [68] ? O art divine en feueille de figuier !
Par ichthyomantie [69], *** tant jadis celebrée et prac-
ticquée par Tiresias et Polydamas, aussi certainement
que jadis estoit faict en la fosse Dina on boys sacré à
Apollo, en la terre des Lyciens [70] ? Par chœromantie [71] ?
ayons force pourceaulx ; tu en auras la vescie. **** Par
cleromantie [72], comme l'on trouve la febve ou guasteau
la vigile de l'Epiphanie. Par anthropomantie [73], de
laquelle usa Heliogabalus, empereur de Rome ? elle
est quelque peu fascheuse, mais tu l'endureras assez,
puis que tu es destiné coqu. Par stichomantie Sibylline [74] ? Par onomatomantie [75] ? Comment as tu nom ?

— Maschemerde, respondit Panurge.

76. *Divination au moyen d'un coq.*

77. *Je vous l'assure.*

78. Anecdote rapportée par l'historien Zonaras (*Corpus universae historiae...* chap. XIII). Les quatre lettres grecques sont le début de *Théodose.*

79. Chez les Romains, les *aruspices* examinaient la chair des animaux sacrifiés.

80. *Examen des entrailles des animaux.*

81. *Oiseaux de présage.*

82. Les Romains tiraient des présages des grains qui tombaient du bec des oiseaux en cours de vol et rebondissaient à terre (cf. Cicéron, *De Divinatione*, II, 34). C'est la traduction de la locution latine, *tripudium solistimum.*

83. Panurge coupe le boniment du pédant par une divination de son invention (examen des étrons).

84. *Divination par les morts.*

85. Le miracle d'Apollonius ressuscitant une jeune fille est rapporté par Philostrate (*Vie d'Apollonius*, IV, 16).

86. La Pythonisse d'Endor (Ier livre de *Samuel*, XXVIII, 7) évoque Samuel pour satisfaire Saül.

87. *Total.*

88. Le poète Lucain (*Pharsale*, IV, 747-828) raconte la prédiction d'Erictho à Pompée avant la défaite de celui-ci à Pharsale. Le compilateur Pictorius Vigillanus cite cet exemple dans sa *Necromantia.*

89. *Divination par les ombres.* C'est le dernier mode de divination cité par Calcagnini (ou Calcagninus), d'où Rabelais a tiré ce fatras (avec des emprunts à Cardan).

90. *B... par quelque Albanais.* Les Albanais, Bulgares (*bougres*), Turcs passaient pour être homosexuels ; les mercenaires au service de la France portaient une coiffure pointue, comme celle des magiciens.

91. L'émeraude était réputée pour calmer la soif et procurer le don de prophétie. Ces deux qualités feraient l'affaire de Panurge.

92. Souvenir de Pline (*Histoire naturelle*, XXXVII) : des pierres provenant des yeux des hyènes rendaient prophète.

93. *Langues de huppes.*

— Ou bien par alectryomantie [76] ? Je feray icy un
cerne gualantement, lequel je partiray, toy voyant et
considerant, en vingt et quatre portions equales. Sus
chascune je figureray une lettre de l'alphabet ; sus
chascune letre je poseray un grain de froment, puys
lascheray un beau coq vierge à travers. Vous voirez (je
vous affie [77]), qu'il mangera les grains posez sus les
letres C. O. Q. U. S. E. R. A. aussi fatidicquement
comme soubs l'empereur Valens, estant en perplexité
de sçavoir le nom de son successeur, le coq vaticinateur
et alectryomantic mangea sus les letres Θ. E. O. Δ.[78].

« Voulez vous en sçavoir par l'art de aruspicine [79] ?
par extispicine [80] ? par augure prins du vol des oizeaulx, du chant des oscines [81], du bal solistime [82]
des canes ?

— Par estronspicine [83], respondit Panurge.

— Ou bien par necromantie [84] ? Je vous feray soubdain resusciter quelqu'un peu cy devant mort, comme
feist Apollonius de Tyane envers Achilles [85], comme
feist la phithonisse en præsence de Saül [86], lequel nous
en dira le totage [87], ne plus ne moins que à l'invocation de Erictho un deffunct prædist à Pompée tout
le progres et issue de la bataille Pharsalicque [88]. Ou
si avez paour des mors, comme ont naturellement
tous coquz, je useray seulement de sciomantie [89].

— Va, (respondit Panurge), fol enragé, au diable :
et te faiz lanterner [90] à quelque Albanoys ; si auras un
chapeau poinctu. Diable, que ne me conseillez tu
aussi bien tenir une esmeraulde [91], ou la pierre de
hyene [92], soubs la langue, ou me munir de langues de
puputz [93], et de cœurs de ranes verdes [94] ; ou manger

94. *Rainette verte*, sorte de grenouille. Le compilateur suivi par Rabelais a mal lu Pline, transcrivant *ranae viridis* (rainette verte), au lieu de *viventis* (vivante).

95. Coutume rapportée par Philostrate (*Vie d'Apollonius*).

96. *Juif converti.*

97. *Enjuponné.*

98. Jeu de mots. Les *nobles* étaient une monnaie réelle, frappée à la rose d'York.

99. Quand Panurge portait un haut-de-chausses (cf. chap. VII).

100. Panurge est accablé par l'énumération de toutes ces divinations auxquelles avaient cru les Anciens, et dont beaucoup étaient encore pratiquées au XVIe siècle. Il a l'appétit coupé par tant de sottises. Rabelais, comme plus tard Montaigne, tombe rarement dans la crédulité. Il fait une alerte satire de ces prétendues divinations alors qu'il respecte la prescience des mourants (cf. chap. XXI).

du cœur et du foye de quelque dracon, pour, à la voix
et au chant des cycnes et oizeaulx, entendre mes destinées, comme faisoient jadis les Arabes on pays de
Mesopotamie [95] ? A trente diables soit le coqu, cornu,
marrane [96], sorcier au diable, enchanteur de l'Antichrist! Retournons vers nostre Roy. Je suis asceuré
que de nous content ne sera, s'il entend une foys que
soyons icy venuz en la tesniere de ce diable engi-
ponné [97]. Je me repens d'y estre venu ; et donnerois
voluntiers cent nobles et quatorze roturiers [98], en
condition que celluy qui jadis [99] souffloit on fond de
mes chausses præsentement de son crachatz luy enlu-
minast les moustaches. Vray Dieu, comment il m'a
perfumé de fascherie et diablerie, de charme et de
sorcellerie! Le Diable le puisse emporter! Dictes
amen, et allons boyre. Je ne feray bonne chere de
deux, non de quatre jours [100]. »

1. Village près de Chinon.

2. *Bégayant.*

3. *Abruti* (cf. chap. XXII et XXVIII).

4. L'édition de 1546 présente cette liste sur 3 colonnes, ordre que l'édition Abel Lefranc a conservé :

« *Couillon mignon, c. de renom, c. paté,*

c. *naté,*   c.   *plombé, c. laicté,* etc. »

L'édition de 1552 donne l'énumération sur deux colonnes. Le groupement de ces mots est fait d'après la rime, ou l'alliteration, ou le sens, sans qu'on puisse saisir la règle du jeu verbal. Il s'agit vraisemblablement d'un *blason* obscène en prose ; Panurge, même abruti, n'est pas en reste d'éloquence avec Her Trippa. Ce genre de litanies grotesques qui *matagrabolisent* les lecteurs plaisait à Rabelais et à ses contemporains (cf. *Les jeux de Gargantua, G.,* chap. XXII, et surtout au *Tiers Livre,* chap. XXVIII, où le blason du *couillon flétri* fait pendant à ce blason du *couillon mignon*).

5. *Pattu.*

6. *Bien né.*

7. *Velu.*

8. *Veiné de différentes couleurs.*

9. *Orné d'arabesques.*

10. *Garni d'acier.*

11. *Comme un lièvre en broche.*

12. *Couleur de garance* (rouge).

13. *Lustré.*

14. *Brodé à l'orientale.*

CHAPITRE XXVI

Comment Panurge prend conseil de frere Jan
des Entommeures.

Panurge estoit fasché des propous de Her Trippa, et,
avoir passé la bourgade de Huymes [1], s'adressa à frere
Jan et luy dist, becguetant [2] et soy gratant l'aureille
guausche.

« Tiens moy un peu joyeulx, mon bedon. Je me sens
tout matagrabolisé [3] en mon esprit des propous de ce
fol endiablé. Escoute, couillon mignon [4].

Couillon moignon.	C. de crotesque.
C. de renom.	C. Arabesque [9].
C. paté [5].	C. asseré [10].
C. naté [6].	C. troussé à la levresque [11].
C. plombé.	C. antiquaire.
C. laicté.	C. asceuré.
C. feutré [7].	C. guarancé [12].
C. calfaté.	C. calandré [13].
C. madré [8].	C. requamé [14].
C. relevé.	C. diapré.
C. de stuc.	C. estamé.

15. *Grenu.*

16. *D'amour.*

17. *Enragé.*

18. *Encapuchonné.* Dans *Gargantua* (chap. xviii, p. 171) Maître Janotus est vêtu de son *lyripipion à l'antique,* capuchon que portaient les docteurs en théologie.

19. *Buis.*

20. *Arbalète de rempart,* tendue au moyen d'un treuil.

21. *Arbalète tendue au moyen d'un crochet.*

22. *Mesuré au compas.*

23. *Vif.*

24. *Pommé,* comme un chou.

25. *Double.*

C. martelé.

C. entrelardé.

C. juré.

C. bourgeois.

C. grené [15].

C. d'esmorche [16].

C. endesvé [17].

C. goildronné.

C. palletoqué.

C. aposté.

C. lyripipié [18].

C. desiré.

C. vernissé.

C. d'ebene.

C. de bresil.

C. de bouys [19].

C. organizé.

C. latin.

C. de passe [20].

C. à croc [21].

C. d'estoc.

C. effrené.

C. forcené.

C. affecté.

C. entassé.

C. compassé [22].

C. farcy.

C. bouffy.

C. polly.

C. jolly.

C. poudrebif.

C. brandif [23].

C. positif.

C. gerondif.

C. genitif.

C. actif.

C. gigantal.

C. vital.

C. oval.

C. magistral.

C. claustral.

C. monach; .

C. viril.

C. subtil.

C. de respect.

C. de relés.

C. de sejour.

C. d'audace.

C. massif.

C. lascif.

C. manuel.

C. guoulu.

C. absolu.

C. resolu.

C. membru.

C. cabus [24].

C. gemeau [25].

C. courtoys.

C. turquoys.

C. fecond.

C. brislant.

C. sifflant.

26. *Banal* (au sens juridique, cf. four banal).

27. *Convenable.*

28. *Pendant.*

29. *Gras comme un bœuf ;* cf. *Gargantua* (chap. IV, p. 83) : « *Coiraux sont beufz engressez à la creche.* »

30. Variété de raisin blanc.

31. *Loup-cervier.*

32. *Guelfes*, partisans du pape dans l'Italie médiévale, opposés aux *Gibelins*, partisans de l'Empereur.

33. Les *Orsini*, célèbre famille italienne.

34. *Piquant comme une guêpe.*

35. *Règle pour aligner.*

36. *Amalgame de mercure et d'un métal.*

37. *Gracieux.*

38. *Bon à barder de lard.*

39. *Faisant le mâle.*

40. *Faisant le roussin* (cf. plus bas : faisant le bélier, *arietant*).

C. estrillant.

C. gent.

C. urgent.

C. banier [26].

C. duisant [27].

C. brusquet.

C. prompt.

C. prinsaultier.

C. fortuné.

C. clabault [28].

C. coyrault [29].

C. usual.

C. de haulte lisse.

C. exquis.

C. requis.

C. fallot.

C. cullot.

C. picardent [30].

C. de raphe [31].

C. Guelphe [32].

C. Ursin [33].

C. de triage.

C. de paraige.

C. de mesnage.

C. patronymicque.

C. pouppin.

C. guespin [34].

C. d'alidada [35].

C. d'algamala [36].

C. d'algebra.

C. robuste.

C. venuste [37].

C. d'appetit.

C. insuperable.

C. secourable.

C. agréable.

C. redoubtable.

C. espovantable.

C. affable.

C. proffitable.

C. memorable.

C. notable.

C. palpable.

C. musculeux.

C. bardable [38].

C. subsidiaire.

C. tragicque.

C. satyricque.

C. transpontin.

C. repercussif.

C. digestif.

C. convulsif.

C. incarnatif.

C. restauratif.

C. sigillatif.

C. masculinant [39].

C. roussinant [40].

C. baudouinant.

C. refaict.

C. fulminant.

C. tonnant.

C. estincelant.

41. *Résonnant.*

42. *Piquant de l'éperon.*

43. *Donnant des taloches* (au sens libre, comme *farfouillant* et *belutant*).

44. *Tirant de l'arquebuse.*

45. Jeu de mots sur *bans* de mariage et *bancs; faire crier les bans,* c'est annoncer le mariage ; *faire crier le châlit,* c'est faire l'amour.

46. Mesure agraire : *perches.*

47. *Trésors.* Les diables, selon la tradition populaire, devaient donner tous les trésors à l'Antéchrist.

48. *Croissez, nous qui vivons, multipliez.* Frère Jean mélange les citations, sans doute par ignorance. M. A. Screech voit dans cette confession une intention de Rabelais insistant sur l'universalité de la loi du mariage pour les hommes.

49. *Patars,* menue monnaie en usage en Picardie.

50. *Tonneau de deux cent soixante-huit litres.*

51. *Monnaie d'argent,* valant onze à douze deniers.

C. martelant.

C. arietant.

C. strident.

C. aromatisant.

C. timpant [41].

C. diaspermatisant.

C. pimpant.

C. ronflant.

C. paillard.

C. pillard.

C. guaillard.

C. hochant.

C. brochant [42].

C. talochant [43].

C. avorté.

C. eschalloté.

C. syndicqué.

C. farfouillant.

C. belutant.

C. culbutant.

« couillon hacquebutant [44], couillon culletant, frere Jan mon amy, je te porte reverence bien grande, et te reservoys à bonne bouche. Je te prie, diz moy ton advis : Me doibs je marier on non ? »

Frere Jan luy respondit en alaigresse d'esprit, disant : « Marie toy de par le Diable, marie toy, et carillonne à doubles carillons de couillons. Je diz et entends le plus toust que faire pourras. Dès huy au soir faiz en crier les bancs et le challit [45]. Vertus Dieu, à quand te veulx tu reserver ? Sçaiz tu pas bien que la fin du monde approche ? Nous en sommes huy plus près de deux trabutz [46] et demie toise que n'estions avant hier. L'Antichrist est desja né, ce m'a l'on dict. Vray est que il ne faict encores que esgratigner sa nourrice et ses gouvernantes et ne monstre encores les thesaurs [47], car il est encores petit. *Crescite, nos qui vivimus, multiplicamini ;* il est escript [48], c'est matiere de breviaire, tant que le sac de bled ne vaille trois patacz [49], et le bussart [50] de vin que six blancs [51]. Vouldrois tu bien qu'on te trouvast les couilles

52. *Lorsqu'il viendra juger*.

53. *Capital*.

54. Héro, prêtresse d'Artémis, à Sestos, était aimée de Léandre d'Abydos, qui pour voir son amie traversait l'Hellespont la nuit à la nage.

55. Traduction large de Martial (*Spectacula*, xxv), qui raconte la légende.

56. *Faire l'amour en pélican* : rappel de la plaisanterie du *Pantagruel* (*Prologue*, p. 40, note 28) sur la galanterie des *protonotaires*.

57. *Un Y grec*, signe des organes virils.

pleines au jugement, *dum venerit judicare* [52]?

— Tu as (dist Panurge) l'esprit moult, limpide et serain, frere Jan, couillon metropolitain [53], et parlez pertinemment. C'est ce dont Leander [54] de Abÿde en Asie, nageant par la mer Hellesponte, pour visiter s'amie, Hero, de Seste en Europe, prioit Neptune et tous les Dieux marins :

> Si, en allant, je suys de vous choyé,
> Peu au retour me chault d'estre noyé [55].

« Il ne vouloit point mourir les couilles pleines. Et suys d'advis que, dorenavant, en tout mon Salmigon-dinoys, quand on vouldra par justice executer quelque malfaiteur, un jour ou deux davant on le fasse bris-goutter en onocrotale [56], si bien que en tous ses vases spermaticques ne reste de quoy protraire un Y gre-goys [57]. Chose si precieuse ne doibt estre follement perdue. Par adventure, engendrera il un home. Ainsi mourra il sans regret, laissant homme pour homme. »

1. Des reliques de saint Rigomer, très vénéré dans le Bas-Poitou, se trouvaient dans l'église de Maillezais.

2. *Membre viril.*

3. Maxime de droit canonique.

4. L'image du *labourage* désignant l'acte viril était déjà employée par les auteurs grecs (cf. Sophocle, *Antigone*).

5. Ironie à l'égard des nobles qui ne peuvent exercer aucune profession, à l'exception de la carrière des armes. Rabelais condamne les inutiles (cf. *G.*, chap. XL, p. 323), en particulier les *ocieux moynes*.

6. L'interjection *dea* renforce la négation ou l'affirmation. Peut-être souvenir du grec Nὴ Δία!, *par Zeus!* Ici le sens est affirmatif : *oui, vraiment.*

CHAPITRE XXVII

Comment frere Jan joyeusement conseille Panurge.

« Par sainct Rigomé [1], (dist frere Jan), Panurge, mon amy doulx, je ne te conseille chose que je ne feisse si j'estoys en ton lieu. Seulement ayes esguard et consyderation de tousjours bien lier et continuer tes coups. Si tu y fays intermission, tu es perdu, paouvret, et t'adviendra ce que advient es nourrisses. Si elles desistent alaicter enfans, elles perdent leur laict. Si continuellement ne exercez ta mentule [2], elle perdra son laict, et ne te servira que de pissotiere : les couilles pareillement ne te serviront que de gibbessiere.

Je t'en advise, mon amy. J'en ay veu l'experience en plusieurs, qui ne l'ont peu quand ilz vouloient, car ne l'avoient faict quand le povoient. Aussi par non usaige sont perduz tous privileges [3], ce disent les clercs. Pourtant, fillol, maintiens tout ce bas et menu populaire troglodyte en estat de labouraige [4] sempiternel. Donne ordre qu'ils ne vivent en gentilz hommes, de leurs rantes, sans rien faire [5].

— Ne dea [6] (respondit Panurge) frere Jan, mon

7. Au sens libre ; l'expression est tirée du jeu de paume.

8. *De leur confrérie de bonnes-sœurs.*

9. *Varennes-sous-Montsoreau,* où la famille Rabelais possédait la terre de Chavigny-en-Vallée.

10. Interjection plaisante imitée de *par ma foi !*

11. Des chaudrons de bronze étaient suspendus autour du sanctuaire de Jupiter à Dodone ; le son qu'ils produisaient était interprété comme une prédiction.

12. Au chap. XXVIII, la réponse des cloches sera opposée. Panurge fait de la sonnerie des cloches une sorte de chanson populaire avec refrain, à moins qu'il n'adapte une chanson déjà existante.

13. Comparaison employée par Horace (*Épître* I, 60) et reprise par Érasme (*Adages*).

14. Priape, dieu des vergers et des jardins, représenté avec le membre en érection.

15. Image tirée de la chasse aux oiseaux de volerie, dont les pattes étaient liées par une lanière de cuir (*longe*) au poing du chasseur.

16. Cri d'exhortation adressé aux chiens de chasse.

17. Femme de l'empereur Claude, elle était réputée pour sa débauche. On ignore qui était cette « *marquise de Winchester* ». Allusion possible aux prostituées de la maison close que possédait à Londres l'évêque de Winchester.

couillon guausche, je te croiray. Tu vas rondement en
besoigne. Sans exception, ne ambages, tu m'as apente-
ment dissolu toute craincte qui me povoit intimider.
Ainsi te soit donné des cieulx tousjours bas et roydde
operer ⁷! Or donc, à ta parolle je me mariray, il n'y
aura poinct de faulte ; et si auray tousjours belles
chambrieres, quand tu me viendras veoir, et seras
protecteur de leur sororité ⁸. Voy là quant à la premiere partie du sermon.

— Escoute (dist frere Jan), l'oracle des cloches de
Varenes ⁹. Que disent elles ?

— Je les entends (respondit Panurge). Leur son
est, pour ma soif ¹⁰, plus fatidicque que des chaul-
drons de Juppiter en Dodone ¹¹. Escoute : *Marie toy,*
marie toy : marie, marie. Si tu te marie, marie, marie,
tresbien t'en trouveras, veras, veras. Marie, marie ¹². Je
te asceure que je me mariray ; tous les elemens me
y invitent. Ce mot te soit comme une muraille de
bronze ¹³.

« Quant au second poinct, tu me semblez aulcunement doubter, voyre deffier, de ma paternité, comme
ayant peu favorable le roydde dieu des jardins ¹⁴. Je
te supply me faire ce bien de croire que je l'ay à commandement, docile, benevole, attentif, obeissant en
tout et par tout. Il ne luy faut que lascher les longes ¹⁵,
je dis l'aiguillette, luy monstrer de près la proye et
dire : " Hale ¹⁶, compaignon. "

« Et quand ma femme future seroit aussi gloutte du
plaisir venerien que fut oncques Messalina ¹⁷, ou la
marquise de Oincestre en Angleterre, je te prie de
croire que je l'ay encores plus copieux au contentement.

18. Allusion aux *Proverbes* (XXX, 15-16) de Salomon, qui d'après la Bible avait sept cents femmes et trois cents concubines.

19. Jeu de mots sur *être* (sexe) et le verbe *être ;* réminiscence des *Problemata* d'Aristote.

20. *Outil* (au sens libre).

21. Les exploits amoureux d'Hercule, de Procule et de César étaient souvent cités chez les Humanistes (cf. Corneille Agrippa, *De vanitate scientiarum*, et Tiraqueau, *De legibus connubialibus*).

22. *Vauriens* (littéralement : *calfats*).
Souvenir de Pline l'Ancien (*Histoire naturelle*, XXVI, 63), de Théophraste (*Histoire des plantes*, IX, 20), et d'Athénée (I, 32).

23. *Membre.*

24. Reprise du chap. XIX (cf. note 17) : phallus en érection.

25. *Messire un Tel d'Albinges.* En italien, *cotale* signifie *chose ; Albinga*, ville voisine de Gènes.

26. Il y avait à Castres un couvent de Franciscains. Le pouvoir du froc, pour remédier à la couardise et aussi à l'impuissance d'un vieux lévrier, est exposé par frère Jean au chap. XLII du *Gargantua.*

27. *Rut.*

28. Cabane de berger ou de vacher, où on fait le fromage ; le mot est toujours en usage en Auvergne.

29. Enclos où se tenaient les spectateurs. On emploie encore ce mot pour désigner le plancher des bals improvisés.

« Je ne ignore que Salomon dict, et en parloit
comme clerc et sçavant [18]. Depuys luy Aristoteles a
declairé l'estre des femmes estre de soy insatiable [19] ;
mais je veulx qu'on saiche que, de mesmes qualibre,
j'ay le ferrement [20] infatiguable.

« Ne me allegue poinct icy, en paragon les fabuleux
ribaulx Hercules, Proculus, Cæsar [21], et Mahumet, qui
se vante en son Alchoran avoir en ses genitoires la force
de soixante guallefretiers [22]. Il a menty, le paillard.

« Ne me alleguez poinct l'Indian tant celebré par
Théophraste, Pline, et Atheneus, lequel, avecques
l'ayde de certaine herbe, le faisoit en un jour soixante
et dix fois et plus. Je n'en croy rien. Le nombre
est supposé. Je te prie ne le croyre. Je te prie croyre
(et ne croyras chose que ne soit vraye) mon naturel [23],
le sacre Ithyphalle [24], messer Cotal [25] d'Albingues,
estre le *prime del monde*.

« Escoute ça, couillette. Veidz tu oncques le froc du
moine de Castres [26] ? Quand on le posoit en quelque
maison, feust à descouvert, feust à cachettes, soubdain, par sa vertus horrificque, tous les manens et
habitans du lieu entroient en ruyt [27], bestes et gens,
hommes et femmes, jusques aux ratz et aux chatz.
Je te jure qu'en ma braguette j'ay aultres fois congneu certain energie encore plus anomale.

« Je te ne parleray de maison ne de buron [28],
de sermon ne de marché ; mais, à la Passion qu'on
jouoit à Saint-Maixent, entrant un jour dedans le
parquet [29], je veidz, par la vertus et occulte propriété
d'icelle, soubdainement tous, tant joueurs que spectateurs, entrer en tentation si terrificque qu'il n'y eut

30. *Forniquer.*

31. *Portecole* ou *protocole*, meneur de jeu, régisseur et souffleur, tenait à la main le texte du *Mystère* (la copie).

32. Machines permettant aux personnages célestes de descendre sur la scène, ou bien d'enlever au Ciel les saints et les martyrs. Un machinisme analogue existait déjà dans le théâtre grec (par exemple pour faire descendre le char ailé des Océanides dans le *Prométhée* d'Eschyle).

33. Le diable était représenté enchaîné. Dans le chapitre III, Panurge a déjà évoqué la *Passion* de Saumur et la *diablerie* des jeux de Doué (près de Saumur).

34. *Je quittai le parquet.* Jeu de mots possible sur *déparquai* et *débarquai*.

35. Anecdote contée par Valère-Maxime (II, 10).

ange, homme, diable, ne diablesse qui ne voulust
biscoter [30]. Le portecole [31] abandonna sa copie ;
celluy qui jouoit sainct Michel descendit par la
volerie [32] ; les diables sortirent d'enfer, et y empor-
toient toutes ces paouvres femmelettes ; mesmes
Lucifer se deschayna [33].

« Somme, voyant le desarroy, je deparquay [34]
du lieu, à l'exemple de Caton le Censorin, lequel,
voyant par sa præsence les festes Floralies en desordre,
desista estre spectateur [35].

1. Les *Montagnes de la Lune,* en Afrique, sont blanches de neige.

2. *Marais.*

3. *Monts de l'extrême Nord.*

4. *Tes mauvaises engelures!*

5. *Lieux communs.*

CHAPITRE XXVIII

*Comment frere Jan reconforte Panurge
sus le doubte de Coqüage.*

« Je t'entends (dist frere Jan) mais le temps matte
toutes choses. Il n'est le marbre, ne le porphyre qui
n'ayt sa viellesse et decadence. Si tu ne en es là pour
ceste heure, peu d'années après subsequentes, je te
oiray confessant que les couilles pendent à plusieurs
par faulte de gibbessiere. Desja voy je ton poil gri-
sonner en teste. Ta barbe, par les distinctions du gris,
du blanc, du tanné et du noir, me semble une mappe-
monde. Reguarde icy : voy là Asie ; icy sont Tigris
et Euphrates. Voy là Afrique ; icy est la montaigne
de la Lune [1] ; voids tu les Paluz [2] du Nil ? Deçà est
Europe ; voyds tu Theleme ? Ce touppet icy, tout
blanc, sont les monts Hyperborées [3].

« Par ma soif, mon amy, quand les neiges sont es
montaignes, je diz la teste et le menton, il n'y a pas
grand chaleur par les valées de la braguette.

— Tes males mules [4] (respondit Panurge). Tu
n'entends pas les topiques [5]. Quand la neige est sus

6. *Lancements* (de la foudre).

7. *L'ulcère aux jambes;* cf. *P., Prologue:* « *le maulubec vous trousse* » (p. 41) et *G., Prologue:* « *Que le maulubec vous trousque !* » (p. 61).

8. *Les éclairs rouges comme le grenat.*

9. Il n'y a pas de lac « *Admirable* » en Suisse. Allusion possible au lac de Thoune, près de Berne.

10. *Poireaux.*

11. *Prouve.*

12. *Le couchant.*

13. *Peine.*

14. Il sera fait mention de *prédestination* à plusieurs reprises dans le même chapitre, mais il s'agit de la destinée terrestre fixée par la conjoncture astrale, et non pas de la prédestination des âmes de la doctrine protestante.

* *Tu me reproches... viguoureuse* est une addition de 1552.
** *Voire... diables,* addition de 1552.

les montaignes, la fouldre, l'esclair, les lanciz [6], le
maulubec [7], le rouge grenat [8], le tonnoirre, la tem-
peste, tous les diables sont par les vallées. En veulx
tu veoir l'expérience? Va on pays de Souisse, et
considere le lac de Vunderberlich [9], à quatre lieues de
Berne, tirant vers Sion. * Tu me reproches mon poil
grisonnant et ne consydere poinct comment il est
de la nature des pourreaulx [10], es quelz nous voyons
la teste blanche et la queue verde, droicte et viguoureuse.

« Vray est que en moy je recongnois quelque signe
indicatif de vieillesse, je diz verde vieillesse ; ne le
diz à personne : il demourera secret entre nous deux.
C'est que je trouve le vin meilleur et plus à mon goust
savoureux que ne soulois ; plus que ne soulois, je
crains la rencontre du mauvais vin. Note que cela
argüe [11] je ne sçay quoy du ponent [12], et signifie
que le midy est passé.

« Mais quoi? Gentil compaignon tousjours, autant
ou plus que jamais. Je ne crains pas cela, de par le
Diable. Ce n'est là où me deult [13]. Je crains que par
quelque longue absence de nostre roy Pantagruel,
auquel force est que je face compaignie, ** voire
allast il à tous les diables, ma femme me face coqu.
Voy là le mot peremptoire : car tous ceulx à qui j'en
ay parlé me en menassent et afferment qu'il me est
ainsi prædestiné [14] des cieulx.

— Il n'est (respondit frere Jan) coqu qui veult.
Si tu es coqu, *ergo* ta femme sera belle, *ergo* tu seras
bien traicté d'elle ; *ergo* tu auras des amis beaucoup ;
ergo tu seras saulvé.

15. Ici commence le *contreblason* énumérant les défauts du *couillon flétri*, par opposition au *blason* du *couillon mignon* du chap. XXVI. Souvent Rabelais entre deux thèmes analogues ou complémentaires laisse un intervalle d'un chapitre. Les amateurs de ces énumérations facétieuses pouvaient se divertir à les lire à deux voix, alternativement. Le procédé littéraire a été utilisé par Marot dans le *blason* du *Beau tétin* et le *contreblason* du *Laid tétin*. Au XVIIe siècle le poète mondain Benserade décrira successivement les beautés et les laideurs du corps humain. — La première édition (1546) présentait la liste sur trois colonnes.

16. *Pourri :* on fait *rouir* le chanvre dans des trous d'eau.

17. *Moisi* (comme une vieille croûte).

18. *Pétri.*

19. *Pendant.*

20. *Lâche.*

21. *Fané.*

22. *Égrené,* donc *vide.*

23. *Éreinté.*

24. *Épuisé* (comme le faucon chassant les canards sauvages ou *halbrans;* cf. *P.*, chap. XIII, p. 193).

25. *Accroupi.*

26. *Avarié.*

27. *Léger comme du liège.*

28. *Écrasé.*

29. *Presque éteint.*

30. *Grappillé.*

31. *Malaxé* (comme beurre en baratte).

32. *Agité* (comme un jouet).

« Ce sont topicques monachales. Tu ne en vauldras que mieulx, pecheur. Tu ne feuz jamais si aise. Tu n'y trouveras rien moins. Ton bien acroistra d'adventaige. S'il est ainsi prædestiné, y vouldrois tu contrevenir ? Diz, couillon flatry [15],

C. moisy,
C. rouy [16],
C. chaumeny [17],
C. poitry [18] d'eaue froyde,
C. pendillant,
C. transy,
C. appelant,
C. avallé [19],
C. guavasche [20],
C. fené [21],
C. esgrené [22],
C. esrené [23],
C. incongru,
C. de faillance,
C. forbeu,
C. hallebrené [24],
C. lanterné,
C. prosterné,
C. embrené,
C. engroué [25],
C. amadoué,
C. ecremé,
C. exprimé,
C. supprimé,
C. chetif,

C. retif,
C. putatif,
C. moulu,
C. vermoulu,
C. dissolu,
C. courbatu,
C. morfondu,
C. malautru,
C. dysgrasié,
C. biscarié [26],
C. disgratié,
C. liégé [27],
C. flacque,
C. diaphane,
C. esgoutté,
C. desgousté,
C. acravanté [28],
C. chippoté,
C. escharbotté [29],
C. hallebotté [30],
C. mitré,
C. chapitré,
C. baratté [31],
C. chicquané,
C. bimbelotté [32],

33. Couvert d'*échauboulures*, bulles de chaleur ou brûlures (?) sur la peau.

34. *Barbouillé.*

35. *Misérable.*

36. *Crevassé.*

37. *Chagriné.*

38. *D'eunuque* (hellénisme).

39. *Broyé* (hellénisme)

40. *Châtré.*

41. *Gangrené.*

42. *Fendu* (par le bistouri).

43. *Morveux.*

44. *Hernieux.*

45. *Couvert de croûtes*, donc *vérolé.*

46. *Mugueté.*

47. *Bouffi.*

48. *Dodu.*

49. *Mal fait.*

50. *Semblable au viet d'aze* (vit d'âne).

51. *Atrophié.*

52. *Gâté par la pourriture*

53. *Frelaté.*

54. *Écorniflé.*

55. *Gonflé.*

C. eschaubouillé [33],
C. entouillé [34],
C. barbouillé,
C. vuidé,
C. riddé,
C. chagrin,
C. have,
C. demanché.
C. morné,
C. vereux,
C. pesneux [35],
C. vesneux,
C. forbeu,
C. malandré [36],
C. meshaigné [37],
C. thlasié [38],
C. thlibié [39],
C. spadonicque [40],
C. sphacelé [41],
C. bistorié [42],
C. deshinguande,
C. farineux,
C. farcineux [43],
C. hergneux [44],
C. varicqueux,
C. gangreneux,
C. vereux,
C. croustelevé [45],
C. esclopé,
C. depenaillé,
C. fanfreluché [46],

C. matté,
C. frelatté,
C. guoguelu [47],
C. farfelu [48],
C. trepelu [49],
C. mitonné,
C. trepané
C. boucané,
C. basané,
C. effilé,
C. eviré,
C. vietdazé [50],
C. feueilleté,
C. mariné,
C. estiomené [51],
C. extirpé,
C. etrippé,
C. constippé,
C. niéblé [52],
C. greslé,
C. syncopé,
C. soufleté,
C. ripoppé [53],
C. buffeté [54],
C. dechicqueté,
C. corneté,
C. ventousé,
C. talemousé [55],
C. effructé,
C. balafré,
C. gersé,

56. *Poussif.*

57. *Sentant le fût* (?).

58. *Souffrant de la pousse des vins.* Pantagruel (cf. *P.,* chap. VII, p. 109) en faisant sonner les cloches de Notre-Dame fait tourner le vin en vinaigre ; donc ici : *aigri.*

59. *Sentant la bière.*

60. *Étique.*

61. *Abasourdi.*

62. *Gueux.*

63. *Abruti.*

64. *Grossier.*

65. *De chauve-souris.*

66. *Ensablé.*

67. *Déchiré.*

68. *Puant.*

69. *Rapetassé.*

70. *En pâte (matefain :* gâteau de sarrazin).

71. *De badaud.*

72. *Fiévreux.*

C. eruyté,
C. pantois [56],
C. putois,
C. fusté [57],
C. poulsé [58],
C. de godalle [59],
C. frilleux,
C. fistuleux,
C. scrupuleux,
C. languoureux,
C. fellé,
C. maléficié,
C. rance,
C. hectique [60],
C. diminutif,
C. usé,
C. tintalorisé [61],
C. quinault,
C. marpault [62],
C. matagrabolisé [63],
C. rouillé,
C. maceré,
C. indague [64],
C. paralyticque,
C. antidaté,
C. degradé,
C. manchot
C. perclus,
C. confus,

C. de ratepenade [65],
C. maussade,
C. de petarrade,
C. acablé,
C. hallé,
C. assablé [66],
C. dessiré [67],
C. desolé,
C. hebeté,
C. decadent,
C. cornant [68],
C. solœcisant,
C. appellant,
C. mince,
C. barré,
C. ulcéré,
C. assassiné,
C. bobeliné [69],
C. devalisé,
C. engourdely,
C. anonchaly,
C. anéanty,
C. de matafain [70],
C. de zero,
C. badelorié [71],
C. frippé,
C. deschalandé,
C. febricitant [72]

73. *Déranger.*

74. *Intelligences motrices.* Il en a été question au chap. I, p. 85, n. 13, au chap. III, p. 113. Ce sont les anges chargés de faire *mouvoir* les sphères célestes.

75. *Épointer les fuseaux* (des Parques).

76. *Contester à propos des vertoils* (anneau du fuseau).

77. *Rejeter les dévidoirs.*

78. *Les fils dévidés.* Panurge remettrait en question tout le travail des Parques qui filent la destinée.

79. Imprécation déjà proférée au chap. XXV contre Her Trippa.

80. Les géants entreprirent de détrôner les dieux.

81. *Manqueront.*

82. C'est la réplique au chap. XXVII.

« Couillonnas au diable, Panurge mon amy : puis qu'ainsi t'est prædestiné, voudroys tu faire retrograder les planetes, demancher [73] toutes les sphæres celestes, proposer erreur aux Intelligences motrices [74], espoincter les fuzeaulx [75], articuler les vertoilz [76], calumnier les bobines, reprocher les detrichoueres [77], condemner les frondrillons [78], defiller les pelotons des Parces ? Tes fiebvres quartaines [79], couillu ! Tu ferois pis que les Géans [80]. Vien ça, couillaud. Aimerois tu mieulx estre jalous sans cause que coqu sans congnoissance ?

— Je ne vouldrois (respondit Panurge) estre ne l'un ne l'autre ; mais si j'en suis une fois adverty, je y donneray bon ordre, ou bastons fauldront [81] on monde.

« Ma foy, frere Jan, mon meilleur sera poinct ne me marier. Escoute que me disent les cloches, à ceste heure que sommes plus prés : *Marie poinct, marie poinct, poinct, poinct, poinct, poinct. Si tu te marie, (marie poinct, marie poinct, poinct, poinct, poinct, poinct), tu t'en repentiras, tiras, tiras ; coqu seras* [82].

« Digne vertus de Dieu, je commence entrer en fascherie. Vous aultres, cerveaulx enfrocquez, n'y sçavez vous remede aulcun ? Nature a elle tant destitué les humains que l'home marié ne puisse passer ce monde sans tomber es goulphres et dangiers de Coqüage ?

— Je te veulx (dist frere Jan) enseigner un expedient moyenant lequel jamais ta femme ne te fera coqu sans ton sceu et ton consentement.

— Je t'en prie, (dist Panurge), couillon velouté. Or diz, mon amy.

83. Dans *Gargantua*, chap. VIII, p. 113, Hans Carvel est cité comme « *grand lapidaire du roy de Melinde* ». Cette anecdote obscène figure dans les *Cent Nouvelles Nouvelles* et chez Le Pogge (*Vita Francisci Philelfi*).

84. *Frétillante*.

85. *Semaines*.

36. *Tambouriner*.

87. Hans Carvel est un devancier d'Arnolphe (*L'École des femmes*, III, 2).

88. *Collier*.

89. *De bonne mine*.

— Prens (dist frere Jan), l'anneau de Hans Carvel [83], grand lapidaire du Roy de Melinde.

« Hans Carvel estoit homme docte, expert, studieux, homme de bien, de bon sens, de bon jugement, debonnaire, charitable, aulmosnier, philosophe ; joyeulx au reste, bon compaignon et raillart, si oncques en feut, ventru quelque peu, branslant de teste et aulcunement mal aisé de sa personne. Sus ses vieulx jours, il espousa la fille du baillif Concordat, jeune, belle, frisque [84], gualante, advenente, gratieuse par trop envers ses voisins et serviteurs. Dont advint, en succession de quelques hebdomades [85], qu'il en devint jalous comme un tigre et entra en soubson qu'elle se faisoit tabourer [86] les fesses d'ailleurs. Pour à laquelle chose obvier, luy faisoit tout plein de beaulx comptes touchant les desolations advenues par adultère, luy lisoit souvent la legende des preudes femmes, la preschoit de pudicité, luy feist un livre des louanges de fidelité conjugale, detestant fort et ferme la meschanceté des ribauldes mariées [87] ; et luy donna un beau carcan [88] tout couvert de sapphyrs orientaulx. Ce non obstant, il la voioyt tant deliberée et de bonne chere [89] avecques ses voisins que de plus en plus croissoit sa jalousie. Une nuyct entre les aultres, estant avecques elle couché en telles passions, songea qu'il parloit au Diable, et qu'il luy comptoit ses doléances. Le Diable le reconfortoit et luy mist un anneau on maistre doigt, disant : " Je te donne cestuy anneau ; tandis que l'auras on doigt, ta femme ne sera d'aultruy charnellement congneue sans ton sceu et consentement. — Grand mercy (dist Hans Carvel), monsieur

90. *Mahomet*. Hans Carvel jure comme un Arabe.

le Diable. Je renye Mahom [90], si jamais on me l'oste du doigt. ''

« Le Diable disparut. Hans Carvel, tout joyeulx, s'esveigla, et trouva qu'il avoit le doigt on comment a nom ? de sa femme.

« Je oubliois à compter comment sa femme, le sentant, reculloit le cul arriere, comme disant : '' Ouy, nenny, ce n'est ce qu'il y fault mettre '' ; et lors sembloit à Hans Carvel qu'on luy voulust desrobber son anneau. N'est ce remede infaillible ? A cestuy exemple faiz, si me croys, que continuellement tu ayez l'anneau de ta femme on doigt. »

Icy feut fin et du propous et du chemin

1. *Au palais de Thélème.*

2. *Le dire.*

3. C'est un des conseils les plus sérieux de Rabelais.

4. Pantagruel, après les fariboles obscènes du chapitre précédent, fait entendre de graves paroles et condamne le péché de Panurge, qu'il s'agisse de son entêtement à repousser les prédictions et à s'en tenir à son interprétation, ce qui est une forme de l'amour-propre, ou bien de son acceptation des vaines sciences, qu'il persiste à interroger malgré leur ineptie. Le mot *philautia* se rencontre souvent chez Érasme.

5. Souvenir de Corneille Agrippa (*De vanitate scientiarum*, chap. *De medicina...*).

CHAPITRE XXIX

Comment Pantagruel faict assemblée d'un Théologien,
d'un Medicin, d'un Legiste et d'un Philosophe, pour la
perplexité de Panurge.

Arrivez au palais [1], comptèrent à Pantagruel le
discours de leur voyage, et luy monstrèrent le dicté [2]
de Raminagrobis. Pantagruel, l'avoir leu et releu,
dist :

« Encores n'ay je veu response que plus me plaise.
Il veult dire sommairement qu'en l'entreprinse de
mariage chascun doibt estre arbitre de ses propres
pensées, et de soy mesmes conseil prendre [3]. Telle
a tousjours esté mon opinion, et aultant vous en diz
la premiere foys que m'en parlastes ; mais vous en
mocquiez tacitement, il m'en soubvient, et congnois
que philautie [4] et amour de soy vous deçoit. Faisons
aultrement.

« Voicy quoy : tout ce que sommes et qu'avons
consiste en trois choses, en l'ame, on corps, es biens.
A la conservation de chascun des trois respectivement
sont au jourd'huy destinées troy manieres de gens :
les théologiens à l'ame, les medicins au corps, les
jurisconsultes aux biens [5]. Je suys d'advis que diman-

6. *Picault* est un nom courant dans le Poitou.

7. *Mal emmanché*.

8. On peut comprendre, *en ignorant* (l'ignorance et la légèreté des courtisans était proverbiale) ou bien, *selon le Courtisan*, ouvrage de Baltazar Castiglione, traduit en français en 1538, et largement diffusé. Les propos de Panurge y figurent.

9. *Plaidoyers*.

10. *C'est pourquoi*.

11. Peut-être souvenir de l'apôtre Thadée. A. Lefranc suggère qu'il s'agit de Lefèvre d'Étaples! V.-L. Saulnier n'est pas convaincu de cette identification, mais admet qu'Hippothadée représente le bon docteur évangélique.

12. *Rondibilis* désigne Rondelet, ancien condisciple de Rabelais à l'Université de Montpellier, illustre médecin, auteur d'une *Histoire des Poissons* (1558) et qui obtint une chaire à cette Université en 1545. L'historien de Thors estimait déjà fondée cette identification, tout en la considérant comme irrévérencieuse.

13. Nom de fantaisie, qui se rattache à l'*oison bridé* du *Prologue* du *Gargantua*. Il est synonyme de *niais*.

14. *Quatre* était le nombre parfait pour les Pythagoriciens

15. *Quatrième en sus*.

che nous ayons icy à dipner un théologien, un medicin et un jurisconsulte. Avecques eulx ensemble nous confererons de vostre perplexité.

— Par sainct Picault [6] (respondit Panurge), nous ne ferons rien qui vaille, je le voy desja bien. Et voyez comment le monde est vistempenardé [7]. Nous baillons en guarde nos ames aux théologiens, les quelz pour la plus part sont hæreticques, nos corps es medicins, qui tous abhorrent les medicamens, jamais ne prennent medicine, et nos biens es advocatz, qui n'ont jamais procès ensemble.

— Vous parlez en courtisan [8] (dist Pantagruel), mais le premier poinct je nie, voyant l'occupation principale, voire unicque et totale des bons théologiens estre emploictée par faictz, par dictz, par escriptz à extirper les erreurs et hæresies (tant s'en fault qu'ilz en soient entachez), et planter profundement es cueurs humains la vraye et vive foy catholicque.

« Le second je loue, voyant les bons medicins donner tel ordre à la partie prophylactice et conservatrice de santé en leur endroict qu'ilz n'ont besoing de la therapeutice et curative par medicamens.

« Le tiers je concede, voyant les bons advocatz tant distraictz en leurs patrocinations [9] et responses du droict d'aultruy qu'ilz n'ont temps ne loisir d'entendre à leur propre. Pourtant [10], dimanche prochain, ayons pour théologien nostre pere Hippothadée [11], pour medicin, nostre maistre Rondibilis [12], pour legiste, nostre amy Bridoye [13].

« Encore suys je d'advis que nous entrons en la tetrade Pythagoricque [14] et pour soubrequart [15] ayons

24

16. Nom de fantaisie dérivé de *trouil*, dévidoire en patois poitevin.

17. *Affirmativement, positivement*. Nous verrons qu'il n'en sera rien.

18. Traduction d'une maxime juridique : *extra aleam judiciarum*.

19. *En outre*.

20. Rondelet, comme Rondibilis, était marié en 1546, date du *Tiers Livre;* il sera veuf par la suite et se remariera en 1560.

21. Jean de Boyssonné, professeur à l'Université de Toulouse, puis conseiller au Parlement créé par François Ier à Chambéry en 1539. La correspondance de Boyssonné atteste ses relations amicales avec Rabelais. Faut-il en déduire que *Bridoye* est, lui aussi, un juriste connu de Rabelais et de Boyssonné ? On ne peut l'affirmer.

nostre feal le philosophe Trouillogan [16], attendu
mesmement que le philosophe perfaict, et tel qu'est
Trouillogan, respond assertivement [17] de tous doubtes
proposez. Carpalim, donnez ordre que les ayons tous
quatre dimanche prochain à dipner.

— Je croy (dist Epistemon) qu'en toute la patrie
vous ne eussiez mieulx choisy. Je ne diz seulement
touchant les perfections d'un chascun en son estat,
les quelles sont dehors tout dez de jugement [18], mais,
d'abondant [19], en ce que Rondibilis marié est, ne
l'avoit esté [20] ; Hippothadée oncques ne le feut et ne
l'est ; Bridoye l'a esté et ne l'est ; Trouillogan l'est
et l'a esté. Je releveray Carpalim d'une peine : je
iray inviter Bridoye (si bon vous semble), lequel est
de mon antique congnoissance et au quel j'ay à parler
pour le bien et advencement d'un sien honeste et docte
filz, lequel estudie à Tholose soubs l'auditoire du très
docte et vertueux Boissoné [21].

— Faictez (dist Pantagruel) comme bon vous
semblera, et advisez si je peuz rien pour l'advencement du filz et dignité du seigneur Boissoné, lequel
je ayme et revère, comme l'un des plus suffisans qui
soit huy en son estat. Je me emploiray de bien bon
cœur. »

1. Cette *lieutenance* comporte sans doute une facétie dont le sens nous échappe. Près du chemin de Ligugé à Poitiers il existe une source du nom de *Fonsbeton*. Dans le chapitre précédent, Rabelais a présenté les interlocuteurs. Il va donner tout de suite la parole à Hippothadée, qui se comportera en défenseur de la « *vraie et vive foy catholique* » à propos du problème du mariage.

2. Le théologien Pierre d'Ailly avait écrit un ouvrage intitulé *Destructiones modorum significandi. Conceptus et insolubilia secundum viam nominalium.* Panurge ne retient du titre que ce qui le concerne : l'incapacité à donner une solution. Dans le *Pantagruel* (chap. xvi, p. 235) Panurge résout un problème en se fondant ironiquement sur les *Suppositions* de Pierre d'Ailly.

3. *Invitation*.

4. Cette *modestie incroyable* contraste avec l'assurance des précédents consultants et la vanité des théologiens scolastiques.

* *Comme... de Alliaco* manque dans la première édition.

CHAPITRE XXX

*Comment Hippothadée, théologien, donne conseil
à Panurge sus l'entreprinse de mariage.*

Le dipner au dimanche subsequent ne feut si tost
prest comme les invitez comparurent, excepté Bridoye,
lieutenant de Fonsbeton [1]. Sus l'apport de la seconde
table, Panurge, en parfonde reverence, dict :

« Messieurs, il n'est question que d'un mot. Me
doibs je marier ou non ? Si par vous n'est mon doubte
dissolu, je le tiens pour insoluble, * comme sont *Insolubilia de Alliaco* [2] ; car vous estes tous esleuz, choisiz
et triez, chascun respectivement en son estat, comme
beaulx pois sus le volet. »

Le pere Hippothadée, à la semonce [3] de Pantagruel
et reverence de tous les assistans, respondit en modestie incroyable [4] :

« Mon amy, vous nous demandez conseil, mais
premier fault que vous mesmes vous conseillez.
Sentez vous importunement en vostre corps les aiguillons de la chair ?

— Bien fort (respondit Panurge) ne vous desplaise,
nostre pere.

5. *Embarras*.

6. Avant de répondre, Hippothadée s'informe des conditions morales et physiques de Panurge. Selon Érasme, Luther et Calvin (cf. M. A. Screech) la chasteté du célibat dépendait d'une *grâce spéciale* fort rare.

7. *Brûler*.

8. Souvenir de saint Paul (*I*re *Épître aux Corinthiens*, VII, 9). Hippothadée, comme les Évangéliques et les Réformés est favorable au mariage, alors que les théologiens traditionalistes le considéraient seulement comme un pis-aller.

9. *Tourner autour du pot*. Mais au lieu de la locution populaire, Rabelais a inventé un mot d'aspect savant (*circum umbilicum vagari*: tourner autour du centre), qui comporte une allusion obscène (*vaginer*, vagin).

10. Euphémisme pour *Cordieu*, de l'italien *corpo di gallina*, corps de poule.

11. C'est le régal que promet Pathelin à maître Guillaume (*Farce de Pathelin*, 300).

12. C'est le contraire de la farce où il est dit : « *Et si mangerez de mon oie, Par Dieu, que ma femme rotist.* » Panurge veut faire entendre que sa promesse n'est point trompeuse comme celle de Pathelin.

13. Il n'était pas choquant à l'époque pour un prêtre d'ouvrir le bal dans une noce.

14. *Non vraiment;* cf. chap. XXVII, note 6.

15. La réserve : *S'il plaît à Dieu* provoque l'irritation de Panurge qui voit en elle un subterfuge de dialectique, alors que pour Hippothadée c'est l'expression même de la foi.

16. Terme de dialectique que l'exemple du mulet, sans doute traditionnel dans les écoles, met en lumière. Panurge retombe dans l'incertitude.

17. Comparaison entre le *conseil privé* du Roi céleste et le conseil du roi terrestre. Rabelais, ainsi que les Évangéliques, ne prétend pas connaître les décisions divines. Panurge ne doit pas chercher à deviner la volonté divine par ses consultations, mais se décider d'après la Bible qui contient toute la Révélation.

— Non faict il (dist Hippothadée), mon amy. Mais, en cestuy estrif [5], avez vous de Dieu le don et grace speciale de continence [6] ?

— Ma foy non, respondit Panurge.

— Mariez vous donc, mon amy, dist Hippothadée ; car trop meilleur est soy marier que ardre [7] on feu de concupiscence [8].

— C'est parlé cela (s'escria Panurge) gualantement, sans circumbilivaginer [9] autour du pot. Grand mercy, monsieur nostre pere ! Je me mariray sans poinct de faulte, et bien tost. Je vous convie à mes nopces. Corpe de galline [10], nous ferons chere lie. Vous aurez de ma livrée, et si mangerons de l'oye [11], Cor bœuf, que ma femme ne roustira poinct [12]. Encores vous priray je mener la premiere dance des pucelles [13], s'il vous plaist me faire tant de bien et d'honneur, pour la pareille. Reste un petit scrupule à rompre, petit, diz je, moins que rien. Seray je poinct coqu ?

— Nenny dea [14], mon amy (respondit Hippothadée), si Dieu plaist [15].

— O ! la vertu de Dieu (s'écria Panurge), nous soit en ayde ! Où me renvoyez vous, bonnes gens ? Aux conditionales [16] les quelles en dialecticque reçoivent toutes contradictions et impossibilitez. Si mon mulet transalpin voloit, mon mulet transalpin auroit aesles. Si Dieu plaist, je ne seray poinct coqu ; je seray coqu, si Dieu plaist.

« Dea, si feust condition à laquelle je peusse obvier, je ne me desespererois du tout ; mais vous me remettez au conseil privé de Dieu, en la chambre de ses menuz plaisirs [17] ! Où prenez vous le chemin pour y aller,

18. *Agitation.*

19. *La tête.* Facétie sur *testa* (tête) et *mens* (âme).

20. *Rillettes.*

21. La jarretière de la mariée, rubans et fragments du voile que distribue la mariée aux invités. Panurge ne rabroue pas aussi vertement Hippothadée que les précédents *consultants.*

22. *Donateur.* Souvenir de saint Jacques (I, 17) : « *Omne datum optimum* ».

23. Expression théologique ; c'est le don divin qui se répand dans l'âme humaine ; cf. *Polyeucte*, I, 1 :

> « Il est toujours tout juste et tout bon ; mais sa grâce
> Ne descend pas toujours avec même efficace. »

24. Hippothadée commente le *Pater Noster*, prière commune à tous les Chrétiens, dont Montaigne dira que c'est la prière « dictée mot à mot par la bouche de Dieu » et « qu'elle dit tout ce qu'il faut. » (*Essais*, I, LVI, *Des prières*).

25. *Cachée.*

26. Souvenir du *Deutéronome* (XXX, 11-14).

vous aultres François ? Monsieur nostre pere, je croy
que vostre mieulx sera ne venir pas à mes nopces.
Le bruyt et la triballe [18] des gens de nopces vous
romperoient tout le testament [19]. Vous aimez repous,
silence et solitude. Vous n'y viendrez pas, ce croy je.
Et puis vous dansez assez mal et seriez honteux
menant le premier bal. Je vous envoiray du rillé [20]
en vostre chambre, de la livrée nuptiale [21] aussy.
Vous boirez à nous, s'il vous plaist.

— Mon amy (dist Hippothadée), prenez bien mes
parolles, je vous en prie. Quand je vous diz : " S'il
plaist à Dieu ", vous fays je tord ? Est ce mal parlé ?
Est ce condition blaspheme ou scandaleuse ? N'est ce
honorer le Seigneur, créateur, protecteur, servateur ?
N'est ce le recongnoistre unicque dateur [22] de tout
bien ? N'est ce nous declairer tout despendre de sa
benignité, rien sans luy n'estre, rien ne valoir, rien
ne povoir, si sa saincte grace n'est sus nous infuse [23] ?
N'est ce mettre exception canonicque à toutes nos
entreprinses ? et tout ce que proposons remettre à
ce que sera disposé par sa saincte volunté, tant es
cieulx comme en la terre ? N'est ce veritablement
sanctifier son benoist nom [24] ?

« Mon amy, vous ne serez poinct coqu si Dieu
plaist. Pour sçavoir sur ce quel est son plaisir, ne fault
entrer en desespoir, comme de chose absconse [25]
et pour laquelle entendre fauldroit consulter son
conseil privé et voyager en la chambre de ses très
sainctz plaisirs [26]. Le bon Dieu nous a faict ce bien
qu'il nous les a revelez, annoncez, declairez et apertement descriptz par les sacres bibles.

27. Ce sont les conditions des Thélémites qui sont « *gens liberes, bien nez, bien instruictz, conversans en compaignies honnestes* » (*Gargantua*, chap. LVII, p. 423).

28. Ces recommandations sont conformes aux textes sacrés, notamment des *Proverbes*, XXXI, de l'*Exode*, XX. Après les caricatures misogynes de la tradition gauloise, nous trouvons ici le portrait de la femme chrétienne, de la *femme forte*, selon la Bible.

29. La comparaison du miroir est tirée des *Préceptes matrimoniaux* de Plutarque (IX, 139), mais Érasme l'avait déjà employée pour symboliser le couple chrétien.

30. Autre souvenir de Plutarque (*ibid.*).

« Là vous trouverez que jamais ne serez coqu,
c'est à dire que jamais vostre femme ne sera ribaulde,
si la prenez issue de gens de bien [27], instruicte en
vertus et honesteté, non ayant hanté ne frequenté
compaignie que de bonnes meurs, aymant et craignant
Dieu, aymant complaire à Dieu par foy et observation
de ses saincts commandements, craignant l'offenser
et perdre sa grace par default de foy et transgression
de sa divine loy, en laquelle est rigoureusement
defendu adultere et commendé adhærer unicquement
à son mary, le cherir, le servir, totalement l'aymer
après Dieu [28].

« Pour renfort de ceste discipline, vous, de vostre
cousté, l'entretiendrez en amitié conjugale, conti-
nuerez en preud'homie, luy monstrerez bon exemple,
vivrez pudicquement, chastement, vertueusement en
vostre mesnaige, comme voulez qu'elle, de son cousté,
vive ; car, comme le mirouoir [29] est dict bon et perfaict,
non celluy qui plus est orné de dorures et pierreries,
mais celluy qui veritablement repræsente les formes
objectes, aussi celle femme n'est la plus à estimer,
laquelle seroit riche, belle, elegante, extraicte de noble
race, mais celle qui plus s'efforce avecques Dieu soy
former et bonne grace et conformer aux meurs de
son mary.

« Voyez comment la Lune ne prent lumiere ne de
Mercure, ne de Juppiter, ne de Mars ne d'aultre pla-
nette ou estoille qui soyt on ciel ; elle n'en reçoit que
du soleil, son mary, et de luy n'en reçoit poinct plus
qu'il luy en donne par son infusion et aspectz [30].
Ainsi serez vous à vostre femme en patron et exem-

31. *Effilant.*
32. Dans les *Proverbes* (XXXI, 10).
33. *Morceau.*
34. Vin aromatisé avec de la cannelle.

plaire de vertus et honesteté. Et continuellement
implorerez la grace de Dieu à vostre protection.

— Vous voulez doncques (dist Panurge, fillant [31]
les moustaches de sa barbe) que j'espouse la femme
forte descripte par Solomon [32]? Elle est morte, sans
poinct de faulte. Je ne la veid oncques, que je saiche ;
Dieu me le veuille pardonner! Grand mercy toutesfoys, mon pere. Mangez ce taillon [33] de massepain ;
il vous aydera à faire digestion ; puis boirez une
couppe de hippocras [34] clairet : il est salubre et stoma-
chal. Suyvons. ⅄

1. Habillés de *bure*.

2. Localité et anecdote non identifiés.

3. *Frai*, au lieu de *Frère*, antithèse facétieuse avec *chaud*, du nom du frère, *Chaude-oreille*.

4. Les médecins allaient à leurs visites, montés sur des mules. L'*amble* est une variété de trot, où la monture lève ensemble les pattes du même côté.

5. Rondibilis est particulièrement compétent dans ce domaine, puisque Rondelet avait composé un ouvrage de *Médecine pratique*, où il traitait de la génération. Rabelais, son ami de longue date, avait de fortes chances d'être au courant de ses recherches. Dans tout le chapitre, Rabelais suit la doctrine platonicienne opposée à celle de Galien (cf. Joubert, B.H.R. 1961). On peut comparer les explications de Rondibilis à la description du *microcosme*, chap. IV.

6. Ces cinq moyens ont été énumérés par Tiraqueau (qui les avait tirés de Plutarque) dans son *De legibus connubialibus* (Des lois du mariage), XV.

7. *Détente*.

CHAPITRE XXXI

Comment Rondibilis, medicin, conseille Panurge.

Panurge, continuant son propous, dist :

« Le premier mot que dist celluy qui escouilloit les moines beurs [1] à Saussignac [2], ayant escouillé le frai [3] Cauldaureil, feut : « Aux aultres. » Je diz pareillement : « Aux aultres. » Cza, monsieur nostre maistre Rondibilis, depeschez moy. Me doibs je marier ou non ?

— Par les ambles de mon mulet [4] (respondit Rondibilis), je ne sçay que je doibve respondre à ce probleme [5]. Vous dictez que sentez en vous les poignans aiguillons de sensualité ! Je trouve en nostre Faculté de Medicine, et l'avons prins de la resolution des anciens platonicques, que la concupiscence charnelle est refrénée par cinq moyens [6]. Par le vin.

— Je le croy (dist frere Jan). Quand je suis bien yvre, je ne demande qu'à dormir.

— J'entends (dist Rondibilis) par vin prins intemperamment, car par l'intemperance du vin advient au corps humain refroidissement de sang, resolution [7]

8. Au sens littéral : *actes contraires à...*

9. Proverbe très ancien, qu'on trouve chez Térence, dans *L'Eunuque* (IV, 5) : « *Sine Cerere et Baccho, friget Venus* », Sans Cérès et Bacchus, Vénus grelotte. Le proverbe a été repris par de multiples auteurs, notamment Érasme (*Adages*) et Tiraqueau.

10. Cette légende antique est citée également par Tiraqueau (*op. cit.*).

11. *Chèvrefeuille.*

12. *Le petit tubercule des orchidées.*

13. Cette énumération n'est pas fantaisiste. Ces antiaphrodisiaques étaient cités dans l'*Histoire naturelle* de Pline, et utilisés par la médecine du XVIe siècle.

14. Il s'agit des *esprits animaux* qui poussent le sperme vers les testicules (cf. chap. IV, fin).

15. *Obstruent.*

des nerfs, dissipation de semence generative, hebetation des sens, perversion des mouvements, qui sont
toutes impertinences [8] à l'acte de generation. De
faict, vous voyez painct Bacchus, dieu des yvroignes,
sans barbe et en habit de femme, comme tout effœ-
miné, comme eunuche et escouillé. Aultrement est
du vin prins temperement. L'antique proverbe nous
le designe, on quel est dict : Que Venus se morfond
sans la compaignie de Ceres et Bacchus [9]. Et estoit
l'opinion des anciens, scelon le recit de Diodore Sici-
lien, mesmement des Lampsaciens, comme atteste
Pausanias, que messer Priapus feut filz de Bacchus
et Venus [10].

« Secondement, par certaines drogues et plantes,
les quelles rendent l'homme refroidy, maleficié et
impotent à generation. L'experience y est en nymphœa heraclia, amerine, saule, chenevé, pericly-
menos [11], tamaris, vitex, mandragore, cigüe, orchis le
petit [12], la peau d'un hippopotame [13], et aultres,
les quelles, dedans les corps humains tant par leurs
vertus elementaires que par leurs proprietez speci-
ficques, glassent et mortifient le germe prolificque,
ou dissipent les espritz [14] qui le doibvoient conduire
aux lieux destinez par nature, ou oppilent [15] les
voyes et conduictz par les quelz povoit estre expulsé,
comme, au contraire, nous en avons qui eschauffent,
excitent et habilitent l'homme à l'acte venerien.

— Je n'en ay besoing (dist Panurge), Dieu mercy
et vous, nostre maistre. Ne vous desplaise toutesfoys.
Ce que j'en diz n'est par mal que je vous veuille.

— Tiercement (dist Rondibilis), par labeur assidu ;

16. Il y avait trois concoctions, la stomacale, l'hépatique, et enfin la cardiaque ou sanguine (cf. chap. IV). Le liquide spermatique est considéré par Aristote (et par Rabelais) comme un superflu des produits de l'assimilation. Cette conception s'oppose à celle de Galien.

17. La question de la conservation de l'espèce humaine a déjà été évoquée au début du chap. I, au cours du chap. IV, au chap. VIII, à la fin du chap. XXVI. « *Chose si precieuse ne doibt estre follement perdue* », dit Panurge de la semence humaine. Les platoniciens, comme ici Rondibilis, estiment plus importante la sauvegarde de l'individu, Galien et Avicenne, celle de l'espèce.

18. Jeu de mots sur *castra*, le camp (en latin) et *chastes;* il se trouvait déjà dans Isidore de Séville (*Etymologicum*) et dans Tiraqueau (*op. cit.*).

19. Anecdote citée par Hippocrate (*De aëre, aquis et locis*, IV).

20. Égisthe devint l'amant de Clytemnestre, femme d'Agamemnon, pendant que celui-ci guerroyait devant Troie (cf. Eschyle, *Agamemnon*).

21. *Oisif.* L'explication est donnée par Ovide (*Remedia Amoris*, 161-162).

22. *Frapperait.*

23. *Cois, tranquilles.*

24. *En repos.*

car en icelluy est faicte si grande dissolution du corps,
que le sang, qui est par icelluy espars pour l'alimentation d'un chascun membre, n'a temps ne loisir ne
faculté de rendre celle resudation seminale et super-
fluité de la tierce concoction [16]. Nature particuliai-
rement se la reserve, comme trop plus necessaire à la
conservation de son individu, qu'à la multiplication
de l'espece et genre humain [17]. Ainsi est dicte Diane
chaste, laquelle continuellement travaille à la chasse.
Ainsi jadis estoient dictz les castres [18], comme castes,
es quelz continuellement travailloient les athletes
et soubdars. Ainsi escript Hippocrates [19], *lib. de aere,
aqua et locis*, de quelques peuples en Scythie, les quelz,
de son temps, plus estoient impotens que eunuches à
l'esbatement venerien, parce que continuellement ilz
estoient à cheval et au travail, comme au contraire
disent les philosophes, oysiveté estre mere de luxure.

« Quand l'on demandoit à Ovide quelle cause
feut parquoy Ægistus [20] devint adultere, rien plus
ne respondoit sinon par ce qu'il estoit ocieux [21], et
qui housteroit oysiveté du monde, bien toust periroient les ars de Cupido. Son arc, sa trousse et ses
fleches lui seroient en charge inutile ; jamais n'en
feriroit [22] personne, car il n'est mie si bon archier
qu'il puisse ferir les grues volans par l'aer, et les
cerfs relancez par les boucaiges, comme bien faisoient
les Parthes, c'est à dire les humains tracassans et
travaillans ; il les demande quoys [23], assis, couchés et
à sejour [24].

« De faict, Théophraste, quelques foys interrogé
quelle beste ou quelle chose il pensoit estre amou-

25. D'après Diogène Laërce (vi).

26. Anecdote rapportée par Pausanias et utilisée par Tiraqueau (*op. cit.*). Le juriste avait réuni dans le chap. ix les références à Ovide, Diogène et Théophraste.

27. Il a été question du *plexus mirabilis* au chap. iv, p. 124, n. 35. Sur ce point d'anatomie, bien que Vésale eût nié l'existence du plexus, la plupart des médecins (p. ex. Ambroise Paré) suivaient encore la doctrine de Galien.

28. *Ventricule gauche;* cf. chap. iv, p. 124 : « *En fin tant est affiné dedans le retz merveilleux, que par après en sont faictz les esprits animaulx, moyennans les quelz elle imagine, discourt,* etc. », et chap. xiii, p. 200, n. 30, propos de Gargantua.

29. *Détours, circuits.*

rettes, respondit que c'estoient passions des espritz
ocieux. Diogenes [25] pareillement disoit Paillardise
estre l'occupation des gens non aultrement occupez.
Pourtant, Canachus Sicyonien sculpteur, voulent
donner entendre que oysiveté, paresse, non chaloir,
estoient les gouvernantes de ruffiennerie, feist la
statue de Venus assise, non debout comme avoient
faict tous ses predecesseurs [26].

« Quartement, par fervente estude ; car en icelle
est faicte incredible resolution des espritz, tellement
qu'il n'en reste de quoy pousser aux lieux destinez
ceste resudation generative et enfler le nerf caverneux,
duquel l'office est hors la projecter, pour la propaga-
tion d'humaine nature.

« Qu'ainsi soit, contemplez la forme d'un homme
attentif à quelque estude ; vous voirez en luy toutes
les arteres du cerveau bendées comme la chorde
d'une arbaleste pour luy fournir dextrement espritz
suffisans à emplir les ventricules du sens commun,
de l'imagination et apprehension, de la ratiocination
et resolution, de la memoire et recordation, et agilement courir de l'un à l'aultre par les conduictz mani-
festes en anatomie sus la fin du retz admirable [27]
onquel se terminent les arteres ; les quelles de la
senestre armoire [28] du cœur prenoient leur origine
et les espritz vitaulx affinoient en longs ambages [29]
pour estre faictz animaulx, de mode que, en tel person-
naige studieux, vous voirez suspendues toutes les
facultez naturelles, cesser tous sens exterieurs, brief,
vous le jugerez n'estre en soy vivent, estre hors soy
abstraict par ecstase, et direz que Socrate n'abusoit

30. D'après Platon (*Phédon*, 64 A).

31. Hypothèse avancée par Cicéron (*Tusculanes*, v, 39).

32. *Les Grâces.*

33. Dans Lucien (*Aphrodite et l'Amour*).

34. Puisque (selon Hippocrate) la semence est une sécrétion du sang, si l'on coupe les vaisseaux qui traversent les glandes parotides, l'acte vénérien ne peut plus se produire. Il en est de même pour les intellectuels qui emploient trop de *sang spirituel* ou d'*esprits animaux* pour leurs études. L'origine du sperme était un sujet d'âpres disputes entre les médecins de l'Antiquité et de la Renaissance (cf. Pierre d'Abano, *Conciliator*; Valesius, *Controversia medicinalis*).

du terme, quand il disoit philosophie n'estre aultre chose que meditation de mort [30].

« Par adventure est ce pour quoy Democritus se aveugla, moins estimant la perte de sa veue que diminution de ses contemplations, les quelles il sentoit interrompues par l'esguarement des œilz [31].

« Ainsi est vierge dicte Pallas, déesse de sapience, tutrice des gens studieux, ainsi sont les Muses vierges, ainsi demeurent les Charites [32] en pudicité éternelle ; et me soubvient avoir leu [33] que Cupido, quelques foys interrogé de sa mere Venus pour quoy il n'assailloit les Muses, respondit qu'il les trouvoit tant belles, tant nettes, tant honestes, tant pudicques et continuellement occupées, l'une à contemplation des astres, l'aultre à supputation des nombres, l'aultre à dimension des corps géometricques, l'aultre à invention rhetoricque, l'aultre à composition poëticque, l'aultre à disposition de musique, que, approchant d'elles, il desbandoit son arc, fermoit sa trousse et extaignoit son flambeau, par honte et craincte de leurs nuire, puys houstoit le bandeau de ses œilz pour plus apertement les veoir en face et ouyr leurs plaisans chantz et odes poëticques ; là prenoit le plus grand plaisir du monde, tellement que souvent il se sentoit tout ravy en leurs beaultez et bonnes graces, et s'endormoit à l'harmonie, tant s'en fault qu'il les voulsist assaillir ou de leurs estudes distraire.

En cestuy article je comprens ce que escript Hippocrates [34] on livre susdict, parlant des Scythes ; et, au livre intitulé *De geniture*, disant tous humains estre

35. *L'épine dorsale.*

36. Roscelino, prieur de Saint-Victor (?) en 1250, selon une identification hypothétique.

37. Il existe une chapelle creusée dans le coteau dominant Chinon, dédiée au souvenir de la reine Radegonde qui rendit visite à l'ermite qui vivait dans cette grotte.

38. *D'outre-mer.*

39. La *puce enchassée* dans l'anneau de l'oreille droite (chap. VII, début).

à generation impotens, es quelz l'on a une foys couppé
les arteres parotides les quelles sont à cousté des
aureilles, par la raison cy davant exposée quand je
vous parlois de la resolution des espritz et du sang
spirituel, du quel les arteres sont receptacles ; aussi
qu'il maintient grande portion de la geniture sourdre
du cerveau et de l'espine du dours [35].

« Quintement, par l'acte Venerien.

— Je vous attendois là (dist Panurge) et le prens
pour moy. Use des præcedens qui vouldra.

— C'est (dist frere Jan) ce que Fray Scyllino [36],
prieur de Sainct Victor lez Marseille, appelle mace-
ration de la chair ; et suys en ceste opinion (aussi
estoit l'hermite de Saincte Radegonde au dessus de
Chinon [37]) que plus aptement ne porroient les hermites
de Thebaïde macerer leurs corps, dompter ceste pail-
larde sensualité, deprimer la rebellion de la chair,
que le feisant vingt et cinq ou trente foys par
jour.

— Je voy Panurge (dist Rondibilis) bien proportionné en ses membres, bien tempéré en ses humeurs,
bien complexionné en ses espritz, en aage competent,
en temps opportun, en vouloir equitable de soy
marier : s'il rencontre femme de semblable tempera-
ture, ilz engendreront ensemble enfans dignes de
quelque monarchie transpontine [38]. Le plus toust
sera le meilleur, s'il veult veoir ses enfans pour-
veuz.

— Monsieur nostre maistre (dist Panurge) je le
seray, n'en doubtez, et bien toust. Durant vostre
docte discours, ceste pusse que j'ay en l'aureille [39]

40. Locution proverbiale.

m'a plus chatouillé que ne feist oncques. Je vous retiens de la feste. Nous y ferons chere et demie, je le vous prometz. Vous y amenerez vostre femme, s'il vous plaist, avecques ses voisines, cella s'entend. Et jeu sans villenie! [40] »

1. Même attitude qu'envers Hippothadée (chap. xxx, p. 375 : « *Reste un petit scrupule à rompre, petit, diz je, moins que rien.* » Panurge en revient à son éternelle question. Montaigne, lui, avouera que « le caractère de la cornardise est indélébile » et que la curiosité est ici « pernicieuse ».

2. *Gonfanon* (drapeau).

3. Interprétation burlesque de l'abréviation de *Senatus Populusque Romanus*, le sénat et le peuple romain.

4. *Apanages.*

5. *Ignorant.*

6. Rondelet passait, au contraire, pour être d'humeur enjouée.

CHAPITRE XXXII

*Comment Rondibilis declaire Coqüage
estre naturellement des apennages de mariage.*

« Reste (dist Panurge continuant) un petit poinct [1]
à vuider. Vous avez aultres foys veu on confanon [2]
de Rome, S. P. Q. R. [3] *Si Peu Que Rien* seray je
poinct coqu?

— Havre de Grace (s'escria Rondibilis) que me
demandez vous? Si serez coqu? Mon amy, je suys
marié, vous le serez par cy après; mais escrivez ce
mot en vostre cervelle, avec un style de fer, que tout
home marié est en dangier d'estre coqu. Coqüage
est naturellement des apennages [4] de mariage. L'umbre
plus naturellement ne suyt le corps que Coqüage suit
les gens mariez, et, quand vous oirez dire de quelqu'un
ces trois mots : " Il est marié ", si vous dictez : " Il est
doncques, ou a esté, ou sera, ou peult estre coqu ",
vous ne serez dict imperit [5] architecte de consequen-
ces naturelles.

— Hypocondres [6] de tous les diables (s'escria
Panurge) que me dictez vous?

— Mon amy (respondit Rondibilis) Hippocrates,

7. *De Cos, allant en Thrace, à Abdère.* Hippocrate étan[t] originaire de Cos, Démocrite d'Abdère.

8. Lettre apocryphe publiée à la suite des œuvres d'Hippocrate, et citée par Tiraqueau (*op. cit.*).

9. Reprise de la comparaison faite au chap. XXX, p. 379, et tirée des *Préceptes matrimoniaux* de Plutarque.

10. Toutes ces épithètes péjoratives figurent chez Tiraqueau (*op. cit.*) et correspondaient à l'opinion fréquente des théologiens médiévaux (Thomas d'Aquin, *Somme*) et des antiféministes de la Renaissance.

allant un jour de Lango en Polystylo [7] visiter Democritus le philosophe, escripvit unes letres à Dionys [8]
son antique amy, par les quelles le prioit que, pendent
son absence, il conduist sa femme chés ses pere et
mere, les quelz estoient gens honorables et bien famez,
ne voulant qu'elle seule demourast en son mesnaige,
ce néantmoins qu'il veiglast sus elle soingneusement
et espiast quelle part elle iroit avecques sa mere, et
quelz gens la visiteroient chés ses parens. " Non,
escrivoit il, que je me défie de sa vertus et pudicité,
laquelle par le passé m'a esté explorée et congneue ;
mais elle est femme. Voy là tout. "

« Mon amy, le naturel des femmes nous est figuré
par la Lune [9], et en aultres choses et en ceste qu'elles
se mussent, elles se constraignent, et dissimulent en
la veue et præsence de leurs mariz. Iceulx absens,
elles prennent leur adventaige, se donnent du bon
temps, vaguent, trotent, deposent leur hypocrisie et
se declairent : comme la lune, en conjunction du soleil,
n'apparoist on ciel, ne en terre ; mais, en son opposition, estant au plus du soleil esloingnée, reluist en sa
plenitude et apparoist toute, notamment on temps
de nuyct. Ainsi sont toutes femmes femmes.

« Quand je diz femme, je diz un sexe tant fragil,
tant variable, tant muable, tant inconstant et imper-
faict [10], que Nature me semble (parlant en tout
honneur et reverence) s'estre esguarée de ce bon sens
par lequel elle avait créé et formé toutes choses,
quand elle a basty la femme ; et, y ayant pensé cent
et cinq foys, ne sçay à quoy m'en resouldre, sinon
que, forgeant la femme, elle a eu esguard à la sociale

11. *Féminité.*

12. Dans le *Timée*, mais Rabelais a trouvé sans doute l'indication dans Érasme (*Éloge de la Folie*) ou chez Tiraqueau (*op. cit.*). Il faut remarquer, toutefois, que les néo-platoniciens (p. ex. les poètes lyonnais) loin de déprécier la femme, l'idéalisaient.

13. Terme souvent employé par les médecins platoniciens pour désigner l'utérus.

14. *Salées.*

15. *Acres comme le borax.*

16. *Piqûre.*

17. *Intériorisées.*

18. *Rechercher l'amour.*

19. Filles de Proetus, roi d'Argos, qui se croyaient changées en vaches.

20. Femmes prenant part au culte de Bacchus ; de même les *Thyades.*

21. *Liaison.*

22. Dans sa *Physica*, VIII.

23. Dans le *Timée* (91 C) ; cf. note 12. C'était un point d'anatomie controversé entre les disciples de Galien et les médecins disciples de Platon, comme Rabelais l'expose lui-même. Montaigne (*Essais*, III, v) résume la théorie de Platon, presque dans les mêmes termes que Rabelais : « De même aux femmes, un animal glouton et avide, auquel si on refuse aliments en sa saison, il forcène, impatient de délai, et, soufflant sa rage en leur corps, empêche les conduits, arrête la respiration, causant mille sorte de maux... »

24. *Plissement.*

25. *Enlevé.*

delectation de l'home et à la perpetuité de l'espece humaine, beaucoup plus qu'à la perfection de l'individuale muliebrité [11]. Certes Platon ne sçait en quel rang il les doibve colloquer : ou des animaux raisonnables, ou des bestes brutes [12]. Car Nature leurs a dedans le corps posé en lieu secret et intestin un animal [13], un membre, lequel n'est es hommes, on quel quelques foys sont engendrées certaines humeurs salses [14], nitreuses, bauracineuses [15], acres, mordicantes, lancinantes, chatouillantes amerement ; par la poincture [16] et fretillement douloureux des quelles (car ce membre est tout nerveux et de vif sentement) tout le corps est en elles esbranlé, tous les sens raviz, toutes affections interinées [17], tous pensemens confonduz ; de maniere que, si Nature ne leur eust arrousé le front d'un peu de honte, vous les voiriez comme forcenées courir l'aiguillette [18], plus espovantablement que ne feirent oncques les Proetides [19], les Mimallonides [20], ne les Thyades bacchicques au jour de leurs Bacchanales, parce que cestuy terrible animal a colliguance [21] à toutes les parties principales du corps, comme est evident en l'anatomie.

« Je le nomme animal, suyvant la doctrine tant des Academicques que des Peripateticques ; car, si mouvement propre est indice certain de chose animée, comme escript Aristoteles [22], et tout ce qui de soy se meut est dict animal, à bon droict Platon le nomme animal [23], recognoissant en luy mouvemens propres de suffocation, de præcipitation, de corrugation [24], de indignation, voire si violens que bien souvent par eulx est tollu [25] à la femme tout

26. *Syncope.* L'énumération ici n'est pas burlesque, mais scientifique.

27. *Galien.* La dispute médicale se précise.

28. *Distinction par les sens.*

29. *Effet.*

30. Cristolaüs, philosophe grec du IIe siècle, estimait que l'âme placée sur le plateau d'une balance pesait plus lourd que le corps et les biens matériels placés dans l'autre. La locution *balance de Cristolaüs* était usuelle chez les Humanistes.

31. *Ancêtres.*

32. Rabelais ne généralise pas le mépris de la femme, bien au contraire. François de Billon, qui a considéré Rabelais comme le chef des anti-féministes (*Fort inexpugnable de l'honneur du sexe féminin,* 1555) a sous-estimé la portée de cet éloge. Montaigne admire lui aussi la chasteté chez les femmes (*Essais,* III, v).

33. *C'est pourquoi.*

34. Euphémisme pour *Vertu Dieu.*

aultre sens et mouvement, comme si feust lipothy-
mie [26], syncope, epilepsie, apoplexie, et vraye ressemblance de mort. Oultre plus, nous voyons en icelluy
discretion des odeurs manifeste, et le sentent les
femmes fuyr les puantes, suyvre les aromaticques.

« Je sçay que Cl. Galen [27] s'efforce prouver que ne
sont mouvemens propres et de soy, mais par accident,
et que aultres de sa secte travaillent à demonstrer
que ne soit en luy discretion [28] sensitive des odeurs,
mais efficace [29] diverse, procedente de la diversité des
substances odorées. Mais, si vous examinez studieu-
sement et pesez en la balance de Critolaus [30] leurs
propous et raisons, vous trouverez que, et en ceste
matiere et beaucoup d'aultres, ilz ont parlé par
guayeté de cœur et affection de reprendre leurs
majeurs [31], plus que par recherchement de Verité.

« En ceste disputation je ne entreray plus avant ;
seulement vous diray que petite ne est la louange
des preudes femmes, les quelles ont vescu pudicquement et sans blasme et ont eu la vertus de ranger
cestuy effrené animal à l'obeissance de raison [32].
Et feray fin si vous adjouste que, cestuy animal
assovy (si assovy peut estre) par l'aliment que Nature
luy a præparé en l'homme, sont tous ses particuliers
mouvemens à but, sont tous ses appetiz assopiz,
sont toutes ses furies appaisées. Pourtant [33], ne vous
esbahissez si sommes en dangier perpetuel d'estre
coquz, nous qui n'avons pas tous jours bien de quoy
payer et satisfaire au contentement.

— Vertus d'aultre que d'un petit poisson [34] (dist
Panurge) n'y sçavez vous remede aulcun en vostre art ?

35. Souvenir d'Ésope, d'après Plutarque, *Consolation à Appolonius* et *Consolation à une femme.*

36. *Confiture de coings,* qui est astringente.

37. *L'estomac,* où s'opère la première concoction.

38. *Propriété astringente.*

39. Panurge montre à Rondibilis qu'il est connaisseur en médecine, mais ne pousse pas loin son exposé, ce qui serait ridicule devant une autorité telle que Rondibilis.

40. *Hanap digne de Nestor.* Dans l'*Iliade,* Nestor use d'une vaste coupe (XI).

41. Il en a déjà offert à Hippothadée (cf. chap. XXX, fin).

42. *Angine.* Jeu de mots avec *squinanthi,* plante odorante de l'Inde utilisée dans les médicaments.

43. *Gingembre,* ni graine de *maniguette* (amomum grana paradisi).

44. *Cannelle.*

45. La ferme natale de Rabelais.

46. *Le Noyer aux corbeaux* (*grolles*). On sait que les corbeaux sont amateurs de noix.

— Ouy dea, mon amy (respondit Rondibilis),
et très bon, duquel je use : et est escript en autheur
celebre, passé à dix-huyct cens ans [35]. Entendez.

— Vous estez (dist Panurge) par la vertus Dieu,
homme de bien, et vous ayme tout mon benoist
saoul. Mangez un peu de ce pasté de coins [36] ; ilz
ferment proprement l'orifice du ventricule [37], à cause
de quelque stypticité [38] joyeuse qui est en eulx, et
aident à la concoction premiere. Mais quoy ? Je parle
latin davant les clercs [39] ! Attendez que je vous donne
à boyre dedans cestuy hanat Nestorien [40]. Voulez
vous encores un traict de hippocras blanc [41] ? Ne
ayez paour de l'esquinance [42], non. Il n'y a dedans ne
squinanthi, ne zinzembre, ne graine de Paradis [43].
Il n'y a que la belle cinamone [44] triée, et le beau
sucre fin, avecques le bon vin blanc du crû de la
Deviniere [45], en la plante du grand Cormier, au dessus
du Noyer groslier [46]. »

1. Après l'exposé médical sérieux, une série d'histoires plaisantes et de calembredaines, avec des intentions caustiques dans le rapprochement des dieux payens et du culte des saints chez les Chrétiens. L'histoire de Coqüage est une adaptation d'un conte ésopique mentionné dans les deux *Consolations* de Plutarque, citées au chap. XXXII, n. 35, p. 404.

2. Allusion possible à une réforme du calendrier entreprise par l'évêque d'Auxerre, Michel de Creney, et non par son successeur, François de Dinteville, mort en 1530.

3. Le vin d'Auxerre était réputé dès le Moyen Age.

4. *C'est pourquoi.*

5. Ces fêtes tombent courant avril et début mai. Il y a quelque irrévérence à mettre l'Ascension sur le même plan que la commémoration des Saints.

6. Le signe du Taureau commence le 22 avril.

7. Rabelais s'est déjà moqué de la croyance qui attribuait aux Saints le pouvoir de donner des maladies ou d'endommager les récoltes. Les Évangéliques et surtout les Calvinistes ne cesseront de brocarder les saints (cf. Henri Estienne, *Apologie pour Hérodote*; Jean Calvin, *Traité des reliques*).

* Variante de l'édition de 1546 : « *entre Noël et la Typhaine (ainsi nommait-il la mère des troys Roys)* ».

CHAPITRE XXXIII

Comment Rondibilis, medicin, donne remède à Coqüage.

« On temps (dist Rondibilis) que Juppiter feist
l'estat de sa Maison Olympicque et le calendrier de
tous ses dieux et déesses, ayant estably à un chascun
jour et saison de sa feste, assigné lieu pour les oracles
et voyages, ordonné de leurs sacrifices [1].

— Feist il poinct (demanda Panurge) comme
Tinteville, evesque d'Auxerre [2] ? Le noble pontife
aymoit le bon vin [3], comme fait tout homme de bien :
pourtant [4] avoit il en soing et cure speciale le bourgeon,
pere ayeul de Bacchus. Or est que, plusieurs années,
il veid lamentablement le bourgeon perdu par les
gelées, bruines, frimatz, verglatz, froidures, gresles,
et calamitez advenues par les festes de S. George,
Marc, Vital, Eutrope, Philippes, saincte Croix [5],
l'Ascension, et aultres, qui sont on temps que le soleil
passe soubs le signe de *Taurus* [6], et entra en ceste
opinion que les saincts susditz estoient saincts gres-
leurs, geleurs et guasteurs du bourgeon [7]. Pourtant
vouloit il leurs festes translater en hyver, * entre

8. Ces fêtes tombent fin juin, fin juillet et début août.

9. *Recherché.*

10. Boisson provençale fraîche.

11. *Jonchées,* fromages qu'on met égoutter sur des claies de joncs.

12. *Feuillées.*

13. Dans le conte ésopique, c'est *Deuil* qui est absent et oublié.

14. Les procès étaient interminables (cf. *Pantagruel,* chap. XI, XII).

15. *Fourbe.*

16. *Inquiétude.*

17. *Exclu.* Coqüage a peur de perdre ses fonctions.

18. On sait que Jupiter pratiquait volontiers l'adultère.

19. *Clos.*

* *Composeurs... feueillades* manque dans la première édition.

Noël et l'Epiphanie, les licentiant, en tout honneur
et reverence, de gresler lors et geler tant qu'ilz
vouldroient — la gelée lors en rien ne seroit domma-
geable, ains evidentement profitable au bourgeon ;
en leurs lieux mettre les festes de sainct Christofle,
sainct Jean decollaz, saincte Magdalene, saincte
Anne, sainct Dominicque, sainct Laurent [8], voire
la Myoust colloquer en May, es quelles tant s'en fault
qu'on soit en dangier de gelée que lors mestier on
monde n'est qui tant soit de requeste [9], comme est
des faiseurs de friscades [10], * composeurs de jonca-
des [11], agenceurs de feueillades [12] et refraischisseurs de
vin.

— Juppiter (dist Rondibilis) oublia le paouvre
diable Coqüage [13], lequel pour lors ne feut præsent :
il estoit à Paris, on Palais, sollicitant quelque paillard
procès pour quelqu'un de ses tenanciers et vassaulx.
Ne sçay quants jours après [14], Coqüage entendit la
forbe [15] qu'on luy avoit faict, desista de sa sollicita-
tion, par nouvelle sollicitude [16] de n'estre forclus [17]
de l'estat, et comparut en persone davant le grand
Juppiter, alleguant ses merites præcedens et les bons
et agréables services que aultres foys luy avoit faict [18],
et instantement requerant qu'il ne le laissast sans
feste, sans sacrifices, sans honneur. Juppiter se excusoit remonstrant que tous ses benefices estoient dis-
tribuez et que son estat estoit clous [19]. Feut toutesfoys
tant importuné par messer Coqüage que en fin le
mit en l'estat et catalogue et luy ordonna en terre
honneur, sacrifices et feste.

« Sa feste feut, pource que lieu vuide et vacant

20. *Hargne.*

21. *Espionnage.*

22. *Menace.*

23. *Messire.*

24. Rabelais n'entend pas que les maris soient en adoration perpétuelle de leur femme et négligent leurs autres devoirs (cf. chap. xxxv, fin) : « *pour elle ne contaminer celle unicque et supreme affection que doibt l'homme à Dieu ; ne laisser les offices qu'il doibt naturellement à sa patrie, etc.* »

25. *Rival.*

26. La jalousie des dieux antiques entre eux est bien connue : Aphrodite fait périr Hippolyte, qui n'honore que Artémis, Héra persécute Latone, Io aimée par Zeus, etc.

n'estoit en tout le calendrier en concurrence et au
jour de la déesse Jalousie ; sa domination, sus les gens
mariez notamment ceulx qui auroient belles femmes ;
ses sacrifices, soubson, defiance, malengroin [20], guet,
recherche, et espies [21] des mariz sus leurs femmes,
avecques commendement riguoureux à un chascun
marié de le reverer et honorer, celebrer sa feste à
double et luy faire les sacrifices susdictz, sus peine et
intermination [22] que à ceulx ne seroit messer [32]
Coqüage en faveur, ayde ne secours, qui ne l'hono-
reroient comme est dict : jamais ne tiendroit de eulx
compte, jamais n'entreroit en leurs maisons, jamais
ne hanteroit leurs compaignies, quelques invocations
qu'ilz luy feissent, ains les laisseroit eternellement
pourrir [24] seulz avecques leurs femmes, sans corrival [25]
aulcun, et les refuyroit sempiternellement comme
gens hæreticques et sacrileges, ainsi qu'est l'usance
des aultres dieux envers ceulx qui deuement ne les
honorent [26] : de Bacchus, envers les vignerons, de
Cerès envers les laboureux, de Pomona envers les
fruictiers, de Neptune envers les nautoniers ; de
Vulcan envers les forgerons, et ainsi des aultres.
Adjoincte feut promesse au contraire infallible qu'à
ceulx qui (comme est dict) chommeroient sa feste,
cesseroient de toute negociation, mettroient leurs
affaires propres en non chaloir pour espier leurs
femmes, les resserrer et mal traicter par Jalousie ainsi
que porte l'ordonnance de ses sacrifices, il seroit
continuellement favorables, les aymeroit, les fre-
quenteroit, seroit jour et nuyct en leurs maisons ;
jamais ne seroient destituez de sa præsence. J'ay dict.

27. Au chap. XXVIII, n. 83, p. 363.

28. *Entamer.*

29. L'esprit de contradiction est un des traits les plus souvent raillés dans les *fabliaux*, les contes, et les auteurs comiques ; cf. aussi Montaigne (*Essais* II, XXXII) et La Fontaine (III, 16, *La Femme noyée*).

30. *Rappeler.* — Allusion au récit de la tentation d'Ève (*Genèse*, III, 1). La vanité et l'esprit de contradiction d'Ève ont été mis en évidence dans le *Jeu d'Adam* (XIIe siècle).

— Ha, ha, ha (dist Carpalim en riant), voylà un remede encores plus naïf que l'anneau de Hans Carvel [27]. Le Diable m'emport, si je ne le croy! Le naturel des femmes est tel ; comme la fouldre ne brise et ne brusle, sinon les matieres dures, solides, resistentes, elle ne se arreste es choses molles, vuides et cedentes, elle bruslera l'espée d'assier sans endommaiger le fourreau de velours, elle consumera les os des corps sans entommer [28] la chair qui les couvre : ainsi ne bendent les femmes jamais la contention, subtilité, et contradiction [29] de leurs espritz, sinon envers ce que congnoistront leur estre prohibé et defendu.

— Certes (dist Hippothadée), aulcuns de nos docteurs disent que la première femme du monde, que les Hebrieux noment Eve, à poine eust jamais entré en tentation de manger le fruict de tout sçavoir s'il ne luy eust esté defendu. Qu'ainsi soit, consyderez comment le Tentateur cauteleux luy remembra [30] on premier mot la defense sus ce faicte, comme voulant inferer : « Il t'est defendu ; tu en doibs doncques manger, ou tu ne serois pas femme. »

1. *Rufian :* Il a déjà été question de Carpalim (Le Rapide) dans les deux précédents romans sans que Rabelais lui prête de longs propos.

2. Expression tirée de la vénerie : le gibier est rabattu dans un réduit fermé de toiles ou de filets (cf. *Prologue* du *Pantagruel*, note 18).

3. Énumération des amours monstrueuses dans la Mythologie : Sémiramis aima un cheval, Pasiphaë un taureau ; Égeste un chien (ou un ours), les femmes du Nil des boucs ; Hérodote et Strabon ont rapporté quelques-unes de ces histoires, sans les « blasonner », mais on trouve des souvenirs poétisés chez Virgile et Ovide.

4. Selon l'habitude des conteurs, Ponocrates, l'ancien précepteur humaniste de Gargantua, authentifie l'anecdote par son témoignage. Avant Rabelais, celle-ci avait été déjà racontée par Hérolt (*Sermones discipuli de tempore*, 1476) et par Gratien du Pont en vers français (*Controverses des sexes masculin et féminin*, 1535).

5. Le pape Jean XXII, né à Cahors, fut pape de 1316 à 1335 ; il séjourna presque toujours à Avignon, et il est peu probable qu'il ait visité l'abbaye de Fontevrault, près de Saumur. Gaucher de Sainte-Marthe (Le Picrochole du *Gargantua*) était médecin de cette abbaye. Une tradition plus ou moins légendaire rapporte que les religieuses de Fontevrault avaient obtenu l'autorisation de se confesser à leur abbesse.

6. Nom de fantaisie pour *Fontevrault*.

7. Les *mères discrètes* assistent au conseil de l'abbesse. Le titre produit un effet comique dans ce conte qui prouve... l'indiscrétion (au sens général).

8. Privilège accordé par lettres du pape.

* Les éditions antérieures donnent *par Fonshervault* ou *par Fonthevrault*, ce qui permet l'identification de ce nom de fantaisie : *Coingnaufond*.

CHAPITRE XXXIV

Comment les femmes ordinairement appetent choses defendues.

On temps (dist Carpalim) que j'estois ruffien [1] à Orléans, je n'avois couleur de rhetoricque plus valable, ne argument plus persuasif envers les dames, pour les mettre aux toilles [2] et attirer au jeu d'amours, que vivement, apertement, detestablement remonstrant comment leurs mariz estoient d'elles jalous. Je ne l'avois mie inventé. Il est escript, et en avons loix, exemples, raisons et experiences quotidianes. Ayans ceste persuasion en leurs caboches, elles feront leurs mariz coquz infailliblement, par Dieu (sans jurer), deussent elles faire ce que feirent Semyramis, Pasiphaé, Egesta, les femmes de l'isle Mandés en Ægypte [3], blasonnées par Herodote et Strabo, et aultres telles mastines.

— Vrayement (dist Ponocrates) j'ay ouy compter [4] que le pape Jan XXII [5], passant un jour par l'abbaye de * Coingnaufond [6], fut requis par l'abbesse et meres discretes [7] leur conceder un indult [8] moyennant lequel se peussent confesser les unes es aultres, alleguantes

9. *Grillaient.*

que les femmes de religion ont quelques petites imperfections secretes, les quelles honte insupportable leurs
est deceler aux homes confesseurs : plus librement,
plus familierement les diroient unes aux aultres soubs
le sceau de confession. " Il n'y a rien (respondit le
pape) que voluntiers ne vous oultroye, mais je y voy
un inconvenient : c'est que la confession doibt estre
tenue secrette. Vous aultres, femmes, à poine la cele-
riez. — Tresbien (dirent elles) et plus que ne font les
homes. "

« Au jour propre, le Pere Sainct leur bailla une
boyte en guarde, dedans laquelle il avoit faict mettre
une petite linote, les priant doulcement qu'elles la
serrassent en quelque lieu sceur et secret ; leurs pro-
mettant, en foy de pape, oultroyer ce que portoit leur
requeste si elles la guardoient secrete : ce neantmoins
leurs faisant défense riguoureuse qu'elles ne eussent à
l'ouvrir en façon quelconques, sus poine de censure
ecclesiasticque et de excommunication eternelle. La
defense ne feut si tost faicte qu'elles grisloient [9] en
leurs entendemens d'ardeur de veoir qu'estoit dedans,
et leurs tardoit que le Pape ne fut jà hors la porte pour
y vacquer. Le Père Sainct, avoir donné sa benediction
sus elles, se retira en son logis. Il n'estoit encores trois
pas hors l'abbaye, quand les bonnes dames toutes à la
foulle accoururent pour ouvrir la boyte defendue et
veoir qu'estoit dedans. Au lendemain, le Pape les
visita, en intention, ce leurs sembloit, de leurs depes-
cher l'indult. Mais, avant entrer en propous, commanda
qu'on luy apportast sa boyte. Elle luy feut apportée
mais l'oizillet n'y estoit plus. Adoncques leurs remons-

10. Des anciens camarades de Rabelais à la Faculté de médecine de Montpellier, en dehors de Rondelet, *Saporta*, professeur à Montpellier, et *Tolet*, chirurgien à Lyon, ont laissé un nom réputé dans la médecine de l'époque ; les représentations dramatiques étaient une des distractions des étudiants. Sur Rabelais et ses condisciples à Montpellier, voir B.H.R., XIX.

11. *Muette.*

12. *Filet de la langue.*

13. Le mari transpose à sa façon la ruse du berger dans *La Farce de Maître Pathelin.*

14. *Sur le dos.*

* *Sa femme... enraigée*, addition de 1552.

** *Le medicin... à demy mors*, addition de 1552.

tra que chose trop difficile leurs seroit receller les
confessions, veu que n'avoient si peu de temps tenu
en secret la boyte tant recommandée.

— Monsieur nostre maistre, vous soyez le tresbien
venu. J'ay prins moult grand plaisir vous oyant ; et
loue Dieu de tout. Je ne vous avois oncques puys veu
que jouastez à Monspellier, avecques nos antiques
amys [10] Ant. Saporta, Guy Bouguier, Balthazar Noyer,
Tollet, Jan Quentin, François Robinet, Jan Perdrier,
et François Rabelais, la morale comœdie de celluy qui
avoit espousé une femme mute [11]...

— Je y estois (dist Epistemon). Le bon mary voulut
qu'elle parlast. Elle parla, par l'art du medicin et du
chirurgien, qui luy coupperent un encyliglotte [12]
qu'elle avoit soubs la langue. La parole recouverte,
elle parla tant et tant que son mary retourna au
medicin pour remede de la faire taire. Le medicin
respondit en son art bien avoir remedes propres pour
faire parler les femmes, n'en avoir pour les faire taire,
remede unicque estre surdité du mary, contre cestuy
interminable parlement de femme. Le paillard devint
sourd par ne sçay quelz charmes qu'ilz feirent. * Sa
femme, voyant qu'il estoit sourd devenu, qu'elle
parloit en vain, de luy n'estoit entendue, devint enraigée. Puy, le medicin demandant son salaire, le
mary respondit qu'il estoit vrayement sourd et qu'il
n'entendoit sa demande [13]. ** Le medicin luy jecta
on dours [14] ne sçay quelle pouldre, par vertus de laquelle il devint fol. Adoncques le fol mary et la femme
enraigée se raslierent ensemble, et tant bastirent les
medicin et chirurgien qu'ils les laisserent à demy

15. Expression devenue proverbiale et particulièrement juste ici : « tour à la façon de Pathelin ».

16. Encore une expression proverbiale venue de la même source (le procès du berger).

17. *Trèfles noirs :* expression tirée du jeu de cartes ; comme les *trèfles* sont toujours *noirs*, cela revient à dire une évidence, aussi Panurge, déçu, n'invitera pas plus le médecin que le théologien à ses noces. Effet de symétrie amusant avec la fin du chap. XXX.

18. *Empêché par vos clients.*

19. Plaisanteries traditionnelles entre juristes et médecins, les premiers disant : « *les excréments et l'urine sont les premiers mets du médecin* » ; les seconds répliquant, comme Rondibilis : « *Pour nous ce sont des signes, pour vous des aliments vous convenant.* »

20. Panurge a confondu deux dictons, ce qui explique que Rondibilis rectifie la citation. Le sens est : « *Chez les autres, prends la paille ; chez ceux-ci le grain.* »

21. Rabelais avait publié à Lyon les *Aphorismes* d'Hippocrate.

22. Titre du *Digeste*, XXV, « *De l'examen du ventre* ». C'est la première fois que Panurge est présenté comme un *légiste*, alors qu'on le connaissait surtout pour un sophiste.

23. *Un clystère de sauvage* (?)

24. *Rillette.*

mors. Je ne riz oncques tant que je feis à ce patelinage [15].

— Retournons à nos moutons [16] (dist Panurge).
Vos parolles, translatées de barragouin en françois,
voulent dire que je me marie hardiement et que ne me
soucie d'estre coqu. C'est bien rentré de treufles
noires [17]. Monsieur nostre maistre, je croy bien qu'au
jour de mes nopces vous serez d'ailleurs empesché à
vos pratiques [18] et que n'y pourrez comparoistre.
Je vous en excuse.

Stercus et urina Medici sunt prandia prima [19].
Ex aliis paleas, ex istis collige grana [20].

— Vous prenez mal (dist Rondibilis) ; le vers subsequent est tel :

Nobis sunt signa ; vobis sunt prandia digna.

— Si ma femme se porte mal... — J'en vouldrois
voir l'urine (dist Rondibilis), toucher le pouls et veoir
la disposition du bas ventre et des parties umbilicares,
comme nous commende Hippo., *z Apho.* 35, avant
oultre proceder [21].

— Non, non (dist Panurge), cela ne faict à propous.
C'est pour nous aultres legistes, qui avons la rubricque
De ventre inspiciendo [22]. Je luy appreste un clystere
barbarin [23]. Ne laissez vos affaires d'ailleurs plus
urgens. Je vous envoiray du rislé [24] en vostre maison,
et serez tous jours nostre amy. »

25. Monnaie d'or anglaise portant la rose d'York. D'où la plaisanterie fréquente : je vous donne non des *nobles*, mais des *roturiers* (cf. chap. xxv, note 98).

26. Raillerie traditionnelle sur la cupidité des médecins ; Molière en tirera des effets comiques dans *Le Médecin malgré lui ;* cf. aussi Henri Estienne (*Apologie pour Hérodote*, satire de Guillaume de Hassely, de Jacobus Sylvius, etc.).

Puys s'approcha de luy et luy mist en main, sans mot dire, quatre Nobles à la rose [25].

Rondibilis les print tresbien, puis luy dist en effroy, comme indigné : « Hé, hé, hé, monsieur, il ne failloit rien. Grand mercy toutesfoys. De meschantes gens jamais je ne prens rien ; rien jamais des gens de bien je ne refuse. Je suys tousjours à vostre commendement.

— En poyant, dist Panurge.

— Cela s'entend [26] », respondit Rondibilis.

1. Pantagruel (chap. XXIX, fin) a présenté Trouillogan comme le philosophe « *perfaict* », qui répond « *assertivement de tous doubtes* », mais au chap. XXXVI, il est « *pyrrhonien* ».

2. Archaïsme : *Fidèle*.

3. Image du flambeau que se transmettaient les coureurs olympiques ; elle était déjà cataloguée par Érasme dans ses *Adages*.

4. *Passons outre !* L'expression est tirée du jeu de cartes.

* *Ha! ha!... là,* addition de 1552.

CHAPITRE XXXV

Comment Trouillogan, Philosophe, traicte la difficulté
de mariage.

Ces parolles achevées, Pantagruel dist à Trouillogan [1] le philosophe : « Nostre féal [2], de main en main
vous est la lampe baillée [3]. C'est à vous maintenant de
respondre. Panurge se doibt il marier, ou non ?

— Tous les deux, respondit Trouillogan.

— Que me dictes vous ? demanda Panurge.

— Ce que avez ouy, respondit Trouillogan.

— Que ay je ouy ? demanda Panurge.

— Ce que j'ay dict, respondit Trouillogan.

— * Ha! ha! En sommes nous là ? dist Panurge.
Passe sans fluz [4]! Et doncques me doibs je marier ou
non ?

— Ne l'un ne l'aultre, respondit Trouillogan.

— Le Diable m'emport (dist Panurge) si je ne
deviens resveur ; et me puisse emporter, si je vous entends ! Attendez, je mettray mes lunettes à ceste
oreille guausche, pour vous ouyr plus clair ! »

En cestuy instant, Pantagruel aperceut vers la porte
de la salle le petit chien de Gargantua, lequel il nom-

5. Adaptation du mot grec Κύων. Jusqu'ici, il n'a jamais été question du chien de Gargantua. Gargantua a été mentionné au chap. XIII, par Pantagruel : « *Souvenir assez vous peut comment Gargantua mon père (lequel par honneur je nomme) nous a souvent dict les escriptz de ces ermites jeusneurs autant estre fades... comme estoient leurs corps...* » Il fait un peu figure de revenant.

6. Le chien de Tobie n'a pas de nom propre.

7. Dans *Le Tiers Livre*, c'est Pantagruel qui est le roi. Les propos du chap. XIII avaient un tour ambigu et pouvaient se rapporter à un mort. Gargantua reparaîtra au chap. XLVIII.

8. *Places.*

9. *Chaise.* Le *débonnaire* souverain ne réclame pas la place d'honneur.

10. *Maintenant.*

11. *Au second service.*

12. *Opposées.*

13. Aristippe. Sa réponse a été rapportée par de nombreux anciens (Diogène Laërce, Athénée, Cicéron) et par Érasme (*Apophtegmata*, III).

14. Notez le jeu de mots : *amie/mie.*

moit *Kyne*[5], pource que tel fut le nom du chien de
Thobie[6]. Adoncques dist à toute la compaignie :
« Nostre Roy n'est pas loing d'icy[7] ; levons nous. »
Ce mot ne feut achevé que Gargantua entra dedans la
salle du bancquet ; chascun se leva pour luy faire
reverence.

Gargantua, ayant debonnairement salué toute l'assistance, dist : « Mes bons amys, vous me ferez ce
plaisir, je vous en prie, de non laisser ne vos lieux[8], ne
vos propous. Apportez moy à ce bout de table une
chaire[9]. Donnez moy que je boyve à toute la compaignie. Vous soyez les trèsbien venuz. Ores[10] me dictes :
su quel propous estiez vous ? »

Pantagruel luy respondit que, sus l'apport de la
seconde table[11], Panurge avoit proposé une matiere
problematicque, à sçavoir s'il se debvoit marier ou
non, et que le pere Hippothadée et maistre Rondibilis
estoient expediez de leurs responses ; lors qu'il est
entré, respondoit le féal Trouillogan. Et premierement
quand Panurge luy a demandé : " Me doibs je marier
ou non ? " avoit respondu : " Tous les deux ensemblement " ; à la seconde foys, avoit dict : " Ne l'un ne
l'aultre ". Panurge se complainct de telles repugnantes[12]
et contradictoires responses et proteste n'y entendre
rien.

« Je l'entends (dist Gargantua) en mon advis. La
response est semblable à ce que dist un ancien philosophe[13], interrogé s'il avoit quelque femme qu'on
luy nommoit. Je l'ay (dist il) amie ; mais elle ne me a
mie[14] ; je la possede, d'elle ne suys possedé.

— Pareille response (dist Pantagruel) feist une fan-

15. *Servante* (italianisme). Cette réponse figure aussi dans les *Apophtegmata*, 30.

16. Les expressions *moyen, participation, abnégation* appartiennent au langage scolastique. C'est la recherche du juste milieu.

17. Saint Paul (*Ire Épître aux Corinthiens*, VII, 2). On sait la prédilection des Évangéliques pour saint Paul. L'interprétation de Pantagruel paraît refléter l'opinion de Rabelais, aussi éloigné de la misogynie des théologiens médiévaux que de l'idéalisation des écrivains néoplatoniciens. L'usage de la femme a été créé par *Nature*, et il n'est pas permis à l'homme de transgresser les lois de celles-ci. M. A. Screech rapproche cette opinion mesurée de la *Paraphrase* d'Érasme : « Ayent femmes qui en voudront, mais qu'ils les aient en passant, ne plus ne moins que s'ils n'en avoyent pas. » D'autre part, Pantagruel établit une hiérarchie des devoirs, le devoir à l'égard de Dieu étant au sommet. Corneille développera cette hiérarchie dans *Polyeucte* (I, 1, 70 sqq. et IV, III, 1211 sqq.).

18. *Apoltronni*. Rabelais ne veut pas que le mari soit l'esclave de sa femme, enchaîné par l'amour. Montaigne protestera contre les coquettes laissant tout le tracas aux maris : « Je vois avec dépit, en plusieurs ménages, monsieur revenir maussade et tout marmiteux du tracas des affaires, environ midi, que madame est encore après à se coiffer et attifer en son cabinet : c'est à faire aux reines, encore ne sais-je. » (*Essais*, III, IX.) L'amour dans le mariage n'est pas un attachement de tous les instants : « Nous n'avons pas fait marché, en nous mariant, de nous tenir continuellement accoués l'un à l'autre... d'une manière chiennine. » (*Ibid.*)

tesque [15] de Sparte. On luy demanda si jamais elle
avoit eu affaire à homme ; respondit que non jamais,
bien que les hommes quelques foys avoient eu affaire
à elle.

— Ainsi (dist Rondibilis) mettons nous neutre en
medicine et moyen en philosophie, par participation
de l'une et l'aultre extremité, par abnegation de l'une
et l'aultre extremité [16], et par compartiment du temps,
maintenant en l'une, maintenant en l'aultre extremité.

— Le sainct Envoyé [17] (dist Hippothadée) me
semble l'avoir plus apertement declairé, quand il dit :
Ceulx qui sont mariez soient comme non mariez ;
ceulx qui ont femme soient comme non ayans femme.

— Je interprete (dist Pantagruel) avoir et n'avoir
femme en ceste façon : que femme avoir est l'avoir à
usaige tel que Nature la créa, qui est pour l'ayde,
esbatement et societé de l'homme ; n'avoir femme est
ne soy apoiltronner [18] auour d'elle, pour elle ne contaminer celle unicque et supreme affection que doibt
l'homme à Dieu ; ne laisser les offices qu'il doibt naturellement à sa patrie, à la Republique, à ses amys ;
ne mettre en non chaloir ses estudes et negoces, pour
continuellement à sa femme complaire. Prenant en
ceste maniere avoir et n'avoir femme, je ne voids
repugnance ne contradiction es termes. »

1. *Sceptique* (du grec ἐπέχω, je suspends).
2. Jeu de mots sur la locution : « vous parlez d'or », avec, en plus, l'idée d'harmonie introduite par *orgues*.
3. Cette image est de Démocrite.
4. *Ensorcelé*.
5. *Changeons de chute*, expression du jeu de dés.
6. *Sans échappatoires*, terme de dialectique.

CHAPITRE XXXVI

Continuation des responses de Trouillogan,
philosophe ephecticque [1] et pyrrhonien.

« Vous dictez d'orgues [2] (respondit Panurge) mais
je croy que je suis descendu on puiz tenebreux, onquel
disoit Heraclytus estre Verité cachée [3]. Je ne voy
goutte, je n'entends rien, je sens mes sens tous hebe-
tez, et doubte grandement que je soye charmé [4]. Je
parleray d'aultre style. Nostre féal, ne bougez ; n'em-
boursez rien. Muons de chanse [5] et parlons sans dis-
junctives [6] ; ces membres mal joinctz vous faschent,
à ce que je voy. Or ça, de par Dieu, me doibs-je marier ?

TROUILLOGAN. Il y a de l'apparence.

PANURGE. Et si je ne marie poinct ?

TRO. Je n'y voy inconvenient aulcun.

PANUR. Vous n'y en voyez poinct ?

TRO. Nul, ou la veue me deçoit.

PAN. Je y en trouve plus de cinq cens.

TRO. Comptez les.

PAN. Je diz improprement parlant, et prenent

7. Trouillogan fait semblant de prendre à la lettre le juron de Panurge. Il répète l'apostrophe de celui-ci au chap. XXIII.

8. Souvenir de Virgile (*Énéide*, IV, 551). L'expression *vie brutale* traduit le latin *more ferae*, à la façon d'une bête sauvage.

9. *Par le corps Dieu!* en patois poitevin.

10. *Peut-être.*

nombre certain pour incertain ; déterminé, pour indé-
terminé, c'est à dire beaucoup.

Tro. J'escoute.

Panur. Je ne peuz me passer de femme, de par tous
les diables.

Tro. Houstez ces villaines bestes [7].

Panur. De par Dieu soit! Car mes Salmiguondinoys disent coucher seul ou sans femme estre vie
brutale, et telle la disoit Dido en ses lamentations [8].

Tro. A vostre commandement.

Panur. Pe lé quau De [9]! j'en suis bien. Doncques,
me marieray je?

Tro. Par adventure [10].

Pan. M'en trouveray je bien?

Tro. Scelon la rencontre.

Pan. Aussi, si je rencontre bien, comme j'espoire,
seray je heureux?

Tro. Assez.

Pan. Tournons à contre poil. Et si rencontre mal?

Tro. Je m'en excuse.

Pan. Mais conseillez moy, de grace. Que doibs je
faire?

Tro. Ce que vouldrez.

Pan. Tarabin tarabas.

Tro. Ne invocquez rien, je vous prie.

Pan. On nom de Dieu soit! Je ne veulx sinon ce
que me conseillerez. Que m'en conseillez vous?

Tro. Rien.

Pan. Me mariray je?

Tro. Je n'y estois pas.

Pan. Je ne me mariray doncques poinct?

11. Trouillogan joue sur les mots et se moque ouvertement de Panurge.

12. *Je suis empêché* (de le prendre) ; Panurge avait dit : « *Prenez le cas.* »

13. *Sous cape.*

* *Où le mettrons-nous... je soys,* addition de 1552.

Tro. Je n'en peu mais.

Pan. Si je ne suis marié, je ne seray jamais coqu?

Tro. Je y pensois.

Pan. Mettons le cas que je sois marié.

* Tro. Où le mettrons-nous [11]?

Pan. Je dis : prenez le cas que marié je soys.

Tro. Je suys d'ailleurs empesché [12].

Pan. Merde en mon nez ; dea! si je osasse jurer quelque petit coup en cappe [13], cela me soulageroit d'autant! Or bien ; patience! Et doncques, si je suis marié, je seray coqu?

Tro. On le diroit.

Pan. Si ma femme est preude et chaste, je ne seray jamais coqu?

Tro. Vous me semblez parler correct.

Pan. Escoutez.

Tro. Tant que vouldrez.

Pan. Sera elle preude et chaste? Reste seulement ce poinct.

Tro. J'en doubte.

Pan. Vous ne la veistez jamais?

Tro. Que je sache.

Pan. Pour quoy donc doubtez vous d'une chose que ne congnoissez?

Tro. Pour cause.

Pan. Et si la congnoissiez?

Tro. Encores plus.

Pan. Paige, mon mignon, tiens icy mon bonnet : je le te donne, saulve les lunettes, et va en la basse court jurer une petite demie heure pour moy ; je jureray pour toy quand tu vouldras. Mais qui me fera coqu?

14. Euphémisme pour : *Ventre Dieu*. Panurge est au comble de l'exaspération.

15. *Le diable.*

16. *A la manière de Bergame*, où l'on fabriqua les premières ceintures de chasteté.

17. *C'est bien trouvé*, cf. *Gargantua*, chap. v, *Les propos des biens yvres*, p. 91.

18. *Diaphragme.*

19. *Partie postérieure du thorax.*

20. Mot burlesque, formé sur *cornet* : *Filtrer comme à travers un cornet.*

21. *Je ne m'en soucie.*

22. *Hue !* C'est le mot de l'ânier qui exhorte sa bête à avancer.

Tro. Quelqu'un.

Pan. Par le ventre beuf de boys [14], je vous froteray bien monsieur le quelqu'un.

Trou. Vous le dictez.

Pan. Le diantre [15], celluy qui n'a poinct de blanc en l'œil, m'emporte doncques ensemble, si je ne boucle ma femme à la Bergamasque [16] quand je partiray hors mon serrail.

Tro. Discourez mieulx.

Pan. C'est bien chien chié chanté [17] pour les discours. Faisons quelque resolution.

Tro. Je n'y contrediz.

Pan. Attendez. Puisque de cestuy endroict ne peuz sang de vous tirer, je vous saigneray d'aultre vene. Estes vous marié ou non?

Tro. Ni l'un ne l'aultre, et tous les deux ensemble.

Pan. Dieu nous soit en ayde! Je sue, par la mort beuf, d'ahan; et sens ma digestion interrompue. Toutes mes phrenes [18], metaphrenes [19] et diaphragmes sont suspenduz et tenduz pour incornifistibuler [20] en la gibbessiere de mon entendement ce que dictez et respondez.

Tro. Je ne m'en empesche [21].

Pan. Trut avant [22]. Nostre féal, estes vous marié?

Tro. Il me l'est advis.

Pan. Vous l'aviez esté une aultre foys?

Tro. Possible est.

Pan. Vous en trouvastes vous bien la premiere fois?

Tro. Il n'est pas impossible.

Pan. A ceste seconde fois, comment vous en trouvez vous?

23. *A bon escient.*

24. L'Enfant Jésus porté sur les épaules de saint Christophe.

25. Toujours le rôle de la destinée terrestre (cf. *mon sort fatal*).

26. *Je renonce,* en languedocien.

27. L'intervention de Gargantua arrête le jeu sceptique. Le sage Gargantua ne peut perdre son temps à de telles bagatelles. Aux yeux de Rabelais le pyrrhonisme n'est qu'un vain exercice.

28. Hellénisme : *Pensoir.*

29. Les trois mots *aporrhectiques (incertains), scepticques (qui examinent), ephectiques (qui sont en suspens)* caractérisent la philosophie de Pyrrhon, philosophe grec, chef de l'École sceptique. Montaigne décrit de la façon suivante les propos des Pyrrhoniens : « Je n'établis rien ; il n'est non plus ainsi qu'ainsi, ou que ni l'un ni l'autre, je ne le comprends point ; les apparences sont égales partout ; la loi de parler et pour et contre, est pareille. Rien ne semble vrai, qui ne puisse sembler faux. Leur mot sacramentel, c'est ἐπέχω… » (*Essais*, II, xii). On sait que lui-même adopta la devise expectative : « Que sais-je ? » La remarque de Gargantua atteste le succès de cette philosophie répandue par les *Académiques* de Cicéron et des compilateurs néo-latins, notamment Corneille Agrippa. Au chap. XXII, Tiresias, *« le grand vaticinateur »* déclare lui-même : *« Ce que je dirai adviendra ou ne adviendra poinct. »*

30. *Crinières.*

* Addition de 1552.

Tro. Comme porte mon sort fatal.

Pan. Mais quoy? à bon essiant [23], vous en trouvez
vous bien?

Tro. Il est vray semblable.

Pan. Or ça, de par Dieu, j'aymeroys, par le fardeau de sainct Christofle [24], autant entreprendre tirer
un pet d'un asne mort que de vous une resolution. Si
vous auray je à ce coup. Nostre feal, faisons honte au
Diable d'enfer ; confessons verité. Feustes vous jamais
coqu? Je diz vous qui estez ici, je ne diz pas : vous qui
estez là bas au jeu de paulme.

Tro. Non, s'il n'estoit prædestiné [25].

Pan. Par la chair, je renie ; par le sang, je renague [26] ;
par le corps, je renonce. Il m'eschappe. »

A ces motz Gargantua se leva et dist [27] : « Loué soit
le bon Dieu en toutes choses. A ce que je voy, le
monde est devenu beau filz depuys ma congnoissance
premiere. En sommes nous là? Doncques sont huy les
plus doctes et prudens philosophes entrés on phrontistere [28] et escholle des pyrrhoniens, aporrheticques,
scepticques et ephecticques [29]. Loué soit le bon
Dieu! Vrayement, on pourra dorenavant prendre
les lions par les jubes [30] ; * les chevaulx par les crins,
les bœufz par les cornes, les bufles par le museau,
les loups par la queue, les chevres par la barbe,
les oiseaux par les piedz ; mais ja ne seront telz
philosophes par leurs parolles pris. Adieu mes bons
amys. »

Ces motz prononcez, se retira de la compaignie.
Pantagruel et les aultres le vouloient suyvre, mais il
ne le voulut permettre.

31. Au début du *Timée* (17 A), on compte les invités. Au chap. XXIX (fin) Epistémon promet d'aller inviter Bridoye, mais au début du chap. XXX, Bridoye manque à la réunion.

32. Nom de fantaisie : la *ville aux dix mille langues* (cf. *Pantagruel*, chap. I, p. 53 : *Mirelangault*).

33. *Fixer une date, prendre jour.*

34. *Magistrats.*

35. *C'est pourquoi.*

36. Cf. au chapitre XXX, Bridoye est qualifié de « *lieutenant de Fonsbeton* » (cf. note 1).

37. *Appels.*

38. Qu'un juge aussi expérimenté soit lui-même cité à comparaître devant ses pairs est exceptionnel. La sympathie de Pantagruel se manifestera au chap. XLIII. Il ne condamnera pas le vieux juge, ne le considérant pas plus fautif que ses collègues qui jugent selon la lettre et non selon l'esprit.

Issu Gargantua de la salle, Pantagruel dist es invitez : « Le *Timé* [31] de Platon, au commencement de l'assemblée, compta les invitez : nous, au rebours, les compterons en la fin. Un, deux, trois. Où est le quart ? N'estoit-ce nostre amy Bridoye ? »

Epistemon respondit avoir esté en sa maison pour l'inviter, mais ne l'avoir trouvé. Un huissier du Parlement Myrelinguoys en Myrelingues [32] l'estoit venu querir et adjourner [33] pour personellement comparoistre et davant les senateurs [34] raison rendre de quelque sentence par luy donnée. Pourtant [35] estoit il au jour præcedent departy, affin de soy repræsenter au jour de l'assignation, et ne tomber en deffault ou contumace.

« Je veulx (dist Pantagruel) entendre que c'est. Plus de quarante ans y a qu'il est juge de Fonsbeton [36] ; icelluy temps pendent a donné plus de quatre mille sentences definitives. De deux mille trois cens et neuf sentences par luy données feut appellé par les parties condemnées en la Court souveraine du Parlement Mirelinguoys en Mirelingues ; toutes par arrestz d'icelle ont esté ratifiées, approuvées et confirmées, les appeaulx [37] renversez et à néant mis. Que maintenant doncques soit personellement adjourné [38] sus ses vieulx jours, il, qui, par tout le passé, a vescu tant sainctement en son estat, ne peut estre sans quelque desastre. Je luy veulx de tout mon povoir estre aidant en æquité. Je sçay huy tant estre la malignité du monde aggravée que bon droict a bien besoing d'aide. Et præsentement delibere y vacquer de paour de quelque surprinse. »

Allors furent les tables levées. Pantagruel feist es invitez dons precieux et honorables de bagues, joyaulx, et vaissele, tant d'or comme d'argent, et, les avoir cordialement remercié, se retira vers sa chambre.

1. *Empiégée* : prise au piège.
2. *Filets.*
3. *Combien de.*
4. *Rappeler.*

CHAPITRE XXXVII

Comment Pantagruel persuade à Panurge prendre conseil de quelque fol.

Pantagruel, soy retirant, aperceut par la guallerie Panurge en maintien de un resveur ravassant et dodelinant de la teste, et luy dist :

« Vous me semblez à une souriz empegée [1] : tant plus elle s'efforce soy depestrer de la poix, tant plus elle s'en embrene. Vous, semblablement, efforsant issir hors les lacs [2] de perplexité, plus que davant y demourez empestré, et n'y sçay remede fors un. Entendez : J'ay souvent ouy en proverbe vulguaire qu'un fol enseigne bien un saige. Puys que, par les responses des saiges n'estes à plein satisfaict, conseillez vous à quelque fol. Pourra estre que, ce faisant, plus à vostre gré serez satisfaict et content. Par l'advis, conseil et prædiction des folz, vous sçavez quants [3] princes, rois et republicques ont esté conservez, quantes batailles guaingnées, quantes perplexitez dissolues.

« Ja besoing n'est vous ramentevoir [4] les exemples. Vous acquiescerez en ceste raison : car, comme celluy qui de près reguarde à ses affaires privez et domes-

5. *Habilement.*

6. Au sens théologique : *selon le monde ;* les *Intelligences célestes* sont les anges qui s'occupent du monde.

7. Conception chrétienne exposée par saint Paul (*Épître aux Corinthiens*, III, 19) : « *Sapientia hujus mundi, stultitia est apud Deum* », sagesse du monde est folie devant Dieu. Érasme avait commenté cette maxime dans ses *Paraphrases*. Contrairement aux Réformés, Rabelais estime que l'homme, par son dépassement de lui-même, est capable d'être sage selon Dieu et de recevoir le don de divination.

8. *Par la foule ignorante.*

9. Jeu de mots sur les deux sens de *fatuus* (*fatuel*) : devin et niais. D'après Servius, commentateur de Virgile, Faunus, père de Latinus fut surnommé *fatuus*, parce qu'il prédisait le destin (fatum). Boccace (*Genealogia Deorum*, VIII) a développé le passage de Virgile (*Énéide*, VII).

10. Le *Comique ;* cf. Montaigne (I, XXV, *Du pédantisme*) : « Je me suis souvent dépité... de voir ès comédies italiennes toujours un pédant pour badin. »

11. *Habile.*

12. L'égalité devant le destin avait été développée par Sénèque (*Apokolokynthose*) et par Érasme dans ses *Adages.*

13. La folie de Chorœbus, fiancé de Cassandre, la prophétesse troyenne, était légendaire.

14. Historien grec fort estimé des Anciens. Ces divers exemples viennent en fait des *Adages* d'Érasme, qui utilise lui-même Servius.

15. *Horoscope.*

16. *Giovanni Andrea*, juriste du XVe siècle. Le *rescrit papal* adressé au maire de La Rochelle est du pape Honorius III. L'anecdote du fou est très brièvement citée. *Panorme, Barbatias* et Maïnus, dit *Jason* (1485-1519) étaient des juristes connus. Rabelais cite ces autorités d'après Tiraqueau (*De legibus connubialibus*, XI, 5) qui rapporte cette même histoire.

* Tout le passage *En ceste maniere... genethliaque* est une addition de 1552.

ticques, qui est vigilant et attentif au gouvernement
de sa maison, duquel l'esprit n'est poinct esguaré, qui
ne pert occasion quelconque de acquerir et amasser
biens et richesses, qui cautement [5] sçayt obvier es
inconveniens de paoüreté, vous appellez saige mondain [6], quoy que fat soit il en l'estimation des Intelligences cœlestes; ainsi faut-il, pour davant icelles
saige estre, je dis sage et præsage par aspiration
divine et apte à recepvoir benefice de divination,
se oublier soymesmes, issir hors de soymesmes, vuider
ses sens de toute terriene affection, purger son esprit
de toute humaine sollicitude et mettre tout en non
chaloir. Ce que vulguairement est imputé à follie [7].

« En ceste maniere, fut du vulgue imperit [8] apelé
Fatuel [9] le grand vaticinateur Faunus, filz de Picus,
roy des Latins. En ceste maniere, voyons nous entre
les jongleurs, à la distribution des rolles, le personaige
du Sot et du Badin [10] estre tous jours representé par le
plus petit [11] et perfaict joueur de leur compaignie.
* En ceste maniere disent les mathematiciens un
mesme horoscope estre à la nativité des roys et des
sotz [12], et donnent exemple de Æneas et Choroebus [13],
lequel Euphorion [14] dict avoir esté fol, qui eurent un
mesme genethliaque [15].

« Je ne seray hors de propous si je vous raconte ce
que dict Jo. André [16], sus un canon de certain rescript
papal adressé au maire et bourgeois de la Rochelle, et
après luy Panorme en ce mesmes canon, Barbatia
sus les *Pandectes*, et recentement Jason en ses *Conseilz*,
de Seigny Joan [17], fol insigne de Paris, bisayeul de
Caillette [18].

Le traité *sur les lois du mariage* parut en 1546, la même année que *Le Tiers Livre*.

17. *Seigneur Jean.* C'est le type même du fou de Cour.
18. Fou de Louis XII.
19. *Portefaix* (italianisme).
20. *Affirmait.*
21. *Gourdin.*
22. *Par le sang Dieu.*
23. Ancienne monnaie d'argent frappée à l'effigie de Philippe V, et valant douze deniers.
24. *Faisait sonner.*

« Le cas est tel : A Paris, en la roustisserie du petit Chastelet, au davant de l'ouvrouoir d'un roustisseur, un faquin [19], mangeoit son pain à la fumée du roust, et le trouvoit, ainsi perfumé, grandement savoureux. Le roustisseur le laissoit faire. En fin, quand tout le pain feut baufré, le roustisseur happe le faquin au collet, et vouloit qu'il luy payast la fumée de son roust. Le faquin disoit en rien n'avoir ses viandes endommaigé, rien n'avoir du sien prins, en rien ne luy estre debteur. La fumée dont estoit question, evaporoit par dehors ; ainsi comme ainsi se perdoit elle ; jamais n'avoit esté ouy que, dedans Paris, on eust vendu fumée de roust en rue. Le roustisseur replicquoit que, de fumée de son roust, n'estoit tenu nourrir les faquins, et renioit [20], en cas qu'il ne le payast, qu'il luy housteroit ses crochetz. Le faquin tire son tribart [21], et se mettoit en defense. L'altercation feut grande. Le badault peuple de Paris accourut au debat de toutes pars. Là se trouva à propous Seigny Joan le fol, citadin de Paris. L'ayant apperceu, le roustisseur demanda au faquin : " Veulx tu, sus nostre different, croire ce noble Seigny Joan ? — Ouy, par le sambreguoy [22] ", respondit le faquin.

« Adoncques Seigny Joan, avoir leur discord entendu, commenda au faquin qu'il luy tirast de son baudrier quelque piece d'argent. Le faquin luy mist en main un tournoys Philippus [23]. Seigny Joan le print et le mist sus son espaule guausche, comme explorant s'il estoit de poys ; puys le timpoit [24] sus la paulme de sa main guausche, comme pour entendre s'il estoit de bon alloy ; puis le posa sus la prunelle de son œil

25. Seigny Joan imite les vérifications des changeurs qui examinent la frappe de la pièce et font sonner celle-ci sur le marbre de leur comptoir.

26. *Imitant la fourrure de martre.*

27. *Conformément au droit civil.*

28. *Se retire chacun chez soi.*

29. Formule juridique terminant un plaidoyer ou un jugement ; cf. *Pantagruel*, chap. XIII, p. 193 : « *Et amis comme devant, sans despens, et pour cause.* »

30. Cour de justice, composée de douze prélats.

31. L'*Aréopage*, célèbre tribunal d'Athènes qui le premier remplaça la loi du talion par l'examen des responsabilités, et acquitta Oreste, meurtrier de sa mère Clytemnestre. C'est le symbole même de la justice.

32. Sur ce conte,. cf. *R.E.R.*, I. Il existait dès l'Antiquité des histoires semblables, mais le talent de Rabelais a transformé un bref récit sans relief en véritable comédie, comme on peut le voir d'après la traduction du texte de Tiraqueau, *Des lois du mariage* (cf. Smith, *R.E.R.*) : « Ce n'est pas sans raison que le glossateur dit qu'il n'est pas déplacé de demander conseil aux simples d'esprit, car parfois ce que le grand ignore est révélé au plus petit. Sur quoi presque tous les glossateurs depuis Joannès Andréas citent une histoire qui illustre excellemment cette pensée. C'est celle d'un fou parisien qui trancha d'une manière admirable le différend d'un pauvre et d'un cabaretier. Le cabaretier demandait de l'argent au pauvre parce que celui-ci avait mangé son pain, en quelque sorte plus délicieusement, à la fumée et odeur de cuisine. Le fou jugea que le cabaretier devait être payé du son d'un denier. Le cas n'aurait pu être jugé plus équitablement par Caton ou par Gratien, comme disent Joannès Andréas et le Panormitain. » Rabelais a organisé un décor, personnifié les acteurs, imaginé la mimique et les propos du fou, fait voir les réactions du rôtisseur et des badauds.

droict, comme pour veoir s'il estoit bien marqué [25].
Tout ce feut faict en grande silence de tout le badault
peuple, en ferme attente du roustisseur, et desespoir
du faquin. En fin, le feist sus l'ouvroir sonner par
plusieurs foys. Puis, en majesté præsidentiale, tenent
sa marote on poing, comme si feust un sceptre, et
affeublant en teste son chapperon de martres cin-
gesses [26] à aureilles de papier, fraizé à points d'orgues,
toussant préalablement deux ou trois bonnes foys,
dist à haulte voix : " La court vous dict que le faquin,
qui a son pain mangé à la fumée du roust, civilement [27]
a payé le roustisseur au son de son argent. Ordonne
ladicte court que chascun se retire en sa chascu-
niere [28], sans despens, et pour cause [29]. "

« Ceste sentence du fol Parisien tant a semblé equitable, voire admirable, es docteurs susdictz, qu'ilz
font doubte, en cas que la matiere eust esté on Parlement dudict lieu, ou en la Rotte [30] à Rome, voire
certes entre les Areopagites [31] decidée, si plus juri-
dicquement eust esté par eulx sentencié. Pourtant
advisez si conseil voulez d'un fol prendre [32]. »

1. *Loue*. Il s'agit d'un éloge comme celui du *couillon mignon* chap. XXVI. Mais alors que Rabelais a fait deux blasons, l'un élogieux (chap. XXVI) et l'autre péjoratif (chap. XXVIII), ici Panurge et Pantagruel renchérissent l'un sur l'autre en compliments ironiques.

2. Fleurial, surnommé Triboulet, mort vers 1536, avait été fou de Louis XII et de François Ier. Son nom était devenu symbolique de fou de cour. On sait comment Victor Hugo a utilisé le personnage dans un drame, *Le Roi s'amuse*.

Colonne de Pantagruel.

3. Sous le signe de Jupiter, *joyeux*.

4. Sous le signe de Mercure, *changeant*, caractère renforcé par *Lunaticque*.

5. Dirigés par les planètes, astres *errants*.

Colonne de Panurge.

24. *A pompons ;* les *pilettes* sont aussi des pompons attachés au mortier des juges.

CHAPITRE XXXVIII

Comment par Pantagruel et Panurge est Triboullet blasonné [1].

« Par mon ame (respondit Panurge), je le veulx. Il m'est advis que le boyau m'eslargit ; je l'avois nagueres bien serré et constipé. Mais, ainsi comme avons choizy la fine creme de Sapience pour conseil, aussi vouldrois je qu'en nostre consultation præsidast quelqu'un qui feust fol en degré souverain. — Triboullet [2] (dist Pantagruel), me semble competentement fol », Panurge respond : « Proprement et totalement fol. »

PANTAGRUEL.	PANURGE.
F. fatal,	F. de haulte game,
F. de nature,	F. de *b* quarre et de *b* mol,
F. celeste,	F. terrien,
F. jovial [3],	F. joyeulx et folastrant,
F. Mercurial [4],	F. jolly et folliant,
F. lunaticque,	F. à pompettes [24],
F. erraticque [5],	F. à pilettes,

6. *Sorti de son orbite.*

7. Influencé par Junon qui règne dans l'éther, partie supérieure de l'air.

8. *Porte-bannière.*

9. Le premier centurion dans l'armée romaine.

10. *Rare et exotique.*

11. Se rapportant au *Conseil aulique*, tribunal des princes allemands.

25. *Sous le signe de Vénus.*

26. *De la sous-traite* (cf. soutirage). Il s'agit de termes vinicoles.

27. Période de la fermentation du moût.

28. Le *bourlet* entourait le bonnet des docteurs en théologie.

29. Italianisme : *Viril, membre.*

30. S'applique à l'oiseau pris au nid.

31. *Passereau.*

PANTAGRUEL.   PANURGE.

F. ecentricque [6],	F. à sonnettes,
F. æteré et Junonien [7],	F. riant et Venerien [25].
F. arctique,	F. de soubstraicte [26].
F. heroïcque,	F. de mere goutte,
F. genial,	F. de la prime cuvée,
F. prædestiné	F. de montaison [27],
F. auguste,	F. original,
F. cæsarin,	F. papal,
F. imperial,	F. consistorial,
F. royal,	F. conclaviste,
F. patriarchal,	F. buliste,
F. original,	F. synodal,
F. loyal,	F. episcopal,
F. ducal,	F. doctoral,
F. banerol [8],	F. monachal,
F. seigneurial,	F. fiscal,
F. palatin,	F. extravaguant,
F. principal,	F. à bourlet [28],
F. pretorial,	F. à simple tonsure,
F. total,	F. cotal [29],
F. eleu,	F. gradué nommé en folie,
F. curial,	F. commensal,
F. primipile [9],	F. premier de sa licence,
F. triumphant,	F. caudataire,
F. vulguaire,	F. de supererogation,
F. domesticque,	F. collateral,
F. exemplaire,	F. *a latere*, altéré,
F. rare et peregrin [10],	F. niais [30],
F. aulicque [11],	F. passagier [31],

12. La porte *décumane* était une des quatre portes du camp romain.

13. Partie de l'optique.

14. *De l'arithmétique.*

15. *D'amalgame.*

16. Relatif à l'*antonomase*, figure de rhétorique consistant à prendre un nom propre pour un nom commun, ou l'inverse. Ex. : un *Tartuffe*, pour un *hypocrite*.

17. *Moral.*

32. Oiseau pris après la mue.

33. Au plumage tacheté en forme de mailles.

34. Dont la queue a repoussé.

35. Oiseau sauvage.

36. *Sous-barbe* (en provençal).

37. *Super-coq.*

38. *Sublime.*

39. *Teint en graine d'écarlate.*

40. Garni d'un plumeau.

41. Italianisme (*dagabbia*) : mettre en cage.

42. *Mode* (figure du syllogisme).

43. Terme de dialectique : pensée de la pensée d'un objet (cf. chap. XII, note 36).

44. Faiseur d'almanachs.

45. Danse *mauresque.*

46. Porteur de *capuchon* (comme les docteurs en théologie).

PANTAGRUEL.   PANURGE.

F. civil,	F. branchier,
F. populaire,	F. aguard [32],
F. familier,	F. gentil,
F. insigne,	F. maillé [33],
F. favorit,	F. pillart,
F. latin,	F. revenu de queue [34],
F. ordinaire,	F. griays [35],
F. redoubté,	F. radotant,
F. transcendent,	F. de soubarbade [36],
F. souverain,	F. boursouflé,
F. special,	F. supercoquelicantieux [37],
F. metaphysical,	F. corollaire,
F. ecstaticque,	F. de levant,
F. categoricque,	F. soubelin [38],
F. predicable,	F. cramoisy,
F. decumane [12],	F. tainct en graine [39],
F. officieux,	F. bourgeoys,
F. de perspective [13],	F. vistempenard [40],
F. d'algorisme [14],	F. de gabie [41],
F. d'algebra,	F. modal [42],
F. de caballe,	F. de seconde intention [43],
F. talmudicque,	F. tacuin [44],
F. d'alguamala [15],	F. heteroclyte,
F. compendieux,	F. sommiste,
F. abrevié,	F. abreviateur,
F. hyperbolicque,	F. de morisque [45],
F. antonomaticque [16],	F. bien bullé,
F. allegoricque,	F. mandataire,
F. tropologicque [17],	F. capussionnaire [46],

18. *Hépatique,* donc colérique.

19. *Hypocondriaque.*

20. Deux mots arabes : *azimuth* désigne les cercles imparfaits en astrologie ; *almicantarah,* un cercle de la sphère céleste.

21. Partie de l'entablement entre la frise et le chapiteau d'une colonne.

22. *Parangon :* modèle.

23. *Villageois.*

47. *Bien membru.*

48. *Aux mauvais pieds.*

49. Chenet pour les broches.

50. *Élégant.*

51. *Bizarre.*

52. La *martingalle* est une sorte de culotte. *A la martingalle :* d'une manière absurde (selon Cotgrave).

53. *Suranné.*

54. *A plein buste* ou au *buste plat ?*

55. *Élégant.*

56. *Luxueusement vêtu.*

PANTAGRUEL.   PANURGE.

F. pléonasmicque,   F. titulaire,
F. capital,   F. tapinois,
F. cerebreux,   F. rebarbatif,
F. cordial,   F. bien mentulé [47],
F. intestin,   F. mal empieté [48],
F. epaticque [18],   F. couilart,
F. spleneticque [19],   F. grimault,
F. venteux,   F. esventé,
F. legitime,   F. culinaire,
F. d'azimuth,   F. de haulte fustaie,
F. d'almicantarath [20],   F. contrehastier [49],
F. proportionné,   F. marmiteux,
F. d'architrave [21],   F. catarrhé,
F. de pedestal,   F. braguart [50],
F. parraguon [22],   F. à xxiiii caratz,
F. celebre,   F. bigearre [51],
F. alaigre,   F. guinguoys,
F. solennel,   F. à la Martingualle [52],
F. annuel,   F. à bastons,
F. festival,   F. à marotte,
F. recréatif,   F. de bons bies,
F. villaticque [23],   F. à la grande laise,
F. plaisant,   F. trabuchant,
F. privilegié,   F. susanné [53],
F. rusticque,   F. de rustrie,
F. ordinaire,   F. à plain bust [54],
F. de toutes heures,   F. guourrier [55],
F. en diapason,   F. guourgias [56],
F. resolu,   F. d'arrachepied,

57. *A double repli.*

58. Incrustation d'argent ou d'or dans un autre métal.

59. *Damasquiné à la persane.*

60. *A l'épreuve de l'arquebuse.*

61. D'après Plutarque (*Questions romaines,* 81) et Ovide (*Fastes,* II, 511-513).

62. Se reporter au chap. XXXVII.

63. Dieu arcadien.

64. La *Bonne déesse* ou la Terre, désignée aussi sous le nom de Fauna (cf. Boccace, *De genealogia deorum,* VIII).

65. Comme les chevaux, qui trottent l'amble.

PANTAGRUEL.	PANURGE.
F. hieroglyphicque,	F. de rebus,
F. autenticque,	F. à patron,
F. de valeur,	F. à chapron,
F. precieux,	F. à double rebras [57],
F. fanaticque,	F. à la damasquine,
F. fantasticque,	F. de tauchie [58],
F. lymphaticque,	F. d'azemine [59],
F. panicque,	F. barytonan,
F. alambicqué,	F. mouscheté,
F. non fascheux.	F. à espreuve de hacque-
	butte [60].

PANT. Si raison estoit pour quoy jadis en Rome les Quirinales on nommoit la *Feste des folz* [61], justement en France on pourroit instituer les Triboulletinales.

PAN. Si tous folz portoient cropiere, il auroit les fesses bien escorchées.

PANT. S'il estoit Dieu Fatuel [62], duquel avons parlé, mary de la dive Fatue, son pere seroit Bonadies [63], sa grand mere Bonedée [64].

PAN. Si tous folz alloient les ambles [65], quoy qu'il ayt les jambes tortes, il passeroit de une grande toise. Allons vers luy sans sejourner. De luy aurons quelque belle resolution, je m'y attends.

— Je veulx (dist Pantagruel) assister au jugement de Bridoye. Ce pendent que je iray en Myrelingues, qui est delà la rivière de Loyre, je depescheray

66. Les rôles sont distribués. Du chap. xxxix au chap. xliii, Bridoye tiendra la vedette. La consultation de Triboullet aura lieu au chap. xlv. Toutes les allées et venues des personnages ont lieu dans les provinces de la Loire, sans qu'il soit nécessaire d'établir des itinéraires précis, comme dans la guerre picrocholine. Triboullet étant né à Blois, il est normal que Carpalim s'y rende. Quant à *Rhizotome* (le coupeur de racines), c'est la première fois qu'il est cité parmi les compagnons de Pantagruel. Il s'agit vraisemblablement d'un botaniste ami de Rabelais.

Carpalim pour de Bloys icy amener Triboullet [66]. »

Lors feut Carpalim depesché. Pantagruel, acompaigné de ses domesticques, Panurge, Epistemon, Ponocrates, frere Jan, Gymnaste, Rhizotome et aultres, print le chemin de Myrelingues.

1. Nom de fantaisie : en patois poitevin, le mot désigne un boqueteau rond.

2. Pour désigner le Parlement de Paris. Rabelais dans la première édition avait écrit : *biscentumvirale*, de deux cents membres.

3. *La salle de justice.*

4. La satire des gens de justice se développe dans ce chapitre et les suivants, raillant l'abus des références aux lois, chapitres, paragraphes, l'appel aux gloses, la préférence donnée à la lettre sur l'esprit de la loi. La plupart des citations de Rabelais sont exactes et usuelles en son temps ; elles se trouvaient dans les compilations appelées *Brocardia juris* et *Flores legum* et dans les traités d'Albéric de Rosate (*Lexicon*) et de Tiraqueau, l'ami de Rabelais (*De nobilitate*). Sur les questions juridiques posées par le chapitre, consulter Ch. Perrat (*B.H.R.*, XVI, 1959), Derrett (*B.H.R.*, XXV, 1963) et Screech (*The Legal Comedy...* ER, tome V).

5. *Lesquelles sont notées par Archidiaconus* (Guido Baisius, canoniste italien), *Distinction* (*division des recueils canoniques*), LXXXVI, *Canon*.

6. Dans la *Genèse* (chap. XXVII).

CHAPITRE XXXIX

*Comment Pantagruel assiste au jugement du juge
Bridoye, lequel sententioit les procès au sort des dez.*

Au jour subsequent, à heure de l'assignation,
Pantagruel arriva en Myrelingues. Les president,
sénateurs et conseillers le prierent entrer avecques
eux et ouyr la decision des causes et raisons que alle-
gueroit Bridoye pour quoy auroit donné certaine
sentence contre l'esleu Toucheronde [1], laquelle ne
sembloit du tout æquitable à icelle Court centum-
virale [2].

Pantagruel entre voluntiers, et là trouve Bridoye
on mylieu du parquet [3] assis, et, pour toutes raisons
et excuses, rien plus ne respondent sinon qu'il estoit
vieulx devenu et qu'il n'avoit la veue tant bonne
comme de coustume [4], alleguant plusieurs miseres et
calamitez que vieillesse apporte avecques soy, lesquelles *not. per Archid. D.* LXXXVI. *c. tanta* [5] ; pourtant
ne congnoissoit il tant distinctement les poinctz des
dez comme avoit faict par le passé ; dont povoit
estre qu'en la façon que Isaac, vieulx et mal voyant,
print Jacob pour Esau [6], ainsi, à la decision du procès

7. La mention des dés attire la question de *Trinquamelle*. L'usage des dés dans un jugement paraît aujourd'hui plus scandaleux qu'au XVIe siècle (cf. note 11).

8. Cette succession de références était usuelle du temps de Rabelais : les lettres *ff* désignent le *Digeste*, code du droit romain établi par Tribomin sur l'ordre de Justinien (VIe siècle) ; la lettre *l* désigne la loi ; *C* le *Code* de Justinien ; *c* le canon ; *I*, les *Institutes* ; *Authen*, les *Nouvelles Constitutions* ou *Authentiques* ; *Extra* : les *Extravagantes*.

9. *Dans la loi le plus grand vice.*

10. *Le fanfaron* (en dialecte toulousain). Allusion possible à Tiraqueau.

11. Bridoye prend au sens propre l'expression courante, *le hasard des procès*, alors que, lui, emploie pour juger les *dés* en toute circonstance, généralisant l'usage de ceux-ci, qui était toléré, en droit civil, lorsque le point de droit était obscur.

12. Bridoye allègue le célèbre Bartole, professeur de droit à Bologne et à Pise (XIVe siècle), Balde et Alexandre Tartagno, ainsi que Fernandat, commentateur des *Décrétales*.

13. Effet comique : le vieux Bridoye est fort loquace.

dont estoit question, il auroit prins un quatre pour
un cinq ; notamment referent que lors il avoit usé
de ses petits dez [7], et que, par disposition de droict,
les imperfections de nature ne doibvent estre impu-
tées à crime, comme appert, *ff.* [8] *de re milit., l. qui
cum uno ; ff . de reg. jur., l. fere ; ff. de edil. ed. per
totum ; ff. de term. mo., l. Divus Adrianus ; resolu. per
Lud. Ro. in l. : si vero., ff. solu. matri ;* et qui aultrement feroit, non l'homme accuseroit, mais Nature,
comme est evident *in l. maximum vitium.* [9], *C. de lib.
prœter.*

« Quelz dez (demandoit Trinquamelle [10], grand
præsident d'icelle court) mon amy, entendez vous ?
— Les dez (respondit Bridoye) des jugemens, *alea
judiciorum* [11], desquelz est escript par *doct. 26. q.
2. c. Sors. ; l. nec. emptio. ff. de contrah. empt. ; l. quod
debetur ff. de pecul. et ibi Barthol.* [12], et des quelz
dez vous aultres, messieurs, ordinairement usez en
ceste vostre Court souveraine, aussi font tous aultres
juges, en decision des procès, suyvans ce qu'en a noté
D. Henr. Ferrandat, *et no. gl. in c. fin. de sortil, et l.
sed cum ambo. ff. de jud., Ubi doct.,* notent que le
sort est fort bon, honeste, utile et necessaire à la
vuidange des procès et dissentions. Plus encores
apertement l'ont dict Bald., Bart. et Alex. *C. com-
munia de l. Si duo.*

— Et comment, (demandoit Trinquamelle) faites
vous, mon amy ? — Je (respondit Bridoye) respon-
deray briefvement [13], scelon l'enseignement de la
l. Ampliorem, § in refutatoriis, C. de appella, et ce
que dit *Gl. l. ff. quod met. cau : Gaudent brevitate*

14. « *Les modernes aiment la brièveté.* »

15. Énumération des actes de la procédure. On commence par la *complainte* (plainte), puis on continue par l'*ajournement* (citation à comparaître), la *comparition* (représentation par un avoué devant le tribunal), les enquêtes (*informations*), etc. Le duel entre l'accusation et la défense multiplie les plaidoyers contradictoires (l'*intendit* de l'accusateur est réfuté par le *contredit*; la *réplique, duplique* et *triplique* sont les réfutations successives des parties ; les *escriptures* sont les additions à l'accusation principale (*intendit*) ; viennent les diverses récusations (*reproches, griefs*), le maintien des témoins (*salvation*), le récollement de la liste des témoins (*récollement*), la confrontation générale des témoins, entre un accusé et ses co-accusés (*acaration*), demande de transfert à une autre juridiction (*libelles*), intervention du roi (*letres royaulx*), assignation à présenter des actes ou titres (*compulsoires*), l'accusation d'incompétence contre le tribunal (*déclinatoires*), les plaidoyers devançant les offres de l'adversaire (*anticipatoires*), les renvois devant une autre juridiction (*évocations, envoys, renvoys*), les contestations accessoires (*fins de non procéder*), l'exposé définitif du litige (*appointement d'instruction*), les appels contre un jugement (*reliefs*), les aveux de la défense (*confession*), la notification de la sentence (*exploit*).

16. *Speculator*, surnom de Guillaume Durand, auteur du *Speculum judiciale*, répertoire de droit canonique.

17. Au sens littéral, puisqu'il joue aux dés la décision.

18. Axiome de droit : « *Quand les droits des parties sont obscurs, il faut être plus favorable au défendeur qu'au demandeur.* »

19. « *Vis à vis, car juxtaposées les choses opposées deviennent plus claires.* » Le principe est appliqué au sens matériel par Bridoye.

20. *En même temps.*

moderni [14]. Je fays comme vous aultres, Messieurs,
et comme est l'usance de judicature, à laquelle
nos droictz commendent tousjours deferer, *ut, not.
Extra de consuet., c. ex literis., et ibi Innoc.*

« Ayant bien veu, reveu, leu, releu, paperassé et
feueilleté les complainctes [15], adjournemens, compari-
tions, commissions, informations, avant procedez, productions, alleguations, intenditz, contredictz, requestes, enquestes, repliques, dupliques, tripliques, escriptures, reproches, griefz, salvations, recollemens,
confrontations, acariations, libelles, apostoles, letres
royaulx, compulsoires, declinatoires, anticipatoires,
evocations, envoyz, renvoyz, conclusions, fins de
non proceder, apoinctemens, reliefz, confessions,
exploictz, et aultres telles dragées et espisseries
d'une part et d'aultre, comme doibt faire le bon juge
scelon ce qu'en a *no. Spec.* [16] *de ordinario* § 3., *et tit.
de offi. om jud.,* § *fi. et de rescriptis præsenta.* § 1.

« Je pose sus le bout de table, en mon cabinet,
tous les sacs du defendeur, et luy livre chanse [17]
premierement, comme vous aultres, messieurs, et est
*not. l. Favorabiliores., ff. de reg. jur., et in c. cum sunt,
eod. tit. lib.* VI, qui dict : *Cum sunt partium jura
obscura, reo favendum est potius quam actori* [18].

Cela faict, je pose les sacs du demandeur, comme
vous aultres, Messieurs, sus l'aultre bout, *visum visu,*
car *opposita juxta se posita magis elucescunt* [19] *ut not.
in. l.* I., § *videamus., ff. de his qui sunt sui vel alie.
jur., et in l. munerum. j. mixta, ff. de muner. et honor;*
pareillement et quant et quant [20], je luy livre chanse.

— Mais (demandoit Trinquamelle) mon amy,

21. Au sens propre, *versale* signifie *capitale* (lettre). La prescription forme un pentamètre, d'où l'épithète : *versifiée*.

22. « *Toujours dans les causes obscures nous choisissons le minimum.* »

23. Adoptée par le droit canonique.

24. *Tribunicien*, par opposition à *prétorial*.

25. « *En droit, le premier en date est préféré.* » La critique de la procédure et du jargon juridique est traditionnelle (cf. Marot, *L'Enfer*, *Épître au Roi ;* Racine, *Les Plaideurs*, La Fontaine, *Fables*).

à quoy congnoissez vous l'obscurité des droictz
prætenduz par les parties playdoiantes?

— Comme vous aultres, messieurs, (respondit
Bridoye), sçavoir est quand il y a beaucoup de sacs
d'une part et de aultre. Et lors je use de mes petiz
dez, comme vous aultres, messieurs, suivant la loy :
Semper in stipulationibus, ff. de reg. juris, et la loy
versale [21] versifiée *q. ; eod. tit.*

Semper in obscuris quod minimum est sequimur [22],

canonizée [23] *in c. in obscuris, eod. tit. lib.* VI.

« J'ay d'aultres gros dez bien beaulx et harmonieux,
des quelz je use, comme vous aultres, messieurs,
quand la matiere est plus liquide, c'est à dire quand
moins y a de sacs.

— « Cela faict (demandoit Trinquamelle), comment
sententiez vous, mon amy?

— Comme vous aultres, messieurs, respondit Bridoye. Pour celluy je donne sentence duquel la chanse
livrée par le sort du dez judiciaire, tribunian [24],
prætorial, premier advient. Ainsi commendent nos
droictz, *ff. qui po. in pig. l., potior. leg. creditor., C.
de consul., l. I., et de reg. jur. in VI. Qui prior est
tempore, potior est jure* [25]. »

1. *Comparaissent*. Trinquamelle conteste seulement les *modalités de l'usage des dés*.

2. On sait avec quelle vivacité Rabelais attaque le formalisme dans tous les domaines.

3. *Speculator*, surnom de Guillaume Durand, canoniste déjà cité au chapitre précédent.

4. *En outre*.

5. « *La forme étant changée, la substance est changée.* » Cette maxime et la référence à la loi *Julianus* sont tirées du *Lexicon* d'Albéric de Rosate, canoniste du XIVe siècle.

CHAPITRE XL

*Comment Bridoye expose les causes pour quoy il visitoit
les procès qu'il decidoit par le sort des dez.*

« Voyre mais (demandoit Trinquamelle), mon
amy, puis que par sort et ject des dez vous faictez
vos jugemens, pour quoy ne livrez vous ceste chanse
le jour et heure propre que les parties controverses
comparent [1] par davant vous, sans aultre delay ? De
quoy vous servent les escriptures et aultres procedures
contenues dedans les sacs ?

— Comme à vous aultres, messieurs, (respondit
Bridoye), elles me servent de trois choses exquises,
requises et autenticques.

« Premierement pour la forme [2], en omission de
laquelle ce qu'on a faict n'estre valable prouve très
bien *Spec* [3], *tit. de instr. edit et tit. de rescript. præsent ;*
d'adventaige [4], vous sçavez trop mieulx que souvent,
en procedures judiciaires, les formalitez destruisent
les materialitez et substances ; car, *forma mutata
mutatur substantia* [5], *ff. ad. exhib. l. Julianus ; ff. ad.
leg. falcid. l. Si is qui quadringenta, et extra., de deci.,
c. ad audientiam, et de celebrat. miss c. in quadam.*

6. Personnage non identifié.

7. *C'est pourquoi.*

8. « *Parce que l'accessoire suit la nature du principal.* »

9. Saint Thomas d'Aquin, dans la *Somme*, concède quelque utilité aux jeux.

10. Albéric de Rosate, déjà cité et appelé « doctor practicus ».

11. Texte du *Digeste*, prescrivant aux étudiants de troisième année de consacrer un jour de fête à la commémoration de Papinien.

12. « *Entremêle parfois des plaisirs à tes soucis* », maxime tirée du *Catonet*, recueil scolaire d'adages.

13. *De bourse.*

14. Magistrats de la Cour des Aides, chargés de juger les affaires financières.

15. En graissant la patte à l'huissier.

16. « *Tout obéit à l'argent* », sentence de l'*Ecclésiaste* (x, 19), reprise dans les *Adages* d'Érasme.

« Secondement, comme à vous aultres, messieurs, me servent d'exercice honeste et salutaire. Feu M. Othoman Vadare [6], grand medicin, comme vous diriez. *C. de comit. et archi., lib.* XII, m'a dict maintes foys que faulte d'exercitation corporelle est cause unicque de peu de santé et briefveté de vie de vous aultres, messieurs, et tous officiers de justice ; ce que tresbien avant luy estoit noté par Bart. *in l.* I. *C. de sentent. quae pro eo quod.* Pourtant [7] sont, comme à vous aultres, messieurs, à nous consecutivement, *quia accessorium naturam sequitur principalis* [8], *de reg. jur. l.* VI. *et l. cum principalis, et l. nihil dolo. ff. eod. titu. ; ff. de fidejusso, l. fidejussor, et extra. de offic. de leg., c.* I, concedez certains jeuz d'exercice honeste et recreatif. *ff. de al. lus. et aleat., l. solent, et autent. ut omnes obediant, in prin., coll.* 7 *et ff. de præscript. verb., l. si gratuitam ; et l.* I. *C. de spect. lib.* XI, et telle est l'opinion *D. Thomæ* [9], *in secunda secundæ, quæst.* CLXVIII, bien à propous alleguée par D. Alber. de Ros. [10], lequel *fuit magnus practicus* et docteur solennel, comme atteste Barbatia *in prin. consil. ;* la raison est exposée *per gl. in prœmio. ff. §, ne autem tertii* [11].

Interpone tuis interdum gaudia curis [12].

« De faict, un jour, en l'an 1489, ayant quelque affaire bursal [13] en la chambre de messieurs les Generaulx [14] et y entrant par permission pecuniaire [15] de l'huissier, comen vous aultres, messieurs, sçavez que, *pecuniæ obediunt omnia* [16], et l'a dict Bald. *in l.*

17. Salycetus, jurisconsulte comme Balde.

18. Jeu d'enfants où l'un d'eux, qui fait la mouche, reçoit force tapes des autres.

19. *Nourriture.*

20. *Hic nota,* notez ici que...

21. Référence au *Code,* sous le titre *De petitione hereditatis,* De la recherche d'un héritage. Sous un autre titre du *Code,* il est question de *Muscarii,* d'où l'interprétation — par à peu près — *a Musco inventore : « de par son inventeur La Mouche »* et le commentaire : *« Muscarii, c'est à dire ceux qui jouent à la mouche. »*

22. Famille de Montpellier très connue à l'époque de Rabelais.

23. *Parlant résolutivement.*

24. Joannes de Prato, jurisconsulte italien du XVe siècle.

25. Maxime antique reproduite par Érasme (*Adages,* II, 4).

26. *Vanné.*

Singularia, ff. si certum pet., et *Salic.* [17], *in l.
recepticia., C. de constit. pecun. et Card., in Cle.* I *de
baptis.*, je les trouvay tous jouans à la mousche [18]
par exercice salubre, avant le past [19] ou après, il m'est
indifferent, pourveu que *hic no.* [20] que le jeu de la
mousche est honeste, salubre, antique et legal, a
Musco inventore [21], *de quo C. de petit. haered. l., si
post motam.*, et *Muscarii, id est* ceulx qui jouent à la
mousche, sont excusables de droict, *l.* I, *C., de excus.
artif. lib.* X.

« Et pour lors estoit de mousche M. Tielman Pic-
quet [22], il m'en soubvient et rioyt de ce que messieurs
de ladicte chambre guastoient tous leurs bonnetz à
force de luy dauber ses espaules ; les disoit ce nonobstant n'estre de ce deguast de bonnetz excusables au
retour du Palais envers leurs femmes, par *c.* I, *extra.,
de praesumpt., et ibi gl.* Or, *resolutorie loquendo* [23],
je diroys, comme vous aultres, messieurs, qu'il n'est
exercice tel, ne plus aromatisant en ce monde palatin,
que vuider sacs, feueilleter papiers, quotter cayers,
emplir paniers, et visiter procès, *ex Bart. e Jo. de
Pra.* [24], *in l. falsa. de condit. et demon. ff.*

« Tiercement, comme vous aultres, messieurs, je
considere que le temps meurist toutes choses ; par
temps toutes choses viennent en evidence ; le temps
est pere de Verité [25], *gl. in l.* I., *C. de servit., Autent.,
de restit. et ea quæ pa. et Spec. tit. de requis, cons.*
C'est pour quoy, comme vous aultres, messieurs, je
sursoye, delaye et differe le jugement, afin que le
procès, bien ventilé, grabelé [26] et debatu, vieigne
par succession de temps à sa maturité, et le sort par

27. « *On porte facilement ce qu'on porte volontiers.* »

28. *Abcès.*

29. *Venue à maturité, digestion.*

30. « *Ce que les médicaments font pour les maladies, les jugements le font pour les affaires.* »

31. Citation de Claudien (*Rapt de Proserpine*) : « *Déjà la Virginité était mûre pour la couche nuptiale, ayant atteint l'adolescence par le nombre voulu des ans.* »

après advenent soit plus doulcettement porté des
parties condemnées, comme *no. glo. ff. de excu. tut.,
l. Tria onera.*

Portatur leviter quod portat quisque libenter [27].

Le jugeant crud, verd et au commencement, dangier
seroit de l'inconvenient que disent les medicins advenir quand on perse un aposteme [28] avant qu'il soit
meur, quand on purge du corps humain quelque
humeur nuysant avant sa concoction [29] ; car, comme
est escript *in Autent., Haec constit. in Inno. constit.,
prin,* et le repete, *gl. in c. Cæterum., extra, de jura.
calum.*

Quod medicamenta morbis exhibent hoc jura negotiis [30].

Nature d'adventaige nous instruict cueillir et manger
les fruictz quand ilz sont meurs, *Instit., de re. div.,
§ is ad quem, et ff. de acti. empt., l. Julianus ;* marier
les filles quand elles sont meures, *ff. de donat. inter
vir. et uxor., l. Cum hic status, § si quia sponsa, et
27 q., j. c. Sicut* dict *gl.*

*Jam matura thoris plenis adoleverat annis
Virginitas* [31],

rien ne faire qu'en toute maturité, xxiii, *q.* ii § *ult.*
et xxxiii. *d. c. ult.* »

1. Il a été question de l'Université de Poitiers dans le *Pantagruel* (chap. v, p. 481-85) dans lequel sont évoquées les traditions estudiantines à la *Pierre levée*, et le souvenir du *docte Tiraqueau*.

2. Les axiomes de droit s'appelaient *brocards*. Rabelais s'amuse à personnifier le recueil *Broçardia juris*, qu'il a déjà ridiculisé en l'intitulant *Braguetta juris* dans la *Librairie Saint-Victor* (*Pantagruel*, chap. VII, p. 109).

3. *Smarve*, commune voisine de Ligugé, où Rabelais avait séjourné chez Geoffroy d'Estissac (cf. *P.*, chap. v, p. 83).

4. Nom imaginaire. *Dandin* signifie *niais* (cf. *Gargantua*, chap. XXV, p. 225 : « *malotruz, dendins, baugears*, etc. »). *Perrin* est un diminutif familier de Pierre. On sait quel parti Racine tirera de ce nom dans *Les Plaideurs*.

5. *Lutrin*.

6. Le *concile de Latran* se réunit de 1512 à 1517. La *Pragmatique Sanction* (1493) défendait les libertés de l'Église gallicane contre Rome. Elle fut abolie par le Concordat entre le roi et le pape en 1516.

7. *Chapelet de jais*. Les chapelets étaient souvent fort volumineux et enrichis d'ornements. Celui de la *haulte dame de Paris* que courtise Panurge (*Pantagruel*, chap. XXI, p. 295) était de bois de citronnier avec de grosses marques d'or.

8. *Terminait par des transactions*.

9. Le palais de justice de Montmorillon, aujourd'hui chef-lieu d'arr. (Vienne), voyait passer de nombreux procès, sa juridiction étant fort étendue.

10. Village de Deux-Sèvres.

11. Énumération de localités familières à Rabelais et qu'il a déjà citées pour la plupart dans les deux romans précédents. *Aisgnes* est devenu *Esgne*, hameau de la commune d'Iteuil (Vienne) ; *Estables* n'a pas été identifié.

CHAPITRE XLI

Comment Bridoye narre l'histoire de l'apoincteur
des procès.

« Il me souvient à ce propous (dist Bridoye continuant) que on temps que j'estudiois à Poitiers [1] en
droict, soubs *Brocadium juris* [2], estoit à Semerve [3]
un nommé Perrin Dendin [4] homme honorable, bon
laboureur, bien chantant au letrain [5], home de credit
et aagé autant que le plus de vous aultres, messieurs,
lequel disoit avoir veu le grand bon homme Concile
de Latran [6], avecques son gros chapeau rouge ;
ensemble la bonne dame Pragmaticque Sanction,
sa femme, avecques son large tissu de satin pers, et
ses grosses patenostres de gayet [7].

« Cestuy homme de bien apoinctoit [8] plus de procès
qu'il n'en estoit vuidé en tout le palais de Poictiers,
en l'auditoire de Monsmorillon [9], en la halle de Par-
thenay le Vieulx [10], ce que le faisoit venerable en
tout le voisinage. De Chauvigny, Nouaillé, Croutelles,
Aisgnes, Legugé, la Motte, Lusignan, Vivonne, Me-
zeaulx, Estables [11] et lieux confins, tous les debatz,
procès et differens estoient par son devis vuidez,

12. Rabelais oppose l'*homme de bien*, qui juge selon le bon sens naturel, au juge de profession, qui est prisonnier du formalisme légal.

13. *Des morceaux rôtis.*

14. *Baptêmes ;* Perrin Dandin était invité aux repas de baptême et peut-être choisi comme parrain.

15. *Transaction ;* l'accord se scelle, comme aujourd'hui encore à la campagne, en trinquant ; le verset du psaume CIII « *Vinum laetificet cor hominis* », le vin réjouit le cœur de l'homme, était devenu une maxime de droit citée par Albéric de Rosate dans son *Lexicon* auquel Rabelais fait allusion dans ces chapitres concernant le droit.

16. *Etienne ; hardeau :* gars (en patois d'Anjou ou du Poitou).

17. *Dieu m'aide !*

18. « Souvent le fils est semblable au père et la fille suit aisément le chemin de la mère », dicton populaire.

19. De cette accumulation de références émerge la réserve concernant les fils illégitimes des prêtres : « *J'excepte les fils nés d'un moine et d'une religieuse.* »

20. « *Aux vigilants, subviennent les droits* » ; le texte complet de la maxime était « *aux vigilants et non aux dormants,* etc. ».

comme par juge souverain, quoy que juge ne feust,
mais homme de bien [12], *Arg. in l. sed si unius. ff.
de jurejur., et de verb. obl., l. continuus.* Il n'estoit tué
pourceau en tout le voisinage dont il n'eust de la
hastille [13] et des boudins. Et estoit presque tous les
jours de banquet, de festin, de nopces, de commeraige [14],
de relevailles, et en la taverne, pour faire quelque
apoinctement [15], entendez ; car jamais n'apoinctoit
les parties qu'il ne les feist boyre ensemble, par
symbole de reconciliation, d'accord perfaict, et de
nouvelle joye ; *ut no. per. Doct., ff. de peri., et comm.
rei. vend. l.* I.

« Il eut un filz nommé Tenot [16] Dendin, grand
hardeau et gualant homme, ainsi m'aist [17] Dieu,
lequel semblablement voulut s'entremettre d'appoinc-
ter les plaidoians, comme vous sçavez que

*Sæpe solet similis filius esse patri,
Et sequitur leviter filia matris iter* [18].

Ut ait gl., VI. *q.,* I. *c. Si quis ; gl. de cons., d.* 5, *c.
j. fi, et est no. per Doct., C. de impu. et aliis et subst.,
l. ult. et l. legitimæ, ff. de stat. hom., gl. in l. quod si
nolit., ff. de ædil. ed., l. quis, C. ad. le. Jul. majest.
Excipio filios a moniali susceptos ex monacho* [19], *per
gl. in c. Impudicas.* XXVII. *qu.* I. Et se nommoit en
ses titres : L'apoincteur des procès.

« En cestuy negoce tant estoit actif et vigilant, car
vigilantibus jura subveniunt [20], *ex leg. pupillus, ff.
quæ in fraud. cred., et ibid. l. non enim. et Inst. in
proœmio,* que incontinent qu'il sentoit *ut ff. si quad.*

21. Calembour sur la pensée de saint Paul (*Épître aux Thessaloniciens*, III, 10) citée par les recueils de droit sous la forme condensée : « *Celui qui ne travaille pas, ne mangera pas.* » : Bridoye remplace *manducet* (mangera) par *manige ducat*, qui rappelle la locution *manie ducat*.

22. Encore un mélange de français et de latin : « *Courir plus vite que le pas, c'est ce que la pauvreté force la vieille à faire.* »

23. « *La parole est donnée à tous, mais à peu la sagesse* », maxime populaire figurant dans le *Catonet* et dans les *Brocardia*.

24. Le vin de Ligugé était réputé.

25. *Chagrin.*

26. *Déréglé.*

*paup. fec., l. Agaso. gl. in verbo olfecit i. nasum ad
culum posuit*, et entendoit par pays estre meu procès
ou debat, il se ingeroit d'apoincter les parties.

Il est escript :

> *Qui non laborat non manige ducat* [21] :

et le dict *gl. ff. de damn. infect., l. quamvis*, et *Currere*
plus que le pas

> *vetulam compellit egestas* [22],

*gl. ff. de lib. agnos., l. si quis. pro qua facit, l. si plures,
C. de condit. incer.* Mais en tel affaire il feut tant
malheureux que jamais n'apoincta different quelconques, tant petit feust il que sçauriez dire ; en
lieu de les apoincter, il les irritoit et aigrissoit d'ad-
vantaige. Vous sçavez, messieurs que,

> *Sermo datur cunctis, animi sapientia paucis* [23],

gloss. ff. de alie. ju. mu. caus. fa. l. II, et disoient les
taverniers de Semarve que soubs luy, en un an, ils
n'avoient tant vendu de vin d'apoinctation (ainsi
nommoient ils le bon vin de Legugé [24]), comme ils
faisoient soubz son père, en demie heure. Advint qu'il
s'en plaignit à son père et referoit les causes de ce
meshaing [25] en la perversité des hommes de son
temps, franchement luy objectant que, si on temps
jadis le monde eust esté ainsi pervers, playdoiart,
detravé [26] et inapoinctable, il son pere, n'eust acquis

27. *Indiscutable.*

28. « *Quand " il faut " vient en place...* » Dicton courant.

29. « *La difficulté n'est pas là* », dicton déjà courant chez les latins.

30. « *Plus doux est le fruit cueilli après de nombreux dangers.* » Ce dicton comme les précédents est tiré des *Brocards.*

31. *Arrivait à sa crise finale.* Les maladies, dira Montaigne (*Essais*, III, XIII), « ont leur fortune limitée dès leur naissance, et leurs jours ; qui essaie de les abréger impérieusement par force, au travers de leur course, il les allonge et multiplie, et les harcelle au lieu de les apaiser ».

32. « *Plus d'argent n'était en bourse* », dicton en argot.

l'honneur et tiltre d'apoincteur tant irrefragable [27]
comme il avoit. En quoy faisoit Tenot contre droict,
par lequel est es enfans defendu reprocher leurs
propres peres, *per gl. et Bart., l.* III, § *si quis ff. de
condi. ob caus., et autent., de nup.,* § *Sed quod sancitum,
coll* IV.

« Il fault, (respondit Perrin) faire aultrement,
Dendin, mon filz. Or,

> Quand *oportet* vient en place,
> Il convient qu'ainsi se face [28].

gl. C. de appell. l. eos etiam. Ce n'est là que gist le
lievre [29]. Tu n'apoinctes jamais les differens. Pour
quoy ? Tu les prens dès le commencement, estans
encore verds et cruds. Je les apoincte tous. Pourquoy ?
Je les prens sur leur fin, biens meurs et digerez ;
ainsi dist *gl.*

> *Dulcior est fructus post multa pericula ductus* [30],

l. non moriturus, C. de contrah. et comit. stip.

« Ne sçais tu qu'on dict, en proverbe commun,
heureux estre le medicin qui est appellé sus la decli-
nation de la maladie ? La maladie de soy criticquoit [31]
et tendoit à fin, encores que le medicin n'y survint.
Mes plaidoieurs semblablement de soy mesmes
declinoient au dernier but de playdoirie, car leurs
bourses estoient vuides ; de soy cessoient poursuyvre
et solliciter ; plus d'aubert [32] n'estoit en fouillouse
pour solliciter et poursuyvre,

33. Déformation du dicton *deficiente pecunia, deficit omne*, quand l'argent manque, tout manque ; il était souvent cité sous la forme employée par Bridoye.

34. *Médiateur*, nom donné chez les anciens au garçon d'honneur du marié, et dans les universités médiévales au parrain du candidat à la licence de médecine.

35. Dicton populaire figurant dans *La Farce de Maître Pathelin*.

36. Louis XII. Les difficultés entre le pape et les Ferrarais sont mentionnées dans les lettres écrites de Rome par Rabelais à Geoffroy d'Estissac (1535-1536).

37. *Dieu m'aide !*

38. *Le roi de Perse.*

39. *Les Tartares et les Moscovites.*

40. Tiré d'Ovide (*Amours*, III, II, 35) : « *Je haïrai si je peux, sinon j'aimerai malgré moi.* »

Deficiente pecu, deficit omne, nia [33].

« Manquoit seulement quelqu'un, qui feust comme paranymphe [34] et mediateur, qui premier parlast d'apoinctement, pour soy saulver l'une et l'aultre partie de ceste pernicieuse honte qu'on eust dict : '' Cestuy cy premier s'est rendu ; il a premier parlé d'apoinctement ; il a esté las le premier ; il n'avoit le meilleur droict ; il sentoit que le bast le blessoit. '' Là, Dendin, je me trouve à propous, comme lard en poys [35], c'est mon heur, c'est mon guaing, c'est ma bonne fortune. Et te diz, Dendin, mon filz jolly, que par ceste methode je pourrois paix mettre, ou treves pour le moins, entre le grand Roy [36] et les Venitiens, entre l'Empereur et les Suisses, entre les Anglois et Escossois, entre le Pape et les Ferrarois. Iray je plus loing ? Ce m'aist [37] Dieu, entre le Turc et le Sophy [38] ; entre les Tartres et les Moscovites [39].

« Entends bien. Je les prendrois sus l'instant que et les uns et les aultres seroient las de guerroier, qu'ilz auroient vuidé leurs coffres, expuisé les bourses de leurs subjectz, vendu leur domaine, hypothequé leurs terres, consumé leurs vivres et munitions. Là, de par Dieu, ou de par sa mere, force forcée leur est respirer et leurs felonnies moderer. C'est la doctrine *in gl.* XXXVII *d. c. si quando.*

Odero si potero : si non invitus amabo [40].

1. Les sacs qui contenaient les pièces du dossier, et tenaient lieu de nos classeurs.

2. Cette croyance était répandue dès l'Antiquité. De là le dicton : « *un ours mal léché* ».

3. Maxime bien connue : « *La forme donne l'être à la chose.* »

CHAPITRE XLII

*Comment naissent les procès, et comment ils viennent
à perfection.*

« C'est pour quoy (dist Bridoye continuant), comme
vous aultres, messieurs, je temporize, attendant la maturité du procès, et sa perfection en tous membres : ce
sont escriptures et sacs [1]. *Arg, in. l. si major.*, C.
commu, divi. et de cons., *d. 1. c. Solennitates, et ibi gl.*

« Un procès, à sa naissance premiere, me semble,
comme à vous aultres, messieurs, informe et imper-
faict. Comme un ours naissant n'a pieds, ne mains,
peau, poil, ne teste : ce n'est qu'une piece de chair,
rude et informe ; l'ourse, à force de leicher, la mect en
perfection des membres [2], *ut not. Doct. ff. ad. leg.
Aquil.*, *l. II in fi.*

« Ainsi voy je, comme vous aultres, messieurs,
naistre les procès à leurs commencemens, informes et
sans membres. Ilz n'ont qu'une piece ou deux, c'est
pour lors une laide beste. Mais, lors qu'ilz sont bien
entassez, enchassez et ensachez, on les peut vrayement
dire membruz et formez. Car *forma dat esse rei* [3], *l. Si
is qui, ff. ad. l. Falci. in c. cum dilecta extra de rescrip.* ;

4. « *Une fortune meilleure suivra un commencement débile.* »

5. Juges des juridictions inférieures.

6. « *Tel habit, tel cœur* », dicton figurant dans la loi citée par Bridoye.

7. *Notez ici que...*

8. « *Il est plus agréable de donner que de recevoir* » (*Actes des Apôtres*, xx, 35).

9. « *La censure de celui qui tonne pèse les intentions de celui qui donne.* »

* *Et 24... tonantis*, addition de 1552.

Barbatia, consil. 12 *lib.* 2 ; et davant luy Bald. *in c. ulti. extra de consue. et l. Julianus. ff. ad. exhib. et l. Quæsitum. ff. de leg.* III. La maniere est telle que dit *gl. p. q.* 1, *c, Paulus :*

Debile principium melior fortuna sequetur [4].

« Comme vous aultres, messieurs, semblablement les sergens, huissiers, appariteurs, chiquaneurs, procureurs, commissaires, advocatz, enquesteurs, tabellions, notaires, grephiers et juges pedanées [5], *de quibus tit. est lib.* III, *Cod.* sugsants bien fort et continuellement les bourses des parties, engendrent à leurs procès teste, pieds, gryphes, bec, dents, mains, venes, arteres, nerfz, muscles, humeurs. Ce sont les sacs ; *gl. de cons. d. iiij, c. accepisti.*

Qualis vestis erit, talia corda gerit [6].

Hic not [7], qu'en ceste qualité plus heureux sont les plaidoyans que les ministres de Justice, car

Beatius est dare quam accipere [8] ;

ff. comm. l. III, *et extra, de celebra. Miss. c. cum Marthæ.* * et 24 *q. j, c. Odi. gl.*

Affectum dantis pensat censura tonantis [9].

« Ainsi rendent le procès perfaict, gualant et bien formé, comme dict *gl. can.* :

10. « *Reçois, enlève, prends, voilà des mots qui plaisent au pape.* » — On reconnaît ici le gallicanisme de Rabelais.

11. Albéric de Rosate, dans son *Lexicon*.

12. « *Rome ronge les mains ; celles qu'elle ne peut ronger, elle les hait ; elle protège ceux qui donnent ; elle méprise et hait ceux qui ne donnent pas.* »

13. « *Les œufs d'aujourd'hui sont meilleurs que les poulets de demain.* » Autrement dit : « *un tiens vaut mieux que deux tu l'auras.* »

14. Second vers d'un distique attribué à Caton : « *Quand le travail va mal, la pauvreté mortelle croît.* »

15. Jeu de mots sur *prochatz* (pour *pourchas*, sollicitations) et *prou* (beaucoup) *sacs*.

16. « *Par litiges, croissent les droits ; par litiges le droit s'acquiert.* »

17. Souvenir d'Ovide (*Remèdes de l'amour*, 420) : « *Isolés, ils sont impuissants ; nombreux, ils aident.* » Ce vers figure dans les recueils de droit (*Brocards*).

18. *En flagrant délit.*

Accipe, sume, cape sunt verba placentia Papæ [10].

Ce que plus apertement a dit Alber. de Ros. [11], *in verb. Roma* :

Roma manus rodit; quas rodere non valet, odit;
Dantes custodit; non dantes spernit et odit [12].

Raison pourquoy ?

Ad præsens ova cras pullis sunt meliora [13],

ut est glos. in l. cum hi. ff. de transat. L'inconvenient du contraire est mis *in glos. C. de allu. l. fi* :

Cum labor in damno est, crescit mortalis egestas [14].

« La vraye etymologie de " procès " est en ce qu'il doibt avoir en ses prochatz [15] prou sacs. Et en avons brocards deificques :

Litigando jura crescunt;
Litigando jus acquiritur [16] ;

« *Item. gl. in c. Illud., ext. de præsump., et C. de prob., l. instrumenta, l. non epistolis, l. non nudis.*

Et cum non prosunt singula, multa juvant [17].

— Voyre mais, (demandoit Trinquamelle), mon amy, comment procedez vous en action criminelle, la partie coupable prinse *flagrante crimine* [18] ?

19. Souvenir de l'*Art poétique* d'Horace (359) : « *Parfois le bon Homère sommeille.* » Tiraqueau cite ce vers dans son *De nobilitate.*

20. *Petit haubert.*

21. Anecdote tirée de l'Aretin (*Dialogo del Giuoco*), mais modifiée par Rabelais.

22. Stockholm fut assiégé par le roi de Danemark, Christian II, en 1518.

23. *Saint-Sever,* dans les Landes.

24. « *L'argent est un autre sang.* »

25. Antonio da Budrio, juriste de Bologne.

26. « *L'argent est la vie de l'homme et son meilleur garant dans les nécessités.* »

27. *Brelan,* jeu.

28. « *Tête de bœuf, les enfants, que le mal du tonneau vous tarabuste ! Maintenant que j'ai perdu mes vingt-quatre vachettes* (pièces de monnaie), *comme je donnerais coups, tapes et taloches ! Y a-t-il quelqu'un d'entre vous qui veuille se battre à beaux défis ?* »

29. *Les Cent-livres,* sobriquet des lansquenets. Nous dirions les « *poids-lourds* ».

* *Selon... Homerus,* addition de 1552.

— Comme vous aultres, messieurs, (respondit Bridoye) ; je laisse et commende au demandeur dormir
bien fort pour l'entrée du procès, puys devant moy
convenir, me apportant bonne et juridicque attes-
tation de son dormir, * selon la *gl.* 32, *q.* VII. *l. Si quis
cum*

Quandoque bonus dormitat Homerus [19].

Cestuy acte engendre quelque aultre membre ; de
cestuy là naist un aultre, comme maille à maille est
faict le aubergeon [20]. Enfin je trouve le procès bien par
informations formé et perfaict en ses membres. Adoncques je retourne à mes dez, et n'est par moy telle inter-
pollation sans raison faicte, et experience notable.

« Il me soubvient [21] que, on camp de Stokolm [22], un
Guascon nommé Gratianauld, natif de Sain Sever [23],
ayant perdu au jeu tout son argent et de ce grandement
fasché, comme vous sçavez que *pecunia est alter sanguis* [24] *ut ait Anto de Butrio.* [25] *in c. accedens., ij, extra,
ut lit. non contest.,* et Bald. *in l. si tuis. C. de op. li.
per. no.,* et *l. advocati C. de advo. diu. jud. : Pecunia
est vita hominis et optimus fidejussor in necessita-
tibus* [26], à l'issue du berland [27], davant tous ses compaignons, disoit à haulte voix : " Pao cap de bious, hillotz,
que maulx de pippe bous tresbyre ! ares que pergudes
sont les mies bingt et quouatte baguettes, ta pla donne-
rien picz, trucz, et patactz. Sey degun de bous aulx,
qui boille truquar ambe iou à belz embiz [28] ? "

« Ne respondent persone, il passe au camp des
Hondrespondres [29], et reïteroit ces mesmes parolles, les

30. « *Le Gascon se vante de se battre avec n'importe lequel d'entre nous, mais il est plus enclin à voler. Aussi, chères femmes, veillez aux bagages.* » Cette recommandation s'explique par la coutume qu'avaient les lansquenets d'emmener leurs femmes dans les expéditions militaires. Pour l'emploi de langues hétéroclites, se reporter à la rencontre de Pantagruel et de Panurge (*Pantagruel*, chap. IX). De ce mélange, *La Farce de Maître Pathelin* avait déjà tiré parti, et Molière en usera aussi dans *Monsieur de Pourceaugnac*.

31. *C'est pourquoi*.

32. Famille d'Anjou, connue de Rabelais.

33. « *La perte de l'argent est pleurée avec de vraies larmes.* » (Juvénal *Satire* XIII, 134). La glose juridique cite ce vers.

34. « *Garçon* »; cf. Marot (*Épître au Roi...*) :

> « *Ce vénérable hillot fut averti*
> *De quelque argent que m'aviez départi...* »

Le mot *hillot* appartient au dialecte gascon, ce qui convient parfaitement ici.

35. *Épée;* de même *espade* (de l'italien *spada*).

36. « *Par la tête de saint Arnaud! qui es-tu, toi qui me réveilles? Que le mal de taverne te renverse. Ho, saint Sever, patron de la Gascogne, je dormais si bien lorsque ce taquin est venu m'irriter!* »

* Addition de 1552 : « *Ploratur... plures.* »

invitant à combattre avecques luy. Mais les susdictz disoient " Der Guascongner thut schich usz mitt eim jedem ze schlagen, aber er ist geneigter zu staelen ; darumb, lieben frauuen, hend serg zu inuerm hausraut [30]. " Et ne se offrit au combat persone de leur ligue.

« Pourtant [31] passe le Guascon au camp des aventuriers françois, disant ce que dessus et les invitant au combat guaillardement avecques petites gambades guasconicques ; mais personne ne luy respondit. « Lors le Guascon au bout du camp se coucha, près les tentes du gros Christian, chevallier de Crissé [32], et s'endormit.

« Sus l'heure un adventurier, ayant pareillement perdu tout son argent, sortit avecques son espée, en ferme deliberation de combatre avecques le Guascon, veu qu'il avoit perdu comme luy :

* *Ploratur lachrymis amissa pecunia veris* [33].

dict *glos. de pænitent. dist.* 3, *c. Sunt plures.* De faict, l'ayant cherché parmy le camp, finablement le trouva endormy. Adoncques luy dist : " Sus, ho, hillot [34] de tous les diables, leve toy ; j'ay perdu mon argent aussi bien que toy. Allons nous battre guaillard, et bien à poinct frotter nostre lard ? Advise que mon verdun [35] ne soit poinct plus long que ton espade. "

« Le Guascon tout esblouy luy respondit : " Cap de Sainct Arnauct, quau seys tu, qui me rebeillez ? que mau de taoverne te gyre ! Ho, Sainct Siobe, cap de Guascoigne, ta pla dormie iou, quand aquoest taquain me bingut estée [36]. "

37. Les *aventuriers* sont des volontaires, sans solde, et généralement fort indisciplinés ; ils se paient sur l'ennemi (cf. *Gargantua*, chap. xxvi, note 14, p. 230 et xlvii, p. 365).

38. « *Hé, pauvret, je t'esquinterais maintenant que me voilà reposé ; va en faire autant, puis nous nous battrons.* »

39. *Peut-être.*

40. *Avec l'argent prêté sur leur épée.*

41. *Convient.*

Jean André, jurisconsulte, qui avait relaté (cf. chap. xxxvii) le jugement du Fou.

42. « *En s'arrêtant et en se reposant, l'âme devient prudente* », brocard provenant d'Aristote (*Physique*, vii).

« L'adventurier [37] le invitoit derechef au combat ; mais le Guascon luy dist : " Hé, paovret, ïou te esquinerie, ares que son pla reposat. Vayne un pauc qui te posar com iou ; puesse truqueren [38]. " Avecques l'oubliance de sa perte, il avoit perdu l'envie de combatre. Somme, en lieu de se battre et soy par adventure [39] entretuer, ilz allerent boyre ensemble, chascun sus son espée [40]. Le sommeil avoit faict ce bien et pacifié la flagrante fureur des deux bons champions.

« Là compete [41] le mot doré de Joan. And., *in c. ult. de sent. et re judic., libro sexto. :*

Sedendo et quiescendo fit anima prudens [42]. »

1. *Là-dessus.*

2. *Donateur.* Trinquamelle emploie la même formule qu'Hippothadée (chap. 377, p. 339). Les qualités de jugement de Pantagruel lui viennent de la grâce divine.

3. En effet, Pantagruel n'est pas juge ; cependant dans le *Pantagruel* (chap. x, xi, xii, xiii) on le voit terminer le procès entre les seigneurs de Baisecul et Humevesne, alors que les tribunaux n'en venaient pas à bout. Mais alors Pantagruel était un simple étudiant.

CHAPITRE XLIII

Comment Pantagruel excuse Bridoye sus les jugemens
faictz au sort des dez.

A tant [1] se teut Bridoye. Trinquamelle luy commenda issir hors la chambre du parquet : ce que feut faict. Alors dist à Pantagruel :

« Raison veult, Prince très-auguste, non par l'obligation seulement en laquelle vous tenez par infinis biensfaictz cestuy parlement et tout le marquisat de Myrelingues, mais aussi par le bon sens, discret jugement et admirable doctrine que le grand Dieu, dateur [2] de tous biens, a en vous posé, que vous præsentons la decision de ceste matiere tant nouvelle, tant paradoxe et estrange, de Bridoye, qui, vous præsent, voyant et entendent, a confessé juger on sort des dez. Si vous prions qu'en veueillez sententier comme vous semblera juridicque et æquitable. »

A ce respondit Pantagruel : « Messieurs, mon estat [3] n'est en profession de decider procès, comme bien vous sçavez ; mais puys que vous plaist me faire tant d'honneur, en lieu de faire office de juge, je tiendray lieu de suppliant. En Bridoye je recongnois plusieurs

4. C'est l'excuse alléguée par Bridoye ; *simplesse* est considérée comme la conséquence de la vieillesse (cf. chap. XXXIX, p. 465).

5. Bridoye avait reçu une grâce particulière.

6. Rappel des maximes de saint Paul (*Ire Épître aux Corinthiens*, III, 19 et I, 27) et du *Magnificat* (Luc, I, 52).

qualitez, par lesquelles me sembleroit pardon du cas
advenu meriter. Premierement vieillesse [4], secondement simplesse : es quelles deux vous entendez trop
mieulx quelle facilité de pardon et excuse de mes-
faict nos droictz et nos loix oultroyent ; tiercement,
je recongnois un aultre cas pareillement en nos droictz
deduict à la faveur de Bridoye : c'est que cette unique
faulte doibt estre abolie, extaincte et absorbée en la
mer immense de tant d'equitables sentences qu'il a
donné par le passé, et que, par quarante ans et plus,
on n'a en luy trouvé acte digne de reprehension,
comme si, en la riviere de Loyre, je jectois une goutte
d'eaue de mer, pour ceste unique goutte, personne
ne la sentiroit, personne ne la diroit salée.

« Et me semble qu'il y a je ne sçay quoy de Dieu [5]
qui a faict et dispensé qu'à ses jugemens de sort toutes
les præcedentes sentences ayent esté trouvées bonnes
en ceste vostre venerable et souveraine Court : lequel,
comme sçavez, veult souvent sa gloire apparoistre en
l'hebetation des saiges, en la depression des puissans
et en l'erection des simples et humbles [6]. Je mettray
en obmission toutes ces choses : seulement vous priray,
non par celle obligation que pretendez à ma maison,
laquelle je ne recongnois, mais par l'affection syncere
que de toute ancienneté avez en nous congneue, tant
deçà que delà Loyre, en la mainctenue de vostre estat
et dignitez, que pour ceste fois luy veueillez pardon
oultroyer ; et ce en deux conditions : premierement,
ayant satisfaict ou protestant satisfaire à la partie
condemnée par la sentence dont est question (à cestuy article je donneray bon ordre et contentement) ;

7. *Pour le seconder dans sa charge.*

8. *Habile* (latinisme).

9. Toujours la même formule d'entière soumission à la Toute-Puissance de Dieu.

10. *La Fontaine-le-Comte*, près de Poitiers.

11. Le *noble abbé Ardillon*, successeur de Geoffroy d'Estissac à Fontenay-le-Comte, était lui aussi protecteur des Humanistes ; Rabelais le cite (*Pantagruel*, chap. v, n. 16, p. 83) parmi les personnalités que visite son géant adolescent.

12. *Gymnaste*, compagnon de Gargantua, s'est particulièrement distingué dans la guerre picrocholine en tuant le capitaine Tripet (chap. xxxv du *Gargantua*).

13. *L'heureux succès.*

14. *Montlhéry* avait au Moyen Age un important château fort, dont subsiste une tour en ruine.

15. *Imbriquées.*

16. Il s'agit toujours de distinguer les questions où la sagesse humaine, aidée du savoir, peut trancher, et celles où l'on peut recourir aux dés, ceux-ci étant guidés par la volonté divine.

secondement, qu'en subside [7] de son office, vous luy bailliez quelqu'un plus jeune, docte, prudent, perit [8] et vertueux conseiller, à l'advis duquel dorenavant fera ses procedures judiciaires.

« En cas que le voulussiez totalement de son office deposer, je vous priray bien fort me en faire un present et pur don. Je trouveray par mes royaulmes lieux assez et estatz pour l'employer et me en servir. A tant suppliray le bon Dieu créateur, servateur et dateur de tous biens [9], en sa saincte grace perpetuellement vous maintenir. »

Ces motz dictz, Pantagruel feist reverence à toute la Court, et sortit hors le parquet. A la porte trouva Panurge, Epistemon, frere Jan et aultres. Là monterent à cheval pour s'en retourner vers Gargantua.

Par le chemin, Pantagruel leurs comptoit de poinct en poinct l'histoire du jugement de Bridoye.

Frere Jan dist qu'il avoir congneu Perrin Dendin, on temps qu'il demouroit à la Fontaine le Conte [10], soubs le noble abbé Ardillon [11]. Gymnaste [12] dist qu'il estoit en la tente du gros Christian, chevallier de Crissé, lorsque le Guascon respondit à l'adventurier.

Panurge faisoit quelque difficulté de croire l'heur [13] des jugemens par sort, mesmement par si long temps.

Epistemon dist à Pantagruel : « Histoire parallele nous compte l'on d'un prevost de Monslehery [14]. Mais que diriez vous de cestuy heur des dez continué en succès de tant d'années ? Pour un ou deux jugemens ainsi donnez à l'adventure, je ne me esbahirois, mesmement en matieres de soy ambigues, intrinquées [15], perplexes et obscures [16]. »

1. Anecdote bien connue des juristes (cf. Tiraqueau, *De pœnis temperandis*) et relatée déjà par Aulu-Gelle (*Nuits attiques*, XII), Ammien Marcellin (XXIX) et Valère Maxime (VIII).

2. *Parâtres :* Beaux-pères.

3. Même sens ; le mot est dérivé du latin *vitricus*, beau-père.

4. *Noverces* (latin *noverca*) et *meratres* (*marâtres*) : belles-mères.

5. *Comprenant.*

6. Au XVIᵉ siècle le participe présent s'accorde souvent comme un adjectif.

* Le titre et le numéro du chapitre manquent dans les premières éditions.

** Variante de la première édition : *affection des privings* (enfants du premier lit) et *marâtres.*

*** *C'estoit... procès* manque dans la première édition.

CHAPITRE XLIV

*Comment Pantagruel raconte une estrange histoire
des perplexitez du jugement humain.*

« Comme feut (dist Pantagruel) la controverse de-
batue davant Cn. Dolabella, proconsul en Asie [1]. Le
cas est tel :

« Une femme, en Smyrne de son premier mary eut
un enfant nommé Abecé. Le mary defunct, après
certain temps elle se remaria, et de son second mary
eut un filz, nommé Effegé. Advint (comme vous
sçavez que rare est l'affection des ** peratres [2], vi-
trices [3], noverces [4] et meratres envers les enfans des
defuncts premiers peres et meres), que cestuy mary et
son fils occultement, en trahison, de guet à pens,
tuerent Abecé. La femme, entendant [5] la trahison et
meschanceté, ne voulut le forfaict rester impuny et
les feist mourir tous deux, vengeante [6] la mort de son
filz premier. Elle feut par la justice apprehendée et
menée devant Cn. Dolabella. En sa præsence elle
confessa le cas, sans rien dissimuler ; seulement alle-
guoit que, de droict et par raison, elle les avoit occis.
*** C'estoit l'estat du procès.

7. *Affaire* est masculin au XVIᵉ siècle.

8. *Avidité de s'emparer.*

9. Il en a déjà été question à la fin du chap. XXXVII, à propos du *jugement du fol.*

10. En application des principes de S. da Costa (*Tractatus perutilis super ludis licitis et illicitis,* 1520) on pouvait trancher un cas *obscur et perplexe* par les dés.

11. Les anges responsables du mouvement des sphères célestes ; ils jouent ici le rôle d'ange gardien.

« Il trouva l'affaire tant ambigu [7] qu'il ne sçavoit
en quelle partie incliner. Le crime de la femme estoit
grand, laquelle avoit occis ses mary second et enfant.
Mais la cause du meurtre luy sembloit tant naturelle
et comme fondée en droict des peuples, veu qu'ilz
avoient tué son filz premier, eux ensemble, en trahison,
de guet à pens, non par luy oultragez ne injuriez,
seulement par avarice de occuper [8] le total heritage,
que pour la decision il envoya es Areopagites [9], en
Athenes, entendre quel seroit sur ce leur advis et jugement. Les Areopagites firent response que cent ans
après personellement on leur envoiast les parties
contendentes, affin de respondre à certains interro-
guatoires qui n'estoient on procès verbal contenuz.
C'estoit à dire que tant grande leur sembloit la perplexité et obscurité de la matiere qu'ilz ne sçavoient
qu'en dire ne juger. Qui eust decidé le cas au sort des
dez, il n'eust erré [10], advint ce que pourroit. Si contre
la femme, elle meritoit punition, veu qu'elle avoit
faict la vengeance de soy, laquelle appartenoit à Justice. Si pour la femme, elle sembloit avoir eu cause
de douleur atroce.

« Mais, en Bridoye, la continuation de tant d'années
me estonne.

— Je ne sçaurois (respondit Epistemon) à vostre
demande categoricquement respondre. Force est que
le confesse. Conjecturallement je refererois cestuy
heur de jugement en l'aspect benevole des cieulx et
faveur des Intelligences motrices [11], les quelles, en
contemplation de la simplicité et affection syncere
du juge Bridoye, qui soy deffiant de son sçavoir et

12. Panurge se défie de sa décision au sujet du mariage, mais après les consultations, il ne suit pas les avis reçus et en prend le contre-pied. Il n'a pas la *simplicité* de Bridoye.

13. *Le diable* (*en grec :* διαβάλλω : calomnier).

14. Dans saint Paul (*IIe Épître aux Corinthiens*, XI), il s'agit surtout des faux prophètes. Rabelais a déjà commenté cette citation : « *souvent l'ange* (messager) *de Sathan se transfigure en ange de lumiere* » (chap. XIV, fin).

15. Ce portrait des *pervers advocatz* vise tous les sophistes de l'Antiquité, mais aussi ceux du XVIe siècle, et peut s'appliquer à Panurge.

16. *Sembler en imagination.*

17. *Les rabbins.* Cette sentence est citée par saint Thomas d'Aquin (*Opuscula*, XV). Le paragraphe se termine par le mot essentiel : *la volonté divine.*

18. *Corruption.*

19. *Règle.*

20. *Tribonien,* jurisconsulte qui compila les *Pandectes* sur l'ordre de Justinien. Ses recueils étaient très discutés par les Humanistes. Montaigne (*Essais*, III, XIII) condamne les Pandectes, comme toute tentative pour établir des lois régentant tous les cas : « Pourtant, l'opinion de celui-là ne me plaît guère, qui pensait par la multitude des lois brider l'autorité des juges, en leur taillant leurs morceaux : il ne sentait point qu'il y a autant de liberté et d'étendue à l'interprétation des lois qu'à leur façon... » (Folio n° 291, p. 354.) Mais il n'a pas davantage confiance dans les références à la Bible : « Et ceux-là se moquent, qui pensent appetisser nos débats et les arrêter en nous rappelant à l'expresse parole de la Bible. » — Guillaume Budé (*Annotationes in Pandectas*, 1551) attaque, lui aussi, les Pandectes.

capacité [12], congnoissant les antinomies et contra-
rietez des loix, des edictz, des coustumes et ordonnances ; entendent la fraulde du Calumniateur infernal [13], lequel souvent se transfigure en messagier de
lumiere [14] par ses ministres, les pervers advocatz,
conseilliers, procureurs, et aultres telz suppotz,
tourne le noir en blanc [15], faict phantasticquement [16]
sembler à l'une et l'aultre partie qu'elle a bon droict
(comme vous sçavez qu'il n'est si maulvaise cause qui
ne trouve son advocat, sans cela jamais ne seroit
procès on monde) ; se recommenderoit humblement à
Dieu le juste juge, invocqueroit à son ayde la grace
celeste, se deporteroit en l'esprit sacrosainct du
hazard et perplexité de sentence definitive, et, par ce
sort, exploreroit son decret et bon plaisir, que nous
appellons Arrest ; remueroient et tourneroient les dez
pour tomber en chanse de celluy qui, muny de juste
complaincte, requerroit son bon droict estre par Justice maintenu, comme disent les Talmudistes [17], en
sort n'estre mal aulcun contenu ; seulement, par sort
estre, en anxieté et doubte des humains, manifestée
la volunté divine.

« Je ne vouldrois penser ne dire, aussi certes ne
croy je, tant anomale estre l'iniquité et corruptele [18]
tant evidente de ceulx qui de droict respondent en
icelluy parlement myrelinguois en Myrelingues, que
pirement ne seroit un procès decidé par ject des dez,
advint ce que pourroit, qu'il est passant par leurs
mains pleines de sang et de perverse affection. Attendu,
mesmement, que tout leur directoire [19] en judicature
usuale a esté baillé par un Tribunian [20], homme mes-

21. Les *Lois des* XII *Tables* formaient la base du droit romain ; elles furent complétées par les *édits des préteurs*. Rabelais et Montaigne reprochent à la législation de leur temps le trop grand nombre de textes, qui, en se contredisant, annulent leur effet.

22. Rabelais n'espère pas trouver chez les hommes la justice idéale, mais il souhaite un moindre mal (comme le mariage pour Panurge).

23. D'après Pline (*Hist. nat.* XIX). La boutade de Caton visait à éloigner les plaideurs des tribunaux.

creant, infidèle, barbare, tant maling, tant pervers,
tant avare et inique, qu'il vendoit les loix, les edictz,
les rescriptz, les constitutions et ordonnances, en purs
deniers, à la partie plus offrante, et ainsi leurs a taillé
leurs morseaulx par ces petits bouts et eschantillons des
loix qu'ils ont en usaige, la reste supprimant et abolissant, qui faisoit pour la loy totale ; de paour que, la
loy entiere restante, et les livres des antiques Jurisconsultes veuz, sus l'exposition des douze tables [21] et
edictz des præteurs, feust du monde apertement sa
meschanceté congneue.

« Pourtant seroit ce souvent meilleur [22] (c'est à dire
moins de mal en adviendroit) es parties controverses
marcher sus chausses trapes que de son droict soy
deporter en leurs responses et jugemens, comme soubhaitoit Caton de son temps et conseilloit que la court
judiciaire feust de chausses trappes pavée [23]. »

1. Les consultations du *Tiers Livre* sont situées dans l'espace et le temps. Au XVIᵉ siècle la Loire était navigable et l'on utilisait le « coche d'eau ». Ce chapitre prend la suite du chap. XXXVII.

2. Cépage rouge appelé *breton* ou *gros cabernet*.

3. Variété de pommes (*blant dureau*) figurant encore dans le *Théâtre* d'Olivier de Serres.

4. *Chou pommé.*

5. *Avec attention.*

CHAPITRE XLV

Comment Panurge se conseille à Triboullet.

Au sixieme jour subsequent [1] Pantagruel feut de retour, en l'heure que, par eaue, de Bloys estoit arrivé Triboullet.

Panurge, à sa venue, luy donna une vessie de porc, bien enflée et resonante à cause des poys qui dedans estoient, plus une espée de boys bien dorée, plus une petite gibbessiere faicte d'une coque de tortue, plus une bouteille clissée pleine de vin breton [2], et un quarteron de pommes Blandureau [3].

« Comment, dist Carpalim, est il fol comme un chou à pommes [4] ? »

Triboullet ceignit l'espée et la gibbessiere, print la vessie en main, mangea part des pommes, beut tout le vin.

Panurge le reguardoit curieusement [5], et dist :

« Encores ne veids je oncques fol, et si en ay veu pour plus de dix mille francs, qui ne beust voluntiers et à longs traictz. »

Depuys luy exposa son affaire en parolles rhetoriques et eleguantes.

6. *Buzançais*, près de Châteauroux, avait la spécialité de fabriquer des cornemuses.

7. *Frapper*.

8. *Nous voilà bien avancés*.

9. Pantagruel domine tous ses compagnons par son calme réfléchi.

10. *Je ne m'ébahis plus autant que j'en avais accoutumé...*

11. *Docteurs*, commentateurs du Coran, appelés aussi Mussaph.

12. *Agitée*. Le paragraphe suivant s'inspire d'une glose du *Digeste*, figurant dans les *Annotationes in Pandectas* de Guillaume Budé, et citée aussi par Spiegel (*Lexicon*). Les modifications apportées au texte originel sont en général l'œuvre des compilateurs suivis par Rabelais.

Davant qu'il eust achevé, Triboullet luy bailla un grand coup de poing entre les deux espaules, luy rendit en main la bouteille, le nazardoit avecques la vessie de porc, et pour toute response luy dist, branslant bien fort la teste :

« Par Dieu, Dieu, fol enraigé, guare moine! corne-muse de Buzançay [6]! »

Ces parolles achevées, s'esquarta de la compaignie, et jouoit de la vessie, se delectant au melodieux son des poys. Depuys, ne feut possible tirer de luy mot quelconques, et, le voulant Panurge d'adventaige in-terroger, Triboullet tira son espée de boys, et l'en voulut ferir [7].

« Nous en sommes bien [8], vrayement (dist Panurge). Voylà belle resolution. Bien fol est il, cela ne se peult nier ; mais plus fol est celluy qui me l'amena, et je tresfol, qui luy ay communicqué mes pensées.

— C'est (respondit Carpalim) droit visé à ma vi-siere.

— Sans nous esmouvoir [9] (dist Pantagruel), consi-derons ses gestes et ses dictz. En iceulx j'ay noté mysteres insignes, et plus tant que je souloys [10] ne m'esbahys de ce que les Turcs reverent tels folz comme musaphiz [11] et prophetes. Avez vous considéré comment sa teste s'est, avant qu'il ouvrist la bouche pour parler, crouslée [12] et esbranlée? Par la doctrine des antiques philosophes, par les ceremonies des mages, et observations des jurisconsultes, povez juger que ce mouvement estoit suscité à la venue et inspiration de l'esprit fatidicque, lequel, brusquement entrant en debile et petite substance (comme vous sçavez que

13. *En partie.*

14. *Fardeau.*

15. *Faiblesse.*

16. *Hanap.*

17. *C'est ce que jadis nous préfigurait...*

18. *Secouait.*

19. *De sa maison.* Le laurier passait pour avoir aussi des propriétés magiques ; devins et sorciers l'utilisaient souvent.

19 *bis.* L'exemple d'Héliogabale est cité dans la glose de Guillaume Budé.

20. *Les castrats.*

21. Dans l'*Asinaria* (II, sc. 3).

22. Exemple tiré du *Trinummus* (V, 113).

23. D'après Budé, ou plus vraisemblablement Servius (*Commentaire* sur l'*Énéide*, III, 111).

24. *Les eunuques prêtres de Cybèle*, avec un jeu de mots sur *gallus*, coq, alors que les fidèles de Cybèle ne sont que des chapons.

25. *Rouer :* tourner.

26. *Le coup tordu :* cf. *Pantagruel* (chap. XXXIV, *torticulant*). Faire le *torcous*, c'est se comporter en hypocrite.

27. Dans le livre XXXIX, 13.

en petite teste ne peut estre grande cervelle contenue),
l'a en telle maniere esbranlée que disent les medicins
tremblement advenir es membres du corps humain,
sçavoir est, part [13] pour le pesanteur et violente
impetuosité du fays [14] porté, part pour l'imbecillité [15]
de la vertus et organe portant. Exemple manifeste
est en ceulx qui à jeun ne peuvent en main porter un
grand hanat [16] plein de vin, sans trembler des mains.

« Cecy [17] jadis nous præfiguroit la divinatrice Pythie,
quand, avant respondre par l'oracle, escroulloit [18] son
laurier domesticque [19].

« Ainsi dict Lampridius que l'empereur Heliogabal-
lus [19 bis], pour estre reputé divinateur, par plusieurs
festes de son grand Idole, entre les retaillatz [20] fanac-
ticques bransloit publicquement la teste.

« Ainsi declare Plaute en son *Asnerie* que Saurias
cheminoit branslant la teste [21], comme furieux et hors
du sens, faisant paour à ceulx qui le rencontroient, et
ailleurs, exposant pourquoy Charmides bransloit la
teste, dict qu'il estoit en ecstase [22].

« Ainsi narre Catulle, en *Berecynthia et Atys* [23], du
lieu on quel les Menades, femmes bacchiques, preb-
stresses de Bacchus, forcenées, divinatrices, portantes
rameaulx de lierre, bransloient les testes, comme en
cas pareil faisoient les Gals escouillez [24], prebstres de
Cybele, celebrans leurs offices, dont ainsi est dicte,
scelon les antiques théologiens : car κυϐίσθαι signifie
rouer [25], tortre, bransler la teste et faire le torti
colli [26].

« Ainsi escript T. Livre [27] que, es bacchanales de
Rome, les hommes et femmes sembloient vaticiner, à

28. *Agitation*. La Pythie de Delphes entrait en transes avant de proférer ses oracles ; de même Cassandre (dans l'*Agamemnon* d'Eschyle) s'agite et pousse des cris aigus avant de prophétiser.

29. *Julian* ou *Vivian ?* les deux noms se trouvent chez les compilateurs.

30. *Pincement*.

31. *Organe consacré à la Mémoire :* c'était l'opinion de Servius, citée par Érasme (*Adages*).

32. *Apollon, dieu du Cynthe,* colline de Délos, où naquit Apollon ; souvenir de Virgile (*Bucoliques,* VI, 3).

cause de certain branslement et jectigation [28] du corps
par eulx contrefaicte, car la voix commune des philosophes et l'opinion du peuple estoit vaticination ne
estre jamais des cieulx donnée sans fureur et branslement du corps tremblant et branslant, non seulement
lors qu'il la recevoit, mais lors aussi qu'il la manifes-
toit et declairoit. De faict, Julian [29], jurisconsulte
insigne, quelques foys interrogé si le serf seroit tenu
pour sain lequel, en compaignie de gens fanaticques
et furieux auroit conversé et par adventure vaticiné,
sans toutesfoys tel branslement de teste, respondit
estre pour sain tenu.

« Ainsi voyons nous de præsent les præcepteurs et
pædaguogues esbranler les testes de leurs disciples
(comme on faict un pot par les anses) par vellication [30]
et erection des aureilles — qui est (scelon la doctrine
des saiges ægyptiens) membre [31] consacré à Mémoire
— affin de remettre leurs sens, lors par adventure
esguarez en pensemens estranges, et comme effarou-
chez par affections abhorrentes, en bonne et philoso-
phicque discipline, ce que de soy confesse Virgile en
l'esbranlement de Apollo Cynthius [32]. »

1. Dans *Le Tiers Livre*, Pantagruel et Panurge sont vieux. C'est à cause de son âge que Panurge est ridicule de songer à se marier.

2. Dans le *Gargantua* (chap. XLV, p. 355), frère Jean se moque des pèlerins : « *Ilz biscotent voz femmes, ce pendent que estes en romivage !* »

3. Mot grec employé par Lucien et repris par Érasme, (*Éloge de la Folie*, v) : *Sage-Fou*.

4. Il y a donc progrès par rapport aux réponses précédentes.

5. *Celui qui...* Cette anecdote reste inexpliquée. De même pour l'allusion aux *petitz enfans de Vaubreton*, hameau de la commune de Rivière, près de l'Ile-Bouchard.

CHAPITRE XLVI

*Comment Pantagruel et Panurge diversement
interpretent les parolles de Triboullet.*

« Il dict que vous estez fol? Et quel fol? Fol
enraigé, qui sus vos vieulx jours [1] voulez en mariage
vous lier et asservir. Il vous dict : Guare moine [2]!
Sus mon honneur, que par quelque moine vous serez
faict coqu. Je enguaige mon honneur, chose plus
grande ne sçaurois, fusse je dominateur unicque et
pacificque en Europe, Africque et Asie.

« Notez combien je defere à nostre morosophe [3]
Triboullet. Les aultres oracles et responses vous ont
resolu pacificquement coqu, mais n'avoient encores
apertement exprimé par qui seroit vostre femme
adultere et vous coqu. Ce noble Triboullet le dict [4].
Et sera le coquage infame et grandement scandaleux.
Fauldra il que vostre lict conjugal soit incesté et
contaminé par moynerie ?

« Dict oultre que serez la cornemuse de Buzançay,
c'est à dire bien corné, cornard et cornu, et, ainsi
comme il [5], voulant au roy Loys douzieme demander
pour un sien frere le contrerolle du sel à Buzançay,

6. Panurge reprend la controverse avec son mot préféré, et se tire des difficultés par des calembours.

7. Village à trois lieues de Toul.

8. Dans l'*Ecclésiaste*, I, 15 : « Le nombre des fous est infini. »

9. Dans l'*Éthique à Nicomaque*, II, 6. Cette définition de l'infini est reprise par Érasme (*Adages*, IV, 8).

10. Philosophe et médecin arabe (980-1037). Son *Canon de la médecine* est plusieurs fois allégué par Rabelais.

11. *Folie.*

12. *Le moineau de Lesbie*, titre de deux des poèmes les plus charmants de Catulle (*Odelettes* II et III).

13. D'après Suétone (*Vie de Domitien*) cet empereur s'accordait une heure de loisir par jour, qu'il occupait à transpercer des mouches avec son style. Érasme a rapporté ce trait (*Adages*, II, 1, 84).

14. *Villageoise.*

15. *Saulieu*, sur la route de Dijon, est aujourd'hui une capitale de la gastronomie, on n'y fabrique plus de cornemuses. Pour *Buzançais*, cf. chap. XLV, note 6.

demanda une cornemuse ; vous pareillement, cuydant
quelque femme de bien et d'honneur espouser, espou-
serez une femme vuyde de prudence, pleine de vent
d'oultrecuydance, criarde et mal plaisante, comme
une cornemuse.

« Notez oultre que de la vessie il vous nazardoit,
et vous donna un coup de poing sus l'eschine. Cela
præsagist que d'elle serez battu, nazardé et desrobbé,
comme desrobbé aviez la vessie de porc aux petitz
enfans de Vaubreton.

— Au rebours [6] (respondit Panurge). Non que je
me vueille impudentement exempter du territoire de
follie, j'en tiens et en suys, je le confesse. Tout le
monde est fol. En Lorraine Fou [7] est près Tou, par
bonne discretion. Tout est fol. Solomon dict que
infiny est des folz le nombre [8]. A infinité rien ne peut
decheoir, rien ne peut estre adjoinct, comme prouve
Aristoteles [9], et fol enragé seroit si, fol estant, fol
ne me reputois. C'est ce que pareillement faict le
nombre des maniacques et enraigez infiny. Avicenne [10]
dict que de manie [11] infinies sont les especes ; mais
le reste de ses dictz et gestes faict pour moy.

« Il dict à ma femme : Guare moyne ! C'est un
moyneau qu'elle aura en delices, comme avoit la
Lesbie de Catulle [12], lequel volera pour mousches,
et y passera son temps, autant joyeusement que feist
oncques Domitian le croque mousche [13].

« Plus dict qu'elle sera villaticque [14] et plaisante
comme une belle cornemuse de Saulieu [15] ou de
Buzançay. Le veridicque Triboullet bien a congneu
mon naturel et mes internes affections ; car je vous

16. Calembour obscène : *mauljoinct* (sexe féminin) est mis pour *benjoint* (benjoin) parfum tiré d'une résine exotique.

17. *De cour.* Il ne faut pas prendre au sérieux ce penchant inattendu de Panurge pour la vie champêtre. Les luths, rebecs et violons étaient les instruments des orchestres de Cour.

18. Les pages taquinaient les bouffons.

19. *Je vous l'assure.*

affie que plus me plaisent les guayes bergerottes esche-
velées, es quelles le cul sent le serpoullet, que les
dames des grandes cours avecques leurs riches atours
et odorans perfums de mauljoinct [16] ; plus me plaist
le son de la rusticque cornemuse que les fredonne-
ments des lucz, rebecz et violons auliques [17].

« Il m'a donné un coup de poing sus ma bonne
femme d'eschine ; pour l'amour de Dieu soit, et en
deduction de tant moins des poines de Purgatoire.
Il ne le faisoit par mal ; il pensoit frapper quelque
paige [18]. Il est fol de bien ; innocent, je vous affie [19] ;
et peche qui de luy mal pense. Je luy pardonne de
bien bon cœur.

« Il me nazardoit ; ce seront petites follastries entre
ma femme et moy, comme advient à tous nouveaulx
mariez. »

1. Saint Fiacre, patron des jardiniers, dont les reliques étaient dans la cathédrale de Meaux, a déjà été cité dans le *Pantagruel* (chap. XI).

2. Cette promesse a été faite au chapitre VII. L'allusion à la Dive Bouteille prépare les voyages du *Quart Livre*.

CHAPITRE XLVII

Comment Pantagruel et Panurge deliberent visiter l'oracle de la Dive Bouteille

« Voy cy bien un aultre poinct, lequel ne consyderez ; est toutesfoys le neu de la matiere. Il m'a rendu en main la bouteille. Cela, que signifie ? Qu'est ce à dire ?

— Par adventure (respondit Pantagruel) signifie que vostre femme sera yvroigne.

— Au rebours (dist Panurge) car elle estoit vuide. Je vous jure l'espine de sainct Fiacre en Brye [1], que nostre morosophe, l'unicque non lunaticque Triboullet, me remect à la bouteille, et je refraischis de nouveau mon veu premier, et jure Styx et Acheron, en vostre præsence, lunettes au bonnet porter, ne porter braguette à mes chausses [2], que sus mon entreprinse je n'aye eu le mot de la Dive Bouteille.

« Je sçay homme prudent et amy mien, qui sçait le lieu, le pays et la contrée en laquelle est son temple et oracle ; il nous y conduira sceurement. Allons y ensemble. Je vous supply de me esconduire. Je vous

3. Compagnon d'Énée, symbole de l'amitié fidèle ; *Damis* était l'ami du philosophe Apollonius de Tyane.

4. *Voyage à l'étranger*. Allusion au voyage de Pantagruel (*P.*, chap. XXIII) qui part de Paris pour repousser l'invasion des Dipsodes.

5. Application burlesque d'une maxime juridique.

6. *Saint Martin de Candes* (village près de Chinon) est invoqué par les victimes de frère Jan (*Gargantua*, chap. XXVII, n. 67, p. 242). D'après Le Duchat (éditeur de Rabelais au XVIIIe siècle) deux infirmes s'enfuyaient loin des reliques du saint pour éviter d'être guéris et de perdre les fructueuses aumônes (*Mistère de Sainct Martin*).

7. *Nous acquitter*.

8. Nom symbolique : *l'amateur de l'étranger*.

9. Pays imaginaire emprunté à un ouvrage anonyme, *Le Disciple de Pantagruel* (1537), qui porte parfois aussi le titre de *La navigation du compagnon à la bouteille*.

10. *Les champs Élysées*. La descente aux Enfers d'Énée est dans le chant VI de l'*Énéide*.

seray un Achates [3], un Damis et compagnon en tout
le voyage. Je vous ay de long temps congneu amateur de peregrinité [4], et desyrant tous jours veoir et
tous jours apprendre. Nous voirons choses admirables,
et m'en croyez.

— Voluntiers (respondit Pantagruel). Mais, avant
nous mestre en ceste longue peregrination, plene de
azard, plene de dangiers evidens...

— Quels dangiers? dist Panurge, interrompant le
propous. Les dangiers se refuyent de moy, quelque
part que je soys, sept lieues à la ronde, comme, advenent le prince cesse le magistrat [5], advenent le soleil
esvanouissent les tenebres, et comme les maladies
fuyoient à la venue du corps sainct Martin à
Quande [6].

— A propous (dist Pantagruel) avant nous mettre
en voye, de certains poincts nous fault expedier [7] ;
premierement, renvoyons Triboullet à Bloys (ce que
feut faict à l'heure, et luy donna Pantagruel une
robbe de drap d'or frizé) ; secondement, nous fault
avoir l'advis et congié du Roy mon pere ; plus, nous
est besoing trouver quelque Sibylle pour guyde et
truchement. »

Panurge respondit que son amy Xenomanes [8]
leurs suffiroit et d'abondant deliberoit passer par le
pays de Lanternoys [9], et là prendre quelque docte et
utile Lanterne, laquelle leurs seroit pour ce voyage
ce que feut la Sibylle à Æneas, descendent es champs
Elisiens [10].

Carpalim, passant pour la conduicte de Triboullet,
entendit ce propous, et s'escria, disant : « Panurge,

11. *Quitte des dettes* (cf. chap. II et III).

12. Suite de calembours : *Milord Debitis* (cf. *Debte*), évoque le *Lord Deputy*, vice-roi de Calais, alors possession anglaise.

13. Pour *Good fellow*, bon compagnon, avec jeu de mots sur *falot* (fanal) et plus haut : « *prendre quelque docte et utile lanterne* ». Le mot *lanterne* était souvent employé avec un sens obscène.

14. *Débiteurs*. Quand on récite le *Pater noster*, il ne faut pas oublier *debitoribus* (nostris) après avoir dit *debita* (nostra).

15. Panurge est en effet expert en langage de calembredaines ; (cf. *Pantagruel*, chap. IX, p. 147). L'effet comique du mélange des dialectes réels et imaginaires avait déjà été employé dans *La Farce de Maître Pathelin* (cf. aussi chap. XLII, l'anecdote du Gascon et du Lansquenet).

16. *Vraies* (en prononçant à la gasconne) : jeu de mots sur *braies* et *braire*.

17. *Que d'apercevoir le jour levant.*

* *Ainsi ... lanternes*, addition de 1552.

ho, monsieur le quitte [11], pren Millort *Debitis* à
Calais [12], car il est goud fallot [13], et n'oublie *debito-*
ribus [14], ce sont lanternes. * Ainsi auras et fallot et
lanternes.

— Mon pronostic est (dist Pantagruel) que par le
chemin nous ne engendrerons melancholie. Jà claire-
ment je l'aperçois ; seulement me desplaist que ne
parle bon lanternoys.

— Je (respondit Panurge) le parleray pour vous
tous ; je l'entends comme le maternel ; il m'est usité
comme le vulgaire :

Briszmarg d'algotbric nubstzne zos,
Isquebfz prusq : alborlz crinqs zacbac.
Misbe dilbarlkz morp nipp stancz bos.
Strombtz, Panrge walmap quost grufz bac [15].

« Or devine, Epistemon, que c'est ?

— Ce sont, respondit Epistemon, noms de diables
errans, diables passans, diables rampans.

— Tes parolles sont brayes [16] (dist Panurge),
bel amy ; c'est le courtisan languaige lanternoys.
Par le chemin, je t'en feray un beau petit dictionnaire,
lequel ne durera gueres plus qu'une paire de souliers
neufz ; tu l'auras plus toust apprins que jour levant
sentir [17]. Ce que j'ay dict, translaté de Lanternoys
en vulgaire, chante ainsi :

Tout malheur, estant amoureux,
M'accompaignoit : oncq n'y eu bien.

Gens mariez plus sont heureux,
Panurge l'est, et le sçait bien.

— Reste doncques (dist Pantagruel) le vouloir du
Roy mon pere entendre, et licence de luy avoir. »

1. *Sortant.*

2. *Narration.*

3. Ulrich Gallet (identifié avec Jean Gallet, parent de Rabelais) est présenté dans les chap. XXX et XXXI du *Gargantua ;* c'est un « *homme saige et discret* » (cf. p. 256).

4. *Libelles* traduit le titre latin *praefectus libellorum* et signifie *requêtes.* Gargantua est un souverain consciencieux et de jugement rapide.

5. *Accompli.*

6. Le problème du mariage prend un aspect plus général et plus sérieux ; les pitreries de Panurge pouvaient incliner les lecteurs à ne voir qu'un côté comique de la question.

7. *Convenable.*

CHAPITRE XLVIII

Comment Gargantua remonstre n'estre licite es enfans
soy marier sans le sceu
et adveu de leurs peres et meres.

Entrant Pantagruel en la salle grande du chasteau, trouva le bon Gargantua issant [1] du conseil, luy feist narré [2] sommaire de leurs adventures, exposa leur entreprinse et le supplia que par son vouloir et congié la peussent mettre en execution.

Le bon home Gargantua tenoit en ses mains deux gros pacquetz de requestes respondues et memoires de respondre ; les bailla à Ulrich Gallet [3], son antique maistre des libelles [4] et requestes, tira à part Pantagruel, et, en face plus joyeuse que de coutume, luy dist : « Je loue Dieu, fils trescher, qui vous conserve en desirs vertueux, et me plaist très bien que par vous soit le voyaige perfaict [5], mais je vouldrois que pareillement vous vint en vouloir et desir vous marier [6] ; me semble que dorenavant venez en aage à ce competent [7]. Panurge s'est assez efforcé rompre les difficultez qui luy pouvoient estre en empeschement ; parlez pour vous.

— Pere très debonnaire (respondit Pantagruel),

8. « *Sur toute cette affaire, je m'en remettais...* »

9. *Consentement.*

10. « *Qu'il ait été laissé à la volonté des enfants de se marier.* »

11. *Enlevée.* Dans ce chapitre, Rabelais prend une attitude rigoriste qui surprend un lecteur de notre époque, où bien souvent les enfants se marient sans consulter les parents. Son attaque contre les « mariages clandestins » est en opposition avec la doctrine catholique et se rapproche des conceptions luthériennes, selon M.A. Screech (*op. cit.*, et *Rabelaisian Marriage*). Dans le *Gargantua* (chap. LVII, p. 425), il semble que le mariage soit fondé sur l'amour réciproque des jeunes gens : « *Quand le temps venu estoit que aulcun d'icelle abbaye, ou à la requeste de ses parens, ou pour aultres causes, voulust issir hors, avecques soy il emmenoit une des dames, celle laquelle l'auroit prins pour son devot, et estoient ensemble mariez...* » En fait, le droit canonique ne réservait pas aux parents le droit de marier leurs enfants à leur guise.

12. *Connaissance.*

13. L'image des « *fenêtres des sens* » est platonicienne ; seule l'âme peut avoir une connaissance directe ; les sens étant corporels ouvrent l'accès aux mauvaises influences, aux passions, etc.

14. D'après Diodore de Sicile, les *pastophores* étaient en Égypte les prêtres chargés de porter les statues des dieux. Ici, comme chez les Humanistes, il désigne les prêtres en général et s'applique au clergé catholique.

15. Attaque contre les moines cachés dans leur couvent comme la taupe en son trou.

16. « *Aussi éloignés de noces...* » S'agit-il des règles du mariage d'autrui ou bien du célibat des religieux ? Par le biais du consentement des parents, Rabelais n'en reviendrait-il pas à souhaiter que les prêtres obéissent à la loi naturelle comme les enfants obéissent à leurs parents ?

17. Il a déjà été question des prêtres de Cybèle au chap. XLV, où le jeu de mots sur *chappons* et *galls* (coqs) était amorcé.

18. *Lascivité :* les moines sont toujours accusés de paillardise (cf. supra, chap. XLV).

19. Rabelais attaque le droit canonique appliqué en France.

encores n'y avois je pensé, de tout ce negoce ; je
m'en deportoys [8] sus votre bonne volunté et paternel
commendement. Plus tost prie Dieu estre à voz
piedz veu roydde mort en vostre desplaisir que sans
vostre plaisir [9] estre veu vif marié. Je n'ay jamais
entendu que par loy aulcune, feust sacre, feust pro-
phane et barbare, ayt esté en arbitre des enfans [10]
soy marier, non consentans, voulens, et promovens
leurs peres, meres et parens prochains. Tous legisla-
teurs ont es enfans ceste liberté tollue [11], es parens
l'ont reservée.

— Filz trescher (dist Gargantua), je vous en croy,
et loue Dieu de ce qu'à votre notice [12] ne viennent
que choses bonnes et louables, et que, par les fenestres
de vos sens [13], rien n'est on domicile de vostre esprit
entré fors liberal sçavoir. Car de mon temps a esté
par le continent trouvé pays on quel sont ne sçay
quelz pastophores [14], taulpetiers [15], autant abhor-
rens [16] de nopces comme les pontifes de Cybele en
Phrygie [17], si chappons feussent, et non galls pleins
de salacité et lascivie [18], lesquelz ont dict loix es
gens mariez sus le faict de mariage [19] ; et ne sçay
que plus doibve abhominer, ou la tirannicque præ-
sumption d'iceulx redoubtez taulpetiers, qui ne se
contiennent [20] dedans les treillis de leurs mysterieux
temples et se entremettent des negoces contraires
par diametre entier [21] à leurs estatz, ou la superstitieuse stupidité des gens mariez, qui ont sanxi [22]
et presté obéissance à telles tant malignes et barba-
ricques loigs, et ne voyent (ce que plus clair est que
l'estoile matute [23]) comment telles sanxions connu-

20. « *Qui ne se renferment pas derrière les grilles* » (du couvent).

21. *Diamétralement opposés*.

22. *Sanctionné*.

23. *L'étoile du matin*.

24. *Prêtres*.

25. Rabelais imagine des laïcs (qui paient la dîme et nourrissent le clergé) contrôlant les affaires du culte. C'est peut-être une allusion a la main-mise d'Henri VIII sur l'Église d'Angleterre, et une invitation à François Ier d'agir de même.

26. *Les* représente les gens d'Église.

27. *Coquin*.

28. *Lépreux*.

29. *Proie*. Rabelais assimile le prêtre, qui bénit le mariage dépourvu du consentement des parents, à un entremetteur qui livre une jeune fille pour de l'argent.

30. Habitants des rives de la Caspienne.

31. Attaquée.

* *Fraudulentes*, addition de 1552.

biales toutes sont à l'adventaige de leurs mystes [24],
nulle au bien et proufict des mariez, qui est cause
suffisante pour les rendre suspectes comme iniques
et * fraudulentes.

« Par reciprocque temerité, pourroient ilz loigs
establir [25] à leurs mystes, sus le faict de leurs ceremonies et sacrifices, attendu que leurs biens ilz
deciment et roignent du guaing provent de leurs
labeurs et sueur de leurs mains, pour en abondance
les [26] nourrir, et entretenir, et ne seroient (scelon
mon jugement), tant perverses et impertinentes
comme celles sont les quelles d'eulx ilz ont receup.
Car (comme tresbien avez dict) loy on monde n'estoit,
qui es enfans liberté de soy marier donnast sans le
sceu, l'adveu et consentement de leurs peres.

« Moyenantes les loigs dont je vous parle, n'est
ruffien, forfant [27], scelerat, pendart, puant, punais,
ladre [28], briguant, voleur, meschant en leurs contrées,
qui violentement ne ravisse quelque fille il vouldra
choisir, tant soit noble, belle, riche, honneste, pudic-
que que sçauriez dire, de la maison de son pere,
d'entre les bras de sa mere, maulgré tous ses parens,
si le ruffien se y ha une fois associé quelque myste,
qui quelque jour participera de la praye [29]. Feroient
pis et acte plus cruel les Gothz, les Scythes, les Massa-
gettes [30] en place ennemie, par long temps assiegée,
à grands frays oppugnée [31], prinse par force?

« Et voyent les dolens peres et meres hors leurs
maisons enlever et tirer par un incongneu, estrangier,
barbare, mastin tout pourry, chancreux, cadavereux, paouvre, malheureux leurs tant belles, deli-

32. *Établir.*

33. *Éduqués.*

34. *Héritant.* On remarque la véhémence de Rabelais dans cette défense de l'autorité paternelle.

35. La mort de Germanicus, pleurée par les Romains, est racontée par Tacite (*Annales*, II, 72, 82).

36. Allusion à l'enlèvement d'Hélène par Pâris, cause de la guerre de Troie (cf. *Iliade*, III, v. 46).

37. Proserpine fut enlevée par Pluton près d'Éleusis, en Attique selon les uns, en Sicile selon les autres (cf. Ovide, *Métamorphoses*, V, 509 sqq.).

38. D'après Plutarque (*D'Isis et d'Osiris*, XIV, 356 d).

39. La mort du chasseur Adonis, aimé de Vénus, a été contée par Ovide (*Métamorphoses*, X, 717) et par La Fontaine dans le long poème d'*Adonis*, très goûté de Paul Valéry.

40. La mort de l'éphèbe Hylas, aimé d'Hercule, a été traitée notamment par Théocrite (XIII, 55) et par André Chénier (*Bucoliques*).

41. Polyxène, princesse Troyenne, fut égorgée devant sa mère Hécube ; il s'agit ici seulement de son rapt (cf. Euripide, *Hécube*, 391).

42. *Finissent.*

cates, riches et saines filles, les quelles tant cherement
avoient nourries en tout exercice vertueux, avoient
disciplinées en toute honnesteté, esperans en temps
oportun les colloquer [32] par mariage avecques les
enfans de leurs voisins et antiques amis, nourriz et
instituez [33] de mesmes soing, pour parvenir à ceste
felicité de mariage, que d'eulx ilz veissent naistre
lignaige raportant et hæreditant [34], non moins aux
meurs de leurs peres et meres que à leurs biens meubles
et hæritaiges. Quel spectacle pensez vous que ce
leurs soit?

« Ne croyez que plus enorme feust la desolation
du peuple romain et ses confœderez, entendens le
decès de Germanicus Drusus [35].

« Ne croyez que plus pitoyable feust le desconfort
des Lacedæmoniens [36] quand de leurs pays veirent
par l'adultere Troian furtivement enlevée Helene
Grecque.

« Ne croyez leur dueil et lamentations estre moindres que de Ceres, quand luy feust ravie Proserpine
sa fille [37], que de Isis à la perte de Osyris [38], de Venus
à la mort de Adonis [39], de Hercules à l'esguarement
de Hylas [40], de Hecuba à la substraction de Polyxene [41].

« Ilz, toutes fois, tant sont de craincte du dæmon
et superstitiosité espris, que contredire ilz n'ausent,
puisque le taulpetier y a esté præsent et contractant,
et restent en leurs maisons privez de leurs filles tant
aimées, le pere mauldissant le jour et heure de ses
nopces, la mere regrettant que n'estoit avortée en tel
tant triste et malheureux enfantement, et en pleurs
et lamentations finent [42] leur vie, laquelle estoit

35

43. *Extatiques :* hors de soi ; *maniacques :* fous.

44. Dans la *Genèse* (XXXIV) les enfants de Jacob vengent Dina enlevée par Sichem en égorgeant tous les compatriotes de Sichem.

45. *Confrères en religion* (cf. *mystes*).

46. *Plaintes en justice.*

47. « *Pressant farouchement et prétendant...* »

48. *Attachée.*

49. *S'opposant.*

50. *Honte.*

51. *Il n'y a donc rien d'étonnant si...*

52. *Sur l'instigation.*

de raison finir en joye et bon tractement de icelles.

« Aultres tant ont esté ecstaticques [43] et comme maniacques, que eulx mesmes le dueil et regret se sont noyez, penduz, tuez, impatiens de telle indignité.

« Aultres ont eu l'esprit plus heroïcque, et, à l'exemple des enfans de Jacob vengeans le rapt de Dina, leur sœur [44], ont trouvé le ruffien associé de son taulpetier, clandestinement parlementans et subornans leurs filles, les ont sus l'instant mis en pieces et occis felonnement, leurs corps après jectans es loups et corbeaux parmy les champs ; au quel acte, tant viril et chevalereux, ont les symmistes [45] taulpetiers fremy et lamenté miserablement, ont formé complainctes [46] horribles, et en toute importunité requis et imploré le bras seculier et justice politicque, instans fierement et contendens [47] estre de tels cas faicte exemplaire punition.

« Mais ne en æquité naturelle, ne en droict des gens, ne en loy imperiale quelconques, n'a esté trouvé rubricque, paragraphe, poinct ne tiltre par lequel fut poine ou torture à tel faict interminée [48] : raison obsistante [49], nature repugnante ; car l'homme vertueux on monde n'est qui naturellement et par raison plus ne soit en son sens perturbé, oyant les nouvelles du rapt, diffame [50] et deshonneur de sa fille, que de sa mort. Ores est qu'un chascun trouvant le meurtrier sus le faict de homicide en la persone de sa fille iniquement et de guet à pens, le peut par raison, le doibt par nature occire sus l'instant et n'en sera par justice apprehendé. Merveilles [51] doncques n'est si, trouvant le ruffien, à la promotion [52] du taulpetier, sa fille subor-

53. La séduction des jeunes filles était un crime passible de la peine de mort.

54. *En pâture, pour être déchirés...*

55. *Nourricière*, épithète consacrée à la Terre par les Anciens.

56. Dans le *Gargantua* (chap. XLV, p. 353), Grandgousier rappelle qu'il a sévi contre les *faux prophètes : « Mais je le puniz en tel exemple, quoy qu'il me appellast heretique, que depuis ce temps caphart quiconques n'est auzé entrer en mes terres... »* Henri II autorisa les parents à déshériter leurs enfants mariés sans leur consentement. Le Concile de Trente se rapprocha de la position réformée en réprouvant les unions contractées sans le consentement des familles.

57. *Respirant.* Rabelais, qui a montré la faiblesse physiologique de la femme, craint que les mariages ne soient qu'un attrait passager des sens, et que l'ordre familial soit ébranlé.

58. *Trésors.*

59. *Arsenal de Mer*, situé près de Saint-Malo, d'après le chap. suivant (p. 550, n. 1).

60. *Nochers :* patron de petit bateau.

61. *Interprètes.*

nant et hors sa maison ravissant, quoy qu'elle en feust consentente, les peut [53], les doibt à mort ignominieusement mettre et leurs corps jecter en direption [54] des bestes brutes, comme indignes de recepvoir le doulx, le desyré, le dernier embrassement de l'alme [55] et grande mere, la Terre, lequel nous appelons sepulture.

« Filz trescher, après mon decès, guardez que telles loigs ne soient en cestuy royaume receues [56] ; tant que seray en ce corps spirant [57] et vivent, je y donneray ordre tresbon, avec l'ayde de mon Dieu. Puis doncque que de vostre mariage sus moy vous deportez, j'en suis d'opinion : je y pourvoiray.

« Aprestez vous au voyage de Panurge. Prenez avecques vous Epistemon, frere Jan, et aultres que choisirez. De mes thesaurs [58] faictez à vostre plein arbitre ; tout ce que ferez ne pourra ne me plaire. En mon arsenac de Thalasse [59] prenez equippage tel que vouldrez ; tels pillotz, nauchiers [60], truschemens [61] que vouldrez, et à vent oportun faictez voile, on nom et protection du Dieu servateur.

« Pendant vostre absence, je feray les appretz et d'une femme vostre et d'un festin, que je veulx à vos nopces faire celebre si oncques en feut. »

1. *Saint-Malo.*

2. Déjà annoncé dans le chap. XLVII, p. 533. Il s'agit sans doute de Jean Bouchet, poète, grand rhétoriqueur ami de Rabelais, qui s'appelait lui-même *Traverseur des voies périlleuses.*

3. C'est-à-dire, au nombre de douze.

4. *Grecs.*

5. D'après l'*Iliade* (II, 557).

6. *Premiers rameurs.*

7. Au sens général de *vêtements;* les hommes portaient d'ailleurs des robes.

CHAPITRE XLIX

Comment Pantagruel feist ses aprestz pour monter
sus mer,
et de l'herbe nommée Pantagruelion.

Peu de jours après, Pantagruel, avoir prins congié
du bon Gargantua, luy bien priant pour le voyage de
son filz, arriva au port de Thalasse, près Sammalo [1],
accompaigné de Panurge, Epistemon, frere Jan des
Entommeures, abbé de Theleme, et aultres de la noble
maison, notamment de Xenomanes [2], le grand voya-
gier et traverseur des voyes perilleuses, lequel estoit
venu au mandement de Panurge, parce qu'il tenoit
je ne sçay quoy en arriere fief de la chastellenie de
Salmiguondin.

Là arrivés, Pantagruel dressa équippage de navires,
à nombre de celles [3] que Ajax de Salamine avoit jadis
menées en convoy des Gregoys [4] à Troie [5]. Nauchiers,
pilotz, hespaliers [6], truschemens, artisans, gens de
guerre, vivres, artillerie, munitions, robbes [7], deniers,
et aultres hardes print et chargea, comme estoit
besoing pour long et hazardeux voyage. Entre aultres
choses, je veids qu'il feist charger grande foison de

8. Rabelais déploie toute sa verve dans cet éloge d'une herbe extraordinaire, dans laquelle les commentateurs ont reconnu le chanvre, confondu avec le lin depuis l'*Histoire naturelle* de Pline. Le naturaliste latin présentait lui-même le chanvre comme un « miracle naturel ». Les lecteurs de Pline au XVIᵉ siècle pouvaient donc trouver un certain plaisir à voir Rabelais développer avec emphase les mérites de cette plante en s'inspirant de près du texte latin. L'éloge d'une plante faisait partie des catégories traditionnelles, et la forme énigmatique (cf. la fin du *Gargantua : Énigme en prophétie*) était fort goûtée. Sur l'interprétation symbolique de cet éloge, on consultera l'*Introduction* de M. A. Screech, et l'étude de V.-L. Saulnier (*E. R.*, éd. Droz, 1956). Le *Pantagruelion* en effet n'est pas seulement le chanvre, mais le symbole de la sagesse pantagruélique.

9. *Finissant.*

10. *Coudée.*

11. *Semblable à celle de la férule.*

12. *Creuse.*

13. Plusieurs éditeurs ont proposé de réunir en un seul mot *Smyrnium olusatrum ;* il s'agirait du *mauron*, variété d'ombellifère utilisée autrefois comme remède.

14. Ce paragraphe descriptif est inspiré du livre XIX, 56 de Pline.

15. *Humide.*

16. *Les Sables d'Olonne* (Vendée).

17. D'après Pline.

18. *Les fêtes des pêcheurs* avaient lieu au début de juin, d'après Ovide (*Fastes*, VI).

19. Dans l'*Histoire des Plantes* (X, 5).

20. *Pédoncule.*

21. *Perdurante* est le contraire de *dépérissante.*

22. Nom de deux borraginacées (cf. bourrache).

23. La *bétoine* appartient à la famille des labiées.

24. *Lance.*

son herbe Pantagruelion, tant verde et crude que
conficte et præparée.

L'herbe Pantagruelion [8] a racine petite, durette,
rondelette, finante [9] en poincte obtuse, blanche, à peu
de fillamens, et ne profonde en terre plus d'une coub-
tée [10]. De la racine procede un tige unicque, rond,
ferulacé [11], verd au dehors, blanchissant au dedans,
concave [12] comme la tige de *Smyrnium, Olus atrum* [13],
febves et gentiane, ligneux, droict, friable, crenelé
quelque peu à forme de columnes legierement striées,
plein de fibres, es quelles consiste toute la dignité
de l'herbe, mesmement en la partie dicte *Mesa*,
comme moyene, et celle qui est dicte *Mylasea* [14].

Haulteur d'icelluy communement est de cinq à six
pieds, aulcunes foys excede la haulteur d'une lance ;
sçavoir est quand il rencontre terrouoir doux, uligi-
neux [15], legier, humide sans froydure, comme est
Olone [16], et celluy de Rosea, près Pæneste en Sabinie [17],
et que pluye ne luy deffault environ les feries des
pescheurs [18] et solstice æstival, et surpasse la haulteur
des arbres, comme vous dictez dendromalache par
l'authorité de Théophraste [19], quoy que l'herbe soit
par chascun an deperissante, non arbre en racine,
tronc, caudice [20] et rameaux perdurante [21], et du tige
sortent gros et fors rameaux.

Les feueilles a longues troys foys plus que larges,
verdes tous jours, asprettes comme l'orcanette [22],
durettes, incisées autour comme une faulcille, et
comme la betoine [23], finissantes en poinctes de sarisse [24]
macedonicque, et comme une lancette dont usent les
chirurgiens.

25. Variété de rosacées.

26. L'*eupétoire* d'Avicenne (médecin arabe).

27. *Botanistes*. La botanique était étudiée à la faculté de Montpellier alors que celle de Paris la négligeait encore.

28. Les Anciens avaient établi une symbolique des nombres, les nombres impairs ayant une signification importante ; cf. l'adage : « les dieux aiment l'impair ».

29. *Nombreuse*.

30. *Chanteurs*.

31. *Chardonnerets*.

32. C'est un effet du chanvre indien.

33. *Digestion*.

34. *Frappe*.

35. Cette particularité était connue des Anciens. Une partie des exemples cités par Rabelais est estimée inexacte par les botanistes d'aujourd'hui.

36. *Yeuses*.

37. Du nom de Pœon qui utilisa cette plante pour guérir Pluton blessé. Il s'agit de la *pivoine*.

* *Provient... dessoubs*, addition de 1552.

** *Et, quoy que... vapeurs*, addition de 1552.

La figure d'icelle peu est differente des feueilles de fresne et aigremoine [25] ; et tant semblable à eupatoire [26] que plusieurs herbiers [27] l'ayant dicte domesticque, ont dict eupatoire estre Pantagruelion saulvaginé, et sont par rancs en eguale distance esparses au tour du tige en rotondité, par nombre, en chascun ordre, ou de cinq ou de sept. Tant l'a cherie Nature qu'elle l'a douée en ses feueilles de ces deux nombres impars, tant divins et mysterieux [28]. L'odeur d'icelles est fort et peu plaisant au nez delicatz.

La semence * provient vers le chef du tige, et peu au dessoubs. Elle est numereuse [29] autant que d'herbe qui soit, sphæricque, oblongue, rhomboïde, noire claire et comme tannée, durette, couverte de robbe fragile, delicieuse à tous oyseaulx canores [30], comme linottes, chardriers [31], alouettes, serins, tarins, et aultres, mais estainct en l'homme la semence generative [32], qui en mangeroit beaucoup et souvent ; ** et, quoy que jadis entre les Grecs d'icelle l'on feist certaines especes de fricassées, tartes et beuignetz, les quelz ilz mangeoient après soupper par friandise et pour trouver le vin meilleur, si est ce qu'elle est de difficile concoction [33], offense l'estomach, engendre mauvais sang, et par son excessive chaleur ferist [34] le cerveau et remplit la teste de fascheuses et douloureuses vapeurs.

Et, comme en plusieurs plantes sont deux sexes [35], masle et femelle, ce que voyons es lauriers, palmes, chesnes, heouses [36], asphodele, mandragore, fougere, agaric, aristolochie, cypres, terebinthe, pouliot, pæone [37], et aultres, aussi en ceste herbe y a masle, qui ne

38. En septembre — Le chanvre se sème fin mai (cf. La Fontaine, I, 8 : *L'hirondelle et les petits oiseaux*) et se récolte en automne.

porte fleur aulcune, mais abonde en semence, et femelle, qui foisonne en petites fleurs blanchastres, inutiles, et ne porte semence qui vaille, et, comme est des aultres semblables, ha la feuille plus large, moins dure que la masle, et ne croist en pareille haulteur.

On seme cestuy Pantagruelion à la nouvelle venue des hyrondelles ; on le tire de terre lors que les cigalles commencent à s'enrouer [38].

1. *Apprête*.

2. Le *rouissage* se pratiquait encore il y a un demi-siècle dans la plupart des villages de France.

3. *Les gourmands en cachette*.

4. Bouchon de bois fermant la bonde.

5. *Broyeurs* (mot formé sur le verbe grec καταρρηγνύναι)·

* Le titre, *chapitre* L... *Comment* manque avant l'édition de 1552.

CHAPITRE I

* *Comment doibt estre preparé et mis en œuvre*
   le celebre Pantagruelion.

On pare [1] le Pantagruelion sous l'equinocte autom-
nal en diverses manieres, selon la phantasie des peuples
et diversités des pays.

L'enseignement premier de Pantagruel feut le tige
d'icelle devestir de feueilles et semence, le macerer en
eaue stagnante, non courante, par cinq jours, si le
temps est sec et l'eaue chaulde, par neuf, ou douze, si le
temps est nubileux et l'eaue froyde [2] ; puys au soleil
le seicher, puys à l'umbre le excorticquer et separer
les fibres (es quelles, comme avons dict, consiste tout
son pris et valeur) de la partie ligneuse, laquelle est
inutile, fors qu'à faire flambe lumineuse, allumer le
feu et, pour l'esbat des petitz enfans, enfler les ves-
sies de porc. D'elle usent aulcunes foys les frians, à
cachetes [3], comme de syphons, pour sugser et avecques
l'haleine attirer le vin nouveau par le bondon [4].

Quelques pantagruelistes modernes, evitans le labeur
des mains qui seroit à faire tel depart, usent de certains instrumens catharactes [5], composez à la forme

6. D'après Ovide (*Métamorphoses*, IX, 297-301).

7. *Contraire à l'opinion...*

8. *Gagner sa vie à reculons* était une locution proverbiale pour désigner les tisserands.

9. *Mettre en valeur.*

10. Évocation de fileuses légendaires : les *Parques*, filent la destinée des hommes ; l'enchanteresse Circé est plus connue par la métamorphose des compagnons d'Ulysse en pourceaux (*Odyssée*, X, 203 sqq.) que par ses talents de fileuse, évoqués cependant par Virgile (*Énéide*, VII, 14) ; Pénélope, symbole de la fidélité conjugale, tissait une tapisserie pendant le jour et la défaisait la nuit pour lasser les prétendants à qui elle avait promis de choisir un mari quand la tapisserie serait terminée (*Odyssée*, XIX).

11. *Jeunes galants.*

12. Cette énumération de plantes classées, le nom de l'inventeur, du pays d'origine, etc., est inspirée de Pline (*Histoire naturelle*, XXV) et de Charles Estienne (*De latinis et grecis nominibus arborum, fructicum*, etc.). Elle évoque par la même occasion de nombreuses légendes, comme celle de Panace, fille d'Esculape, de Télèphe blessé devant Troie et guéri par Achille, etc.

13. Elle l'est encore par les botanistes et zoologistes.

* *De l'esbatement... Circé*, addition de 1552.

que Juno la fascheuse tenoit les doigtz de ses mains
liez pour empescher l'enfantement de Alcmene, mere
de Hercules [6], et à travers icelluy contundent et
brisent la partie ligneuse, et la rendent inutile, pour
en saulver les fibres.

En ceste seule præparation acquiescent ceulx qui,
contre l'opinion de tout le monde et en maniere paradoxe [7] à tous philosophes, guaingnent leur vie à reculons [8].

Ceulx qui à profict plus evident la voulent avalluer [9],
font ce que l'on nous compte du passe temps des
trois sœurs Parces [10], * de l'esbatement nocturne de
la noble Circé et de la longue excuse de Penelope
envers ses muguetz [11] amoureux, pendant l'absence
de son mary Ulyxes.

Ainsi est elle mise en ses inestimables vertus, des
quelles vous exposeray partie (car le tout est à moy
vous exposer impossible) ; si davant vous interprete
la denomination d'icelle.

Je trouve que les plantes sont nommées en diverses
manieres [12]. Les unes ont prins le nom de celluy qui
premier les inventa, congneut, monstra, cultiva, appri-
voisa et appropria ; comme mercuriale, de Mercure,
panacea, de Panace, fille de Æsculapius, armoise, de
Artemis, qui est Diane, eupatoire, du roy Eupator,
telephium, de Telephus, euphorbium, de Euphorbus,
medicin du roy Juba, clymenos, de Clymenus, alci-
biadion, de Alcibiades, gentiane, de Gentius, roy de
Sclavonie. Et tant a esté jadis estimée ceste prærog-
gative [13] de imposer son nom aux herbes inventées
que, comme feut controverse meue entre Neptune et

14. *Lynx*.

15. D'après Ovide (*Métamorphoses*, v, 642-661).

16. Cette étymologie se trouve déjà chez Pline (livre XXV).

17. *Mèdes*.

18. *Citrons*.

19. *La rhubarbe... comme l'atteste Ammien Marcellin*.

20. Variété d'absinthe qui pousse près de Saintes.

21. *Châtaignes*.

22. Le titre du *Tiers Livre*, dans la première édition, ajoutait à *Docteur en Medicine : et Calloïer* (prêtre) *des Isles Hieres*.

23. Énumération de plantes courantes ; *Persicques :* pêches ; *sabine :* variété de genévrier ; *stoechades :* lavandes ; *spica celtica :* nard celtique.

24. Étymologie donnée par Charles Estienne, du grec ἀπίνθιον , impotable.

25. Du grec ὅλος, tout et ὀστέον, os ; peut-être une caryophyllée (*Holosteum umbellatum*), plante très fragile.

Pallas de qui prendroit nom la terre par eulx deux
ensemblement trouvée qui depuys feut Athenes dicte,
de Athene, c'est à dire Minerve ; pareillement Lyncus
roy de Scythie, se mist en effort de occire en trahison
le jeune Triptoleme, envoyé par Ceres pour es hommes
monstrer le froment lors encore incongneu, affin que
par la mort d'icelluy il imposast son nom et feust,
en honneur et gloire immortelle, dict inventeur de ce
grain tant utile et necessaire à la vie humaine : pour
laquelle trahison feut par Ceres transformé en oince [14]
ou loupcervier [11]. Pareillement, grandes et longues
guerres feurent jadis meues entre certains roys de
sejour en Cappadoce, pour ce seul different, du nom
des quelz seroit une herbe nommée ; laquelle pour tel
debat feut dicte *Polemonia*, comme guerroyere [16].

Les aultres ont retenu le nom des regions des quelles
feurent ailleurs transportées, comme pommes me-
dices [17], ce sont poncires [18] de Medie, en laquelle furent
premierement trouvées ; pommes punicques, ce sont
grenades, apportées de Punicie, c'est Carthage ;
Ligusticum, c'est livesche, apportée de Ligurie, c'est
la couste de Genes ; rhabarbe, du fleuve barbare
nommé Rha, comme atteste Ammianus [19] ; santonic-
que [20], fœnu grec, castanes [21], persicques, sabine ;
stœchas de mes isles [22] Hieres, anticquement dictez
Stœchades ; *Spica Celtica* [23], et aultres.

Les aultres ont leur nom par antiphrase et contra-
rieté, comme absynthe, au contraire de pynthe [24], car
il est fascheux à boyre ; *holosteon* [25], c'est tout de os ;
au contraire, car herbe n'est en nature plus fragile
et plus tendre qu'il est.

26. *Effets.*

27. Les maladies de peau.

28. Du grec μαλάσσω, amollir.

29. *La doradille.*

30. « *Qui préserve de la rage* », du grec λύσσα, rage.

31. *Colchique.*

32. *Tussilage*, calmant de la toux (en grec βήξ).

33. *Nasitord.*

34. *Variétés de jusquiame* (*hyoscyamus niger*) : fève de porc).

35. *Se ferme.*

36. *Doradille*, déjà citée sous un autre nom (cf. note 29) ; du grec α privatif et διαίνω, mouiller.

37. De ἱέραξ, épervier (qui se servait de cette plante pour voir plus clair, dans la croyance populaire) ; l'*Éryngion* est la *barbe-de-chèvre*.

38. Légende racontée par Ovide (*Métamorphoses*, I, 452 sqq.).

39. Confusion possible entre le myrte, consacré à Vénus et l'arbre à myrrhe.

40. *Pitys*, transformée en pin, d'après Lucien (*Dialogue des Dieux*, 22).

41. *Narcisse*, transformé en fleur pour avoir méprisé les nymphes (Ovide, *Métamorphoses*, III, 341 sqq.).

42. *Safran* (ou Crocus), métamorphosé en plante pour avoir poursuivi une fillette (Ovide, *Métamorphoses*, IV, 283).

43. *Smilax*, jeune fille changée, elle aussi, en plante.

44. Du grec ἵππος, cheval et οὐρά, queue.

45. Du grec ἀλωπήξ, renard et οὐρά, le *vulpin*, variété de graminée.

46. *L'herbe aux puces*, de ψύλλα, puce.

47. Du grec βοῦς, bœuf et γλῶττα, langue.

48. Iris, dans la mythologie, est la messagère de Junon ; l'arc-en-ciel, auquel est comparée la fleur pour ses couleurs diaprées, est appelé écharpe d'Iris.

49. Du grec μῦς, souris ; οὖς, oreille.

50. Tout ce passage sur les surnoms (Cicéron : pois chiche, le nom de famille étant Marcus Tullius) est tiré de Pline (*Histoire naturelle*, XVIII, 3).

Autres sont nommées par leurs vertus et opera-
tions [26], comme *Aristolochia*, qui ayde les femmes en
mal d'enfant ; *Lichen*, qui guerit les maladies de son
nom [27] ; maulve, qui mollifie [28] ; *Callithricum* [29], qui
faict les cheveulx beaulx ; *Alyssum* [30], *Ephemerum* [31],
Bechium [32], *Nasturtium* [33], qui est cresson alenoys ;
hyoscyame, hanebanes [34], et aultres.

Les aultres, par les admirables qualitez qu'on a veu
en elles, comme heliotrope, c'est soulcil, qui suyt le
soleil, car, le soleil levant, il s'espanouist ; montant, il
monte, declinant, il decline, soy cachant, il se cloust [35] ;
Adiantum [36], car jamais ne retient humidité, quoy qu'il
naisse près les eaulx et quoy qu'on le plongeast en
eaue par bien long temps ; *Hieracia*, *Eryngion* [37] et
aultres.

Aultres, par metamorphose d'hommes et femmes
de nom semblable : comme daphné, c'est laurier, de
Daphné [38] ; myrte, de Myrsine [39] ; pitys [40], de Pitys ;
cynara, c'est artichault ; narcisse [41], saphran [42], *Smilax* [43], et aultres.

Aultres, par similitude, comme *Hippuris* [44] (c'est
presle), car elle ressemble à queue de cheval ; *Alope-
curos* [45], qui semble à la queue de renard ; *Psylion* [46],
qui semble à la pusse ; *Delphinium*, au daulphin ;
buglosse [47], à langue de bœuf ; iris, à l'arc en ciel [48], en
ses fleurs ; *Myosota*, à l'aureille de souriz [49] ; *Corono-
pous*, au pied de corneille et aultres.

Par reciprocque denomination sont dicts les Fabies,
des febves ; les Pisons, des pòys ; les Lentules, des
lentilles ; les Cicerons, des poys chices [50].

Comme encores, par plus haulte resemblance, est

51. Trèfle fourrager.

52. *Potentille.*

53. *Rampe.*

54. Du grec ἕλκω, attirer.

55. Qui ressemblent à des chapeaux (grec πέταθος) par leurs vertes feuilles en parasol. Les **racines ont une valeur** apéritive.

dict le nombril de Venus, les cheveulx de Venus, la cuve de Venus, la barbe de Juppiter, l'œil de Juppiter, le sang de Mars, les doigtz de Mercure, hermodactyles, et aultres.

Les aultres de leurs formes, comme trefeuil [51], qui ha trois feueilles ; *pentaphyllon* [52], qui ha cinq feueilles ; serpoullet, qui herpe [53] contre terre ; helxine [54], petasites [55], myrobalans, que les Arabes appellent *Béen*, car ilz semblent à gland, et sont unctueux.

1. C'est indiquer que le pantagruélisme n'est pas une chose matérielle, comme le chanvre par lui-même, mais une façon de se comporter dans la vie, de même qu'on utilise la plante merveilleuse à toute sorte d'usages. Pantagruel a transformé la plante banale en principe moral.

2. Plante parasite, sans doute synonyme de *cuscute*.

3. D'après Pline (*Histoire naturelle*, XXV, 50) les fougères coupées à l'aide d'un roseau ne repoussent pas.

4. La *prêle* nuit à la qualité du fourrage et émousse la faux (Pline, XVIII et XXVI).

5. Plante parasite des légumineuses, qu'elle étouffe, d'où son nom (grec : ἄγχω, étrangler).

6. Il s'agirait selon Charles Estienne de la folle avoine ; la *securidaca* étoufferait les lentilles.

7. Il s'agit sans doute d'une confusion de Pline reproduite par Rabelais ; il n'y a pas de plante de ce nom.

8. Vraisemblablement, deux variétés de nénuphars ; leurs vertus antiaphrodisiaques sont une occasion d'attaquer la paillardise des moines ; cf. aussi la *semence de saule* recommandée aux nonnains.

9. *Bouleau.*

10. L'un des collèges les plus fameux de la Montagne Sainte-Geneviève, au Moyen Age ; il avait été fondé par Jeanne de Navarre en 1309. Rabelais en a déjà parlé dans le *Pantagruel* (chap. XVI).

11. Selon une légende antique l'aimant frotté d'ail n'attire plus le fer.

12. Les baies des ifs sont toxiques ; de là sans doute la croyance que leur ombre est dangereuse.

13. *Léopards.*

14. Cette légende est rapportée par Pline et Plutarque.

15. *Pourpier.*

* *Le presle... murailles*, addition de 1552.

CHAPITRE LI

Pourquoy est dicte Pantagruelion, et des admirables vertus d'icelle.

Par ces manieres (exceptez la fabuleuse, car de fable jà Dieu ne plaise que usions en ceste tant veritable histoire) est dicte l'herbe Pantagruelion, car Pantagruel feut d'icelle inventeur ; je ne diz quant à la plante, mais quant à un certain usaige [1], lequel plus est abhorré et hay des larrons, plus leurs est contraire et ennemy que ne est la teigne [2] et cuscute au lin, que le rouseau à la fougere [3], que le * presle [4] aux faus-cheurs, que orobanche [5] aux poys chices, *Ægilops* [6] à l'orge, *Securidaca* aux lentilles, *Antranium* [7] aux febves, l'yvraye au froment, le lierre aux murailles, que le nenufar et *Nymphœa Heraclia* [8] aux ribaux moines, que n'est la ferule et le boulas [9] aux escholiers de Navarre [10], que n'est le chou à la vigne, le ail à l'aymant [11], l'oignon à la veue, la graine de fougere aux femmes enceinctes, la semence de saule aux non-nains vitieuses, l'umbre de if aux dormans dessoubs [12], le aconite aux pards [13] et loups, le flair du figuier aux taureaux indignez [14], la ciguë aux oisons, le poupié [15]

16. D'après Pline (XVII, 37).

17. Ici commence une énumération de personnages qui se sont pendus : l'histoire de *Phyllis* est contée par Ovide (*Héroïdes*, II), celle de *Bonosus* (III⁰ siècle) par Vopiscus (*Bonosus*, 14).

18. D'après l'*Énéide* (XII, 602).

19. Iphis se pendit par désespoir d'amour (Ovide, *Métamorphoses*, XIV) ; Autolyca (*Auctolia*), mère d'Ulysse, se suicida croyant son fils mort ; Le Thébain *Lycambe*, attaqué par le poète Archiloque se pendit, lui aussi (Horace, *Épodes*, VI) ; le suicide d'*Arachné* est conté par Ovide (*Métamorphoses*, VI) ; Phèdre se pend dans l'*Hippolyte* d'Euripide ; *Léda*, elle, ne se pendit pas ; le roi *Acheus* aurait été pendu par ses sujets (Ovide, *Ibis*). Cette liste d'exemples serait tirée de l'*Officina* du compilateur Ravisius Textor.

20. *Obstruait.*

21. *Esquinancie :* mal de gorge.

22. Celle des trois Parques chargée de couper le fil de la vie.

23. Dans les *Mystères* du Moyen Age, Pantagruel était un diablotin versant du sel dans la bouche des ivrognes endormis ; il était le symbole d'altération et d'étranglement ; cf. *Pantagruel*, chap. VI : « *tant fut altéré qu'il disoit souvent que Pantagruel le tenoit à la gorge* » (p. 103), et chap. VII : « *Nous avons du Pantagruel, et avons les gorges sallées* » (p. 109).

24. *Bourreau :* Ce serait peu flatteur de comparer Pantagruel (surtout s'il représente François I⁰ʳ) à un bourreau !

25. *Écharpe, cache-col :* « cravater de chanvre », c'est pendre.

26. *Synecdoque,* figure de rhétorique consistant à désigner un nom commun par un nom propre ; on dit aussi *métonymie.*

27. Sauf l'Écolier limousin (*Pantagruel*, chap. VI).

28. En effet, on voit dans *Pantagruel* (chap. II) qu'il y eut si grande sécheresse que « *passèrent* XXXVI *moys troys sepmaines quatre jours treze heures et quelque peu dadvantaige, sans pluye* » (p. 59).

29. Constellation.

aux dents, l'huille aux arbres [16] ; car maintz d'iceulx
avons veu par tel usaige finer leur vie hault et court [17],
à l'exemple de Phyllis, royne des Thraces, de Bonosus,
empereur de Rome, de Amate, femme du roy Latin [18],
de Iphis [19], Auctolia, Licambe, Arachne, Phæda, Leda,
Acheus, roy de Lydie, et aultres, de ce seulement
indignez que, sans estre aultrement mallades, par le
Pantagruelion on leurs oppiloit [20] les conduitz par les
quelz sortent les bons motz et entrent les bons morseaulx, plus villainement que ne feroit la male angine,
et mortelle squinanche [21].

Aultres avons ouy, sus l'instant que Atropos [22] leurs
couppoit le filet de vie, soy griefvement complaignans
et lamentans de ce que Pantagruel les tenoit à la
guorge [23] ; mais (las) ce n'estoit mie Pantagruel, il ne
feut oncques rouart [24] ; c'estoit Pantagruelion, faisant
office de hart, et leurs servant de cornette [25] ; et par-
loient improprement et en solœcisme, sinon qu'on les
excusast par figure synecdochique [26], prenens l'invention pour l'inventeur, comme on prent Ceres pour pain,
Bacchus pour vin. Je vous jure icy, par les bons motz
qui sont dedans ceste bouteille là qui refraichist
dedans ce bac, que le noble Pantagruel ne print
oncques à la guorge [27], sinon ceulx qui sont negligens
de obvier à la soif imminente.

Aultrement est dicte Pantagruelion par similitude ;
car Pantagruel, naissant on monde, estoit autant
grand que l'herbe dont je vous parle, et en feut prinse
la mesure aisement, veu qu'il nasquit on temps de
alteration [28], lorsqu'on cuille ladicte herbe et que le
chien de Icarus [29], par les aboys qu'il faict au soleil,

30. *Modèle.*

31. Dans les *Juges*, selon Samuel, Jonathan conte l'histoire de l'élection d'un roi des arbres, royauté qui échoit au buisson.

32. La légende des Hamadryades a été contée par Athénée (*Banquet*, V, 78).

33. Nom provençal du microcoulier.

34. *Ormeau ;* on employait l'écorce de l'orme pour cicatriser les plaies.

35. Les propriétés énumérées dans ce paragraphe et les suivants, jusqu'à *Sans elle* sont celles que Pline donne au chanvre (xx).

36. *Petit seau.*

37. *Comme si c'était du lait caillé.*

rend tout le monde troglodyte, et constrainct habiter es caves et lieux subterrains.

Aultrement est dicte Pantagruelion par ses vertus et singularitez ; car, comme Pantagruel a esté l'idée et exemplaire [30] de toute joyeuse perfection (je croy que personne de vous aultres, beuveurs, n'en doubte), aussi en Pantagruelion je recognoys tant de vertus, tant d'énergie, tant de perfection, tant d'effectz admirables, que, si elle eust esté en ses qualitez congneue lors que les arbres (par la relation du Prophete [31]) feirent election d'un roy de boys pour les regir et dominer, elle sans doubte eust emporté la pluralité des voix et suffrages.

Diray je plus ? Si Oxylus, filz de Orius, l'eust de sa sœur Hamadryas engendrée, plus en la seule valeur d'icelle se feust delecté qu'en tous ses huyct enfans tant celebrez par nos mythologes, qui ont leurs noms mis en memoire eternelle [32]. La fille aisnée eut nom Vigne, le filz puysné eut nom Figuier, l'aultre, Noyer, l'aultre, Chesne, l'aultre, Cormier, l'aultre Fenabregue [33], l'aultre, Peuplier ; le dernier eut nom Ulmeau [34], et feut grand chirurgien en son temps.

Je laisse à vous dire comment le jus d'icelle, exprimé et instillé dedans les aureilles, tue toute espece de vermine qui y seroit née par putrefaction et toute aultre animal qui dedans seroit entré [35].

Si d'icelluy jus vous mettez dedans un seilleau [36] de eaue, soubdain vous voirez l'eaue prinse, comme si fussent caillebotes [37], tant est grande sa vertus ; et est l'eaue ainsi caillée remede præsent aux chevaulx coliqueux et qui tirent des flans.

38. *Les goutteux sclérosés.*

39. Il s'agit maintenant des nappes et des draps de lin.

40. Le mot désigne tantôt l'ambre, tantôt un alliage d'or et d'argent, ce qui paraît plus vraisemblable.

41. Rabelais énumère diverses variétés de sacs et d'objets courants.

42. La salle du tribunal, où pièces du procès et plaidoyers étaient apportés dans des sacs.

43. *L'atelier.*

44. *Pancartes.*

45. On faisait la pâte à papier avec du lin ; la pâte de bois est bien postérieure. Le mot *châssis* désigne à la fois le cadre de fer utilisé par les imprimeurs et une « fenêtre de lin ».

46. *Prêtres d'Isis.*

47. Prêtres égyptiens porteurs de statues, et plus généralement, *prêtres.*

48. Les *Sères* habitaient le Nord de l'Inde. Les *arbres à laine* sont sans doute les cotonniers.

49. Pline (XIX) assimile les *gossampines* au lin. *Tylos* est une île d'Arabie.

50. Variété de cotonniers.

51. Sans doute les cotonniers de Malte. Dans le *Pantagruel* (chap. VII, p. 109), les habitants d'Orléans altérés « *ne faisoient que cracher aussi blanc comme cotton de Malthe...* »

La racine d'icelle, cuicte en eaue, remollist les nerfz retirez, les joinctures contractes, les podagres sclirrhotiques [38], et les gouttes nouées.

Si promptement voulez guerir une bruslure, soit d'eaue, soit de feu, applicquez y du Pantagruelion crud, c'est à dire tel qui naist de terre, sans aultre appareil ne composition, et ayez esguard de la changer ainsi que le voirez deseichant sus le mal.

Sans elle, seroient les cuisines infames, les tables detestables [39], quoy que couvertes feussent de toutes viandes exquises ; les lictz sans delices, quoy que y fust en abondance or, argent, electre [40], ivoyre et porphyre.

Sans elle, ne porteroient les meusniers bled au moulin [41], n'en rapporteroient farine. Sans elle, comment seroient portez les playdoiers des advocatz à l'auditoire [42] ? Comment seroit sans elle portée le plastre à l'hastellier [43] ? Sans elle, comment seroit tirée l'eaue du puyz ? Sans elle, que feroient les tabellions, les copistes les secretaires et escrivains ? Ne periroient les pantarques [44] et papiers rantiers ? Ne periroit le noble art d'imprimerie [45] ? De quoy feroit on chassis ? Comment sonneroit on les cloches ? D'elle sont les isiacques [46] ornez, les pastophores [47] revestuz, toute humaine nature couverte en premiere position. Toutes les arbres lanificques des Seres [48], les gossampines [49] de Tyle en la mer Persicque, les Cynes [50] des Arabes, les vignes [51] de Malthe, ne vestissent tant de personnes que faict ceste herbe seulette. Couvre les armées contre le froid et la pluye, plus certes commodement que jadis ne faisoient les peaulx ;

52. Pour protéger les spectateurs du soleil, les Romains couvraient les amphithéâtres avec une immense toile.

53. Il s'agit des filets et des toiles qui fermaient les vallons vers lesquels on rabattait le gibier. Ces diverses utilisations figuraient déjà chez Pline.

54. *Frondes.*

55. *De verveine.* La verveine était considérée comme une herbe magique.

56. *Ames des morts.*

57. *Meules* des moulins.

58. Latinisme : *moulins.* L'invention du moulin à eau a été un progrès énorme ; les moulins antiques étaient actionnés par les esclaves ; c'était le châtiment le plus dur.

59. Vaisseau de transport.

60. Gondoles égyptiennes.

61. *Galion*, vaisseau espagnol de haute mer.

62. Néologismes signifiant : *de mille et dix mille hommes.* Rabelais énumère les vaisseaux antiques, ceux de son temps, et anticipe sur les géants des mers actuels.

63. *De leur mouillage.*

64. Les capitaines manœuvrent à leur guise les vaisseaux, grâce aux voiles.

65. Sur ce point, Rabelais se trompe : la puissance de vol des oiseaux migrateurs stupéfie encore les savants d'aujourd'hui.

66. *Ceylan a vu la Laponie.*

couvre les theatres et amphitheatres contre la chaleur[52],
ceinct les boys et taillis au plaisir des chasseurs [53],
descend en eaue, tant doulce que marine, au profict
des pescheurs. Par elle sont bottes, botines, botasses,
houzeaulx, brodequins, souliers, escarpins, pantofles,
savattes mises en forme et usaige. Par elle sont les
arcs tendus, les arbalestes bandées, les fondes [54] faictes.
Et, comme si feust herbe sacre, verbenicque [55] et
reverée des Manes et Lemures [56], les corps humains
mors sans elle ne sont inhumez.

Je diray plus. Icelle herbe moyenante, les substances
invisibles visiblement sont arrestées, prinses, detenues
et comme en prison mises ; à leur prinse et arrest
sont les grosses et pesantes moles [57] tournées agilement
à insigne profict de la vie humaine. Et m'esbahys
comment l'invention de tel usaige a esté par tant de
siecles celé aux antiques philosophes, veue l'utilité
impreciable qui en provient ; veu le labeur intolerable que sans elle ilz supportoient en leurs pis-
trines [58].

Icelle moyenant, par la retention des flotz aërez
sont les grosses orchades [59], les amples thalameges [60],
les fors guallions [61], les naufz chiliandres et myrian-
dres [62] de leurs stations [63] enlevées, et poussées à l'arbitre de leurs gouverneurs [64].

Icelle moyenant, sont les nations, que Nature
sembloit tenir absconces, impermeables et incongneues
à nous venues, nous à elles : choses que ne feroient
les oyseaulx, quelque legiereté de pennaige qu'ilz
ayent et quelque liberté de nager en l'aër que leur
soit baillée par Nature [65]. Taprobrana [66] a veu Lap-

67. Les *monts Riphées* sont en Scythie.

68. Ile du golfe d'Arabie, d'après Aristote.

69. *Groenlandais.*

70. Non seulement Pline, mais des poètes comme Horace avaient célébré la hardiesse des navigateurs rapprochant les contrées les plus éloignées. L'effroi des divinités devant les exploits humains évoque la libération des hommes, par le larcin de Prométhée. En pleine Réforme, ce passage pouvait être interprété comme une attaque contre Rome.

71. *Ennuyeux.*

72. Les géants qui voulurent détrôner les dieux de l'Olympe.

73. Rabelais dans son enthousiasme anticipe sur les romans de Jules Verne et les explorations du cosmos.

74. *Harpe.*

75. Rabelais compare les constellations aux enseignes des auberges ; cf. Rimbaud :

« ... Mon auberge était à la Grande-Ourse. » (Ma Bohème)

76. Hommes et dieux ne feront plus qu'un, égaux en puissance.

pia ; Java a veu les mons Riphées [67] ; Phebol [68] voyra
Theleme ; les Islandoys et Engronelands [69] boyront
Euphrates ; par elle Boreas a veu le manoir de Auster ;
Eurus a visité Zephire [70].

De mode que les Intelligences celestes, les Dieux,
tant marins que terrestres, en ont esté tous effrayez,
voyans par l'usaige de cestuy benedict Pantagruelion
les peuples arcticques en plein aspect des antarcticques
franchir la mer Athlanticque, passer les deux Tro-
picques, volter sous la Zone torride, mesurer tout le
Zodiaque, s'esbattre sous l'Æquinoctial, avoir l'un et
l'autre Pole en veue à fleur de leur orizon.

Les dieux olympicques ont en pareil effroy dict :
« Pantagruel nous a mis en pensement *nouveau* et
tedieux [71], plus que oncques ne feirent les Aloïdes [72],
par l'usaige et vertus de son herbe. Il sera de brief
marié, de sa femme aura enfans. A ceste destinée ne
povons nous contrevenir, car elle est passée par les
mains et fuseaulx des sœurs fatales, filles de Necessité.
Par ses enfans (peut estre) sera inventée herbe de
semblable energie, moyenant laquelle pourront les
humains visiter les sources des gresles, les bondes des
pluyes et l'officine des fouldres, pourront envahir les
regions de la Lune [73], entrer le territoire des signes
celestes et là prendre logis, les uns à l'Aigle d'or, les
aultres au Mouton, les aultres à la Couronne, les
aultres à la Herpe [74], les aultres au Lion d'argent [75],
s'asseoir à table avecques nous, et nos déesses prendre
à femmes, qui sont les seulz moyens d'estre déifiez [76]. »

En fin ont mis le remede de y obvier en deliberation
et au conseil.

1. Du grec κοτύλη, petite coupe.
2. Gros tonneau.
3. *Tonneau*, d'environ 268 litres.
4. Vin du Languedoc ; cf. *Pantagruel*, chap. v, p. 485 : « *Puis vint à Montpellier, où il trouva fort bons vins de Mirevaulx.* »
5. *Chapardés.*
6. *A beaux sabots.*
7. *Saint-Gaulthier* (Indre).

* *Comment... chapitre* LII, addition de 1552.

CHAPITRE LII

** Comment certaine espece de Pantagruelion
ne peut estre par feu consommée.*

Ce que je vous ay dict est grand et admirable ;
mais, si vouliez vous hazarder de croire quelque
aultre divinité de ce sacre Pantagruelion, je la vous
dirois. Croyez la ou non, ce m'est tout un. Me suffist
vous avoir dict vérité. Vérité vous diray. Mais, pour y
entrer, car elle est d'accès assez scabreux et difficile,
je vous demande : si j'avoys en ceste bouteille mis
deux cotyles ¹ de vin et une d'eau, ensemble bien fort
meslez, comment les demesleriez vous ? Comment les
separeriez vous de maniere que vous me rendriez l'eau
à part sans le vin, le vin sans l'eau, en mesure pareille
que les y auroys mis ? Aultrement : si vos chartiers et
nautonniers amenans pour la provision de vos maisons
certain nombre de tonneaulx, pippes ² et bussars ³
de vin de Grave, d'Orléans, de Beaulne, de Myrevaulx ⁴,
les avoient buffetez ⁵ et beuz à demy, le reste emplis-
sans d'eau, comme font les Limosins à belz esclotz ⁶,
charroyans les vins d'Argenton et Sangaultier ⁷,

8. Dans le *Gargantua* (chap. xxiv, p. 223), Ponocrates et son élève « *du vin aisgué* (mêlé d'eau) *separoient l'eau, comme l'enseigne Cato, De re rust., et Pline, avecques un guobelet de lyerre* ». Ici, Rabelais cite cette prétendue propriété du lierre, comme un fait surpassant toute vraisemblance.

9. *Prouvé.*

10. Cet usage est attesté par César (*De Bello gallico*, VI xix).

11. Anecdote rapportée par Aulu-Gelle (x, 18). Le « *bon vin blanc* » est une invention de Rabelais.

12. *Bûcher.*

13. *Par ma foi!*

14. *Brûlé.*

15. *Du bûcher.*

16. *Incombustible* (du grec ἄσϐεστον). Pline avait déjà cité l'emploi du lin asbestin (amiante) dans les crémations (*Histoire naturelle*, xix).

17. *Carpassium*, ville de Chypre.

comment en housteriez vous l'eau entierement? Comment les purifieriez vous ?

J'entends bien, vous me parlez d'un entonnoir de lierre [8]. Cela est escript, il est vray, et averé [9] par mille experiences. Vous le sçaviez desjà. Mais ceulx qui ne l'ont sceu et ne le veirent oncques ne le croyroient possible. Passons oultre.

Si nous estions du temps de Sylla, Marius, Cæsar, et aultres romains empereurs, ou du temps de nos antiques druydes, qui faisoient brusler les corps mors de leurs parens et seigneurs [10], et voulussiez les cendres de vos femmes ou peres boyre en infusion de quelque bon vin blanc, comme feist Artemisia les cendres de Mausolus, son mary [11], ou aultrement les reserver entieres en quelque urne et reliquaire, comment saulveriez vous icelles cendres à part et separées des cendres du bust [12] et feu funeral ? Respondez. Par ma figue [13], vous seriez bien empeschez. Je vous en despeche. Et vous diz que, prenent de ce celeste Pantagruelion autant qu'en fauldroit pour couvrir le corps du defunct, et ledict corps ayant bien à poinct enclous dedans, lié et cousu de mesme matiere, jectez le on feu tant grand, tant ardent que vouldrez ; le feu à travers le Pantagruelion bruslera et redigera en cendres le corps et les oz ; le Pantagruelion non seulement ne sera consumé ne ards [14], et ne deperdera un seul atome des cendres dedans encloses, ne recepvra un seul atome des cendres bustuaires [15], mais sera en fin du feu extraict plus beau, plus blanc et plus net que ne l'y aviez jecté. Pourtant est il appelé asbeston [16]. Vous en trouverez foison en Carpasie [17] et soubs le

18. Ville d'Égypte (Assouan).

19. L'*écu de Bordeaux* valait quinze sols.

20. *Réduits*.

21. Monnaie frappée à Poitiers.

22. *Ne comparez pas...* D'après la légende, la salamandre non seulement était incombustible, mais pouvait éteindre le feu. Rabelais n'en croit rien. Est-ce une allusion à François Ier, dont la salamandre était l'emblème ? Dans cette hypothèse, est-ce un souvenir de la « grande fournaise » de Pavie (1525) ou bien des bûchers allumés contre les Évangéliques vers 1540 ?

23. *Rend vigoureux*.

24. *Alun de plume*, ou sulfate d'alumine naturel, souvent confondu avec l'amiante. Panurge (*Pantagruel*, chap. XVI, p. 235) « *avoit un aultre poche pleine de alun de plume, dont il gettoit dedans le doz des femmes...* »

25. Anecdote rapportée par Aulu-Gelle (XV, 1).

26. Cet arbre incombustible est cité par Pline (*Histoire naturelle*, XIII) d'après le naturaliste Alexander Cornelius ; il n'a pas été identifié.

* Le paragraphe *Ne me comparez... excuse* manque dans la première édition.

climat Dia Cyenes [18], à bon marché. O chose grande,
chose admirable! Le feu qui tout devore, tout deguaste
et consume, nettoye, purge et blanchist ce seul
Pantagruelion carpasien asbestin. Si de ce vous defiez
et en demandez assertion et signe usual comme Juifz
et incredules, prenez un œuf fraiz et le liez circulaire-
ment avecques ce divin Pantagruelion. Ainsi lié,
mettez le dedans le brasier tant grand et ardent que
vouldrez. Laissez le si long temps que vouldrez. En
fin vous tirerez l'œuf cuyt, dur et bruslé, sans alteration, immutation ne eschauffement du sacré Pantagruelion. Pour moins de cinquante mille escuz bour-
deloys [19], amoderez [20] à la douzième partie d'une
pithe [21], vous en aurez faict l'experience. Ne me
parragonnez [22] poinct ici la salamandre, c'est abus. Je
confesse bien que petit feu de paille la vegete [23] et
resjouist. Mais je vous asceure que en grande fournaise elle est, comme tout aultre animant, suffoquée
et consumée. Nous en avons veu l'expérience. Galen
l'avoit, long temps a, confermé et demonstré, *lib.* III
de Temperamentis, et le maintient Dioscorides, *lib.* II.

Icy ne me alleguez l'alum de plume [24], ne la tour
de boys en Pyrée, laquelle L. Sylla ne peut oncques
faire brusler pource que Archelaus, gouverneur de la
ville pour le roy Mithridates, l'avoit toute enduicte
d'alum [25].

* Ne me comparez icy celle arbre que Alexander
Cornelius nommoit *eonem* [26] et la disoit estre semblable
au chesne qui porte le guy et ne povoir estre ne par
eau, ne par feu consommée ou endommagée, non
plus que le guy de chesne, et d'icelle avoir esté faicte

27. Le navire monté par Jason et les Argonautes partis à la conquête de la Toison d'or.

28. *Agaric blanc*, champignon qui pousse sur les sapins et les mélèzes dans les Alpes ; ce paragraphe a été inspiré d'un traité de Symphorien Champier (*Gallicum pentapharmacum, Rhabardo, Manna, Terebinthina, et Sene Gallicis, constans*, publié à Lyon en 1534) et de Pline (XXXVI, XIX).

29. *Égaler.*

30. Il ne s'agit pas de la manne biblique, mais du liquide sucré qui se dépose au printemps sur les feuilles de certains arbres, et qu'on appelle *miélat.*

31. Le miélat se trouve sur les feuilles de mélèze, appelé aussi *larix.*

32. Descendants d'Anténor, fondateur de Padoue. L'anecdote sur Jules César figurait dans la *Vie de César* de Plutarque et chez le compilateur Coelius Rhodiginus (*Antiquae lectiones*, x).

33. *Ost :* armée.

34. *Général en chef* (imperator).

35. *Leviers.*

et bastie la tant celebre navire Argos [27]. Cherchez qui
le croye ; je m'en excuse.

Ne me parragonnez aussi, quoy que mirificque soit
:elle espece d'arbre que vous voyez par les montaignes
de Briançon et Ambrun, laquelle de sa racine nous
produict le bon agaric [28], de son corps nous rend la
resine tant excellente que Galen l'ause æquiparer [29]
à la terebenthine ; sus ses feueilles delicates nous
retient le fin miel du ciel, c'est la manne [30], et, quoy
que gommeuse et unctueuse soit, est inconsumptible
par feu. Vous la nommez *larix* en grec et latin ; les
Alpinois la nomment melze [31] ; les Antenorides [32]
et Venetians, larege, dont feut dict *Larignum* le
chasteau en Piedmont, lequel trompa Jule Cæsar,
venent es Gaules.

Jule Cæsar avoit faict commendement à tous les
manans et habitans des Alpes et Piedmont qu'ilz
eussent à porter vivres et munitions es estappes dres-
sées sus la voie militaire, pour son oust [33] passant
oultre. Au quel tous furent obéissans, exceptez ceulx
qui estoient dedans Larigno, lesquels, soy confians en
la force naturelle du lieu, refuserent à la contribution.
Pour les chastier de ce refus, l'empereur [34] feist droict
au lieu acheminer son armée. Davant la porte du
chasteau estoit une tour bastie de gros chevrons de
larix lassez l'un sus l'aultre alternativement comme
une pyle de boys, continuans en telle hauteur que des
machicoulis facilement on pouvoit avecques pierres et
liviers [35] debouter ceulx qui approcheroient. Quand
Cæsar entendit que ceulx du dedans n'avoient aultres
defenses que pierres et liviers et que à poine les po-

36. *Flamme.*

37. Brûlée.

38. *Une circonvallation de fossés et tranchées.*

39. L'architecte Vitruve signale aussi cet épisode (II, 9).

40. Saillie de la corniche où passe la gouttière.

41. *Embrun :* revêtement. Ce rappel de Thélème rattache *Le Tiers Livre* au *Gargantua*. Le Pantagruelion comme l'abbaye de Thélème exprime un idéal de la sagesse rabelaisienne.

42. *Proues.*

43. *Cuisines.*

44. *Coursives et château d'avant.*

45. *Grande caraque,* type de vaisseau utilisé par les Portugais.

46. *Petites galères.*

47. *Incombustible.*

48. *Sabéens,* peuple d'Arabie.

49. *Louer.*

voient ils darder jusques aux approchès, commenda à
ses soubdars jecter autour force fagotz et y mettre le
feu. Ce que feut incontinent faict. Le feu mis es
fagotz, la flambe [36] feut si grande et si haulte qu'elle
couvrit tout le chasteau. Dont penserent que bien tost
après la tour seroit arse [37] et demollie. Mais, cessant
la flambe et les fagoz consumez, la tour apparut
entiere, sans en rien estre endommagée. Ce que consyderant Cæsar, commenda que, hors le ject des pierres,
tout autour, l'on feist une seine de fossez et bouclus [38].

Adoncques les Larignans se rendirent à composition. Et par leur recit congneut Cæsar [39] l'admirable
nature de ce boys, lequel de soy ne faict feu, flambe
ne charbon, et seroit digne en ceste qualité d'estre
on degré mis de vray Pantagruelion, et d'autant plus
que Pantagruel d'icelluy voulut estre faictz tous les
huys, portes, fenestres, goustieres, larmiers [40] et
l'ambrun [41] de Theleme ; pareillement d'icelluy feist
couvrir les pouppes, prores [42], fougons [43], tillacs,
coursies [44] et rambades de ses carracons [45], navires,
gualeres, gualions, brigantins, fustes [46], et aultres
vaisseaulx de son arsenac de Thalasse : ne feust que
larix, en grande fournaise de feu provenent d'aultres
especes de boys, est en fin corrompu et dissipé, comme
sont les pierres en fourneau de chaulx ; Pantagruelion
asbeste [47] plus tost y est renouvelé et nettoyé que
corrompu ou alteré. Pourtant,

Indes, cessez, Arabes, Sabiens [48],
Tant collauder [49] vos myrrhe, encent, ebene.
Venez ici recongnoistre nos biens

50. *Royaume*. Le mouvement lyrique amorcé dans les pages précédentes trouve son accomplissement naturel dans la forme poétique.

Et emportez de nostre herbe la grene.
Puys, si chez vous peut croistre, en bonne estrene
Graces rendez es cieulx un million ;
Et affermez de France heureux le regne [55]
On quel provient Pantagruelion.

*Fin du troisiesme livre des faicts et dicts héroïcques
du bon Pantagruel.*

BIBLIOGRAPHIE SOMMAIRE
SUR LE TIERS LIVRE

Éditions

Œuvres de François Rabelais, édition critique entreprise sous la direction d'Abel Lefranc ; à Paris, éd. Champion (1912-1931) : *Gargantua, Pantagruel, Le Tiers Livre* ; à Genève, éd. Droz ; à Lille, éd. Giard (1953) : *Le Quart Livre*.

Œuvres complètes de Rabelais, par J. Boulanger et L. Scheler, « Bibliothèque de la Pléiade », Gallimard, 1955.

Œuvres complètes de Rabelais, 2 volumes, édition établie par Pierre Jourda, éditions Garnier, 1962.

Le Tiers Livre, édition critique par M. A. Screech, éd. Droz-Minard, 1964.

Bibliographies

P. Plan, *Bibliographie rabelaisienne*, 1904.

J. Plattard, *État présent des études rabelaisiennes*, 1927.

V.-L. Saulnier, *Dix années d'études rabelaisiennes* (1939-1948), *B. H. R.*, 1949.

R. Lebègue, *Où en sont nos connaissances sur Rabelais*, *Information littéraire*, 1949.

V.-L. Saulnier, *Position actuelle des problèmes rabelaisiens*, « Congrès de Tours et de Poitiers », *Actes*, Les Belles Lettres, 1954.

A. Cioranescu et V.-L. Saulnier, *Bibliographie de la littérature française du XVIe siècle*, 1959.

Études

L. Febvre, *Le Problème de l'incroyance au XIVe siècle*, 1942.

A. Lefranc, Préface de l'édition critique, réimprimée par R. Marichal dans *Études sur Gargantua, Pantagruel et Le Tiers Livre*, 1953.

François Rabelais, IVe centenaire de sa mort, Genève, 1953. Dans ce recueil, on notera particulièrement :

R. Marichal, *L'Attitude de Rabelais devant le néoplatonisme.*

M. Roques, *Aspects de Panurge.*

M. A. Screech, *Rabelais Position in the « Querelle des Femmes ».*

M. A. Screech, *L'Évangélisme de Rabelais*, Genève, 1954.

J. Plattard, *Rabelais, l'Homme et l'Œuvre*, 1957.

V.-L. Saulnier, *Le Dessein de Rabelais*, S. E. D. E. S., 1957.

M. A. Screech, *The Rabelaisian Marriage*, Londres, 1958.

M. de Grève, *L'Interprétation de Rabelais au XVIe siècle*, Genève, 1961.

M. Bakhtine, *L'Œuvre de François Rabelais*, Gallimard, 1970.

Revues

R. Marichal, *Rabelais et la réforme de la justice*, B. H. R., 1952.

Ch. Perrat, *Autour du juge Bridoye*, B. H. R., 1954.

Raymond C. La Charité, *The Unity of Rabelais's Pantagruel*, French Studies, 1972.

On consultera avec profit la *Revue des Études rabelaisiennes* (*R. E. R.*), *Humanisme et Renaissance* (*H. R.*), *Bibliothèque d'Humanisme et Renaissance* (*B. H. R.*), *Études rabelaisiennes* (*E. R.*).

La biographie de Rabelais figure dans notre édition « Folio » de *Gargantua*.

Table 597

598 *Table*

COLLECTION FOLIO

Dernières parutions

Impression Bussière à Saint-Amand (Cher),
le 4 septembre 1984.
Dépôt légal : septembre 1984.
1er dépôt légal dans la collection : septembre 1973.
Numéro d'imprimeur : 2091.
ISBN 2-07-036462-3./Imprimé en France.